LA VIE A PARIS

1880

PAR

JULES CLARETIE

Première année

PARIS

VICTOR HAVARD, ÉDITEUR

175, BOULEVARD SAINT-GERMAIN, 175

LA VIE A PARIS

1880

PARIS — IMPRIMERIE MOTTEROZ

Rue du Four, 54 *bis*.

PRÉFACE

J'aurais bien envie de dénoncer, en tête de ces pages, le trop indulgent ami qui me pousse à les envoyer, une fois encore, à l'imprimeur. Il partagerait avec moi la responsabilité de cette présentation au public de Causeries qui ont pu plaire au journal *le Temps*, mais qui vont subir une nouvelle épreuve, sous la forme du volume.

Comme c'est un des esprits les plus exquis de ce temps et comme, après tout, quoi qu'on en dise, on est toujours un peu indulgent pour ses propres œuvres, il n'a pas eu de peine à me persuader que ces croquis de la *Vie à Paris* pouvaient former, peu à peu, une galerie et, d'année en année, composer une sorte d'histoire particulière, — la plus intéressante peut-être des histoires : celle des mœurs.

Et dans le chapitre des mœurs on compte un peu de tout : modes, travers, ridicules, fêtes, gaietés, railleries, chansons...

Tout cela n'est pas à dédaigner.

Je me rappelle qu'un jour Sainte-Beuve nous disait, en parlant de M. Taine : « Je ne conçois point qu'on publie les notes et les impressions de *Thomas Graindorge* quand on a écrit ce maître-livre, l'*Histoire de la Littérature anglaise.* » Et pourquoi pas ? Pourquoi Graindorge, ce moraliste, ne dirait-il point son mot après une critique de Sterne ou de Steele? Le *Spectateur* d'Addison n'était qu'un Thomas Graindorge lorgnant les humains de son temps, au passage.

Il n'est pas de genres inférieurs en littérature, et l'on peut, sans déroger, peindre sur le vif un coin du boulevard, même en sortant des Archives, où j'ai passé bien des heures laborieuses.

L'étude de la grande histoire n'empêche pas qu'on ait du goût pour la petite. Et qu'est-ce donc, au surplus, qui est petit, ou qu'est-ce qui est grand, bon Dieu, dans ce qui est le vrai?

Ce temps-ci, tout justement, aime fort les petites choses précises et saisies sur nature. Il donnerait tous les tableaux de Lagrenée pour une sanguine d'un Saint-Aubin. Il ne lit plus guère d'Holbach, il ne sait en réalité d'Helvétius que le titre de son fameux ouvrage, il n'ouvre point l'abbé

Raynal, qui fit tant de bruit, et il se plaît, au contraire, à feuilleter, annoter et rééditer Grimm ou Bachaumont. La *Correspondance* de Métra lui devient un régal. Tallemant des Réaux, l'ancêtre de ces fins *mémorialistes*, est bien autrement consulté que Varillas, et d'Aubigné, qu'il écrive l'*Histoire universelle* ou qu'il conte les prouesses du baron de Fœneste, nous en dit plus long cent fois que Mézeray.

Et, s'il en est ainsi du passé, pourquoi n'en serait-il pas de même du présent ?

« Jamais, dit Métra dans la préface de sa *Corres-* » *pondance politique et littéraire*, l'histoire des » événements, même des grandes révolutions po- » litiques, n'a été plus intimement liée avec celle » des mœurs et des opinions que pendant la pé- » riode de temps qu'embrasse cet ouvrage. Ainsi » nous nous croyons en droit de regarder cette » collection d'anecdotes créées par les circon- » stances comme un dépôt de matériaux précieux. »

Matériaux précieux ! dit ce Métra qui mériterait parfois tout autant que M. de la Touraille le surnom de *Tacite de l'anecdote*. *Précieux*, soit. L'avenir seul a qualité pour contresigner le mot s'il trouve en effet du précieux et du piquant à nos mœurs, à nos façons d'être, de dire et de penser, à nos erreurs, à nos engouements, à ce que Gavarni eût appelé nos *toquades*.

C'est le tableau de ces curiosités que j'ai entrepris de tracer, de quinzaine en quinzaine, en héritant, au journal *le Temps*, de ce titre de la *Vie à Paris* que Villemot y avait rendu célèbre. Je n'ai pas voulu l'imiter. A chacun son tempérament, et sa bonhomie n'était qu'à lui.

Ces pages ne sont, à vrai dire, qu'une autre sorte de lanterne magique où défilent, selon le caprice du *fait*, les personnages de mon temps; mais j'ai mis tous mes soins à peindre les verres que je fais passer devant le public avec sincérité, d'un trait rapide et sans caricature. Anecdotier, conteur, annotateur, chroniqueur, annaliste au courant de la plume, je ne prétends à rien autre chose qu'à avoir dit vrai, mais je mets, s'il vous plaît, la chronique à son rang dans l'échelle littéraire — ni trop haut, ni trop bas, — me souvenant que nos feuillets rapides, à nous autres moralistes au jour le jour, sont faits pour être promptement oubliés, mais me disant aussi que Denis Diderot, notre grand aïeul, ne dédaignait pas, à son heure, d'écrire pour son ami Grimm des chroniques que nous retrouvons aujourd'hui et relisons et compulsons avec une joie vive de lettrés et de curieux et qui sont plus pimpantes, brillantes et palpitantes (je le dis tout bas, avec quelque hésitation), oui, plus vivantes, que l'*Encyclopédie* elle-même, ce magnifique, ce superbe, cet admirable brûlot éteint.

Je demande donc, — comme pour une note ou une notule mise au bas d'une page, — place pour ces *Mémoires* au bas de notre Histoire contemporaine. Le croquis du peintre, le léger crayon d'un portraitiste, est quelquefois plus attirant que tel tableau solennel et trop *arrangé*. Mon livre est précisément un carton de croquis.

Ces souvenirs et ces causeries pourront et devront être continués, de douze mois en douze mois, et j'ose croire que, plus tard, ces *Mémoires des Années Parisiennes* formeront un ouvrage de chercheurs, de fureteurs, un livre de coin de bibliothèque, qu'on sera très aise de trouver, — comme on est enchanté de rencontrer, sur les quais, une gravure de Debucourt, — lorsqu'on voudra savoir un peu comment vivaient les Français de ce temps, qui est bien, soit dit entre nous, le plus bizarre et le plus affolé qui ait jamais marqué sur un baromètre moral.

JULES CLARETIE

31 Décembre 1880.

LA VIE A PARIS

I

Entrée en matière. — Mme Le Hon. — Les jolies femmes. — Les Éditeurs d'autrefois. — Les fêtes d'aujourd'hui.

Paris, 8 mars.

« On peut se passer de bien des choses en France, dit quelque part le vicomte de Launay ; on peut se passer de poésie, on peut se passer de liberté, on peut même se passer d'esprit ,mais on ne peut plus se passer de commérage. Le commérage est une des nécessités de l'époque. » La boutade est déjà vieille et elle n'est plus qu'à moitié vraie. Au lieu de ce vilain mot de commérage qui est comme la *charge* de la causerie, mettez *renseignement*, et vous aurez en effet, comme dit Mme de Girardin, la « nécessité » de notre époque. Ce temps-ci tient surtout à deux choses : être amusé et être renseigné. A l'heure où les salons avaient une puissance, le renseignement se parlait, se colportait d'un bureau d'esprit à l'autre et grossissait ou se déformait très souvent dans le voyage. Aujourd'hui, le renseignement s'imprime. Il n'y a plus de causeurs à proprement dire ; il n'y a qu'un causeur gigantesque, un causeur inépuisable, un causeur extraordinaire, qui rabâche parfois, mais qui plus souvent a bien du nouveau à nous apprendre — et ce causeur, c'est le journal. Ce Gargantua de la causerie avale toute l'actualité et ne laisse aux beaux esprits de dessert que les miettes de son repas. C'est pourquoi, la plupart du temps, la causerie actuelle, — cette ombre blême de causerie que le cigare et la musique n'ont pas encore tout à fait réduite à néant, — se compose des bons mots de la gazette du matin ou de la nouvelle de la feuille du soir répétés simplement et récités par ceux qui se taillent de l'esprit tout fait dans la chronique.

Au surplus, elle n'est pas à dédaigner cette Chronique de tous les jours, sœur cadette de l'Histoire, et qui est à sa sœur aînée ce que le propos de couloir est au discours de la tribune, quelque chose de moins éclatant, sans doute, mais de plus curieux, de plus vivant, de plus mordant, une histoire qui n'a rien d'officiel, mais qui pourtant se pique de vérité, qui en sait long, en dit beaucoup et subsiste parfois comme un durable témoignage lorsque la voix de la majestueuse histoire est dès longtemps oubliée et comme éteinte. L'abjuration du roi Henri, c'est l'histoire. Le : « *Paris vaut bien une messe* », c'est la chronique.

La chronique, j'entends la chronique contemporaine,

la causerie du journalisme, a d'ailleurs revêtu, tour à tour, et rejeté bien des formes : elle a été mondaine, parisienne, narquoise, fine comme un babil et pénétrante comme une critique éveillée avec le vicomte de Launay ; très commère, indiscrète et conteuse avec Eugène Guinot, dont les propos de *Pierre Durand*, l'éternel récit des aventures de M. A... et de Mme B..., de M. X... et de Mlle Z... — tout l'alphabet y passait ! — divertissaient le public et l'intriguaient comme un rébus. Elle avait, avec Auguste Villemot, retrouvé, non pas le rictus amer de Voltaire, mais un sourire de franc bourgeois voltairien, très parisien et très averti, philosophe à la bonne franquette, spirituel en diable et dissimulant la verve d'un Chamfort sous la redingote de M. Perrichon. Et la chronique qui parlait la langue de *Candide* avec Valentin de Quévilly « le bon jeune homme », allait, un jour, emprunter le style de Duvert et Lauzanne et, se faisant pamphlet, contribuer à la chute d'un empire. Encore un coup, cette « commère » est une force et son petit air de fifre a sa valeur dans la mêlée. C'est le petit *turlututu* dont Frédérick II parlait un soir de bataille : « Messieurs, le héros de la journée, c'est un musicien de quinze ans qui, sous les balles, n'a cessé de jouer de son turlututu. »

Aujourd'hui d'ailleurs, plus que jamais, les historiettes de la chronique se rapprochent de l'histoire. Elle écrit sur la marge du grand livre officiel ; elle met des notes au bas des pages, elle complète le chapitre. Elle vit de faits et de vérités. Nous n'avons plus, hélas ! le loisir des fantaisies d'autrefois. Les anecdotes ne nous plaisent que si elles sont exactes. Cette soif de vrai, qui est le besoin du moment, on la retrouve — signe caractéristique — jusque dans les feuillets jetés au vent et éparpillés par les conteurs au jour le jour — les *impressionnistes* de la presse — ceux que de plus ambitieux qualifieraient d'inutiles !

Pas si inutiles ! C'est par eux que tout un côté d'une société, et le plus aimable à coup sûr, celui des mœurs, et par conséquent celui des femmes, revit et passe à l'avenir. C'est par Tallemant des Réaux que les belles mains et les toilettes de Mme de Montandre, les aventures de Mme de Champré ou l'esprit de Mme Cornuel arrivent à la postérité. Et vraiment, c'est bien quelque chose que de retrouver dans les feuillets tragiques de l'histoire l'image d'une jolie main ou le reflet d'un beau sourire, comme on retrouve une fleurette oubliée entre les pages d'un vieux livre.

M. Tom Taylor, le dramaturge anglais, qui fut aussi un érudit, s'était chargé, il y a quelques années, de mettre en ordre et de publier les papiers du peintre Joshua Reynolds. Il paraît que le portraitiste de ces jolies femmes de la fin du dernier siècle demandait parfois, — l'ambitieux ! — à ses modèles une boucle de leurs cheveux : on ne refuse pas une boucle de cheveux à un peintre qui fixe à jamais votre beauté sur une toile, et Reynolds conservait ainsi, dans des sachets de papier, des boucles de cheveux de ces adorables créatures qui avaient été Sarah Lennox ou Nelly O'Brien, mistress Lloyd ou Lady Hamilton, et M. Taylor retrouvait, en feuilletant les paperasses du peintre, des cheveux coupés sur la tête d'Emma Lyonna, la terrible maîtresse de Nelson.

Eh bien, voilà le lot du chroniqueur : il est le peintre de son temps. Il laisse à d'autres les parchemins officiels et les actes historiques, et ne s'occupe que de ces boucles de cheveux qui évoquent tout un passé et qui gardent encore, dirait-on, comme le parfum d'une société évanouie.

Par qui subsiste encore, et dans tout l'éclat de sa beauté, cette charmante comtesse Le Hon qui vient de mourir septuagénaire après avoir connu toutes les séductions de la vie la plus heureuse, la plus enviée, et toutes les épreuves des lendemains de la grandeur ? Par qui est-elle évoquée et ranimée dans toute sa grâce ? Par ces passants qui, autrefois, l'ont entrevue et ont fixé son image dans leurs tableaux de la vie de Paris, par l'auteur des *Nouvelles à la Main* ou par celui des *Guêpes*. Je me rappelle une page d'Alphonse Karr où le satirique cesse de railler en parlant d'une vente de charité organisée, au profit des Polonais, à l'hôtel Lambert, par la princesse Czartoryska. Cette exhibition d'épaules au bénéfice des malheureux n'inspire aux *Guêpes* qu'un vif sentiment d'admiration pour Mme de Rapepont, Mme Friant, lady Dorsay, Mme de Rémusat, Mme Victor Hugo et la comtesse Le Hon, « la plus adorable marchande qu'on pût voir ».

Mme Le Hon n'avait pas, au dire de ses contemporains, la beauté classique d'une Julia Grisi, par exemple, dont le profil athénien est demeuré célèbre, ni le regard profond, l'œil de tzigane de Mme Sand; elle avait mieux que cela, elle avait le charme, un charme de blonde aux cheveux de soie, et sa gentillesse spéciale était, m'assure-t-on, comparable à celle de Mme Théo, dont l'auréole blonde est d'ailleurs une perruque et dont les vrais cheveux sont châtains. Je ne m'imaginais pas ainsi la comtesse Le Hon d'après le portrait qu'en fit, je crois, Paul Delaroche. Mais certain livre des plus curieux — un de ces livres qui devraient être refaits tous les dix ans — les *Belles Femmes de Paris*, publié en 1839 par une réunion de gens de lettres et de gens du monde, nous donne le portrait à la plume de Mlle Françoise Mossellmann, devenue comtesse Le Hon et ambassadrice de Belgique à Paris :

« Mme Le Hon, quoique Belge, est le vrai type de la jolie femme de Paris. D'abord Mme Le Hon est blonde, d'un blond pâle, cendré et contenu que nous en saurions comparer qu'au blond de l'épi... Nous ne savons trop si Mme Le Hon a une chevelure très épaisse, mais elle l'a fort longue : des boucles fines et transparentes lui tombent assez bas de chaque côté des joues; un nœud artistement maintenu sur le fond de la tête la couronne d'un petit diadème... Les yeux sont bleus, non de cet azur opaque et fulgurant que donne le ciel d'Italie, mais d'un bleu tendre quoique vif et passionné; ils regardent admirablement, sans affectation ni mignardise, mais avec cette grâce friponne qui sied si naturellement aux blondes. La taille, ce signe distinctif des femmes de Paris, est prodigieusement fine, surtout si nous la comparons aux plans assez largement entendus des épaules, des seins et du col, qui sont tous d'un rose doux et d'une fraicheur fort engageante. La main, que nous avons toujours vue gantée, nous a paru heureusement tournée et adorablement mignonne. Une jambe finement arrondie par le bas profite des indiscrétions de la robe pour se montrer de temps en temps aux regards séduits et curieux. Tout cela forme un ensemble d'une harmonie parfaite. Mme Le Hon obtient dans les salons un succès fou, dont les femmes ont fini par prendre leur parti... »

Et, à ce galant portrait physique, le chroniqueur d'il y a quarante et un ans ajoute une infinité d'éloges moraux ou autres : Mme Le Hon est capricieuse, folle, coquette, dédaigneuse, fantasque, mobile; sa conversation est incohérente, quelquefois malicieuse, méchante jamais. Elle est artiste puisqu'elle s'essaie à peindre sur la toile. Elle use beaucoup de couleurs et brise beaucoup de crayons, mais « la plus belle œuvre d'art qu'elle ait jamais faite, c'est elle-même ». Elle est poète puisqu'elle compose elle-même ses robes, ses ajustements, ses couronnes de fleurs et sa coiffure et que jamais une main profane n'a touché à ses cheveux blonds. La toilette étant le style de la femme, Mme Le Hon pouvait passer pour un « compositeur de génie ».

Singulier livre que cette galerie des *Belles Femmes de Paris*, où la lithographie présentait tour à tour les portraits de Mme Gibus, de Mlle Falcon, de Mlle Anna Thillon, d'Ida Ferrier, — la femme d'Alexandre Dumas, — de la comtesse de Toreno, de la princesse Clémentine, de la baronne Athalin, de la comtesse Merlin, de la baronne Duvallier, de la marquise de Banes, de Mme Louise Colet, de Mme Doche et de Mlle Fitz-James ! Les coups de plume y étaient aimables, et ce petit pastel de

Mme Le Hon nous reporte au temps où Chopin rivalisait avec Listz, où le peintre mondain, élégant et choyé était Eugène Lami, tandis que la suprême fantaisie semblait, dans le *high-life*, emprunter un costume aux amazones d'Alfred de Dreux — époque intermédiaire où la duchese de Maufrigneuse, de Balzac, était déja morte, et où la *cocodette* de l'empire n'était pas née, mais qui voyait déjà apparaître, dans l'encadrement doré du salon de la jolie comtesse belge, les moustaches blondes et le front prématurément chauve de M. de Morny, soldat hier, député aujourd'hui, demain artiste en coup d'Etat et en coups de bourse.

Et c'est ainsi qu'avec une femme toute une époque disparaît, tout un chapitre est achevé : les élégances quasi-bourgeoises du régne de Louis-Philippe, les souvenirs du petit hôtel, de la légendaire *Niche à Fidèle*, accoté à la luxueuse demeure de l'ambassadeur de Belgique, la figure du duc d'Orléans formant là comme une antithèse avec celle de l'officier de l'armée d'Afrique destiné à devenir le premier ministre du second empire. Un souffle et tout est dit. De cette jolie femme au malicieux sourire, de cette aïeule attristée et ruinée, il ne reste qu'un nom — ce qui reste de toutes les charmeuses de ce monde, qu'elles aient traversé, dans le rayonnement de leur jeunesse, ou le théâtre ou les salons.

Au temps où les lorgnettes cherchaient, à l'Opéra, les boucles blondes de la comtesse Le Hon, la comédienne à la mode, la plus lancée et la plus tapageuse, était Mlle Déjazet, et la musique la plus chantée celle de

Loïsa Puget. On ne s'inquiétait guère de cet Hector Berlioz qui épousait, comme un fou, une tragédienne anglaise venue à Paris pour jouer Ophélie, et l'on ne se doutait guère que l'avenir réservait à cet « original » comme une espèce d'apothéose. Berlioz a ses fanatiques, et voilà que Richard Wagner menace, à Paris même, d'avoir ses dévots. Une femme d'un rare talent, qui traduit le chinois et qui adore la musique de Wagner, a eu l'idée de donner, devant quelques fidèles, un certain nombre d'auditions des œuvres du maître. Les wagnériens convaincus se réunissent, certains soirs, dans l'atelier de Nadar, et là, silencieux, communient en Richard Wagner comme les chrétiens aux catacombes communiaient en Jésus. De temps à autre, après quelque morceau de *Tristan et Iseult* ou du *Lohengrin*, un conférencier prend la parole et explique au public, pourtant initié, ce qu'on vient d'entendre. Je suis peut-être un welche, mais je ne comprends guère cette glose ajoutée à la musique. L'explication d'une sensation éprouvée me paraît quelque peu superflue. Mais quoi ! une sensation ! Il s'agit bien d'une sensation ou d'un sentiment ! La musique entendue là a bien d'autres mérites que l'humble musique chantée, on ne sait où, par la Patti ; et les fidèles de Wagner, groupés là-bas, autour d'un piano comme les fervents d'autrefois autour du baquet de Mesmer, renverraient bien vite les profanes aux vaudevilles d'Auber ou aux mélodrames de Verdi.

A un tel degré, l'admiration devient une religion, un fétichisme, et la critique n'est pas même autorisée à introduire un *article* 7 dans la pratique de l'éducation et du culte wagnériens. Heureux les demi-dieux de l'art qui rencontrent de tels disciples, prêts à pourfendre les infidèles !

Balzac trouva cet oiseau rare dans son éditeur même, Hippolyte Souverain, qui vient de mourir. Souverain fut pour Balzac et pour Dumas, et pour bien d'autres, une sorte de Providence. Tandis que Werdet exploitait l'auteur de la *Comédie humaine* et, dans tous les cas, publiait sur lui un livre assez mordant, Hippolyte Souverain se donnait tout entier à *son auteur*. Lorsqu'on célébra, après la guerre, le service funèbre d'Alexandre Dumas, dans le wagon qui nous emportait à Villers-Cotterets, il y avait un petit homme déjà plus que sexagénaire, courbé, blanchi, et qui pleurait presque en racontant de vieilles histoires sur le pauvre grand Dumas. C'était Hippolyte Souverain. Il gardait, comme certains libraires d'autrefois, les Barba, les Dentu, à son *édité* une affection presque paternelle. Il eût volontiers dit, comme cet autre :

— Je suis quatre fois académicien, dans la personne de quatre de mes auteurs !

Renduel, le fameux éditeur romantique, a laissé un renom moins cordial, et Ladvocat a fini comme il a pu, après un grand moment de vogue. J'ignore si Hippolyte Souverain laisse des *Mémoires*. Ils seraient, à coup sûr, moins amers que les *Souvenirs* de Werdet, qui noircit trois cents pages pour prouver que Balzac l'a ruiné, et aussi bienveillants que les *Souvenirs* de ce Jean-Nicolas Barba qui, en 1791, s'établissait au Palais-Royal avec deux cents francs, en donnait cent cinquante pour six mois d'avance de son loyer et, avec cinquante francs, faisait sa fortune.

Bon et beau type de libraire gaulois, la face ronde, le menton gras, la joue pleine, prédestiné d'avance à éditer Pigault-Lebrun, le grand-père de M. Emile Augier, comme son fils à lui, Barba, devait éditer Paul de Kock! Et comme Jean-Nicolas Barba l'aimait, ce Pigault-Lebrun ! Il partageait tout avec lui.

« Un jour, — c'est lui qui le raconte et le trait naïf est touchant, — un jour, la fantaisie me prit d'acheter deux plats d'argent ; *j'en offris un à Pigault.* Un autre jour, c'étaient deux paires de lunettes d'or ; je fis pour les lunettes ce que j'avais fait pour les plats, en disant : « O Pigault, *mon garçon* (je l'appelais ainsi), si j'ai « jamais un cabriolet, tu en auras un bien vite, *car je n'oserais pas aller en voiture et te voir marcher à pied.* »

Et la fin de l'histoire est aussi jolie : « On me vola mes lunettes d'or, ajoute Barba ; Pigault le sut et ne dit rien ; après sa mort seulement, sa femme me fit remettre une jolie lettre de souvenir, accompagnée des lunettes qui lui avaient appartenu. »

O mœurs antiques d'il y a un peu plus d'un demi-siècle ! C'est cette excellente femme de Pigault-Lebrun qui, très dévote, et son mari, l'auteur de ce livre du *Citateur* qui sentait le fagot, n'ayant pas voulu se confesser avant de mourir, disait, la pauvre sainte femme, — et c'est son glorieux petit-fils, M. Augier, qui nous l'a conté :

— Que c'est triste tout de même ! J'ai accompli toute ma vie mes devoirs religieux, et je souhaite pourtant d'aller en enfer, si Pigault y est, car je ne veux pas après ma mort, être encore séparée de Pigault !

Bonnes gens aux humbles vertus et d'une autre époque! Ils avaient d'ailleurs leurs ennemis. N'est-ce pas à Barba que Frédérick-Lemaître, prétendant avoir été dépouillé par lui, jetait, en le soulignant de son grand geste, ce cri de mépris demeuré célèbre :

— Monsieur Barba, vons n'êtes qu'un... *libraire!*

C'était à propos de cette bouffonnerie de *Robert Macaire*, dont Frédérick était, en grande partie, l'auteur : il l'avait, en effet, créée de verve et dictée ou écrite. Je ne crois pas que l'admirable comédien ait laissé une autre œuvre littéraire, si ce n'est peut-être certaine comédie qu'on n'a jamais représentée et qu'il appelait la *Tabatière*. On va justement vendre, dans quatre jours, à la Chambre des notaires de Paris, le droit de reproduction des « Œuvres Littéraires de Frédérick-Lemaître », et, pour bien peu de chose, le premier passant venu pourra devenir propriétaire de ce drame bizarre de *Robert Macaire*. Il suffit de déposer cent cinquante francs pour avoir le droit d'enchère, et la mise à prix de tout ce qui reste des inventions de Frédérick, la *Tabatière* et *Robert Macaire*, — dix actes! — est de « cent francs! » Cent francs! à peine un enjeu pour une de ces interminables parties de cartes que Gennaro commençait, en costume de théâtre, au café de la Porte-Saint-Martin pendant les entr'actes d'un drame, faisant répondre à son directeur, lorsqu'on venait dire que le rideau se levait et que le public s'impatientait :

— Dites à Harel qu'il paye ce que je perds ou que je ne joue pas.

Ces figures d'autrefois nous ont entraîné vers le passé.

Il y a pourtant du nouveau aujourd'hui. On s'est *fort assommé*, dit le Don César de *Ruy-Blas;* on s'est fort amusé, dirait-il s'il traversait Paris, en ce temps de carême. On y écoute des sermons, et l'on y conduit des cotillons. La théologie mondaine s'y mêle agréablement aux bals masqués. On a, dans le monde des littérateurs et des peintres, discuté le Père Didon, tout en commentant son *travesti* pour la fête donnée par Mlle Sarah Bernhardt. M. Clairin en avait fort joliment dessiné le programme. On a remarqué parmi les invités le sergent Hoff, dont la *tragi-sculptoress* achève le buste pour le prochain Salon. Ce brave sergent Hoff, que je revois encore avec son képi troué, la visière tordue du temps du siège, le voilà maintenant qui fait partie du *tout Paris!* Ses yeux bleus profonds de chasseur et de trappeur doivent regarder cependant avec un certain étonnement les manteaux vénitiens et les loups de velours. Timide, un peu mystique, d'une douceur terrible, plus fait pour enlever des redoutes que pour y figurer, le sergent Hoff se souvient-il encore du temps où il nous écrivait : « Chaque fois que je tire un coup de fusil, il me semble que c'est le Très-Haut qui guide mon arme! » On le citait, en ce temps-là, à l'ordre du jour; on le citera bientôt, dans le public des « premières », parmi ceux qui applaudiront Céline Chaumont et la *Petite Mère.* Mais Paris a mis du temps à l'adopter, et je me rappelle l'heure où, lorsqu'on leur contait les exploits du brave homme, ceux-là riaient d'un air incrédule qui prennent aujourd'hui le bon soldat sous leur protection.

En France, il ne s'agit pas seulement d'être un héros, mais d'être un héros à la mode.

Après les deux derniers *immortels*, M. Labiche et M. Du Camp, nous avons eu un nouvel *inamovible*. Inamovible, immortel, ces deux adjectifs n'engagent à rien, mais ils font plaisir. Ils sont caressants et pleins de promesses, ils donnent l'illusion d'une immortalité bornée; mais, en ce monde, tout est illusion. M. Albert Grévy succède à cet honnête homme d'Adolphe Crémieux, dont je sais un joli mot qui le peint tout entier.

— Monsieur Crémieux, lui disait-on, vous êtes un juif si libéral et si juste, que vous auriez, j'en suis bien sûr, plaidé pour Jésus-Christ.

— Moi? répondit Crémieux avec son fin sourire, certainement. Et je crois même, — je crois bien — que je l'aurais fait acquitter.

Je n'ai rien dit de M. Lemoine-Montigny dont nous suivrons aujourd'hui même le convoi, avec tout ce qui porte un nom au théâtre et dans les lettres. L'art dramatique lui doit beaucoup, et cette figure de vaillant et galant homme mérite un cadre spécial et mieux qu'un souvenir à la fin d'une causerie. Nous en parlerons demain. Paris, qui oublie vite, n'aura point, je pense, encore oublié!

II

M. Montigny. — Son passé : *Amazampo ou la découverte du quinquina.* — Le directeur. — Les origines de *Je dîne chez ma mère.* — *Un Beau Mariage* : M. Montigny et M. Augier.

Paris, 9 mars.

Arrêtons-nous devant ce loyal visage. L'existence parisienne se compose malheureusement de plusieurs chapitres, et la mort à Paris est une des formes de la *Vie à Paris*. Je veux ajouter quelques notes aux discours autorisés qui ont salué d'un dernier adieu le départ de cet homme vraiment remarquable.

Depuis que nous l'avions vu, debout, ferme encore, mais prêt à s'écrouler sous la douleur, dans cette église de Passy où, appuyé sur son digne fils vivant, il conduisait le deuil de son fils mort, M. Montigny était perdu. La douleur l'avait terrassé. Il ne s'était acharné à la vie et à la lutte que par devoir et aussi par amour pour cette vieille maison du boulevard Bonne-Nouvelle, qu'il avait comme fondée, qu'il avait du moins renouvelée, rajeunie, fortifiée!

Et puis il aimait le théâtre, la poudre des batailles, le salpêtre des *premières*, le bruit des bravos, la houle des résistances, tout ce qui est la vie de cet art surchauffé. Il avait été acteur, il avait été auteur. Le théâtre et « son théâtre », c'était un prétexte pour vivre.

Oui, il avait jadis écrit des vaudevilles, des drames, et lorsqu'il refusait une pièce à quelqu'un, — ce qu'il ne faisait qu'en toute connaissance de cause, — les mécontents se demandaient et faisaient parfois demander à quelque malicieux article de journal si l'auteur d'*Amazampo ou de la Découverte du Quinquina* était bien venu à se montrer si sévère?

Amazampo! la *Découverte du Quinquina!* c'était bien vraiment le titre authentique de certain drame représenté le mardi 21 juin 1836 sur le théâtre de l'Ambigu-Comique, et où Montigny lui-même avait rempli le rôle de don Gomès, vice-roi du Pérou, le principal rôle, à côté d'Albert, de Guyon et de Saint-Ernest! Et sous ce titre bizarre, quelque peu démodé aujourd'hui, se cachait un mélodrame fort bien fait, solidement bâti, que M. Lemoine-Montigny avait écrit en collaboration avec H. Meyer.

M. Montigny laisse d'autres ouvrages, *Zarah*, *Samuel le marchand*, *le Doigt de Dieu*, un drame intime tout à fait mâle intitulé *Un Fils* et précédé de l'*Auberge des Trois-Oliviers*, prologue ; — mais c'est *Amazampo* qui constituait pour la critique — et pour les satiriques — son principal titre à l'attention. Ce drame, en son temps, avait donné lieu à une singularité notable le soir de la première représentation. Le directeur de l'Ambigu avait fait distribuer aux spectateurs une notice explicative sur le quinquina et ses propriétés médicinales.

Quant à la pièce, j'en trouve l'analyse toute faite dans un recueil du temps, le *Monde dramatique*, fondé par Gérard de Nerval, et où, je crois bien, Alphonse Karr *faisait*, comme on dit, les *théâtres*. Cette curiosité vaut la peine d'être reproduite :

« La scène se passe en 1636 ; à cette époque, le Pérou est gouverné par le vice-roi, don Gomès de Cabrera del Chinchon ; Philippe IV règne en Espagne, Louis XIII en France. Amazampo, chef d'une tribu péruvienne, aime Maïda, qui ne l'aime point parce qu'elle aime Fernand l'Espagnol, Fernand le fils du vice-roi. Cette passion malheureuse et très peu sauvage d'Amazampo *lui donne la fièvre* et le pousse au désespoir. C'est alors qu'ayant bu, dans l'intention de s'empoisonner, de l'eau d'une mare dans laquelle étaient des troncs de l'arbre appelé *kina* et réputé vénéneux, Amazampo se sent guéri comme par enchantement, non de son amour, mais de sa douleur physique. Dès ce moment, les propriétés fébrifuges du quinquina sont découvertes.

« Amazampo profite de sa bonne santé pour oublier Maïda et se venger de ses oppresseurs ; le meilleur moyen pour satisfaire son cœur cruellement ulcéré est de laisser mourir les Espagnols un à un de cette terrible fièvre qui était en Amérique un mal presque sans remède. Le plan d'Amazampo réussit à merveille : les Espagnols succombent tandis que les Indiens résistent ; Lima est un vaste cimetière dont le sauvage s'est fait le pourvoyeur, puisqu'il a juré et fait jurer aux siens, sur l'autel du Soleil, de ne jamais divulguer le précieux remède. Cependant, la vice-reine va mourir de la fièvre; Maïda se sent émue pour la mère de son amant, mais on ne lui donne pas le temps de sauver la malade, et c'est Amazampo lui-même qui, par un très beau dévouement et le poignard sur la gorge de dona Théodora, l'oblige à boire la liqueur salutaire. Cette intrépidité scénique a été couverte d'applaudissements, ainsi que la scène où Amazampo, traîtreusement emprisonné, apprend que celle dont il a la grâce dans la main est en ce moment conduite au bûcher. Ces deux situations sont énergiquement écrites et d'un beau caractère. Le reste à l'avenant comme l'action, car Amazampo sauve Maïda et expire d'un coup de poignard que lui a mérité sa trahison. »

Sous ce compte rendu un peu narquois, à la mode en 1836 — c'est-à-dire à la Janin — on peut reconstruire le drame de Montigny. Écrit d'un style légèrement majestueux, dans l'école d'*Atala* et des *Martyrs*, il est vraiment émouvant, patriotique et agencé par un homme de théâtre. En le lisant, on y trouve des tirades du goût de celle-ci :

« Il y a un mois, dit Amazampo, à la suite d'un chagrin cruel dont le motif ne fut un secret pour aucun de nos compagnons, je fus atteint de la maladie qui fait en ce moment tant de victimes chez nos ennemis; le cœur souffrait en même temps que le corps; mon état fut bientôt désespéré ; en quelques jours la fièvre m'avait tué... j'allais mourir!

MAÏDA, *à part.*

Que dit-il?

AMAZAMPO

Le troisième jour, j'étais seul, étendu sur ma natte, brûlant, haletant, en proie au plus affreux délire. Je ne peux savoir ce qui se passa, mais je sentis tout à coup une grande fraicheur par tout le corps. La raison me revint. Je me sentis plongé dans les eaux du lac Oxicaya, précisément au pied d'un de ces arbres dont le lac est bordé, et que toujours nous avons nommés arbres de la mort parce que leur écorce distille une liqueur que nos pères appelaient un poison mortel...

OUTOUGAMYZ

Eh bien?

AMAZAMPO

Eh bien! mon père, cet arbre, c'est l'arbre de la santé; cette liqueur mortelle, c'est la vie! car cette eau dans laquelle il trempait ses racines et laissait tomber ses fruits, *cette eau dont je m'étais dans mon délire abreuvé largement*, cette eau où vous aviez dit que je buvais la mort, il me sembla qu'elle me rendait tout d'un coup la force et la vie. Le lendemain, j'osais presser sur mes lèvres cette écorce que j'avais si longtemps regardée comme un poison, et quelques heures après je sentais le feu de la fièvre qui abandonnait mes membres rafraîchis. Que vous dirai-je enfin? Grâce à cette liqueur bienfaisante, je recouvrai la santé. Ataliba, qui est ici, avec moi, et que j'aime comme un père, Ataliba fut frappé de la maladie, et comme j'avais été sauvé, je le sauvai aussi.

MAÏDA, *à part.*

Mon père!

AMAZAMPO

Je sauvai de même plusieurs de nos frères... mais toujours sans leur rien apprendre de mon secret... car ce secret, que le hasard m'avait fait connaître, c'est seulement devant vous, ô Inca, à la face de notre Dieu, devant le feu de l'autel, que je m'étais promis de le révéler! »

Aujourd'hui, avec notre humeur railleuse, je ne sais trop si l'on accepterait cet Outougamyz, vieillard centenaire, dernier rejeton des Incas, — des *Incas* de Marmontel, — dont Montigny avait emprunté le nom aux *Natchez* de Chateaubriand; peut-être ces Péruviens et ces Espagnols, cet Ataliba, chef de sauvages et ce don Fernand paraîtraient-ils un peu ridés quoiqu'ils ne soient pas plus improbables, à coup sûr, que les sauvages et les Portugais de l'*Africaine*. Mais, toujours est-il que lorsque l'Ambigu donna ce drame, le succès en fut complet. On rappela par deux fois Montigny, et comme acteur et comme auteur, et en l'acclamant à la chute du rideau on lui fit un triomphe double.

M. Montigny semblait avoir oublié ses succès d'auteur. Il n'en disait jamais un mot. Il se contentait de mettre son expérience et son autorité au service des autres. Il était vraiment le type idéal du directeur de théâtre, non pas un collaborateur, mais un conseiller, un accoucheur d'idées. Le goût très sûr, l'oreille très délicate, le tact très fin, il excellait non seulement dans la mise en scène — qui est un grand art — mais dans cette *guerre aux mots*, aux mots dangereux, qui est fort utile au théâtre. Il ne laissait rien passer, pas un *loup*, comme on dit en argot de coulisse. Ami intime de M. Désiré Nisard, il était *classique* en littérature, si cette épithète a un sens aujourd'hui. Otons classique, mettons puriste. Il savait exactement jusqu'à quelle hardiesse on pouvait aller sur son théâtre.

Trois hommes, en ce temps-ci, d'une destinée bien différente, mais d'une carrure, d'une robustesse et d'un tempérament analogues, ont eu à un degré extraordinaire le sens de leur maison, de leur création, de leur *chose :* Buloz, Villemessant et Montigny.

Sous l'apparence un peu brusque de Montigny, il y avait une tendresse, une délicatesse rare. Ce colosse rudement taillé gardait pour ceux qu'il aimait des attentions de femme. Alexandre Dumas fils avait déjà payé sa dette à Montigny, dans une de ses *Préfaces*. Montigny l'adorait. C'était lui qui l'avait non pas révélé mais vu grandir. Dumas, Sardou, Meilhac, Gondinet, avaient passé, à leurs débuts, par ce petit cabinet directorial du Gymnase, large comme un mouchoir de poche et qui a tenu tant de place dans l'histoire du théâtre depuis trente ans.

Il fallait voir M. Montigny à l'*avant-scène !* L'avant-scène, c'est le poste de combat du directeur. Assis dans un fauteuil légendaire, il écoutait, refrogné, et de sa voix forte donnait un avis, dictait un ordre. Avec quel art il savait *fondre*, comme les plans mêmes d'un tableau, les épisodes divers d'une pièce !

Il disait à un comédien :

— Pardon, monsieur, — ou mon cher enfant — vous dites trop bien ce que vous dites là.

— Comment, trop bien ?

— Oui ; vous faites trop d'effet. Vous êtes là pour donner une réplique. Donnez une réplique. Si vous taillez un premier rôle dans un personnage accessoire, le véritable premier rôle paraîtra épisodique. *A chacun sa place !*

« A chacun sa place ! » C'est la règle même de toute interprétation dramatique.

Et avec quel respect d'élèves à maître les comédiens écoutaient ses conseils ! Tous l'aimaient, et se seraient mis en quatre pour lui ! Après une répétition générale douteuse, ils recommençaient à répéter le lendemain, dans la journée, devant créer leurs rôles le soir. Pas un murmure. Et Montigny coupait, coupait. Les *coupures*, c'était son grand art encore. Il a sauvé bien des pièces à coups de ciseaux, en bon chirurgien. Parfois, il enlevait bien un peu de chair vive, mais la plupart du temps c'était de la chair morte, c'est-à-dire mortelle.

On lui rendait en dévouement ce qu'on lui devait. Non seulement l'excellent M. Chéri, son chef d'orchestre, son parent, se serait sacrifié pour lui, mais j'ai vu Landrol, le jour d'une *première*, rester sur le théâtre jusqu'à près de huit heures, jusqu'au lever du rideau, pour faire faire un travail dans le plancher à des machinistes, et Landrol jouait le soir et il avait une des responsabilités de la pièce ! Que ceux qui connaissent la nervosité des acteurs, le soir d'une *première*, comprennent la vaillantise de ce brave Landrol !

Un des sens très précieux de M. Montigny, c'était le sens de l'*honnête*. Ce n'était pas seulement un mot douteux, mais un sentiment douteux qui l'offusquait dans tel ou tel personnage sympathique. Il demandait alors, il réclamait une atténuation. Il aimait à faire intervenir le nom et l'image de la mère dans certaines situations pathétiques.

Un premier janvier, un *jour de l'an*, comme on dit, Lambert Thiboust, étant invité à dîner chez M. Decourcelle, arrive un peu en retard :

— Je vous demande pardon d'arriver passé l'heure, dit-il, mais figurez-vous que Mlle Alice Ozy voulait me retenir à dîner. J'ai été obligé de lui répondre, pour m'excuser, que je dînais chez ma mère! « Ah! ça! mais, m'a-t-elle dit, c'est la réponse de tout le monde! Tout le monde dîne donc chez sa mère aujourd'hui? »

Decourcelle avait écouté. Après le repas, il prit Lambert Thiboust à part.

— Savez-vous qu'il y a une bien jolie comédie dans ce que vous nous avez raconté?

— Quoi donc?

— L'histoire d'Alice Ozy! Et un joli titre : *Je dîne chez ma mère*. Voulez-vous que j'en parle à Montigny?

Montigny fut ravi. Voilà les idées qui lui plaisaient.

— Pourquoi ne m'apporte-t-on plus, disait-il parfois, des *Je dîne chez ma mère?*

Dans une comédie de MM. Émile Augier et Édouard Foussier, *Un beau mariage*, il y a une scène, au troisième acte, où Michel Ducaisne, un savant pauvre, vient emprunter 1,500 francs à son ami Pierre Chambaud, devenu riche.

— Et pourquoi a-t-il besoin de ces 1,500 francs? demandait M. Montigny à M. Augier.

— Parce qu'il a des dettes.

— Des dettes ! des dettes ! Cela va me gâter le personnage. Comment les a-t-il contractées, ces dettes?

— Ah ! ma foi, mon cher Montigny, vous m'en demandez trop ! répondait Augier en riant.

— Eh bien ! conclut un jour le directeur, voyons, — — qu'est-ce que cela vous fait ? — dites qu'il a dépensé ces 1,500 francs *pour soigner un ami malade.*

Tout l'homme est là, avec sa bonté mâle et son besoin d'honnêteté. Ceux qui l'ont connu ne l'oublieront jamais.

Et — quelle étrange chose que cette vie de Paris ! — Hier matin, on conduisait le deuil du directeur du Gymnase. Hier soir, à l'hôtel Continental, on portait des toasts à l'ancien directeur de la Gaîté, au maestro Jacques Offenbach et à la *Fille du Tambour-Major*. Funérailles ici, souper de centième là. Et ici et là, même public. Il y aurait un livre à écrire qui s'appellerait les *Antithèses parisiennes.*

III

Les visites aux ateliers. — Le dernier jour des envois. — Peinture et commerce. — L'atelier Gérôme. — L'École polytechnique. — Deux majors. — Verdi : *Aïda*. — *Attila* et M. de Bornier. — Le premier volume de l'auteur. — Eugène de Mirecourt. — La veuve de Lakanal.

Paris, 22 mars.

Les Parisiennes ont eu un but cette semaine : elles ont couru les ateliers des peintres. Ces visites aux maîtres en renom passent décidément dans les mœurs. Une élégante a son carnet d'atelier comme elle a son carnet de bal : à telle heure chez Henner, à telle autre chez Detaille. Il est de bon ton de parler d'avance et en personne experte d'un tableau que tout le monde n'a pas vu. Certains peintres se prêtent d'ailleurs de fort bonne grâce à ces caprices des mondaines. Ils ouvrent tout grands leurs sanctuaires, étalent sur le chevalet la toile encore embue et passent même, au besoin, une redingote et un pantalon gris-clair pour être aussi présentables que leur peinture. Je ne sais trop s'ils ont beaucoup à gagner aux éloges stéréotypés qui tombent des lèvres aimables de leurs visiteuses. C'est un peu toujours le même compliment banal, la même prédiction de succès, la même caresse faite à l'amour-propre et qui n'engage à rien. Leur lorgnon sur le nez, les belles visiteuses émettent doctoralement, devant quelque toile pleine de vigueur, de recherches et de trouble, des jugements dans le genre de celui-ci : « Décidément j'aime beaucoup *votre genre!* » Cela dit d'un petit ton net et sûr de lui-même qui n'admet pas de réplique. Il faut s'incliner, et l'on s'incline.

Elles vont ainsi par caravanes dans les ateliers, les filles d'Ève éprises d'inédit, de fruits verts, de primeurs, de tout ce qui n'est pas encore le mets du public. Si la toile destinée au Salon par l'artiste est achevée, tout est bien; il n'a qu'à savourer, devant son œuvre, les louanges qu'on ne lui marchande point, d'abord pour paraître connaisseur — ou connaisseuse, — ensuite par pure politesse. Mais s'il doit travailler encore, donner les derniers coups de pinceau, brosser un bout de ciel ou de terrain, ah! le malheureux! C'est devant tout ce monde qu'il lui faut fiévreusement achever le tableau. Sous peine de paraître un ours, un sauvage, un Huron qui ferme la porte de sa hutte, il est tenu de travailler comme en public, semblable en cela à ce pauvre diable de rapin tombé qui, naguère, enlevait un paysage « en cinq minutes » sur la scène d'un théâtre ou d'un café-concert.

Et c'est la faute ou la nécessité de notre vie moderne! Il y a, entre les mondains et les peintres, une promiscuité d'existence qui donne aux premiers une sorte de teinture d'art et les rend capables de raisonner ou de déraisonner à tout propos sur la question : tandis qu'elle enlève aux seconds une bonne partie de ce recueillement qui assure à l'artiste la force véritable. Evidemment ce n'était pas ainsi que travaillaient les Delacroix, les Rousseau, les Millet, ces espèces de fauves de l'art, enfermés dans leur atelier comme dans leur rêve ou perdus à travers champs comme des errants de l'idéal. Il semble que les peintres de la génération nouvelle, avec leur passion du bibelot, du japonisme, du succès de boulevard, soient auprès de ces rudes et timides travailleurs comme des étalagistes aimables comparés à des ouvriers solitaires. L'art, au surplus, se fait visiblement accessible, souriant, facile à vendre. Il n'est plus ni rébarbatif ni escarpé. L'objet d'art remplace l'œuvre d'art. Les boutiques de marchands de tableaux portent, sur leurs vitrines, les noms des peintres à la mode comme les grands magasins de nouveautés arborent, sur leurs affiches, les arrivages de porcelaine de Kioto ou de tapis de Karamanie. La pénombre discrète où se tenait, durant des années, un Léonard évoquant la Joconde, est désormais inconnue. Le peintre a pour lui la rue, le passage, le trottoir, le carrefour. Il a mieux que cela, et le nom du *Palais de l'Industrie* où se tient, chaque année, l'exposition des *produits de la peinture* caractérise excellemment le temps de fabrication artistique où nous sommes.

— Il y a tous les ans, me disait hier un grand artiste, un de nos derniers grands artistes, il y a la *Foire aux Jambons*, à la place du Trône, et la *Foire aux Tableaux*, aux Champs-Élysées !..

Et, depuis trois ou quatre jours, en effet, tous les

moyens de transport dont Paris dispose ont été mis en réquisition pour emporter vers le Palais de l'Industrie ces milliers de toiles fraîches qui iront s'accrocher je ne sais où après avoir causé tant de migraines aux visiteurs de l'Exposition. On eût dit, vers la rue Notre-Dame-des-Champs ou le Luxembourg, dans le quartier *pictural* de la rive gauche, ou sur la rive droite, le long du boulevard de Clichy et de la pente de la rue Pigalle, un transbordement gigantesque, quelque chose comme le jour du terme arrivant pour les tableaux. Sous les bâches de cuir des voitures de déménagement, sur les haquets à bras, les crochets des commissionnaires, à travers les portières des fiacres, on apercevait le rayonnement d'or des cadres de toutes dimensions, emportés là-bas, roulés comme un Pactole dont tous les grains de sable sont loin d'être des pépites. C'était, comme tous les ans, une hâte, une fièvre, une terreur de ne pas arriver à temps devant ce grand portail de pierre où tout s'engouffre, les chefs-d'œuvre s'il en est, et les croûtes qui ne manquent pas.

Qui n'a point vu l'escalier et les galeries du Palais des Champs-Élysées le dernier jour fixé pour l'envoi des tableaux, n'a rien vu. Paris n'a pas, je crois, de spectacle plus divertissant et plus curieux. C'est un afflux de tableaux, une cohue de toiles barbouillées, une sorte de halle artistique où les rapins remplacent la criée par des cris. Car il est encore des rapins. On les retrouve, ce jour-là, dans tout le débordement de leur gaîté et leurs explosions de jeunesse. Les chapeaux de feutre d'autrefois, les chapeaux *pistons*, n'ont même pas tous disparu. Le rapin, cet être antédiluvien, ce mastodonte de vingt ans, réapparait pour s'amuser, au dernier jour des envois. Tous les ateliers de Paris, atelier de Cabanel, atelier de Gérôme, atelier de Jules Lefebvre, et les petits clans des indépendants, — les protestants, les intransigeants, les modernistes, les naturalistes, les impressionnistes, les sensationnistes — se déversent dans les salles où les garçons apportent, en cognant les épaules et les fronts et en bossuant les chapeaux, les tableaux à travers la cohue. Toiles hardiment découvertes ou timidement enveloppées de serge, portraits, paysages, scènes de mœurs, scènes historiques, les rapins guettent tout au débusqué, accrochant au passage un mot cruel ou gai qui restera fiché dans le tableau entrevu, qu'on répétera le jour de l'Ouverture, qui sera désormais son étiquette.

Ah ! les malheureux peintres venant là pour suivre jusqu'au bout leur œuvre comme le père menant son enfant au collège ! Ils n'ont qu'à se boucher les oreilles, les infortunés, s'ils ne veulent pas entendre jaillir de ces bouches sans pitié le cri gouailleur des vingt ans qui s'amusent et l'épithète électriquement trouvée et qui tue ! Un portrait correct de jeune élégant serré dans sa redingote et tenant dans la main une badine passe, porté sur les épaules d'un commissionnaire : « *Saluez l'amant d'Amanda !* » Une étude de jeune femme en blanc apparaît, timide comme une fiancée, toute pâle : « *M*[lle] *Blanc-de-Céruse en costume de mariée !* » C'est, au défilé de chaque toile, une fusillade de mots, une décharge incessante de gouailleries criblant les toiles. Et l'auteur est là souvent, poignardé par ces inconscients qui s'amusent, et devant l'œuvre qui lui a coûté parfois tant de jours de fièvre, tant de nuits d'insomnie, entendant, comme une fusée sortirait d'un feu d'artifices, quelque plaisanterie plus distincte jaillir d'un formidable éclat de rire : « Oh ! cette tête !... Oh ! ce cobalt !... Au *Cobalt incomparable !*... L'auteur prendra un brevet d'invention !... Un brevet sans garantie de M. Bouguereau !... Et ça représente ?... La famille Bidard empoisonnée par des champignons !... Aussi quelle imprudence !... il faut toujours mettre une cuiller d'argent quand on fait cuire des cèpes ! »

J'en ai vu, de ces pauvres diables de peintres, vieux ou jeunes — avec des mentons imberbes ou des barbes de patriarches — écraser des larmes sous leurs paupières en passant ainsi, bombardés de quolibets, à travers la double haie des rapins qui regardent. D'autres fois la *charge* se fait plus aiguë. On porte en triomphe à travers les salles quelque malheureux bien et dûment convaincu d'avoir apporté et fait enregistrer une toile épouvantable. On lui décerne les honneurs ironiques. « *Vive le Raphaël des Batignolles !* » Il se débat; on le maintient, on continue, et tout pâle, emporté à travers cette foule goguenarde, la victime effarée assiste à cette raillerie publique de son œuvre, comme un coupable condamné au pilori.

Ils ont d'ailleurs, ces jeunes gens, des enthousiasmes vrais à côté de ces acclamations railleuses. Des œuvres inconnues, saluées au passage, sont, en une minute, devenues célèbres le jour même de l'*envoi*. Un beau tableau fait trou dans cet entassement de cadres. Dès qu'un morceau enlevé de main d'artiste apparaît, on accourt, on se range. Il y a des fronts qui se découvrent.

On a de ces respects à dix-huit ans. Et c'est comme une escorte d'honneur qui, brusquement, se forme autour de l'œuvre. Les succès du futur Salon naissent parfois, désormais incontestés, classés, historiques, dans cette première heure de tapage, de brouhaha et de cohue.

Les élèves de l'atelier Gérôme auront tous eu le loisir de faire du bruit dans ce dernier jour. Leur atelier est fermé. Ils se peuvent promener tout à leur aise, humer les grippes qui voltigent, comme des atomes, dans les rayons du soleil de mars, et voir, aux bois, feuiller les branches. C'est toujours une punition grave pour les jeunes peintres de n'avoir plus, durant tout un mois, les conseils et l'appui du maître. Il faut peindre au hasard, loin de la place d'habitude, les plus acharnés à leur œuvre expiant ainsi la faute des turbulents et des fous.

Je croyais que les *brimades* d'autrefois, les *scies* faites aux *nouveaux*, les charges d'ateliers qui semblent remonter aux temps légendaires de Bouginier, l'*échelle* où l'on attache le nouveau la tête en bas, la *broche en dos*, toutes ces variétés bestiales de la *drôlerie*, étaient abandonnées, comme des plaisanteries d'une autre époque. Mais point du tout. On continue à respecter ces traditions bêtes, dangereuses au besoin puisqu'elles ont, plus d'une fois, amené mort d'homme. On change encore volontiers le nouveau en martyr s'il a trop mauvais caractère. Tel peintre aujourd'hui célèbre a été laissé les pieds et les mains attachés à une chaise et le visage peint en noir d'ivoire, devant une boutique de la rue de Seine. Tel autre se vante d'avior fumé un nombre considérable de pipes dans les narines des nouveaux mis en croix. Ces variétés de supplices chinois sont agréablement mises en pratique par les gens qui deviendront membres de l'Institut ou propriétaires avenue de Villiers. Tant d'esprit, on l'avouera, aboutit vite à la sottise.

J'ignore si la politique, un peu partout rencontrée à l'heure où nous sommes, se glisse dans les plaisanteries faites aux nouveaux de l'Ecole des beaux-arts et si elle a été pour quelque chose dans la fermeture de l'atelier Gérôme, mais il est bien certain qu'elle se glisse, en cas de *brimades*, dans les mœurs nouvelles des élèves de l'Ecole polytechnique. Il y a longtemps qu'on a dit que l'éducation de l'Université et l'éducation par le clergé arrivaient à former littéralement deux France. Avec les élèves que font entrer, chaque année, à l'Ecole polytechnique les professeurs de la rue des Postes, il est bien certain qu'il y a maintenant deux Ecoles.

Cette vieille fraternité d'autrefois entre camarades d'une même promotion commence à n'exister plus guère. Assis sur les mêmes bancs, les polytechniciens sont séparés par un fossé immense. Il y avait jadis — il y a toujours — un *major* de l'Ecole qui commandait, en frère aîné, réglait amicalement bien des différends, imposait à tous son autorité, sous forme sympathique. Maintenant, la minorité de la rue des Postes a son major à elle, à côté du major de l'Ecole; et le *major de la rue des Postes*, comme on l'appelle très ouvertement, va, me dit-on, prendre le mot d'ordre chez ses anciens maîtres. Ce sont précisément des élèves de l'Ecole polytechnique qui, naguère, racontaient le fait suivant, très significatif à mon sens : tous les ans, à un moment donné, chaque élève comparaît sur la sellette devant ses camarades. C'est un usage. On lui adresse des questions, on lui reproche ses défauts. Il y a là comme une sorte de confession publique, et de *portrait moral* fait, tout haut, par les compagnons de travail, qui donnent souvent à réfléchir et permettent à plus d'un de se corriger. Or, au dernier moment, lorsqu'il s'est agi de faire comparaître ainsi devant leurs *copains* les élèves sortis de la rue des Postes, le major de l'Ecole a présenté au major de la rue des Postes, afin de ne blesser personne, la liste des questions et celle des reproches que l'on comptait adresser à ses camarades subordonnés. La politique se trouvait à peine effleurée dans cette liste et il eût fallu être de bien méchante humeur pour s'en fâcher. C'est ce que répondit très spirituellement d'ailleurs le major de la rue des Postes. Et chacun de défiler alors sur la sellette obligatoire.

Mais, s'il faut en croire ce qu'on m'a conté — je n'affirme rien, je répète, et même un ancien polytechnicien m'assure que le récit est exagéré. — on n'aurait point dans l'établissement de la rue des Postes accepté certaines plaisanteries avec autant de cordialité spirituelle que le major de la rue des Postes, et un des *pères* aurait alors répondu à son ancien élève, en examinant la liste des questions et des observations formulées d'avance — par écrit — pour sauvegarder tous les amours-propres : « Il est des choses, monsieur, que, même en matière de plaisanterie, on ne se laisse jamais dire lorsqu'on a une épée au côté. »

Je sais bien que cette épée, tous ces jeunes gens, quelle que soit leur foi, la tireraient vaillamment pour le service de la France. Leur jeune sang est tout au pays. N'importe, il n'en est pas moins triste que des hommes d'une même génération vivent ainsi, côte à côte, sous le même uniforme, mais étrangers aux mêmes idées. Ils semblent, dirait Mardoche, n'avoir point le crâne fait de même. Ils ont tous vingt ans, et les uns se tournent obstinément vers le passé, tandis que les autres contemplent l'avenir. Cette séparation si nette, cette coupure absolue, ne laissent point d'inquiéter bien des gens. L'histoire du major de la rue des Postes, que je l'aie, en tous ses détails, bien ou mal rapportée, est une preuve nouvelle de cette division complète qui s'accentue entre la France libérale, qui est la vraie France, et cette demi-France qui vieillit, enfermée dans la stérilité de ses regrets et de ses souvenirs.

Paris, qui a besoin de vivre, et à qui les souvenirs n'ont jamais suffi, attend toujours quelque nouveauté, que ce soit un voyageur comme M. Nordenskiold, qui vient de réunir deux océans, que ce soit un roman inédit ou un drame à sensation. On lui donnera presque en même temps *Aïda*, avec Verdi conduisant l'orchestre, et les *Noces d'Attila*, avec M. de Bornier, qui est pourtant le meilleur des hommes, chantant avec fureur la *Chanson de la hache*, un pendant à la *Chanson de l'épée* de la *Fille de Roland*.

> ... L'arme qui perce et qui brise,
> Bonne à tout gigantesque effort,
> Qui vole, broie, enfonce, arrache,
> Je l'aime ! — Et je chante la hache
> D'Attila, frère de la Mort !

Si M. Verdi conduit lui-même son orchestre, c'est qu'à son avis, il n'y a qu'un chef d'orchestre au monde, celui du théâtre de Gênes, Martini, *un génie*, dit l'aûteur d'*Aïda*. Quand il n'a point Martini, M. Verdi prend l'archet. M. de Bornier réciterait, lui aussi, très volontiers, les alexandrins qu'il met sur les lèvres des personnages de sa tragédie nouvelle, Hernock, Ellack, Herric, Gunther, Hildiga, Herklé, Gerontias, — car ce sont les noms un peu rudes de ses héroïnes et de ses héros. — M. de Bornier dit bien, en effet, et juste, avec son accent méridional très coloré. C'est un des auteurs de ce temps qui savent le mieux lire leurs ouvrages.

Pourquoi la Comédie-Française n'a-t-elle point joué les *Noces d'Attila* que va représenter l'Odéon et qui, paraît-il, ont un moment, à cause d'un patriotisme un peu trop bruyant, éveillé les susceptibilités de la censure? Le succès de la *Fille de Roland* semblait indiquer que le poète était désormais de la maison. Chose peu connue, cette *Fille de Roland* elle-même n'a été, jadis, reçue qu'*à correction*, comme on dit : — la correction, un pseudonyme aimable du refus. La *Fille de Roland* s'appelait alors *Charlemagne*. M. de Bornier remporta sa tragédie, la reprit en sous-œuvre, et la guerre venant donner une actualité d'ailleurs pénible au patriotisme de Roland et du vieil « emperor à la barbe florie », l'honnête et vaillant homme de lettres, qui, du fond de la bibliothèque de l'Arsenal, luttait depuis tant d'années contre le succès d'estime, rencontrait dans cette pièce à demi refusée — et qu'il venait relire avec ténacité — un succès de vogue et, pour tout dire, la gloire — ou la popularité, cette monnaie de la gloire.

Il y avait, en effet, près de trente ans que M. Henri de Bornier attendait son heure, trente ans qu'il avait publié son premier ouvrage, un volume de vers, maintenant introuvable, disparu comme tous ces volumes de début où les nouveaux venus mettent parfois le meilleur de leur âme. En 1845, M. de Bornier, arrivant de Lunel, faisait paraître chez l'éditeur Desloges, rue Saint-André-des-Arts, un volume in-18 portant ce titre : *Premières Feuilles*, et cette épigraphe empruntée à Virgile : *Versiculos*. Ce premier livre a d'ailleurs son originalité : la préface, qui est en vers, est écrite par le père de l'auteur, M. Eugène de Bornier, souhaitant du fond de sa province bon vent, bonne mer, aux écrits de son fils. Ils avaient tous, plus ou moins, ces Bornier, courtisé la Muse, de génération en génération, et M. de Bornier le père, s'adressant au futur auteur d'*Attila*, lui disait, dès 1845 :

Tes vers ont plus de prix que les miens, je suppose.
Qui pourrait entre nous décider de la chose?
Je l'admets. *Feu mon père en fit, à mon avis,*
Qui sentaient leur Dorat; à ce compte tes fils
En feront d'excellents, et tout cela fait croire
Que notre nom doit vivre au Temple de Mémoire.

Il ne devait pas, le bonhomme, resté là bas, au pays, calme dans son fauteuil, comme il l'écrit, et « condamnant en riant son passé poétique », voir le triomphe de son fils, mais M. Henri de Bornier doit plus d'une fois aujourd'hui penser à ce conseiller de ses premières heures, à ce guide de ses premiers pas, à ce *préfacier* de ses *Premières Feuilles*. Il y a du talent dans ce volume, où des fragments de drames, de tragédies avec

Pèdre le Cruel pour grand premier rôle, alternent avec des épîtres admiratives à Chateaubriand, à Lamartine, à Victor Hugo, ou plutôt à Charles Hugo, que Bornier engage à imiter l'auteur de *Ruy-Blas* :

Géant si tu l'atteins, Dieu si tu l'effaçais !

Dans une pièce dédiée « *A mon frère Edmond* » et intitulée *Souvenir*, je rencontre ces vers, dont le dernier trait est doucement touchant et qui marque bien le ton de ce premier volume tout entier :

J'avais seize ans. Un jour, dans la cour du collège,
Je courais, je sautais, je gambadais, heureux
Et fou, comme à seize ans, du bruit, des voix, des jeux.
— Age qui de la joie a seul le privilège ! —
On m'apporte une lettre. O ciel ! Un cachet noir !
Quelque malheur, mon Dieu ! De la main de mon père :

« O mes pauvres enfants, vous n'avez plus de mère ! »
Je pleurai tout le jour, et je partis le soir.

Près du *manoir* désert, le lendemain j'arrive.
Le soleil se couchait tout rouge, *j'entendais*
Se plaindre un rossignol caché dans les *cyprès*,
Et le ruisseau connu sanglotait sur la rive.
Mon père me reçut dans ses bras, sur le seuil.
On avait, dès la veille, emporté le cercueil.
— Pas même la revoir ! — La maison semblait nue,
Mes jeunes sœurs riaient sous leurs habits de deuil.
Cela brisait le cœur ! Et la plus ingénue
Disait : « Henri, maman n'est donc pas revenue ?

Lis ces vers que je veux t'offrir,
Lis sans trop pleurer, petit frère,
Pauvre enfant qui n'as plus de mère,
Mais qui, du moins, la vis mourir !

Un poète parnassien reprocherait à ces vers bien des rimes pauvres. Il aurait raison, et pourtant le sentiment qui les dictait reste pénétrant et naïvement ému encore, après bien des années.

M. de Bornier, qui fut longtemps un poète de salons, du salon de Mme Anaïs Ségalas et de Mme Ancelot, avant d'arriver à la foule, annonçait, en ce temps-là, sur la couverture de son premier livre, une série d'études littéraires : *Les Femmes poètes contemporaines*. Je ne crois pas que le volume ait vu le jour. C'eût été une suite de madrigaux plutôt qu'une collection d'articles de critique. A cinquante ans, M. de Bornier garde encore pour les muses de sa jeunesse des éloges attendris. Il ne compte ni leurs cheveux blancs, ni leurs rides. Il les voit telles qu'autrefois, et je le donne comme un des rares exemples de ceux qui restent fidèles à leurs admirations premières, bon comme à ses débuts et simple après son succès comme aux heures de lutte et de fière pauvreté.

Le monde cependant vieillit et change. On se modifie, on disparaît. Un homme qui fut tout le contraire de cette aimante et enthousiaste nature de Bornier, Eugène de Mirecourt, vient, dit-on, de mourir à Saint-Domingue, où il était allé comme missionnaire. Les journaux avaient déjà, l'an dernier, annoncé la fin de l'ancien pamphlétaire, qui avait pu lire alors les oraisons funèbres, assez méprisantes, prononcées par avance, sur une fosse seulement entr'ouverte. Ce fut un impatient, ce Mirecourt, un affamé de popularité, de tapage et d'argent. Il végétait en faisant des romans de pacotille ; un beau jour, il voulut crocheter le succès. Il écrivit les *Mémoires de Ninon de Lenclos* et les *Confessions de*

Marion Delorme: Lui aussi était d'avis que l'argent, fût-il ramassé par le littérateur dans la ruelle d'une courtisane, sentira toujours bon. Malheureusement pour lui, Mirecourt n'avait pas osé jeter par-dessus les moulins les couvertures de ses héroïnes ; ces *Mémoires* et ces *Confessions* étaient trop chastes. Ce ne fut qu'un demi-succès de scandale : une désillusion. L'homme alors essaya du pamphlet.

Il lança au tront de ses contemporains une quantité de petits livres jaunes, qu'on s'arracha par curiosité. Mirecourt avait déjà préludé à ce genre de biographies en écrivant contre Dumas père une brochure : *Fabrique de romans : Maison Alexandre Dumas et Cie*, qui lui avait valu un duel — ou un commencement de duel — avec Félicien Mallefille. Ses biographies des *Contemporains*, bien différentes des honnêtes études que M. de Loménie avait, peu d'années auparavant, signées : *Un homme de rien*, le conduisirent plus d'une fois en police correctionnelle et souvent en prison, sur la plainte de M. Émile de Girardin, par exemple.

Je trouve dans une biographie de Mirecourt — car il fut *biographié*, le biographe ! — une anecdote qui n'est peut-être pas tout à fait exacte, mais qui, en ce cas, vaut la peine d'être démentie. Mirecourt venait de publier dans le journal *la Silhouette* un article violent contre Alexandre Dumas. M. Dumas fils, indigné, envoie des témoins aussitôt demander raison au pamphlétaire.

— Vous venez de la part de M. Dumas fils? dit le biographe.

Il sonne sa domestique :

— Amenez-moi mon fils !

« La bonne reparaît avec un petit garçon de quatre ou cinq ans, tout barbouillé de confitures. Mirecourt regarde ses visiteurs très sérieusement et leur dit : « Messieurs, je suis convaincu que mon fils tient autant à mon honneur que le fils de M. Alexandre Dumas à celui de son père. Comme il est indispensable que les rôles soient les mêmes, c'est à lui que vous demanderez raison. »

Je laisse à MM. Th. Deschamps et Serpentie, qui l'ont contée, la responsabilité de l'anecdote. Je ne sais trop d'ailleurs si Mirecourt avait un fils. Mais il avait une fille, très charmante, d'une intelligence vive, qui, voulant s'affranchir, entra au théâtre, joua, non sans succès, à l'Odéon et au Théâtre-Historique, puis disparut, emportée toute jeune par un cancer. Elle avait, à la scène, pris le nom de Therval.

Mirecourt, lui, s'appelait Jacquot. Il prétendait descendre de Jacquot, baron d'Haracourt, qui, dans les guerres des *Rustauds* d'Alsace, avait bataillé sous le duc Antoine de Lorraine. Un jour, l'auteur d'*André le Montagnard*, du *Sire de Malines* et d'une foule de romans mort-nés, écrivit une nouvelle sous ce titre : *les Inconvénients d'un vilain nom*, et prit celui de la petite ville des Vosges où il était né. Et quand on pense que ce nom fut célèbre simplement parce que celui qui le porta se donna pour tâche de *faire peur* à ses contemporains ! Quand on songe que ce littérateur sans talent compta comme une puissance, qu'il fut une force, qu'il fut un type ! M. Legouvé le visa dans une comédie, le *Pamphlet;* M. André Thomas, le frère de l'acteur Lafontaine, dirigea contre Mirecourt une attaque en plein théâtre du Vaudeville, dans un drame, le *Pamphlétaire.*

Alors Mirecourt était heureux : il faisait du bruit. Il avait essayé du théâtre, jadis ; à la Comédie-Française, il donnait, avec Marc Fournier, une *Madame de Tencin;* aux Variétés — chose curieuse — un vaudeville, les *Tables tournantes*, avec le romancier Champfleury. Mais la fatalité de sa vie c'était de ne réussir que par le scandale. Veine bientôt épuisée. L'injure est ce qui lasse le plus rapidement le public après l'avoir le plus sûrement mis en éveil. Eugène de Mirecourt, devenu vieux, retomba peu à peu dans le grand silence de sa jeunesse. Puis on annonça qu'il entrait dans un couvent, puis qu'il s'était fait prêtre, puis qu'il était mort. Et de tout ce tapage d'il y a vingt ans, il ne reste plus rien, pas même un nom!

Mirecourt avait eu des collaborateurs, lui qui accusait Alexandre Dumas d'abuser de la collaboration! L'un d'eux, M. Pierre Mazerolle, qui a pu, *de visu* — et comme du fond de l'hôpital — écrire un livre poignant, affreusement sombre, la *Misère à Paris*, se facha parce que Mirecourt ne le payait point, et publia un pamphlet contre le pamphlétaire. Mirecourt se contenta de répondre :

« Je sais ce que c'est. Un peu de boue! Ça ne tache pas! »

Cet homme, mort repenti sous la noire soutane du prêtre, n'eût pas eu le droit de dire comme le vieux conventionnel Lakanal : « Je puis montrer mes mains en mourant : *rien dedans*, *rien dessus* ».

Lakanal! Sa veuve aussi vient de mourir. C'est encore un lien rattachant le présent au passé qui se rompt tout à coup. Il semblait, en apercevant la septuagénaire qui portait ce grand nom, qu'on entrevît une figure même de la Révolution. Bien des contemporains l'ont connu, d'ailleurs, lui-même, ce Lakanal dont Ginguené disait si bien : « Je veux faire passer en proverbe : *Servir ses amis comme Lakanal* ». Un matin de 1837, M. Mignet, l'historien de la Révolution, vit arriver chez lui un beau vieillard aux longs cheveux, ferme et droit, vêtu de l'uniforme de membre de l'Institut du temps du Directoire. C'était Lakanal. Il avait soixante-quinze ans et ses traits n'en accusaient pas soixante.

— C'est mon extrait de naissance qui est vieux, dit-il à M. Mignet, mais ce n'est pas moi! Et quand on me donne un grand âge, je réponds comme Moncrif à Louis XIV : *On me le donne, mais je ne le prends pas!* »

M. Mignet peut se vanter d'avoir reçu chez lui un des plus remarquables représentants de la savante et solide génération de la fin du dix-huitième siècle.

Mme Lakanal était fidèle à la mémoire de son mari. Silencieuse, circonspecte, elle parlait peu, cacha depuis la mort du conventionnel (22 juin 1844) les papiers, les notes, les souvenirs qu'il avait laissés, et ne permit guère qu'à Michelet d'y jeter les yeux. Encore était-elle soupçonneuse et inquiète. Dans ces derniers temps, elle s'était décidée à livrer à l'impression les travaux inédits du vieillard, mais elle ne devait pas goûter cette joie de les voir paraître. Ils seront mis en vente le jour même — jour prochain — où le département de l'Ariège élèvera une statue à ce Joseph Lakanal qui, lorsqu'on lui demandait ce qu'il fallait pour « terminer la Révolution dans la République et en commencer une dans l'esprit humain », — répondait simplement :

— Rien et tout : une loi sur l'instruction.

IV

De l'influence du téléphone et du phonographe sur la vie moderne. — Adieu les correspondances! — Les télégrammes de Mme de Sévigné. — Les *petits cartons* pour lettres. — Spirites et spiritisme. — Quelques évocations. — Mme Thierret et Alexandre Dumas. — Un bibliophile et un collectionneur. — Fernand de Marescot. — Walferdin. — M. de Nittis et les impressionistes. — Courses et *Coursing*.

Paris, 1er avril.

Je sais bien que nous vivons dans un siècle où la science marche à pas de géant; je sais bien qu'il est parfaitement ridicule de faire du paradoxe à propos d'inventions nouvelles; c'est là de l'esprit démodé. Il me tombait hier sous les yeux un article où, sans aller plus loin, Théophile Gautier, rendant compte des premiers voyages faits de Paris à Saint-Germain sur une ligne de chemin de fer, s'amusait à déclarer que le *railway* et le *steam-horse* étaient deux choses parfaitement ridicules et qui n'auraient, à la longue, aucun succès. Valait-il bien la peine d'être un romantique à tous crins pour en arriver à regretter les diligences, comme ce spirituel M. Thiers, qui était déjà « le petit bourgeois » en 1837?

Encore une fois, ces paradoxes, désormais vieillis, ne font plus sourire personne, et la science, Sa Majesté la Science, est la souveraine de ce temps, une souveraine incontestée et ultra-constitutionnelle puisqu'elle poursuit ses découvertes sous toutes les Constitutions, et parfois en dépit de certaines constitutions. Il n'en est pas moins permis, je pense, de se demander quelles modifications formidables le progrès amènera dans nos mœurs, notre façon de dire, de sentir, de penser même, et je vois et prévois, dès aujourd'hui, par exemple, dans l'installation des téléphones et l'usage des dépêches télégraphiques la perte de tout un art délicat et charmant, profondément français : l'art épistolaire, — cette causerie la plume à la main.

Il est évident que, lorsqu'on pourra converser d'un bout de Paris à l'autre sans sortir de son cabinet, le papier à lettres sera chose parfaitement inutile. On assure qu'il y a déjà deux ou trois cents téléphones installés autour de nous ; c'est huit ou neuf cents personnes qui peuvent jusqu'à un certain point laisser leur encrier vide. Lorsque nous aurons deux ou trois mille téléphones sillonnant Paris, adieu le cher bavardage par lettres : la grande ville ressemblera à une vaste assemblée de gens atteints de surdité et penchés, du matin au soir, sur leur cornet acoustique. Et quel étonnement! La personnalité même y disparaîtra. On ne sera plus, dans l'immense concert téléphonique, qu'un numéro matricule, comme au régiment ou au bagne : on notifiera au bureau central la volonté d'être mis, je suppose, en communication avec le n° 1700. Et sous ce n° 1700 qui sait ce qu'on cachera d'inquiétudes, de fièvre, de hâte ardente de savoir? Invention admirable, je n'en disconviens pas, et d'une utilité criante, soit dit sans jeu de mots. Je le salue, ce téléphone, comme un miraculeux événement, et Edison, qui l'a inventé, prend dans mon imagination un vague aspect de Génie des contes arabes, mais je n'en persiste pas moins à croire que, si la conversation y gagne, l'art épistolaire et la simple urbanité y perdront.

A quoi bon des visites, par exemple, avec le téléphone? Un simple souhait à travers l'espace : « *Vous allez bien? — Fort bien, merci!* » Tout est dit. L'instrument redevient silencieux et la politesse est faite. Au point de vue spécial de l'art bien français et bien féminin de la correspondance, le téléphone, après tout, est moins pernicieux que le télégraphe. La dépêche télégraphique est à la fois le succédané et le fléau de la lettre mise autrefois à la petite poste. Le télégraphe est à l'art épistolaire ce que le reportage est à la littérature. Il l'active et le supprime. On n'a pas grands frais de style à faire pour enserrer une communication quelconque dans vingt mots. Les adjectifs deviennent inutiles, les épithètes pittoresques sont encombrantes et coûteuses. On remplace par le langage enfantin des nègres cette claire et brillante langue française, qui compte justement des chefs-d'œuvre exquis en ce genre et en cet art particuliers. Qui sait vraiment si nous aurions la correspondance de Mme de Sévigné en supposant que le télégraphe eût été inventé du temps de Louis XIV? Sans nul doute la marquise, avec son prurit de plume et de verbiage, n'eût pas complètement renoncé à montrer à ses amis qu'elle avait de l'esprit et savait tourner une jolie missive. Mais elle eût, la plupart du temps, employé le télégraphe pour correspondre plus vite avec sa fille, et, au lieu de ces délicates causeries avec Mme de Grignan qui évoquent pour nous des tendresses infinies, et tout un monde de sentiments affinés, nous collectionnerions aujourd'hui des semblants d'autographes bizarres où Mme de Sévigné s'exprimerait à peu près ainsi :

« Imgrande, 12 mai 1680.

» *Grignan,*

» *Paris.*

» Arrivés. Beau temps. Loire superbe. Rossignols. Voulais voir Monsieur d'Angers. Pas reçu lettre Demain serons à Nantes. Trouverai vos lettres. Adieu.

» Sévigné. »

Et relisez maintenant la jolie lettre datée de ce beau pays silencieux où Mme de Sévigné se montre « lisant, rêvant dans un éloignement de toutes sortes de nouvelles, vivant enfin sur ses réflexions » — et voyez ce que nous y aurions perdu !

Mais, en dépit des lamentations, il faut bien que les destins s'accomplissent, et les destins des peuples c'est d'aller vers le progrès matériel et le bien-être du plus grand nombre. Il ne peut pas plus être question de ce que les délicats y perdent qu'on ne saurait s'occuper des fleurettes que les roues des canons écrasent lorsqu'il s'agit de mettre, au plus vite, sur un point donné, une batterie d'artillerie en position. Le télégraphe supprimera à la longue — cela est bien certain — tout un genre littéraire, et la tâche des Monmerqué de l'avenir se réduira à déchiffrer des télégrammes. Il n'y a rien à dire à cela et rien à faire. Le monde marche; personne ne l'arrêtera en chemin.

Les femmes pourtant, les femmes d'esprit, les mondaines, les oisives, pouvaient encore sauver cette causerie par lettres qui était un plaisir si charmant. Ce fut jadis pour elles une occupation et une séduction que de tourner galamment une invitation, de mettre dans le moindre billet un grain d'esprit ou un brin de sentiment. Elles triomphaient dans cette sorte de broderie délicate, car l'art épistolaire est un art de femmes, comme l'aquarelle. Ah! bien oui! Elles n'ont pas voulu!

Elles ont inventé ces papiers élégants, ces bouts de carton chiffrés qui laissent à peine de quoi loger sèchement trois ou quatre lignes abrégées, avec une signature au bout. Elles ont mis à la mode ces *tablettes* anglaises au format exigu qui semblent dire à celui qui écrit : « Pas de longueurs! Aucune expansion! Laconisme et économie de temps! » *Fa presto*, la devise de ce peintre de la décadence qui a décoré tant de monuments en Espagne, est aussi le mot d'ordre d'une société nouvelle qui n'a plus à s'attarder aux sentiers fleuris, qui va droit au but, supprime les périphrases, donne à ses billets les plus intimes le ton de circulaires et finira par faire lithographier d'avance un certain nombre de lettres toutes préparées pour les diverses circonstances de la vie : « *Remerciements; Félicitations pour un mariage; Lettres de condoléance pour une mort; Reproches amicaux; Effusion de tendresse.* » Il suffira, pour être correct, de remplir, sur ces cartonnages réglementaires, quelques passages laissés en blanc, et c'est à peine si quelques variantes dénoteront le degré d'intimité unissant celui qui envoie la lettre à celui qui la reçoit. Uniformité presque complète. Mais comme toute peine sera évitée! Et « le temps est de l'argent », à ce que disent nos maîtres.

Oui, vraiment, j'en veux un peu aux femmes d'avoir si vite renoncé à une de leurs prérogatives, d'avoir accepté les innovations des papetiers et remplacé le fin petit poulet, au format charmant, par ces cartonnages, aussi secs que les banalités qu'on leur confie. Mais les femmes, après tout, suivent leur temps, de leurs petits pieds, et, elles aussi, s'éprennent d'utilitarisme. Le temps du romanesque est passé.

Et cependant, s'il fallait en croire M. Eugène Nus, le temps du merveilleux serait enfin venu ! M. Nus est un auteur dramatique d'un vrai talent, qui a écrit avec Brisebarre des œuvres populaires vigoureuses et porté le naturalisme sur la scène bien avant qu'on appelât naturalistes d'autres négociants que les empailleurs. M. Nus est en même temps un esprit chercheur, qui a signé deux beaux livres : les *Grands mystères* et les *Dogmes nouveaux*. Il vient d'en publier un troisième beaucoup plus étonnant qu'il appelle *Choses de l'autre monde*, et qu'il dédie « aux mânes des savants qui ont nié et repoussé la rotation de la terre, la circulation du sang, la vaccine, l'ondulation de la lumière, le daguerréotype, la vapeur, l'hélice, les chemins de fer et l'éclairage au gaz. » Ces *Choses de l'autre monde* ont pour but de prouver que le spiritisme est une science comme le galvanisme, et que les tables tournantes, qui ont fait tourner tant de têtes, sont un phénomène indéniable. M. Nus nous rapporte avec beaucoup de foi les conversations qu'il eut jadis avec un guéridon, en présence de M. Antony Méray, de M. Brunier, de M. Pottier, qui fut, je crois, membre de la Commune, et de M. Victor Hennequin, ancien représentant du peuple, lequel mourut fou. M. Nus raconte ensuite l'histoire d'un *esprit* vivant, agissant, qui apparaît de telle heure à telle heure dans une famille américaine, y fait le ménage, y époussète les meubles, et *n'existe pas*. Cet *esprit* est une jeune fille fort jolie, et s'appelle, de son nom d'esprit, Katie King. « Je ne dis pas que c'est possible, répète M. Nus avec Williams Crookes, je dis que cela est. »

Et moi, je ne dis pas que cela n'est point, mais je serais tenté de dire que c'est impossible. En de telles matières, la crédulité devient quelque chose d'extraordinaire. Les spirites se sont réunis, cette semaine, autour de la tombe d'Allan Kardec, au Père-Lachaise, et lui ont souhaité mille prospérités, à travers la pierre du tombeau. Il eût été plus simple d'évoquer tout uniment l'esprit d'Allan Kardec (puisque ces sortes d'opérations sont faciles) et de converser avec lui, loin du funèbre paysage d'un cimetière. Mais l'hommage eût sans doute paru moins complet.

Ils ont le crâne bossué d'une certaine manière, je

suppose, ces spirites, et leur librairie spéciale, la *Librairie spirite*, rue de Lille, publie un certain nombre d'élucubrations que la foule ne connaît malheureusement pas assez. J'ai eu la bonne fortune de lire, ces jours-ci — les *Choses de l'autre monde* de M. Nus m'y avaient poussé — un volume tout à fait particulier, signé du nom de M. Albéric Duneau et intitulé : *Mes causeries avec les esprits*. C'est original.

Il s'agit ici du compte rendu des séances spirito-magnétiques tenues périodiquement dans une petite rue des Batignolles. On se livre là, grâce à quelque médium, à quelque sujet magnétique endormi, voire même au moyen de la *médiumnité* par le verre d'eau comme Cagliostro, à des communications orales, à des entretiens fort piquants avec les esprits. Ces esprits, qui sont variés, qui s'appellent Adèle, Jacques, Bernard, Gustave, — peu importe, — et qui, parfois, ont des noms plus célèbres, se livrent à des confidences qui devraient singulièrement étonner les esprits, si les esprits s'étonnaient de quelque chose. Il est de ces esprits mal faits qui n'entendent pas la plaisanterie, qui *haussent les épaules*, qui se fâchent, — par exemple cet esprit allemand qui arrive pour s'écrier :

— J'avais deux ans quand je vins à Paris ! Je suis fils d'Allemands ; les Français m'ont chassé de Paris à cause de la guerre ; eh ! bien, je me vengerai de tous les Français !

A quoi le maître spirite qui l'évoque répond judicieusement :

— Mais, malheureux, vous ne savez donc pas que vous êtes mort?

Il y a des *esprits* qui « se mettent à cueillir des marguerites » dans la chambre des Batignolles ; d'autres qui sacrent et jurent comme un cardinal Dubois ; d'autres qui racontent *Peau d'Ane*, une féerie de la Gaîté ; d'autres qui, décédés en 1750, s'étonnent qu'on les dérange après plus d'un siècle. Il y a des *esprits* juvéniles, — l'esprit Estelle, — mort d'une fluxion de poitrine attrapée à la Closerie des Lilas, et qui s'écrie, froissé dans sa pudeur virginale :

— La Closerie des Lilas ! Nous ne connaissons pas cela, non, monsieur !

Il y a des esprits qui viennent se plaindre d'avoir été volés, et qui, *retournant leurs poches* (les poches d'un esprit) et n'y trouvant rien, tempêtent avec fureur.

Puis, tout à coup, au milieu des doléances d'un esprit qui parle tout seul, comme dans un monologue de théâtre : « Cette solitude durera-t-elle longtemps ?... Sont-ils bêtes !... Ils m'enterrent vivante, je les appelle à grands cris et ils ne m'entendent pas ! »

— Pardon, madame, interrompt le magnétiseur, moi, je vous ai entendue. Voyons, expliquez-vous !... Voulez-vous me dire qui vous êtes ?

— Si vous me regardiez bien, répond l'esprit, vous verriez qui je suis, car qu'est-ce qui ne me connaît pas dans Paris ?

Ici, je pense que ce serait affaiblir la *Causerie* rapportée par M. Alfred Duneau que de ne la point donner telle qu'elle est imprimée à la page 11 de son livre :

« Mme M..., présente ce soir-là à notre séance, dit gravement M. Duneau, eut *l'inspiration* que c'était l'esprit de Mme Thierret. Elle me communiqua sa pensée, et je le demandai à l'esprit :

» Une dame, lui dis-je, me prie de vous demander si ce n'est pas vous Mme Thierret?

» L'esprit répète *avec emphase et fierté :*

» — Du palais-Royal !

» — Je n'ai rien su de votre maladie.

» — Oui, j'avais attrapé un froid.

» — Voulez-vous me dire votre âge, madame?

» — *Vous seriez le premier à qui je le dirais.* »

» ... A ce moment, des esprits lui apportèrent des épis de blé ; alors elle se récria en disant :

» — Ah ça ! qu'est-ce que cela signifie?

» — Quoi, madame?

» — On vient de m'apporter un bouquet comme jamais de ma vie je n'en ai reçu !

» — Voulez-vous faire une prière ensemble ?

» — Prier ! *Allons donc ! Dieu, je n'y crois pas !*

» — Eh bien, croirez-vous bien que vous êtes morte?

» — *Oui, puisque j'ai vu mon convoi !* »

Pauvre Mme Thierret, qui nous a tant fait rire de son vivant, il faut encore que les évocateurs spirites nous égayent involontairement avec le souvenir de cette duègne étourdissante et d'un comique si fin ! Je la retrouve dans ces *Causeries* de M. Duneau *avec les esprits*, revenant tout à coup, au milieu d'une séance, pour donner aux spirites des Batignolles ce renseignement d'outre-tombe : « Je viens vous dire, mes amis, que je suis bien heureuse. *J'ai toujours des anges autour de moi.* Ils me tracent mes occupations, et je leur obéis comme un enfant obéit à son maître. J'ai suivi vos conseils, monsieur, j'ai pensé à Dieu, j'ai prié, et c'est pour cela qu'on s'occupe de moi. *Je reviendrai dans huit jours.* Ces groupes me plaisent. Travaillez, mes amis, moi je travaillerai aussi. Votre toute dévouée, Mme Thierret. »

On a parlé jadis, en manière de raillerie, des conversations de M. Baudelaire avec les anges. Mais les dialogues de Mme Thierret avec les séraphins ne manquent point d'une certaine imagination folâtre qui brave le ridicule. Et le livre où je rencontre ces belles inventions est tout rempli de semblables étonnements. Ces folies sont une religion pour des milliers de gens. Ces menus propos échangés avec les fantômes sont écoutés bouche bée et avalés comme eucharistie par les adeptes. Une demoiselle J..., médium, s'assied devant un verre d'eau et demeure là, les yeux écarquillés, regardant on ne sait quel tableau fluidique d'elle seule aperçu. Tout à coup, elle aperçoit distinctement, dit-elle, « une dame en noir qui descend au fond de la mer. » Ce spectacle est déjà assez surprenant, mais ce n'est pas tout : « Cette dame cherche deux enfants; *elle les trouve* et les emmène avec elle. » Où ? Comment ? Peu importe. « Le medium voit le fond de la mer ; ce tableau est si grandiose qu'il se trouve interdit à la vue de tant de choses *et ne peut nous donner* (je cite le volume) *aucune explication.* » Honnête medium ! Au moins Mlle J... a de la conscience : elle voit, mais n'explique point.

Pas plus qu'Alexandre Dumas père, que M. Duneau

fait sans façon comparaître à la barre de la rue Gauthey, aux Batignolles. Esprit bon enfant que celui de Dumas arrivant spontanément et disant tout rondement : « Ne craignez rien, c'est un ami qui vous parle. Je suis Alexandre Dumas ; je suis des vôtres, moi, mes amis ! »

Soit. Mais quelle question croyez-vous qu'on adresse à l'esprit de Dumas ? On va lui parler de Rabelais, dont il eut presque le rire, ou de Shakspeare, dont il admirait le génie ? Pas le moins du monde. Les spirites de la rue Gauthey lui demandent tout simplement :

— Est-ce que vous voyez Mme Thierret ?

Mme Thierret semble décidément jouer un très grand rôle dans l'école des Batignolles.

Et quand Dumas a déclaré que Mme Thierret est « heureuse » :

— Merci, ami Dumas, lui répond familièrement le spirite ; est-ce que vous voyez Pierre Dupont ? Pourriez-vous nous l'amener ?

Mais il paraît que Pierre Dupont n'est pas « fort heureux ». Il vit à l'écart. Il est demeuré rustique, presque sauvage. Il ne viendra que plus tard. C'est Dumas qui nous l'apprend, l'esprit de Dumas, un esprit cordial qui « serre la main » du magnétiseur en lui disant ; « C'est pour toute la société », et disparaît, sans doute en éclatant de rire.

On passerait pour naïf à s'indigner de ces niaiseries quelque peu sacrilèges. Avec ces diables de spirites Luther n'aurait plus à dire en parlant des morts : « Je les envie parce qu'ils reposent ! » Ils ne reposent point. On les fait voyager, on les appelle, on les dérange, on les sert, comme un personnage à la mode, à tous les badauds accourus. Il y a chez ces évocateurs une candeur si complète qu'on ne peut se fâcher de leurs extravagances. Le côté triste de cette religion du spiritisme née de l'appétit du mystère qui fait le fond de la nature humaine, c'est que ces docteurs en l'art d'exploiter la crédulité publique enfoncent souvent plus avant que de vrais grands hommes leur nom tapageur dans la mémoire de la foule, et qu'on voit, par exemple, le souvenir d'un Allan Kardec pieusement célébré par des disciples lorsque le monument élevé à la mémoire d'un maître peintre, Thomas Couture, est inauguré dans ce même cimetière du Père-La-Chaise, à deux ou trois jours de distance, sans que les artistes y viennent en grand nombre et que la presse en dise, en passant, plus que quelques mots.

La presse a fort peu parlé d'un jeune homme, M. Fernand de Marescot, né riche, mort trop tôt, et qui, pouvant mener une vie inutile, laisse du moins, en tombant avant l'heure, une carte de visite à l'avenir. C'est par une excellente édition de Beaumarchais, une édition définitive entreprise avec M. Georges d'Heylli, que le nom de M. de Marescot reviendra plus d'une fois sous la plume des lettrés. Bibliophile passionné, bon dépisteur de raretés littéraires et flaireur d'*inédit*, M. de Marescot avait fait de Beaumarchais une étude spéciale : il était *beaumarchaisiste* comme d'autres sont *moliéristes*, puisque ces barbarismes sont à la mode. Caron était « son homme ». J'ai vu chez lui d'énormes volumes composés de *Lettres* ou de *Copies de lettres inédites* de Beaumarchais, acquises à prix d'or. Il se proposait de donner une suite à son édition, bourrée de morceaux inconnus, du *Théâtre* de Beaumarchais ; c'était la *Correspondance de Beaumarchais*. Le travail était commencé. La mort est venue l'interrompre. Par qui sera-t-il repris ? Et même sera-t-il jamais repris ? Que vont devenir ces pages inédites, d'un intérêt capital, ces *Lettres* d'une valeur considérable ?

Fernand de Marescot avait été, durant la guerre, porté à l'ordre du jour de l'armée et décoré de la médaille militaire dans une circonstance fort piquante et curieusement périlleuse, qui est bien une aventure faite pour un bibliophile et pour un brave. C'était en décembre 1870. Le futur éditeur de Beaumarchais avait pris rang dans un bataillon de mobiles. Il portait allègrement le sac et, fort élégant, habitué, comme tant d'autres, aux douceurs de la vie parisienne, il allait au feu avec entrain. J'ai causé avec lui au plateau d'Avron ; il n'oubliait là ni ses livres, ni son dix-huitième siècle. Un jour, à Epinay, son bataillon étant cantonné dans les maisons, Marescot avise, au premier étage d'une villa, une bibliothèque excellemment fournie et, sur les rayons, un exemplaire d'un pamphlet assez rare contre Beaumarchais, *son* Beaumarchais, à lui, son héros et son bien.

Il s'assied, parcourt le volume, tire de sa capote un carnet de poche, et, son chassepot entre ses jambes, prend des notes, absorbé par son travail, enchanté de sa découverte et sans entendre le clairon qui ordonne la retraite. Quand il a fini, le volume une fois replacé dans la bibliothèque, il met le nez à la fenêtre. O stupéfaction ! En bas, dans le jardin, sous les arbres sans feuilles, il y a des uniformes ennemis et des casques prussiens. Le bibliophile est prisonnier, Beaumarchais a compromis son éditeur. Marescot prendra, comme captif, le chemin de Kehl, où M. Caron, au siècle passé, faisait imprimer Voltaire !

Eh bien, non, le voyage ne lui plaît pas. Le mobile de Paris ouvre la fenêtre, enjambe la balustrade, saute dans le jardin, tombe au milieu des Allemands, lâche son coup de fusil, bondit par-dessus les haies et, toujours courant sous les balles qui le poursuivent, rejoint l'arrière-garde de la colonne française et rentre sain et sauf à son bataillon où le fourrier le portait déjà comme absent : — *Disparu* ou *mort*.

Et c'est ainsi que ce pauvre et gai garçon, enterré hier, gagna pour son édition de Beaumarchais une *note* peu connue dont il constatait l'originalité, et, pour la boutonnière de son habit, un morceau de ruban jaune dont il était très fier.

Ce fut là un type de jeune lettré élégant, comme M. Walferdin, dont on vend dans quelques jours la bibliothèque, les gravures et la collection d'œuvres d'art, fut un type de vieil amoureux des jolies choses du temps passé, un amant du dix-huitième siècle, lorsque le dix-huitième siècle était encore méconnu et qu'on vendait deux ou trois francs, sur les quais, une gravure de Moreau le Jeune. Ancien représentant du peuple, physicien remarquable, inventeur du thermomètre différentiel qui porte son nom, M. Walferdin s'était comme retiré dans son logis de l'île Saint-Louis, et il y vivait en compagnie de Fragonard. Ah! Fragonard! C'était, je ne dirai pas « son homme », cette fois : c'était son Dieu, son demi-dieu, si l'on veut, car Denis Diderot passait peut-être avant *Frago* dans l'admiration de M. Walferdin. Encore n'en répondrais-je point.

Avec sa belle tête aux cheveux blancs, ce vieillard de quatre-vingt-cinq ans s'enfermait, là-bas, dans sa solitude, entouré des bustes de Diderot, de Franklin, de Washington, de Mirabeau, de M.-J. Chénier, terres cuites originales de Houdon, chefs-d'œuvre qu'il a légués en partie au musée du Louvre (les trois premiers de ces bustes du moins). Ses thermomètres et ses instruments de physique alternaient sur ses murailles avec les Fragonard bien-aimés. Fort peu riche, Walferdin avait vendu, il y a douze ou quinze ans, sa collection à M. de Montbrison, moyennant vingt mille livres de rente. La somme paraît forte. Ce n'était rien; on le verra par les prix qu'atteindront de telles œuvres d'art. Mais, après la vente de cette collection déjà ancienne, Walferdin avait recommencé une petite galerie qui, à sa mort, est revenue à des collatéraux qui la font vendre. Un pauvre professeur de collège, cousin et héritier de M. Walferdin, est même devenu fou de joie à l'idée qu'il allait partager la modeste fortune du vieillard :

— Je suis millionnaire! disait-il naguère. Maintenant, grâce aux Fragonard de mon cousin, je diminuerai l'impôt pour tous les Français!

Le rêve était généreux. On a conduit le rêveur dans une maison de santé.

M. Walferdin est mort au mois de janvier dernier,

fidèle aux convictions de toute sa vie. Il y avait du feu dans sa chambre de mourant, et le bois, en se consumant, faisait dans la cheminée ce pétillement qui ressemble au bruit d'une fusillade. Walferdin moribond se dressa sur son séant et, croyant entendre les détonations d'une bataille dans la rue :

— Quel roi, dit-il tout à coup à son vieil ami Etienne Arago qui le veillait, on se bat ! quel roi veut-on mettre sur le trône ?

— Non... Non... On ne se bat pas, répondit Etienne, c'est le feu qui crépite.

— Ah ! tant mieux, fait alors le vieillard, je hais tant la guerre civile !

Il se produisit alors, dans ce cerveau d'octogénaire, un phénomène étrange. Walferdin mourant se mit à réciter, mot pour mot, une lettre qu'il avait écrite soixante ans auparavant à son père. « Mon bon père ! » disait-il en s'endormant et pour toujours. C'est le mot sublime et doux du sculpteur Préault mourant et disant en souriant sur l'oreiller : « Je vais rejoindre papa ! »

Voilà des savants, des artistes, des hommes. Je doute, soit dit sans offenser personne, qu'il s'en trouve d'aussi profondément convaincus dans ce groupe de peintres indépendants que le public a baptisés et continue à baptiser du nom d'*impressionnistes*. Les impressionnistes viennent d'ouvrir, rue des Pyramides, dans une maison nouvelle, aux murs humides, leur cinquième exposition de peinture. Il y a là de tout un peu, de l'excellent et du pire. L'excellent n'appartient pas plus à l'école de l'*im-*

pression pure que le pire n'appartient à l'art. Ce qui est bon est très achevé. Ce qui est détestable serait affreux sous n'importe quelle étiquette.

Les danseuses de Degas, d'une vitalité si extraordinaire, les dessins et les peintures de M. Lebourg, le portrait de M. de Goncourt, par M. Bracquemard, d'autres tableaux encore, sont des œuvres tout à fait supérieures, d'un art spécial. Mme Berthe Morizot elle-même, qui est bel et bien impressionniste, impressionniste non repentie, donne, çà et là, comme miss Cassatt, — une américaine, — des notes attirantes, d'une blancheur singulière. Mais ce qui est surprenant, hors de pair, dans cette exposition, ce sont les tableaux et les études de M. J.-F. Raffaelli, une sorte de Meissonier de la misère, le peintre des deshérités, le poète de la banlieue de Paris, un tempérament singulier, puissant et fin, mi-parti flamand et parisien, un nouveau venu dont je raconterai, quelque jour, les tâtonnements, la genèse artistique et l'histoire. Mais M. Raffaelli n'a rien de l'*impressionniste*.

Cette exposition des « impressionnistes » est, avec celle de M. J. de Nittis, organisée dans les galeries de l'*Art*, une des attractions de la semaine. Avant peu, ces tableaux achevés et ces pastels exquis de M. de Nittis partiront pour Londres. Les amateurs mettent autant de hâte à les aller voir que les savants à acclamer M. Nordenskjold et les *book-makers* à suivre les courses. Et pourtant les *réunions* se multiplient ! Courses au bois de Boulogne, courses à la Croix-de-Berny, comme au bon vieux temps, courses militaires et sauts d'obstacles au palais de l'industrie ; *coursing* sur la piste d'Enghien : — *coursing*, c'est-à-dire étranglement de quelques malheureux lapins ou lièvres par des lévriers lâchés sur leur proie. Plaisir sauvage, en somme, aussi brutal et moins pittoresque qu'une course de taureaux, aussi sanglant et aussi inutile qu'un combat de coqs, aussi pénible qu'un combat de rats, — plaisir de blasés qui ne s'acclimatera pas facilement en France, je crois, et dont les partisans n'ont jusqu'ici trouvé qu'une excuse pour opposer à ceux qui protestent et trouvent un peu cruelle cette exécution de levrauts ou de lapereaux tremblant de peur par de grands diables de lévriers aux crocs féroces :

— Que voulez-vous ? le lapin se sauve, le lévrier le poursuit ! C'est tout naturel !

Eternelle histoire : c'est le lapin qui a commencé.

V

A propos de Marie Bière. — Le revolver en amour. — Mlle de Lespinasse, sainte Thérèse laïque. — L'honnêteté au théâtre : Rose Chéri et Fanny Kemble. — Le tombeau de Marie Dorval.

Paris, 7 avril.

Depuis longtemps un procès n'avait autant surexcité l'attention publique. Il n'est question, dans tout Paris, que de l'affaire de la rue Auber. Hier, au concours hippique, on ne parlait que de deux choses : la lettre du prince Napoléon et le procès de Marie Bière, et le coup de revolver de la comédienne obtenait, il faut le dire, plus de succès que le coup de théâtre du prétendant. Il y a vraiment autour de ce nom de Marie Bière une poussée d'émotion tout à fait extraordinaire. Le monde des coulisses, particulièrement, en est comme bouleversé.

— Est-ce qu'on répète la *Vie de Bohême* comme on l'a annoncé ? demandions-nous hier à un artiste du Vaudeville.

— Ah ! bien oui ! fit-il, on a l'air de répéter, mais on

ne s'entretient ni de la pièce, ni des rôles, ni des effets, on ne s'occupe que de Marie Bière. Les uns tiennent pour la jeune femme, les autres plaident pour M. Gentien. Mais le nombre des partisans du sexe fort est beaucoup moins considérable. Mlle M..., qui jouera Musette, est une des plus enthousiastes de la conduite de Marie Bière : « Ah ! s'écriait-elle en plein théâtre, si je tenais mon premier amant ! »

Voilà bien la moralité de l'histoire. Le revolver entrera plus souvent désormais en ligne de compte dans ces liaisons de hasard. Puisque nous sommes au théâtre, nous pouvons bien risquer un mot de l'argot spécial de la scène. Eh bien ! Marie Bière met à la mode un nouveau mot d'ordre. Les théologiens assurent que Dieu ne veut pas la mort du pécheur, mais les comédiennes vont déclarer avant peu qu'elles désirent toutes la mort « du *lâcheur* » (je parle comme dans une répétition théâtrale).

A mon sens, d'ailleurs, l'espèce d'explosion de pitié qui éclate autour de Marie Bière me paraît légèrement intempestive. Il ne s'agit pas ici d'une séduction entraînant la chute d'une ingénue, et quand on a passé par les couloirs du Conservatoire et les logettes du petit théâtre de la Tour-d'Auvergne, on doit savoir tout au moins comment une fille d'un certain âge peut défendre sa vertu. Garde-toi, je me garde ! Mais comme tous les sentiments de ce monde ont une cause, il est facile d'expliquer l'évidente sympathie que témoigne le public à cette accusée. C'est la mère en elle qui paraît sacrée, comme le père a semblé assez dur et indifférent aux auditeurs et aux lecteurs du procès. La femme devenue mère et délaissée, frappée dans son enfant qui meurt. châtiée de sa passion par la perte de l'être né de sa chair, voilà qui est, pour la foule, digne de pitié et de pardon. On n'a pas vu, dans cet homme qui vit, comme tant d'autres, de l'existence facile et sans devoirs de la vie parisienne, un amant de passage qui croit avoir assez fait pour une maîtresse lorsqu'il s'est conduit en *gentleman;* on a vu le père abandonnant son enfant, l'homme aimé, oublieux de l'amour qu'on lui a prodigué, et fuyant la mère désolée comme il avait délaissé l'enfant innocent. De là tant d'apitoiements inattendus.

C'est que le bon sens et le bon cœur de la foule ne vont point, comme on dit, par quatre chemins : il faut qu'un père soit un père et aime cet enfant qui n'a point démandé à naître. Quant à la maîtresse, si elle n'eût pas été mère, on se serait plus facilement expliqué la lassitude d'un homme qui, sans doute, ne tenait pas à collectionner des autographes étrangement passionnés. Certes, les lettres de Mlle de Lespinasse, cette sainte Thérèse laïque brûlant pour un Christ en chair et en os et qui n'avait rien du Sauveur, sont des modèles de flamme épistolaire. Mais il pouvait paraître fatigant à M. de Guibert, ce Gentien du dix-huitième siècle, de recevoir des épitres d'un ton aussi obstinément embrasé. La pauvre Mme de Praslin fut, elle aussi, une Lespinasse légitime. Ces grandes amoureuses ont un nom, et je lisais hier une leçon du professeur Lasègue sur les *Cérébraux*, leçon que les jurés eussent pu consulter. Il y a là un nervosisme irritant et une exaltation quasi-morbide qui peuvent bien, à leur tour, donner sur les nerfs d'un homme dont l'idéal, dans l'existence, est de prendre ses aises et de vivre à sa guise, tout simplement.

Mais, encore une fois, le public ne discute pas. Il a *adopté* Marie Bière. L'aventure de la rue Auber devient, dans l'imagination publique, quelque chose de sentimental à la fois et d'héroïque qui plaît beaucoup en ce siècle de prose. Cela est romanesque, exalté, extraordinaire; cela console du naturalisme! Et Marie Bière semble atteindre tout à coup les proportions d'une Bradamante pressant une gâchette au lieu de manier la lance. En revanche, elle a ses détracteurs, mais en petit nombre. Ceux-là sont, pour la plupart, des Parisiens sceptiques, habitués à toutes les roueries, prenant volontiers les drames sous l'aspect de parodies, et qui hochent la tête en souriant :

— Une actrice ! la passion d'une actrice ! Eh ! tudieu, Paris retentirait de coups de feu, comme un gigantesque tir à la cible, si toutes les comédiennes ainsi quittées se mettaient à viser leurs amants. Et puis, y a-t-il vraiment, non pas même de l'honnêteté, mais de la passion vraie, au théâtre, monde où les sentiments sont faux comme les paysages de toile et les pâtés de carton ?

Ici, je répondrai que la passion se rencontre partout et que Marie Bière, puisqu'il est question d'elle, est évidemment nervosiaque, mais absolument sincère. Un seul point me la gâte, que je dirai tout à l'heure. Et quant à l'honnêteté rencontrée au théâtre, plus d'une fois elle existe, timide, ignorée, ou même éclatante, comme lorsqu'elle s'appelle Rose Chéri. Mme Augustine Craven vient justement de publier, d'après les documents laissés par la tragédienne elle-même, l'histoire de la *Jeunesse de Fanny Kemble.* Celle-là aussi fut une honnête fille, honnête dans le sens complet du mot, méprisant d'ailleurs le théâtre et trouvant, dit-elle, qu'il *est odieux de se produire en public.* C'est Fanny Kemble qui écrit quelque part : « On se figure toujours que *jamais un homme n'aura le cœur de vous briser le cœur !* » Marie Bière s'est aussi figuré cela. Mais elle se figurait également (c'est là que j'en voulais venir) que M. Gentien n'aurait jamais le cœur de lui refuser trois mille francs. Voilà le point noir, voilà la tache. Pour la passion, j'excuserai tout, mais l'argent ! L'argent a de l'odeur, quoi qu'on en ait dit. M. Alexandre Dumas fils, qui assistait au procès de Mlle Bière et qui écrira peut-être, à ce propos, une page dans le genre de sa lettre éloquente sur l'*Affaire Marambat,* — ce père qui tua le séducteur de sa fille, — M. Dumas a, entre toutes ses œuvres, signé une œuvre particulièrement magistrale et hardie, *les Idées de madame Aubray.* L'héroïne est une jeune fille *inconsciente* qui n'a passé ni par le Conservatoire ni par les théâtres de province et qu'un séducteur a abandonnée. Cette Jeannine serait parfaite si elle ne touchait point une pension du misérable en question. Ah ! cette pension ! Jeannine aura beau faire, il lui en restera toujour des marques aux doigts ! Et cependant l'exemple de Marie Bière est loin de ressembler à celui de Jeannine, M. Dumas fils a dû le voir à l'audience.

En vérité, puisqu'on tient à s'éprendre ainsi d'héroïnes, de romanesques dévouements, de passions et de drames, il n'en manque pas dans l'ordre obscur de la vertu ! Il y a, de par le monde, des souffrances ignorées plus touchantes cent fois, plus saignantes et plus affreuses. M. Dumas a parlé, un jour, sur les prix de vertu ; M. Sardou, à son tour, couronnera la vertu au mois d'août prochain. Malgré des parrains aussi célèbres, a-t-on gardé la mémoire d'une seule des honnêtes filles que l'Académie a couronnées ? Hélas ! non.

Un jour, une grande comédienne mourut, femme admirable, mère incomparable, et elle mourut pauvre après avoir mis au Mont-de-Piété, pour soigner son petit-fils mourant, ses derniers bijoux à elle et la timbale de malade où son Georges moribond buvait sa tisane. On allait jeter son corps à la fosse commune. Elle en avait peur, du moins, cette grande artiste ! Alexandre Dumas, le père de celui qui nous fit pleurer sur les malheurs imaginaires de Jeannine, prit sa plume et écrivit un petit livre superbe, ému, émouvant — une de ses inspirations les plus hautes, qu'il appela : *la Dernière année de Marie Dorval*. On le vendait, ce petit livre, *cinquante centimes*, et le prix de la vente était destiné à « acheter le tombeau de la comédienne. »

Ce livre, signé du grand nom de Dumas, et écrit à la gloire de la grande Dorval, parut en 1855, il y a vingt-cinq ans. La *première édition*, — qui coûtait dix sous ! — n'en est pas épuisée aujourd'hui !

Ah ! quelle vente, et à combien d'éditions, si l'on écrivait la *Dernière année de Marie Bière !*

VI

La *Vie de Bohème* et la mort de Duranty. — Mürger. — La bohème de 1830 et la bohème de 1848. — Th. Barrière. — Mlle Thuillié. La vraie *Mimi*. — Le journal *le Réalisme*. — Vitres cassées. — Le *Diogène*. — Le théâtre des marionnettes du jardin des Tuileries. — La *panoramanie*.

Paris, 9 avril.

La reprise de la *Vie de Bohême* et la mort de Duranty ont reporté nos souvenirs vers cette période de luttes qui, avant 1860, ressembla presque à l'aurore d'une renaissance littéraire. Il y eut alors, dans la jeunesse, une sorte de poussée vaillante et qu'on a oubliée. On oublie si vite ! La génération nouvelle ne semble point se rendre compte du mouvement d'esprit qui l'a précédée. L'autre soir, on s'est pris à rire, au Vaudeville, lorsqu'un des personnages de la comédie s'est mis à offrir deux mille francs à une fillette pour la décider à quitter son neveu. Ce petit épisode a rappelé le beau temps des romans de Paul de Kock, où les héroïnes de *high life* ont leur loge aux Funambules et parlent avec angoisse d'une perte de cent vingt francs faite au lansquenet.

Ce sont surtout ces variations dans les sommes dépensées en *littérature* qui marquent, comme un thermomètre exact, les variations des mœurs. On n'a jamais fait, par exemple, une *reprise* de la *Dame aux Camélias*, de Dumas fils, sans être obligé de grossir les chiffres et de forcer la note sous peine de laisser prendre Marguerite Gautier pour une grisette et Armand Duval pour un commis en nouveautés.

Les figures de Mürger, les Mimi, les Musette, ont donc paru, l'autre soir, quelque peu archéologiques au public nouveau qui ne se doutait guère peut-être que toute cette bohème fantaisiste—ou fantastique—a existé en chair et en os. Il y a quelque part un écrivain quasi catholique du nom de Wallon, qui a servi, dit-on, de modèle pour le bibliomane Colline, et M. Schann, aujourd'hui marchand de joujoux dans le quartier du Temple et l'inventeur d'à peu près toutes ces jolies choses qui séduisent nos babys quand vient décembre —vaches laitières, moutons bêlants, chevaux ou clowns mécaniques — a gaiement *posé* pour Schaunard.

Oui vraiment, elle exista, cette bohême de la *Vie de Bohême*, beaucoup plus triste et poignante que la bohême artistique de la rue du Doyenné dont jadis — dix-huit ans auparavant — avaient fait partie Arsène Houssaye, Théophile Gautier et Gérard de Nerval.

La bohême de 1830 était comme une bohême en manchettes, donnant des fêtes vénitiennes sous des lambris décorés par Camille Roqueplan ou Célestin Nanteuil. Elle *traitait* les comédiennes et les filles d'Opéra, vivait au jour le jour, mais à la condition de vivre élégamment, n'avait pas toujours cinq francs pour payer son souper, mais déterrait un ou deux louis pour acheter un bibelot, méprisait l'utilitarisme, renvoyait la morale aux romans d'Emile Souvestre et vivait à sa guise, narguant *le bourgeois* en plein Paris de Louis-Philippe.

La bohême de Mürger était, hélas ! terriblement différente de celle-là. Si l'autre pouvait s'incarner, par l'imagination, dans une belle fille aux cheveux titianesques, éclatante dans sa robe de velours empruntée aux coulisses de quelque théâtre romantique, la bohême de Mürger, la bohême de 1848, évoquait, tout au contraire, l'image grêle de quelque petite Parisiennes phtisique toussant et traînant une jupe déchiquetée en sortant de l'hôpital. Ah ! l'hôpital ! ce fut l'Académie d'Henry Mürger. Il y allait quasi régulièrement dans sa jeunesse, affecté d'une éruption rouge, d'un *purpara* qui lui faisait dire : « La pourpre des empereurs romains n'était pas plus pourpre que ma peau, et, pour m'en guérir, j'use autant d'arsenic que trois mélodrames. » Son affection cutanée avait même un caractère si particulier, si bizarre, que les médecins de l'hôpital Saint-Louis en firent prendre un croquis exact par un dessinateur spécial et que l'image et le *cas* d'Henry Murger figurent, copiés soigneusement, sous un numéro quelconque, dans un livre de médecine. Raspail a bien fait graver dans son *Histoire de la maladie et de la santé* une figure de son fils, la jambe meurtrie et enflée. La science ne connait pas de mystères ; elle fait ses confidences à tout le monde.

Alors, étendu dans son lit d'hôpital, Henry Mürger songeait à ses amis, aux *buveurs d'eau* qui, parfois, lui guéri, venaient prendre sa place dans la même salle d'agonisants. C'était Desbrosses, c'était Cabot, c'était Tabar, c'était Chintreuil mourant de faim, lui dont on couvre d'*or* aujourd'hui les toiles printanières ; c'était Antoine Fauchery, mort au Japon après avoir été mineur en Californie et qui chantait, pour encourager ses amis aux jours de misère, sa chanson à lui, les triolets de l'Espérance :

Laissez revenir le printemps,
Il chassera ces gros nuages ;
Les gais amours auront leur temps ;
Laissez revenir le printemps.
Aux roses vous aurez vingt ans ;
Tout verdira dans les bocages...
Laissez revenir le printemps,
Il chassera ces gros nuages.

c'était Nadar, ce bon géant de Nadar, revenant de risquer hardiment ses os pour la Pologne. Tous ces pauvres et braves gens portaient des mondes dans leur tête. Il sont presque tous morts sans gloire, après une existence de lutte contre l'hospice, et Nadar a raconté leur histoire, dans un livre vrai, qui serre le cœur, en attendant que M. Firmin Maillard racontât leur légende et énumérât les vaincus de la fosse commune littéraire dans un ouvrage qui a son prix, *les Derniers Bohêmes*.

En ce temps de jeunesse misérable, Henry Mürger n'avait d'autre ambition que de faire recevoir au Palais-Royal ou au théâtre du Panthéon un vaudeville en un acte qui s'appelait *Pipelet et Cabrion*. Il rêvait bien aussi des drames littéraires pour l'Odéon, mais il fallait vivre et se loger. Comme il disait en sa langue très curieusement personnelle : « *Le perchoir est difficile et l'auge ne menace pas de regorger.* » Il cherchait sa voie. Le jour ou il écrivit, peut-être par hasard et au courant de la plume, la première scène de la *Vie de Bohême*, il l'avait trouvée. Il puisait là, à plein encrier, dans ses souvenirs. Toutes ces *charges de rapins en liberté*, il les avait faites ; tous ces *mots*, il les avait dits ; toutes ces journées hasardeuses, folles ou mélancoliques, il les avait vécues ; toutes ces fillettes aux charmants visages anémiques, il les avait rencontrées. En vérité, Mürger ne faisait que s'approprier l'esprit et les aventures du petit groupe des buveurs d'eau. — Un de ceux-là a dit de lui un joli mot : « *Il a mangé la grenouille.* » — Mais il revêtait d'une forme qui était à lui des anecdotes, des amourettes ou des facéties qui étaient à d'autres. Il donnait je ne sais quel charme maladif et tendre à des réalités qui avaient dû être plus d'une fois bien repoussantes. Ah ! le poète ! et comme, en marge de son livre, il y aurait à en écrire un autre, la véritable vie de bohême, avec les portraits exacts de Musette et de Mimi !

Elle a vécu, cette Mimi, et Mürger l'a aimée. Elle est morte, un jour, à la Pitié, dans des rideaux blancs comme les draperies mortuaires d'une vierge. Elle mourut en deux fois, la pauvre fille, je veux dire qu'on annonça sa mort à Mürger deux mois avant qu'elle n'eût rendu le dernier soupir. Il en éprouva un chagrin profond et comme une commotion violente. On le vit pâlir, sortir du café où il était assis et, presque titubant, aller chez un chapelier voisin commander un crêpe noir pour son feutre.

Le lendemain, on lui disait qu'on s'était trompé, que Mimi — qui s'appelait Marie — vivait toujours. Il sourit, ôta le crêpe et se sentit soulagé, puis, un soir, la malade étant véritablement morte, cette fois, on ne savait plus comment annoncer la nouvelle à Mürger. On l'avait vu si cruellement atteint, chanceler sous le coup, peu de semaines auparavant !

Enfin, quelqu'un s'enhardit et, avec d'infinies précautions, murmura tristement à l'oreille de Mürger :

— Tu sais, Henri, cette pauvre Mimi...

— Eh ! bien ? dit-il.

— Eh ! bien, cette fois, il n'y a pas à douter. C'est fini, Mimi est morte.

— Ah ! fit Mürger, avec une sincérité profonde et se rappelant son désespoir qui datait d'un mois : *Je l'ai joliment pleurée !*

Il y a un mot qui vaut celui-là dans la pièce que Théodore Barrière, alors très jeune, tira de la *Vie de Bohême.* C'est le dernier mot, le cri égoïste de Rodolphe devant le cadavre de sa maîtresse expirée : — *Oh ! ma jeunesse ! c'est vous qu'on enterre !*

A la répétition générale du drame aux Variétés, Nadar, le cinquième acte achevé, prit Mürger à part et après lui avoir montré ce qu'avait, pour lui, de choquant, cette exclamation d'un jeune homme laissant retomber, pour jeter ce cri, la main encore tiède de celle qui l'a tant aimé :

— Tu tiens là, dit-il, un magnifique succès. Mais, au nom de toute l'amitié que tu peux avoir pour moi, je t'en supplie, coupe cette abominable phrase de la fin!

— Pas du tout, répondit Mürger : *c'est nature!*

L'actrice qui jouait Mimi, cette exquise Mlle Thuillier, si profonde, si émue et si émouvante, incarnait précisément pour Mürger, à l'heure où l'on donnait sa pièce, tous ses rêves de jeunesse amoureuse. Mais il était timide, ce Mürger, en amour comme en toutes choses. Il a, je crois, fait définir par Musette : « L'amour platonique, c'est des hommes qui ont toujours mal à la tête. » A la vérité, Mürger eut ainsi un peu de migraine durant toute sa vie. Il n'osait pas. Je ne sais trop où j'ai lu que Théophile Gautier était également, en amour, un timide. C'est je crois, Alphonse Karr qui le raconte dans son *Livre de bord*.

Henri Mürger, absolument épris de Mlle Thuillier, rougissait durant les répétitions lorsque la comédienne lui adressait la parole, et balbutiait quelque réponse maladroite. Il lui eût volontiers répliqué par un sonnet, mais, à la façon de Nicole, il ne trouvait le mot qu'au bas de l'escalier et quand il était trop tard. Il disait très sincèrement à son collaborateur Théodore Barrière qu'il avait envie de se tuer.

— Allons donc! répondait l'autre en riant. Acheter le fonds de Werther, mauvaise affaire, mon cher! La maison n'a plus de clients.

Le désespoir naïf de Mürger était d'ailleurs d'une sincérité si profonde, que Barrière résolut de sauver son ami. Il se fit son porte-voix, il supplia la comédienne, il fit appel à tous ses sentiments de pitié, il parla si bien à son cœur et il l'attendrit si profondément, qu'il gagna la cause. Mais non pour Mürger, hélas! pour lui-même. Pour lui, entraîné par l'amitié et séduit par la charmante femme qui fut une si vaillante et si admirable comédienne. Le pauvre Mürger n'en voulut d'ailleurs à personne, il se résigna, mais il eut toujours l'idée d'écrire, sur ce sujet, une comédie : l'*Avocat de l'amoureux transi.*

Et que tout cela est loin! Barrière est mort, mort malheureux, sentant bien qu'il n'avait pas donné, malgré tant d'œuvres magistrales, la note complète de son rare talent. Mlle Thuillier a disparu. On a dit un jour qu'elle était entrée dans un couvent de carmélites, puis on a démenti la nouvelle et l'on n'a plus parlé de cette femme qui fut, avec Dorval et Desclée, la plus vibrante des actrices de ce temps, se dépensant, se donnant tout entière, corps et âme, nerfs, voix, cœur et larmes, au rôle qu'elle interprétait, et ne parlant pas de démission, celle-là, même lorsqu'on la sifflait, comme dans la bataille de *Gaëtana.*

Quant à Mürger, on sait comment il finit. Un soir de l'année 1861, il écrivait au crayon, à un ami, ce triste billet :

« Ricord et les autres, d'avis d'aller à la maison Dubois. J'aurais mieux aimé Saint-Louis. *On est plus chez soi*, là-bas. Enfin!... »

Son dernier cri, dans cet hospice des gens de lettres, fut celui-ci, cruel comme un ressouvenir des maux passés, et solennel comme un avertissement et comme un ordre :

— Pas de bohème!... *Surtout pas de bohême!*

Eh! sans doute, on peut fuir la bohême. Mais la misère, peut-on l'éviter? Elle lâche difficilement ceux qu'elle accompagne dans leur route. Nous en avons tant vu, non pas seulement des bohêmes, mais des travailleurs acharnés et des chercheurs convaincus, venir finir là, dans cet Institut des littérateurs pauvres, faubourg Saint-Denis, où les fauteuils académiques sont remplacés par des grabats! Nous y avons suivi le convoi de poètes, d'historiens, de peintres. Des fantaisistes comme Charles Coligny, des auteurs comiques comme Édouard Martin, des paysagistes comme Victor Dupré, y ont précédé Duranty, qui en précède bien d'autres.

C'était une physionomie curieuse que celle de ce lettré original, au talent savoureux, un peu sec et fermé au vulgaire, mais dont les romans, le *Malheur d'Henriette Gérard*, la *Cause de Beau Guillaume*, contenaient, çà et là, des pages, des chapitres de premier ordre. En réimprimant, l'an passé, le premier de ces ouvrages, — son début, — Duranty déclarait, dans un *avertissement*, que « *ce livre était à part dans la littérature française contemporaine* », et il y trouvait lui-même, déclarait-il nettement, « *la fermeté de l'observation et une saveur de naturel* » qui lui faisaient plaisir. Devenu un peu amer peut-être, depuis qu'il s'était vu jeter dans le fossé, lui qui avait jadis monté un des premiers à l'assaut, il en venait à se louer lui-même, croyant sans doute à l'efficacité de la méthode. Edmond Duranty n'avait pas toujours été ainsi. Hetzel, qui l'avait édité après Poulet-Malassis, nous le peignait hier tel qu'il se présenta à ses débuts, timide, naïf, convaincu, regardant passer M. Champfleury avec les yeux écarquillés du disciple contemplant le maître, et croyant sincèrement à la rénovation de l'art par le *Réalisme*.

Duranty avait même fondé une gazette spéciale destinée à guerroyer pour la sainte cause, et, durant six mois, en compagnie d'Assézat, le futur éditeur de Diderot, et du docteur Thulié, le conseiller municipal à venir, il avait mené hardiment — et même beaucoup trop violemment, — la campagne contre toutes les traditions acceptées et toutes les gloires bien assises. C'était le bon temps. On cassait les vitres. Les réalistes de vingt ans groupés autour de Champfleury et de Gustave Courbet poussaient le cri de guerre contre ces autres jeunes gens qui se nommaient Amédée Rolland, Jean du Boys, Charles Bataille, et qui, fondant le journal *le Diogène*, y faisaient sonner haut leur admiration et leur foi.

C'est un petit chapitre de notre histoire littéraire qui mérite d'être écrit. Nous avions seize ans alors, et ces combattants en avaient vingt-cinq. Nous nous passions leurs journaux, qui sentaient la jeunesse et la poudre, à travers nos pupitres. Ils bataillaient, bataillaient!... Et maintenant, où retrouverait-on leurs feuilles envolées? La collection jaunie du journal de Duranty, que j'ai demandée à la Bibliothèque de la rue Richelieu, n'avait pas même été coupée depuis vingt-trois ans, et j'ai été, au lendemain de la mort du pauvre garçon, le premier lecteur de ce journal armé en guerre, et semblable à un brûlot éteint! ..

Il est bien curieux pourtant, il méritait d'être feuilleté. C'est un recueil grand in-8°, d'un texte serré, dont le premier numéro porte la date du jeudi 10 juillet 1856 et ce simple titre : *Réalisme*, avec cette indication « en manchette » comme on dit : *Paraît les 10, 20, 30 de chaque mois*. Puis deux noms en tête : *Jules Assézat, 18, rue des Fossés-Saint-Victor, et Edmond Duranty, 106, rue du Bac*, avec l'avertissement : (*Affr.*). Duranty signait, en qualité de gérant, cette feuille belliqueuse, qui eut six numéros et deux imprimeurs, d'abord Moquet, rue de la Harpe, ensuite de Soye et Bouchet, place du Panthéon, selon les fluctuations du *crédit*.

Aux deux fondateurs que j'ai nommés, d'autres compagnons vinrent se joindre : M. Henri Thulié, M. Henri Terrans, M. E. Rombouillat, dont le nom — comme celui d'un Patouillet du réalisme — était fait pour servir de cible dans les polémiques à venir. En vérité, ils cherchaient volontiers les coups, ces novateurs, et je les soupçonne d'avoir fait plus d'une fois comme ce farceur dont parle Vivier et qui, tirant deux ou trois coups de revolver dans le jardin du Palais-Royal, disait glorieusement :

— Voilà le bruit que je fais quand j'éternue!

On retrouverait, dans ce *Réalisme*, plus d'une facétie tapageuse, dont on s'est, depuis, servi couramment pour effrayer ou pour attirer la foule, selon la saison.

Il est à noter, en effet, que le *bourgeois*, — le public, si l'on veut — qui avait peur, au temps jadis, de sembler un peu ridicule s'il écoutait les excentriques, tremblerait aujourd'hui de passer précisément pour bourgeois, s'il ne protégeait quelque peu l'excentricité, l'impressionnisme en tout genre. La mode a changé.

En littérature et en art, Duranty et ses compagnons du *Réalisme* allaient répétant — ce qui n'était pas même une nouveauté — qu'on se doit inspirer de son propre temps et de l'atmosphère ambiante de la vie moderne :

— Donner à étudier Raphaël à un homme du XIXe siècle! s'écriait Duranty. Qui est-ce donc qui fait des *Contes de Boccace* et des *Jérusalem delivrée*...?

Et il réclamait le droit à la peinture pour « l'habit moderne, l'habit en queue de morue, la blouse », ajoutant que la sculpture se consume lentement, car « elle se réfugie dans le nu, et qu'est-ce qu'un bonhomme nu? » Paul Dubois, Falguière, Degeorge ou Mercié eussent pu lui répondre.

Mais Duranty allait plus loin :

— L'autre jour, écrit-il, un ami qui descend d'Érostrate me dit : « Je viens du Louvre. Si j'avais eu des allumettes, je mettais le feu sans remords à cette catacombe, avec l'intime conviction que je servais la cause de l'art à venir. Seulement, j'aurais regretté les portraits, quelques Flamands et quelques Vénitiens! »

Ah! la manie du paradoxe et le besoin de faire du tapage! Nous retrouverons plus tard ces défauts chez les successeurs du *Réalisme*, ces ennemis du romantisme qui s'écriaient, incarnant la poésie dans un des mets du moyen âge :

— Le faisan est mangé, apportez du fromage!

Les poètes étaient pour eux « les derniers farceurs »,

et Duranty, avec une gravité semi-facétieuse, imprimait ceci dans sa gazette :

« Je propose la loi suivante :

» Article premier. — Toute poésie est interdite sous peine de mort. Tout vers mis au monde sera détruit.

» Art 2. — Cette loi n'a point d'effet rétroactif.

» Art. 3. — Les vers composés antérieurement à la présente loi seront retirés de la circulation et mis dans des tiroirs cadenassés et scellés. Toute personne qui tentera d'ouvrir ces tiroirs sera punie d'une forte amende ! »

Notez que c'était l'heure où paraissaient les *Contemplations* de Victor Hugo et que précisément ces *Contemplations* mêmes étaient ainsi visées !

Rien n'arrêtait ces briseurs d'images, épris seulement du *vrai utile*, et combattant « contre l'archange Ingres, pour le démon Courbet. »

Leurs jugements littéraires?

« Victor Hugo est *un monstre*, Lamartine *une créole*, Musset *une ombre de don Juan*, de Vigny un *hermaphrodite*, Méry un littérateur à l'ail, Théophile Gautier un « vieux homme fatigué de bonhomie et de complaisances ». Banville et Louis Bouilhet de « petits tambourins remplis de petits cailloux »; Balzac est un « enthousiaste et un exagérateur ; il affiche une science que souvent il n'a pas » ; il ne montre point le calme et la santé d'esprit de M. Champfleury ; Henri Mürger « est comme les huîtres : on y trouve quelquefois des perles. »

Et ne parlez à ces réalistes ni des « rêveries maladives » de Toussenel, ni de l' « idéologie creuse » de Michelet, ni du « style inégal » de Gustave Flaubert. Oui, il n'y a « ni émotion, ni sentiment, ni vie dans *Madame Bovary ;* il n'y a qu'une force d'arithméticien qui a supputé et rassemblé tout ce qu'il peut y avoir de gestes, de pas ou d'accidents de terrain dans des personnages, des événements et des pays donnés... *Avant que ce roman eût paru, on le croyait* meilleur !... »

Leurs sentiments artistiques?

« Decamps? C'est *un empâtement.* Meissonier? Un peintre de tabatières. Corot? Un éventailliste. Vernet? Un fabricant de soldats de plomb de Nuremberg. Diaz? Un marchand de foulards. »

— O peinture des imbéciles, que je te hais! ajoutait Duranty, qui imprimait alors, lorsqu'on lui parlait des vivacités de sa polémique :

— Je ne serai jamais poli qu'avec des gens qui ont l'esprit propre; la bonne tenue des mains m'est assez indifférente!

Il faut être juste : ces excentricités, fort applaudies de la brasserie Andler, rue Hautefeuille — *Andler Keller*, comme on disait alors — n'étaient qu'une gourme de la vingtième année jetée par des intolérants que le temps devait assagir!

Courbet disait : « Bravo! » Champfleury criait : « Courage! » Et le journal *le Réalisme* mourait de sa belle mort, Edmond Duranty prononçant lui-même son oraison funèbre :

« Au premier numéro, on aura vu la bête *Réalisme* se

traîner sur le ventre, comme les animaux naissant du chaos, puis peu à peu se dégager, et enfin le loup, avec son poil hérissé, marcher dans les chemins et montrer ses dents aux passants inquiétés. *Aujourd'hui la bête est morte et elle va être empaillée par les naturalistes pour figurer dans les collections.* — Réjouissez-vous! *Réalisme* est mort, vive le Réalisme! »

Alors, Duranty se tourna vers une autre entreprise. Il eut sa fantaisie, lui aussi, ce réaliste. Champfleury avait exalté jadis les Funambules; Duranty célébra Pierrot et les marionnettes des jardins publics. Champfleury avait écrit des pantomimes pour Paul Legrand, Duranty écrivit des comédies pour Guignol. Il fit mieux, il obtint, grâce à M. Fould, dit-on, le privilège d'un théâtre pour les enfants dans le jardin des Tuileries.

Théâtre de marionnettes dont Théophile Gautier — jadis bafoué — devait écrire le Prologue en vers (en vers, miséricorde!) et pour qui Duranty demandait une pièce à M. Dumas fils.

N'ayant ni comédie de Dumas, ni prologue de Gautier, Duranty composa son répertoire lui-même. Ce fut, un moment, une des curiosités de Paris que ce théâtre en plein vent qui eût amusé Nodier et qui fit, paraît-il, froncer le sourcil à la censure. Il en reste un souvenir, un livre devenu rare, écrit et illustré de chromolithographies d'une singularité charmante, par le directeur même de cette scène, une curiosité bibliographique, le *Théâtre des marionnettes du jardin des Tuileries*, texte et dessins par M. Duranty, imprimé chez Dubuisson en 1862, et introuvable aujourd'hui, quoiqu'il ait été longtemps distribué en prime par les journaux *l'Epoque, le*

Figaro, le Tintamarre, l'Opinion nationale, le Mémorial diplomatique — et même *le Courrier de la boucherie!...*

Ce livre étrange est dédié à George Sand, dont « les Marionnettes de Nohant sont célèbres dans le monde entier », et un peu aussi à l'ancien adversaire du journal *le Réalisme*, à « M. Amédée Rolland, qui est, disait alors Duranty, un des auteurs dramatiques hardis et chercheurs de ce temps, et qui a fondé dans sa maison un de ces théâtres, auquel la célébrité commence à venir. » La mort, pour ce théâtre aussi et pour le directeur du théâtre des Marionnettes des Batignolles, est venue plus vite que la célébrité!

Et, sous les marronniers des Tuileries, Duranty jouait tour à tour *Polichinelle précepteur* où Pierrot raille — toujours réaliste — le romantisme et s'écrie :

— J'ai soif! *Hé! tavernier du diable!*

A quoi Polichinelle répond :

— *Quel petit Buridan!*

Il jouait la *Tragédie d'Arlequin*, *Polichinelle et la mère Gigogne*, le *Mariage de raison*, que Duranty écrivait après Scribe, les *Boudins de Gripandouille*, le *Grand-Bras*, — que sais-je? — et il tirait des chocs de bois de ses marionnettes une philosophie qui n'avait rien de gai — ni de réaliste :

« Hélas! disait-il, nous autres hommes, prétendant, non seulement au mariage, mais à la fortune, à la gloire, aux honneurs, au bonheur, en vain nous gravissons l'escalier encombré que nous montre complaisamment notre Espoir, espèce de Cassandre; en vain nous faisons nos plus gracieuses courbettes à la Colombine fantastique que nous appelons gloire, fortune ou félicité; en vain nous lui offrons, essoufflés, nos compliments et nos bouquets!

« Aveuglément, capricieusement, elle a toujours donné sa main à quelque alerte et brillant Arlequin qui nous gratifie d'un coup de batte et nous rejette, meurtris et penauds, au bas de cet escalier que nous avons franchi avec un labeur si pénible! »

Ailleurs, Duranty ayant à faire paraître, dans une de ses pièces, un charlatan — Mangin, parbleu! le vendeur de crayons — il le présentait « comme l'habile homme par excellence, avec son casque, son plumet et sa grosse caisse, l'habile homme qui sait tendre ses filets aux écus de la foule et remplit le coffre de son cabriolet! » Il y avait plus de tristesse qu'il ne pouvait dire dans cette peinture de l'*homme arrivé* et dans ces vains soupirs adressés à Colombine. Polichinelle aussi représentait pour Duranty « l'homme par tous les côtés qui rapprochent le plus celui-ci de l'animal. » Et il tâchait de se consoler des déceptions que lui avait causées « l'homme » en appliquant des coups de bâton à Polichinelle.

Mais le théâtre de Duranty était trop ironique sans doute pour les enfants, qui s'en voulaient tenir à la tradition, aux vieilles plaisanteries du Guignol lyonnais ou du Pulcinella napolitain. La littérature en plein air de Duranty ne l'enrichit pas plus que ses romans, patiemment écrits sous la lampe, dont ils sentent un peu l'huile. Il ferma son théâtre, emporta ses marionnettes, reprit sa plume, mena honnêtement une vie laborieuse, se promenant à travers ce Louvre qu'il n'appelait peut-être plus une *catacombe*, et croyant toujours (il avait raison) à la toute-puissance de la vérité en art.

Ce fut, en somme, un artiste naïf — j'écris le mot comme un profond éloge — et un apôtre convaincu. Du réalisme, il avait fait une religion, aussi est-il mort à la peine. D'autres sont venus qui en ont fait un commerce.

« J'aurai, écrivait Duranty l'an dernier, servi de pont à ceux qui nous suivaient ! »

Mais, après tout, l'époque est commerciale, et savez-vous, par exemple, à quoi la plupart de nos peintres sont occupés? A peindre des Panoramas !

Oui, vraiment, une espèce de fièvre spéciale, une maladie d'un genre particulier — le genre panoramique — s'abat en ce moment sur l'Europe. C'est l'épidémie des *panoramas* et des *dioramas*. On en construit partout, partout on en prépare. Des sociétés financières se forment pour doter de panoramas toutes les capitales à la fois. C'est une fureur.

Au fond, je le répète, la spéculation joue là-dedans un plus grand rôle que la question artistique. Un panorama n'est qu'un prétexte à placer des actions. Société du panorama de la bataille de Balaklava pour l'Angleterre; Société du panorama du combat du Bourget pour Paris; Société du panorama de la bataille de Waterloo pour Bruxelles ; Société du panorama de la bataille de Tétuan pour Madrid. C'est une débauche de panoramas qui rappelle l'époque où les terminaisons en *rama* étaient la grande plaisanterie parisienne et où le Bixiou de Balzac s'en servait à tout propos comme d'un moyen comique.

Voilà nos peintres de batailles subitement transformés en capitalistes. Les tableaux militaires n'attiraient plus, au Salon, une foule aussi considérable. Qu'a-t-on fait? On les a agrandis. On montrera les personnages dans leur taille naturelle. On substituera le *trompe-l'œil* à la peinture ordinaire, et le public se précipitera pour les voir. Paris aura, s'il vous plaît, jusqu'à trois panoramas : panorama aux Champs-Élysées, panorama sur la place du Château-d'Eau, panorama aux environs de la Bastille

M. Poilpot et M. Jacob achèvent, à Paris, le panorama de la fameuse charge des hussards et des lanciers de lord Cardigan à Balaklava, et l on construit, à Londres, Leicester-Square, le bâtiment qui recevra cette peinture. M. Washington, le peintre de paysages algériens, M. Sergent, qui signa une si vivante bataille de Saint-Quentin, et M. Couturier, ont entrepris de montrer le fait d'armes de Tétuan à l'Espagne ; M. Émile Wauters. le peintre belge, va peindre un panorama de la bataille de Custozza pour Vienne, en Autriche, et M. de Neuville s'occupe de Champigny et du Bourget, tandis que M. Castellani relève les plans des coteaux de Reischoffen et du village de Wœrth.

Que de panoramas à la fois! Le comité des artistes chargés de surveiller tous ces travaux ne s'en plaint guère. Il reçoit des entrepreneurs certains jetons de présence, absolument comme les membres des conseils d'administration dans les affaires financières. C'est une carrière nouvelle brusquement ouverte aux peintres en renom. On donnait aux littérateurs vieillis des bibliothèques. On donnera aux peintres fatigués une place dans le comité de surveillance de la Société internationale des panoramas.

C'est d'ailleurs une ressource durable, car si la folie des panoramas gagne les villes de province après les capitales, il n'y a pas de raison pour que tous les peintres de la terre ne soient uniquement occupés à ramer et à *panoramier* les batailles locales ou nationales, et le monde ne sera qu'un vaste panorama offrant aux artistes militaires l'occasion d'attirer la foule en faisant parler la poudre !

Je ne sais pourquoi je songe invinciblement aux éternels vaincus de l'art, en présence de ces spéculations où l'art pur n'a trop rien à voir, et pourquoi m'apparaît encore, à la fin de cette causerie, la figure fine, pensive, attristée et silencieuse d'Edmond Duranty, qui m'a retenu trop longtemps peut-être aujourd'hui, mais qui incarne bien, en somme, un type d'homme, une race spéciale, celle des dupes et des fervents, se consolant, il est vrai, de leurs déboires par l'amertume même de leur défaite et la conscience de leur orgueil.

VII

La fuite de Mlle Sarah Bernhardt — Ses occupations multiples. Ses adversaires et ses amis. — La fuite de Mme Arnould-Plessy en 1845. — Celle de Mlle Raucourt en 1776.

Paris, 10 avril.

C'est la grosse nouvelle *parisienne* du moment. Mlle Sarah Bernhardt, furieuse, dit-on, contre la critique, contre son directeur, contre tout le monde, secoue la poussière de ses souliers et s'écrie, en partant, comme cet ancien : *Ingrate patrie, tu n'auras pas mes os!* C'est une enfant gâtée qui n'admet pas qu'on la discute et qui finira par lasser — si elle ne l'a point fait déjà — la sympathie de ses amis et la bienveillance, parfois enthousiaste, du public.

Mlle Sarah Bernhardt, en prenant ainsi brusquement la fuite, en rompant, un beau matin, de solennels engagements, en adressant, pour la seconde fois en une année, sa démission au comité de la Comédie-Française, vient tout simplement de souligner, avec une évidente maladresse, le léger insuccès qu'elle pouvait avoir eu, samedi dernier, en jouant Clorinde de l'*Aventurière*. Nous, qui ne l'avions pas vue, qui avions seulement lu les articles de la critique et qui pouvions croire, soit à la sévérité des juges, soit à une indisposition de la comédienne, nous disons, je l'avoue, très bourgeoisement (et très logiquement) aujourd'hui :

— Ah ! ça ! elle était donc bien mauvaise?

Non, elle avait tout simplement effleuré et joué *de chic*, comme on dit, un personnage qui a besoin d'être profondément étudié pour être bien rendu. Mlle Sarah Bernhardt embrasse trop pour assez étreindre. Elle se démène et se surmène. L'emploi de ses journées ferait frémir un colosse de force. Levée très tôt, elle courait, en ces derniers jours, à neuf heures du matin, au théâtre des Variétés, répéter *Frou-Frou* ou les pièces qu'elle doit jouer à Londres. Cette première répétition à peine achevée, vite elle se jetait dans sa voiture, arrivait chez elle, y trouvait des amis ou des solliciteurs l'attendant, les recevait, déjeunait le chapeau sur la tête, en hâte, tout en causant, repartait pour la rue Richelieu, répétait ou plutôt récitait le rôle de l'*Aventurière*, qu'elle avait à la main et quelle ne s'était pas donné la peine d'apprendre, songeait à partir, partait, rentrait, faisait un peu de sculpture, un peu de peinture, recevait ses amis, posait pour un peintre ou pour un graveur, donnait des conseils littéraires aux poètes inédits qui lui apportaient des manuscrits, songeait à la toilette qu'elle mettrait le soir pour aller réciter avec Coquelin quelque saynète chez M. de Hirsch ou ailleurs, bref, n'avait pas un moment, pas une minute de cette liberté d'esprit que réclame la composition d'un personnage qui doit vivre, agir, parler, penser devant le public.

Tout art particulier est jaloux et le théâtre plus que les autres. Il n'admet point le partage. Il ne veut point qu'on *flirte* avec lui, il exige qu'on se donne tout entier, corps et âme. Mlle Sarah Bernhardt me paraît agitée de cette maladie toute moderne qu'on appelle le *nervosisme*. Tout la séduit, tout l'attire. Admirablement organisée, mais mal pondérée, douée d'une vitalité prodigieuse sous sa frêle et élégante apparence, elle soulèverait des montagnes pour ne pas demeurer inactive.

L'an dernier, au moment de partir pour Londres, elle voulait prendre des leçons d'anglais.

— Bien, madame, lui dit *sa* professeur. A quelle heure faudra-t-il venir?

— A une heure du matin, après le théâtre. Le reste du temps, mes moments sont pris.

Et elle disait vrai. Et elle se harasse ainsi à poursuivre tous les papillons que fait, devant ses yeux, danser sa fantaisie. Et lorsqu'elle se trouve en face d'un rôle pareil à celui de Clorinde, elle l'apprend comme elle apprendrait une pièce de circonstance qu'elle devrait réciter le soir, en l'honneur de Racine, de Corneille ou d'Hugo.

Bref, elle est partie. Elle a renouvelé, à plusieurs années de distance, avec M. Perrin, le coup de tête qu'elle avait fait au Gymnase avec M. Montigny. Ses ennemis disent tout bas qu'elle cherchait depuis longtemps un prétexte. L'an dernier, elle avait renoué avec la Comédie (M. d'Heylli raconte toute cette histoire dans son curieux volume sur la *Comédie-Française à Lon-*

dres), parce que le traité qu'on lui offrait pour l'Amérique ne lui paraissait pas suffisamment solide. Cette fois elle aurait trouvé un *impresario* qui lui assurerait des conditions extraordinairement avantageuses, et elle se serait précipitée sur la première occasion offerte. Offerte... par elle.

Voilà ce que disent les adversaires. Les amis, — et Mlle Sarah Bernhardt en a beaucoup, depuis le maréchal Canrobert et M. Guillaume Guizot jusqu'à M. Clairin et M. Busnach, — assurent que la précipitation avec laquelle on a joué l'*Aventurière* a seule irrité la tragédienne, et que, les articles de journaux arrivant par là-dessus, le désespoir a fait place à l'irritation. Nervosisme, disions-nous tout à l'heure.

Ce qui est stupéfiant en cette affaire, c'est l'attitude de certains reporters faisant des excuses à l'actrice au nom de la critique :

— Eh! madame! Oui, vos juges ont dépassé le but! Mais le public, le vrai public, le bon public cassera leurs jugements!

Voilà une singulière façon et bien inattendue de respecter la critique et un moyen d'encourager les exigences actuelles des *étoiles*. Les étoiles, aujourd'hui, depuis Mlle Sarah Bernhardt, qui plante là la Comédie, jusqu'à Mlle Humberta, qui demande la communication des manuscrits des opérettes avant de risquer là-dessus sa « renommée », les étoiles rendent bien malheureux et les auteurs et les astronomes mêmes qui les ont découvertes. Pourquoi M. Sardou a-t-il choisi Mlle Bartet pour créer *Daniel Rochat?* Parce qu'il la savait malléable, capable de l'écouter, de jouer comme il voudrait. Il lui a fait modifier sa manière de dire *le jour même* de la première représentation, sans craindre d'elle un excès de nervosisme.

Un jour Mlle Rousseil dit à M. Sardou :

— Je jouerai volontiers Dolorès de *Patrie*, mais à la condition que vous la rendiez sympathique !

C'est extraordinaire. Que voulez-vous dire à cela? J'ai vu une pièce tuée par une tragédienne qui n'entendait se plier ni à la volonté de l'auteur ni aux ordres du directeur, et, comme le directeur avait besoin d'argent, on joua malgré l'auteur un drame qu'il ne put corriger comme il l'entendait.

Maintenant, que va faire la Comédie-Française? Un procès. Elle y est forcée. Un cas analogue s'est produit en 1845. Mme Arnould-Plessy, qui devait être justement la Clorinde de l'*Aventurière*, écrivit un matin, de Saint-Chéron (près Arpajon) au régisseur du Théâtre-Français, une lettre où elle lui disait : « Je suis très contrariée, la fièvre me dévore. Je tremble, je grelotte, j'ai peur d'un transport au cerveau... Écrivez-moi, ma mère vous répondra ! »

Mlle Sylvanie Plessy — alors jeune fille — quittait le théâtre pour épouser M. Auguste Arnould, homme de lettres ; d'autres disaient pour aller jouer en Russie à des conditions superbes offertes par le général Guédéonof de la part du tzar Nicolas.

Ce fut un beau tapage dans Paris, et la fugue de Mlle Plessy égaya longtemps les petits journaux. On la comparait à la fuite de Mlle Raucourt se sauvant de Paris, à franc étrier, sous un uniforme de dragon, en 1776, et se cachant aux environs de Paris pour éviter ses créanciers. M. Buloz fit écrire par M. Verteuil à Mlle Plessy une lettre où il lui enjoignait de venir répéter le lendemain l'*École des Vieillards*. Sanson fut dépêché vers la fugitive. M. Régnier lui écrivit :

« Venez vous expliquer. Ou écrivez. Fixez le temps de votre retour. Que votre lettre soit bonne, affectueuse, et soyez sûre que les choses s'arrangeront mieux que vous ne pensez.

« Votre affectionné et sincère ami,

RÉGNIER. »

Ah ! bien oui ! Mlle Plessy ne voulait rentrer au théâtre que *deux ans après*. En revanche, elle offrait de donner à la Comédie onze années au lieu de huit années de service. Sa lettre à ses « chers camarades » était polie, mais nette.

On plaida. La Comédie réclamait à la sociétaire rompant ainsi ses engagements 200,000 francs de dommages-intérêts et 20,000 francs à titre de provision. Le tribunal ne condamna Mlle Plessy qu'à 6,000 francs de provision, remettant à statuer après vacation sur la demande principale des 200,000 francs de dommages-intérêts.

A Saint-Pétersbourg, Mlle Plessy touchait 45,000 roubles d'appointements, plus un cadeau annuel, par traité, de 9,000 roubles, à titre de prime. Elle rentra d'ailleurs rue de Richelieu, grâce à Samson, sans rien payer — pas même les frais du procès.

Je ne sais comment les choses se passeront avec Mlle Sarah Bernhardt, mais la tragédienne d'aujourd'hui doit certainement connaître l'histoire, et elle rentrera quelque jour au bercail, très applaudie, après *fortune faite*, comme disent ces bons boutiquiers, que les *artistes* affectent de mépriser et qu'ils imitent — quand ils ne les dépassent pas.

VIII

On ne parle plus du Salon. — Art et cohue. — La *Sortie.* — L'histoire par les *Livrets.* — De 1830 à 1870. — Matinées littéraires. — Une soiree de danse. — Mlle Fonta. — Les danseuses. — Mlle Beaugrand. — Histoire d'un *rat* d'opéra. — Un collectionneur : M. Mahérault et Moreau le Jeune. — Un mot de Royer-Collard.

Paris, 5 mai.

C'est fini ! La grande fête du *vernissage* est passée, oubliée ; le Salon a quatre jours de date : on n'en parle déjà plus. La veille de l'ouverture, on faisait *queue* — comme jadis au théâtre — devant la porte du palais de l'Industrie ; il y avait trois ou quatre mille personnes se bousculant dans la poussière des salles : — et quand on songe que le Salon n'était pas *ouvert !* Le lendemain, plus de cohue, à peine une foule. La curiosité publique, déjà émoussée, réclamait déjà une attraction nouvelle. Le Salon était jugé, jaugé, mesuré, critiqué, loué, encensé, calomnié ; chacun tirait de sa poche un lauréat personnel et distribuait, par avance, les médailles et les mentions à qui lui plaisait. Et puis on parlait d'autre chose !

On ne saura jamais tout ce qui se brasse de réputations autour du légendaire saumon sauce verte, sous la marquise de verre de Ledoyen, un jour d'Ouverture, j'entends la veille d'une ouverture. C'est dans le fracas des assiettes remuées, dans le brouhaha des allées et venues, au milieu des cris des garçons, des appels des clients, des rires des gens attablés, des grognements de ceux qui cherchent une table, dans la tempête des conversations et la bousculade des plats, que naissent les réputations et que vagissent les gloires. La *critique parlée* du déjeuner chez Ledoyen, a, de nos jours, sur la peinture, l'influence décisive qu'avait sur les comédies, au siècle dernier, celle du café Procope.

C'est là que se forment et se déforment les renommées. Le reste au Salon ne compte pas ; une pure promenade. Une distribution de poignées de main, une façon de rendre en bloc un tas de visites en retard. Les tableaux accrochés à la muraille sont parfaitement insignifiants. Ils font *tapisserie*. On les regardera plus tard. L'important pour le moment est de se montrer. Et qu'on s'agite et qu'on se démène ! Les reporters sont là, à l'affût, prenant des notes. Ils n'auraient qu'à oublier votre nom ! Que diraient, en vous voyant passer à l'état anonyme, les amis qui vous ont rencontrés ?

Je conçois très bien, en songeant à ce que devient peu à peu le Salon — un but de promenade — que de certains artistes, un peu sauvages, se dégoûtent des expositions publiques et s'enferment décidément au fond de l'atelier, seuls avec leur rêve. Ces exhibitions n'auront, avant quelques années, plus rien à voir avec l'art. On annonce déjà, en grosses lettres rouges, sur les affiches officielles, que le Salon sera, tous les soirs, éclairé à la lumière électrique : c'est un premier pas vers une transformation douloureusement inévitable. Le soir où, pour charmer les loisirs des visiteurs, on ajoutera la séduction de la musique aux charmes de la peinture — de la peinture passée au gaz Jablochkoff — l'exposition des œuvres des artistes vivants remplacera agréablement les Folies-Bergère. On avait le *Skating;* on aura le *Salon-Rink* ou le *Skating-Salon*, car je ne vois pas pourquoi on ne patinerait point autour du grand lion de Belfort. Ce serait, pour les peintres de la *modernité*, comme on dit, d'une originalité charmante.

Ne croyez pas que je raille. On y viendra. L'autre jour, pendant la *sortie*, lorsque, sous la porte du palais des Champs-Elysées, cette foule, passablement mêlée, mais élégante en somme, avec de jolis visages clairsemés et des toilettes printanières, s'écoulait vers les files des voitures, quelqu'un, enchanté, poussa cette exclamation :

— C'est adorable ! Avec cette traînée de lumière sur les allées et les marronniers, on dirait la sortie des Italiens donnant sur le printemps !

A quoi une voix assez amère de vieux peintre — peut-être méconnu — de ceux qui exposent toujours quelque chose quelque part avec l'espoir, toujours déçu, que ce sera vu par quelqu'un — répondit :

— Allons donc ! ça? Une sortie des Italiens ! Mais c'est la Courtille de l'Art !

Il avait connu Gavarni et fréquenté Thomas Vireloque.

Et quand on pense qu'avec ces Salons, en lisant les Livrets des années défuntes comme on lirait un livre, on pourrait reconstituer, page à page, toute l'histoire matérielle et morale de ce siècle-ci!... On n'a pas songé à cela. Chaque Salon reflète étrangement les opinions, les engouements, les idées de l'heure où il se produit. On y retrouverait, et souvent à la même place, le portrait du grand homme en renom ou de l'excentrique à la mode, la scène principale du livre à l'ordre du jour, le fait saillant de l'année qui vient de d'écouler, les traits de l'actrice qui fait fureur, du romancier qui fait tapage, de l'homme politique au pouvoir. Cette succession de Livrets est comme une collection de miroirs où se regarde avec coquetterie chaque année de notre histoire!

A ne prendre que les Livrets de peinture depuis 1830, on aurait à écrire les plus curieux des chapitres et dont la moralité serait celle-ci : « Quelle fumée que la célébrité et quelle farce que la vie ! » Il n'y a là, en effet, que des Panthéons démolis et des gloires en lambeaux.

Ah! la bizarre lanterne magique, avec son défilé de fantômes!

Au Salon de 1831, tous les cadres sentent la poudre. Les têtes sont encore enivrées de la grisante atmosphère des journées de Juillet. Le salon est le triomphe des combattants de Juillet. Partout, les *héros des trois jours* apparaissent noirs de poudre. Épisode du 29 Juillet, par Hippolyte Bellangé. Portrait du duc d'Orléans « en uniforme de la garde nationale », par Decaisne. La Liberté guidant le peuple sur les barricades, par Eugène Delacroix. Serment du roi Louis-Philippe à la Chambre des députés, par Devéria. Portrait de Louis-Philippe, par Vigneron. Louis-Philippe à Valmy, par Horace Vernet. Louis-Philippe à l'Hôtel de Ville, par Louis Boulanger. Louis-Philippe à cheval, par Ary Scheffer.

Claude Lorrain est célèbre pour ses *couchers de soleil;* mais les peintres en général ont toujours aimé à peindre les *Soleils levant.*

Et il faut lire les attendrissantes notices explicatives du livret :

« Aubois (c'est le nom du peintre). — *Scène de Juillet 1830.* « Un brave homme a reçu dans la poitrine une balle dont le chirurgien vient de faire l'extraction. La femme de ce courageux citoyen accourt éplorée. « *C'est pour ma chère patrie*, lui dit-il, *en lui présentant la balle.* »

Autre scène de Juillet 1830. « Un jeune homme qui s'est distingué et qui porte un drapeau en signe de victoire, est escorté par ses compagnons qui admirent son courage; mais, épuisé de fatigue, il tombe ; on s'empresse de lui prodiguer des secours : *c'était une femme!* »

« P. Carpentier. — *Un épisode du 29 Juillet 1830, au matin.* « Des hommes du peuple vident les gibernes des soldats tombés sous leurs coups; il en sort de l'argent et en même temps des cartouches. Ces braves saisissent les cartouches et repoussent avec le pied les pièces d'argent jusque dans le ruisseau! »

Il y a toute une époque dans ces quelques lignes, dans ces sujets de tableaux qui attirèrent des milliers de curieux devant leurs cadres, et qu'on rencontre maintenant traînant, lithographiés, sur les quais ou dans les poudreuses boutiques de bric-à-brac.

Ce sont les lendemains du succès.

En 1831, presque tous les tableaux de genre étaient inspirés de Walter Scott. Le moment approchait où ils allaient s'inspirer de Victor Hugo. Aujourd'hui, le baquet bleu des blanchisseuses a fait son apparition aux Champs-Élysées. Ainsi va le monde. Après la guerre de 1870, les portraits étaient nombreux de jolis jeunes gens en uniformes de mobiles. En 1831, on se faisait cataloguer ainsi sur le livret : « O. TASSAERT. Portrait de M. A***, *combattant des trois journées de Juillet.* »

Deux ans après, la fièvre était un peu calmée. Les scènes tirées de *Notre-Dame-de-Paris* se multipliaient. Comme on réimprimait beaucoup alors les *Mémoires* relatifs à la Révolution, les scènes révolutionnaires abondaient. Un tas de Boissy-d'Anglas saluaient noblement des têtes sanglantes portées au bout des piques. Les gens à la mode, ceux dont on courait voir les portraits, étaient le chanteur Nourrit, le compositeur Hérold, Jules Janin, Armand Carrel ou le général Molitor.

Toute l'histoire du règne de Louis-Philippe est tracée là, dans ces livrets, bien mieux que dans les *Mémoires* de M. Guizot. D'année en année, les portraits du roi se font plus rares et les portraits de Ledru-Rollin, de Berryer ou d'Odilon Barrot se montrent, quasi-menaçants. Les batailles d'Afrique ont leurs peintres, mais David (d'Angers) multiplie ses sculptures républicaines, Joseph Barra, Arago, Lamennais, l'abbé Grégoire. On va de la *Smala* à ces marbres et l'on s'y arrête.

En 1840, apparaît le premier buste de Mlle Rachel, par Dantan aîné. Il y aura désormais des *Mlle Rachel* à toutes les expositions. M. Winterhalter, qui peindra plus tard l'impératrice et le prince impérial, expose alors les portraits de la reine et du comte de Paris.

Nous sommes en 1845. Courbet apparaît. Il envoie au Salon un *guitarero*. C'est le réalisme qui naît. La Révolution de 48 n'est pas loin. En 1847 (ô influence du livre de M. Thiers!) les tableaux relatifs au premier empire sont nombreux. La légende s'affirme par la peinture. Les *Bérésina*, les *Waterloo*, les *Wagram*, figureront encore en assez grand nombre au Salon de 1848; mais en 1849, ce sont les journées et les combattants de Février qui prennent la place des combattants et des journées de Juillet. La mort de l'archevêque de Paris, les portraits du général Négrier, tué en Juin, les scènes d'insurrection d'Armand Leleux, remplacent l'apothéose de la garde nationale de 1830. Les hommes politiques *pourctraicturés* s'appellent Lamartine, Considérant, Cavaignac, Proudhon, Louis Blanc, Dornès, M. de Rémusat. En 1851, Horace Vernet expose le *Portrait de Louis-Napoléon, président de la République*. Et toujours des bustes ou des portraits de Mlle Rachel! Mlle Rachel dans *Phèdre!* Mlle Rachel dans le *Moineau de Lesbie!*

La *Prise de Rome*, par Horace Vernet, semble clore une époque et, en 1853, le second empire voit accourir à lui tous les artistes qui ont soif de commandes et à qui M. de Persigny promet solennellement « le développement de la richesse publique ». Dès lors, portrait du prince Napoléon, par M. Hébert; portraits de l'empereur, portraits de l'impératrice, Napoléon III et Abd-el-Kader, Napoléon III et les inondés, Napoléon III, debout, assis, à cheval, en redingote, en grand uniforme; batailles de Crimée, batailles d'Italie, tableaux d'Yvon, tableaux de Pils, de Bellangé, de Vernet, de Protais, tableaux qu'on pourrait tous appeler comme celui de M. Muller, en 1855 : *Vive l'empereur!* Sans compter les scènes destinées à glorifier le coup d'État, comme celle où M. Marcel Verdier, élève d'Ingres, représentait — sur une toile immense — les « orgies bachiques » de Clamecy, comme disait le livret, et la *Jacquerie moderne!*

Ce sont des courtisans, ces Livrets de peinture, ou plutôt ce sont des thermomètres. Ils indiquent bien les modifications de l'esprit public.

A partir de 1866, par exemple, les portraitistes qui, jusqu'alors, gardaient presque tous une étiquette officielle, n'osaient guère se risquer que vers les vieux parlementaires, comme M. Guizot, s'emparent des personnalités populaires : Jules Favre, Proudhon, Mme Ratazzi une mécontente), Victor Hugo.

Mlle Rachel est morte; on rencontre des portraits de Mlle Favart.

En 1870, — le premier de tous les Salons où l'on trouve, à côté d'un buste de Sainte-Beuve un portrait de Sarah Bernhardt (par M. Mathieu Meusnier, qui lui enseignera la sculpture), — la destinée place presque côte à côte deux tableaux qui font songer : — l'un s'appelle la *Mort de Baudin au 2 décembre*, par M. Pichio dit Piq; l'autre la *Bataille de Waterloo*, par Dupray.

C'est le dernier Salon de l'empire.

Elle ne prouve qu'une chose, cette énumération qui m'entraînerait fort loin encore, si je cédais au malicieux plaisir des rapprochements ou des antithèses. C'est que le Salon a toujours été de l'avis du pouvoir.

Je sais tel peintre qui eût pu dire : — J'ai fait successivement le portrait de tous les gouvernements de mon pays !

Au bout de quelques années, ces courtisaneries au pinceau dorment oubliées, au haut des greniers des préfectures des province, et les nouveaux venus de la palette continuent à se précipiter vers les nouveaux venus de la vogue et de la puissance.

Au surplus, on ne s'est pas seulement occupé de peinture, à Paris, ces jours derniers. On a donné çà et là un certain nombre de soirées tout à fait brillantes et même, chez Mme la comtesse d'Haussonville, des matinées littéraires qui ont réussi. Il paraît que ces *Matinées* vont devenir à la mode. On convoquera des amis, de quatre à six heures, dans l'après-midi, et, autour d'un thé et de quelques sandwichs, on leur fera écouter la lecture d'un poème inédit, d'une comédie nouvelle ou de *Mémoires* inattendus. Il est bien évident qu'avec notre existence actuelle, la soirée est absolument *brûlée*, prise par le dîner, qui commence trop tard, et par le théâtre, qui commence trop tôt, sans compter le Cercle, qui ne finit pas. Et puis, on saurait donner un divertissement littéraire après le repas. Ce serait dangereux. Il y a des chefs-d'œuvre indigestes. On serait forcé d'inviter, pour ces cérémonies, un ou plusieurs chirurgiens, comme pour un duel. Le duel même, avec ses déjeuners en perspective, serait parfois moins périlleux que telle ou telle lecture, avec son apoplexie de Damoclès. La poésie doit être prise à jeun, comme un bain.

L'heure est donc bien choisie, entre quatre et six ; c'est l'heure du Bois pour les femmes à la mode, l'heure de l'absinthe pour les bohêmes du boulevard. Ce sera l'heure de la littérature pour les salons académiques. Dieu merci ! les femmes, qui se montrent si profondément éprises de musique et si profondément séduites par la peinture, vont donc enfin s'occuper de ces malheureux gens de lettres, qui n'ont ni exposition publique ni concerts Pasdeloup pour leurs martyrs sans Cirque ! Il y a un peu comme un courant de velléités littéraires, et j'en trouverais la preuve jusqu'en cette fête très particulière qu'a donnée, l'autre soir, Mme la comtesse de la Ferronnays.

Ce n'était qu'une fête dansante, mais où l'on a, si je puis dire, dansé littérairement. Mlle Fonta, qui est une érudite dans la danse, et M. de Lajarte, un musicien savant, bibliothécaire à l'Opéra, où il y a aussi des *rats* de bibliothèque, s'étaient entendus pour faire revivre, aux yeux des invités de Mme de la Ferronnays, les vieilles danses d'autrefois, les pavanes du temps d'Henri III, les sarabandes de Louis XIII et les gavottes contemporaines du Roi Soleil. Où l'archéologie va-t-elle se nicher !

Mlle Fonta avait, l'an dernier, lors de la fête donnée à l'Elysée par M. Gambetta, évoqué les danses bien *dansantes* de l'époque du Directoire. Chez Mme de la Ferronnays, en présence de don Carlos et du duc de Nemours, elle n'a montré que des danses bien *pensantes*.

Lulli, enchanté, a dû sourire, et le bonhomme Glück a été content.

Rien de plus intéressant que l'archéologie, même en matière de danse ; mais la vie, en pareil cas, est chose, ce me semble, plus charmante encore. Cette science profonde et impeccable de Mlle Laure Fonta nous rendrait-elle, par exemple, l'insaisissable grâce, la légèreté, l'esprit ailé, l'alacrité et la finesse de guêpe de Mademoiselle Beaugrand ?

C'en est fait. Mlle Beaugrand a dansé l'autre soir, à l'Opéra, dans le ballet d'*Hamlet* pour la dernière fois. On lui a, des fauteuils d'orchestre, réservé une ovation ; mais, après le ballet, dans sa loge, le défilé des camarades, qui l'aimaient et la regrettent, a éte plus touchant encore. C'est, dans tout ce petit monde de la danse, un sentiment unanime qui s'est naïvement traduit par ce billet adressé à Mlle Beaugrand, et dont je ne puis malheureusement citer l'auteur — une danseuse :

« Bonne et toujours chère camarade, vous nous quittez, mais laissez-moi, moi pauvre grain de sable, qui ne suis rien dans *cette* Océan que l'on nomme Opéra, vous dire que vous étiez, chère Beaugrand, le seul fleuve qu'ils auraient dû garder, comme le plus beau fleuron de leur couronne ! »

C'est parfaitement ridicule, mais absolument touchant.

Quelle page à écrire : le *Dernier Ballet de la danseuse !*

Le dernier pas dansé, aux applaudissements de tous, lorsqu'on est jeune encore, qu'on a toute sa force et tout son talent, qu'on aime son art, qu'on a grandi avec cette passion au cœur, la danse, la danse française! Quelle douleur derrière ces derniers sourires! Quelle amère joie dans ces derniers bravos!

C'est qu'elle est fille de l'Opéra, cette Beaugrand qui emporte avec elle toute la tradition d'une grâce spéciale. Enfant, elle est descendue des hauteurs de la Villette pour entrer, toute maigriotte, dans la *petite classe* de la rue Richer où l'on élevait, en les faisant travailler, les pauvrettes. Son entrée à l'Opéra fut étonnante. Il manquait, un soir, une danseuse pour jouer un rôle de page dans un ballet oublié, *Jovita.* On vint, rue Richer, à la « petite classe. » Il n'y avait là qu'une enfant maigrelette qui se fatiguait à se rompre les membres. Le maître de ballet fit la grimace en la voyant; il eût voulu une jolie fille, jolie dans le sens courant du mot, car Mlle Beaugrand, qui n'est point jolie, est *pire*, comme disait Mme Dorval. Mais, n'ayant point de choix, il prit Beaugrand.

— Viens à l'Opéra!

A l'Opéra! Elle! Voyez-vous la fièvre de cette enfant qui n'avait jamais vu l'Opéra et qu'on menait-là, dans ce grand bâtiment qu'elle croyait doré comme un palais, vénérable comme un temple? Elle tremblait en y arrivant. On la conduisit à l'habilleuse. Le maître du ballet avait fait la grimace. L'habilleuse fit la moue.

— Comment! c'est ça qui va remplacer le page? C'est ce petit *trognon sans rallonge?*

Elle faillit pleurer, la pauvre Beaugrand! Mais non! Elle était à l'Opéra, elle marchait sur ces planches sacrées, elle voyait le public en face. Et puis, une fortune! on lui donnait vingt sous par jour! — Comme ils durent être les bienvenus, ces vingt sous, dans la petite boutique de la Villette!

Et voilà cette femme qui, depuis ce jour, n'a point quitté l'Opéra et ne veut point encore aujourd'hui accepter les engagements qu'on lui offre en Italie et en Autriche pour pouvoir dire : — Non, je n'ai dansé que la danse française et ne l'ai dansée qu'à l'Opéra de Paris !

Quelle existence ! A cause de son diable de visage, — si charmant pourtant ! — on la plaçait toujours au fond, dans les ballets, la dernière, et ce fut d'année en année qu'on se résigna à lui confier une place dans un pas de six, puis, comme elle avait du talent, dans un pas de quatre, dans un pas de trois, dans un pas de deux jusqu'au *solo* chorégraphique. Et quand elle est parvenue à conquérir son bâton de maréchal, trente mille francs par an, on la congédie ! Toutes ses camarades se sentent atteintes en elle.

C'est chose curieuse, en effet. La danseuse n'est point *cabotine*, je me sers de l'argot des coulisses pour me faire mieux comprendre. La danseuse sort d'une classe où la rivale est, en quelque sorte, numérotée à son rang, comme dans une école. On travaille côte à côte, on sait la valeur, on connait le talent de la voisine, on ne discute point son mérite, on l'accepte comme un fait. Toute actrice, toute figurante, la dernière des choristes se croit capable de remplacer la comédienne en renom : il n'y a pas de hiérarchie dans le théâtre. C'est tout le contraire chez les danseuses. Elles ont vu grandir les efforts et les succès des camarades : elles s'inclinent. La petite Beaugrand des vieux ballets était devenue l'exquise Beaugrand de *Corvélia*, et les fillettes d'autrefois, qui avaient partagé avec elle les pommes de terre frites et cassé de leurs dents blanches les noisettes de la treizième année, ne songeaient pas à discuter ses mérites.

Hélas! il paraît que tout ces mérites ensemble, cette légèreté, cet esprit qui faisait dire à Nestor Roqueplan: « Elle danse en français : on ne se relève pas de cela ! » cette grâce et cette pudeur si éloignée des ballets de féerie, qui faisaient prononcer hier à Sully-Prudhomme le mot de « chasteté » dans un sonnet à Léontine Beaugrand :

Dont le pas élégant, à sa chaste caresse,
Sans corrompre le cœur enchaînait le regard!

tout cela est inutile : — Mlle Beaugrand a trente-huit ans. On ne s'en doutait guère, mais elle vient de le déclarer, et M. Mérante a prononcé l'arrêt : « Elle n'est plus jeune! »

A quoi Mlle Beaugrand a répondu :

— Je sais bien. Il ne me trouve plus jeune parce que je *le* vieillis!

Et, en effet, Mérante, qui joue encore fort joliment les bergers amoureux — il est charmant dans la *Korrigane* — ne veut sans doute pas qu'on remarque qu'il les jouait déjà lorsque Beaugrand représentait un des enfants traversant la scène en courant pour échapper au massacre de la Saint-Barthélemy, au cinquième acte des *Huguenots*.

Mlle Beaugrand, qui se consolera de l'opéra avec son jardinet et ses poules, en bonne bourgeoise, a de l'esprit comme Sophie Arnould, et l'on eût pu lui en prêter autant qu'on en offrait à Augustine Brohan et qu'en a Madeleine.

— Que voulez-vous? lui disait-on, l'autre jour, pour la consoler, Mlle Sangalli danse dans une autre langue!

— Oh! oh! fit-elle. Une autre langue! Dites donc un patois! Ce serait plus juste.

Et cet esprit est rarement méchant. Il est aiguisé; mais, s'il veut piquer, il s'arrête à l'épiderme.

Une de ses camarades, aussi enchantée de sa propre personne que l'était Vestris, le *diou* de la danse, disait un soir au foyer :

— Ah! c'est drôle, quand je *m'enlève* en dansant, il m'est très difficile de retomber, tant je suis légère!

— Et moi donc! répliqua Beaugrand, je ne redescends que parce que l'air d'en haut me chatouille la plante des pieds!

Une petite camarade lui disait, d'un air fier, en lui montrant un gentleman en habit noir :

— Vous voyez ce monsieur? C'est un ministre! Et il m'a comparée à un papillon!

— Gare à l'épingle! fit Beaugrand.

Et quelle bonne grâce charmante dans ce joli mot, qui est typique, dit à un des rôdeurs du foyer qui s'extasiait sur la petitesse du pied de la danseuse.

— Ah! le joli pied! Ah! vraiment, il n'y a que Cendrillon qui eût pu montrer un pied aussi petit!

— Allons donc! fit-elle en riant. Soyez sincère : c'est la longueur de mon nez qui vous fait dire cela!

Maintenant, c'est fini. Mlle Beaugrand ne dansera plus à l'Académie de musique et ne dansera plus nulle part. Les amateurs y perdent, les abonnés la regrettent et ses camarades l'ont pleurée. Elle a fait tout enlever, la veille du 1er mai, de ce qui était à elle dans cette loge où toutes les danseuses se pressaient l'autre soir, et elle a disparu. Un dernier frou-frou de gaze et tout est dit.

Encore une étoile qui file,
Qui file, file,
Et disparaît.

La Patti, à qui l'on offrait samedi soir après tous les actes de cette *Traviata* qu'elle chante si admirablement, des bouquets de fleurs, des corbeilles de roses, nous reviendra l'an prochain. Beaugrand ne nous reviendra pas.

On devait bien un salut à la danseuse qui disparaît involontairement et qu'un journal comparait naguère à Mlle Sarah Bernhardt en lui reprochant « de vouloir faire du bruit ».

— Mais non, je ne ressemble pas à Sarah Bernhardt, répondit-elle. Sarah Bernhardt veut partir et moi je voulais rester!

Le fait est qu'on a beaucoup parlé de l'aventure. Il faut bien qu'on passe à autre chose. Ce n'est pas seulement l'heure des Matinées littéraires, c'est aussi le moment des dernières grandes ventes de l'année. On a couvert d'or, à la vente Beurnonville, des tableaux que

Théodore Rousseau et Delacroix donnaient pour trois cents francs! On va, dans quelques jours, s'arracher les moindres pièces de la collection Mahérault comme on s'est disputé les Fragonard de M. Walferdin.

Mahérault est cet ancien conseiller d'État, *conseiller dramatique* de M. Scribe, dont M. Legouvé a tracé dans le journal *le Temps* un si vivant portrait. Amateur érudit, chercheur heureux, fureteur aux meilleurs moments des *trouvailles*, ancien élève de Moreau le jeune, ami de Gavarni dont il a catalogué et collectionné l'œuvre, M. Mahérault laissait, en mourant, un travail manuscrit très complet sur *Moreau le Jeune*, l'illustrateur de tous ces précieux livres du XVIIIe siècle qu'on paye aujourd'hui des sommes folles. Ce travail, M. Émile de Najac, gendre de M. Mahérault, vient de le publier en un beau volume, déjà recherché.

C'est tout un monde iconographique et bibliographique. Moreau le Jeune revit là, dans le moindre de ses croquis, dans la plus petite de ses sépias. On verra, dans quatre jours, à l'hôtel Drouot, ce que possédait le collectionneur. On trouve ici ce que savait l'érudit. Encore M. de Najac a-t-il gardé, pour ne pas faire de ce livre un *Dictionnaire*, des notes curieuses que M. Mahérault lui a laissées, — celle-ci, par exemple, relative à une visite faite par Mahérault à Moreau, qui, si près de sa fin, n'était plus Moreau *le Jeune* :

« Je me souviens parfaitement de la dernière fois que je le vis. J'étais encore bien jeune alors. C'était en 1810. Il y a cinquante ans de cela.

» Il demeurait rue d'Enfer, au coin de la place Saint-

Michel, au quatrième, autant que je me le rappelle, dans une maison que le marteau des démolisseurs a fait disparaître pour donner passage au boulevard Saint-Michel. Je sonnai. Mme Moreau vint m'ouvrir elle-même et m'introduisit dans le cabinet de son mari.

» La pièce était carrelée comme le reste de l'appartement; les carreaux étaient revêtus d'une couleur rouge et cirés avec soin. Un corps de bibliothèque à hauteur d'appui, peint en blanc, régnait à l'entour, et sur ses tablettes étaient rangés les livres que Moreau avait illustrés de ses dessins, ainsi que beaucoup d'autres. Aucun n'était somptueusement relié, mais la plupart, belles éditions de Didot et de Renouard, étaient proprement cartonnés à la bradel et recouverts d'un papier rose marbre!

» Moreau était assis à sa table de travail, devant une fenêtre à laquelle était attaché un de ces châssis recouverts de papier blanc entièrement incliné dont se servent tous les graveurs pour adoucir l'éclat de la lumière. Sa table était presque entièrement couverte par une feuille de papier grand aigle, collée sur une planche soulevée à un pupitre, près de laquelle étaient posés un verre plein d'eau, un crayon de mine de plomb, une plume de corbeau, un morceau d'encre de Chine et un de sépia, et un godet rempli de cette dernière couleur. C'étaient tous ses instruments de travail.

» Il s'occupait d'une des deux grandes compositions qu'il exécuta au bistre pour retracer les fêtes données à l'Hôtel de Ville à l'occasion du mariage de l'empereur Napoléon Ier et de Marie-Louise. Il m'accueillit avec une bonhomie charmante, me montra son dessin, et comme, après l'avoir admiré, je remarquais un petit croquis à la mine de plomb qu'il avait devant lui :

» — C'est, me dit-il, un costume de bal tel que les jeunes femmes les portent aujourd'hui. Il est d'Horace Vernet, mon petit-fils, qui est bien au courant des modes du jour, car c'ést lui qui dessine la plupart des costumes que publie Lamésangère dans le *Journal des Dames et des Modes*. Moi qui ne vais plus dans le monde comme au temps de ma jeunesse, et qui ne connais plus les toilettes, je me sers de ce croquis pour ajuster toutes ces figures de femmes que j'ai dû placer dans ma composition.

» Tout en parlant ainsi, il continuait son travail et j'admirais avec quelle légèreté sa grosse main étendait le bistre sur les figures de sa composition et les modelait finement. Moreau était grand et fort; il avait à cette époque les cheveux gris ou peut-être une perruque de cette couleur. »

N'est-ce pas touchant, cette collaboration de l'aïeul et du petit-fils, Horace Vernet, — dont la mère était fille de Moreau, — dessinant des costumes pour cet homme qui avait peint les élégances de la cour de Louis XVI et n'était plus au courant des modes de la cour de Napoléon!

— « Mon aïeul maternel, Jean-Michel Moreau, dit Moreau le Jeune, racontait un jour Horace Vernet à Théophile Silvestre, était fils d'un perruquier de Paris. Il illustra les plus beaux livres de son siècle, fut l'ami de Voltaire et le zélateur de J.-J. Rousseau. Excellent homme, mais violent comme la poudre. Voyez ces charmants dessins. Supprimer la queue d'un chien des compositions de Moreau, c'est comme si l'on enlevait une virgule de la plus belle phrase de Bossuet!... »

On a dit — ce n'est point M. Roger Portalis dans son excellent livre sur les *Illustrateurs du XVIIIe siècle* — qu'il n'existait pas de portrait de Moreau le Jeune. Or, dans la chambre à coucher d'Horace Vernet se trouvait un portrait de Moreau peint par Gounod, père du musicien actuel et grand-père, par conséquent, du jeune M. Gounod, qui vient de se marier et qui, dit-on, reprend avec talent le pinceau de l'aïeul.

Qu'est devenu ce portrait, trois ou quatre fois précieux, du vieux Moreau?

Je trouve encore dans les notes inédites de M. Mahérault cette indication curieuse, où il se pourrait bien qu'il fût question de Scribe, le vieil ami du collectionneur :

« On ne saurait se faire une idée jusqu'où va l'absence de sens artistique chez certains littérateurs. J'ai connu un homme d'infiniment de goût et d'esprit, d'une charmante imagination et dont les œuvres ont eu un grand retentissement au théâtre. Eh bien! il ne comprenait rien à la peinture! Un tableau n'était pour lui qu'une toile couverte de diverses couleurs.

» Ce fut sans doute un auteur aussi malheureusement doué sous ce rapport qui avait demandé à Moreau un dessin pour un de ses ouvrages et qui s'écria en apprenant que le prix en était de cent francs :

» — Vous employez donc des matières bien chères pour un pareil travail?

» Moreau lui répondit :

» — Un sou de papier, un sou d'encre de chine ou de sépia, et un pinceau de dix sous qui me sert depuis un an! Mais qu'est-ce que vous coûte, à vous, le papier dont vous vous servez pour écrire les vers que vous avez vendus mille francs à votre éditeur? »

Cette absence de sens artistique, signalée ici par Mahérault, on la retrouverait chez plus d'un écrivain, même chez des *salonniers*, chez plus d'un critique de théâtre — et le théâtre est pourtant, par certains côtés, un art plastique — et on la retrouvait à un degré supérieur encore, paraît-il, chez Royer-Collard. C'est lui qui a dit : « La peinture n'est qu'une surface-plane inutilisée! »

Au reste, les mots de ce genre étaient fréquents chez le grand doctrinaire. En voici un, qui est fort surprenant. M. Villemain avait offert à M. Royer-Collard son livre sur *Cromwell*. Il vient lui demander son avis. M. Royer-Collard prend un air aimable :

— Votre livre est parfait, dit-il, il est excellent. J'ai un grand plaisir à le lire : c'est un chef-d'œuvre et je vous en fais mon sincère compliment. Cependant, vous feriez bien de le refaire!

Cependant... Seulement...

Ah! qu'il était joli ce personnage de Théodore Barrière : *M. Bassecour!*

IX

Gustave Flaubert jugé par Sainte-Beuve. — Ses goûts, son ami Bouilhet, son horreur pour les bourgeois. — Sa lettre à Th. Gautier — Ses pièces : *le Candidat*, au Vaudeville et *le Cœur à gauche*. — Ses obsèques. — Gustave Flaubert et les Rouennais.

Paris, 9 mai.

— Et Flaubert, l'as-tu vu depuis un mois qu'il est à Paris? demandait, un jour, Ernest Feydeau à Théophile Gautier.

— Il est venu me voir il y a quinze jours.

— Comment l'as-tu trouvé?

— *Truculent !* répondit Théophile Gautier.

Truculent signifiait pour Gautier solide, en belle santé, la joue rouge, la lèvre et la dent en appétit, le corps et l'esprit dispos. Gustave Flaubert était, en effet, grand, d'aspect robuste, avec le teint coloré des sanguins. Rien de la pâleur de l'homme de lettres, — de cette pâleur du papier qui se reflète sur le visage des scribes, — chez cet homme aux muscles forts, à la carrure de campagnard.

Gustave Flaubert paraissait être de ceux dont on dit communément : Il vivra cent ans!

Il aimait les champs, le grand air, fuyait la ville, et ce rural, qui avait conquis Paris, ne semblait pas destiné à cette fin brutale qu'une dépêche nous a apprise hier au soir.

Nous ne pouvons, aujourd'hui, résumer en quelques lignes, qui seraient trop rapides, la physionomie littéraire de ce fin et grand lettré qui, mêlant les procédés pittoresques de Théophile Gautier à l'analyse de Balzac, fut le maître du roman contemporain et détermina le grand mouvement qui entraîne la littérature dite *d'imagination* vers la vérité — l'*âpre vérité*, comme s'écriait déjà Stendhal, reprenant un mot de Danton.

Nous reviendrons sur cette figure et l'on trouvera dans les dictionnaires les détails biographiques sur Flaubert. Son existence entière tient dans ses ouvrages. Il a beaucoup observé et peu écrit. *Madame Bovary* reste son chef-d'œuvre, malgré les pages admirables et les inoubliables descriptions de *Salammbô*. Le fils du chirurgien normand se révèle à chaque ligne de ce maître-livre, qui faisait appeler par Sainte-Beuve Gustave Flaubert le grand *prosecteur de l'amphithéâtre littéraire*.

Avec *Madame Bovary*, Flaubert avait, en quelque sorte, pris possession des rues de Rouen et de la campagne normande, comme George Sand des *traînes* du Berri et des ruisseaux de la Vallée Noire. On ne peut plus passer à Rouen sans se rappeler les promenades d'Emma, et l'image, le fantôme de ces êtres qui n'ont pas vécu, y paraît plus vivant que les passants eux-mêmes. Flaubert en voulait un peu aux Rouennais depuis leur refus de placer, sur une fontaine publique, un buste de son ami Louis Bouilhet, refus qui fit écrire à Flaubert un des rares articles de polémique échappés à sa plume et que le *Temps* publia à son heure.

Sans doute, Rouen ne refusera pas un buste à l'ami fraternel de Bouilhet; mais il sera difficile de trouver, sinon un portrait, du moins une photographie de Flaubert. M. Burty raconte ce matin qu'une des coquetteries de l'auteur de *Madame Bovary* était de n'avoir jamais posé devant un photographe :

— Je n'ai jamais passé devant l'objectif!

Gustave Flaubert venait assez rarement à Paris depuis quelque temps: Il se montrait parfois chez des amis, Charpentier, Daudet, ou au dîner mensuel que ses disciples ont fondé. Là il parlait peu de lui, beaucoup du *bourgeois* qu'il haïssait, ayant gardé contre le *bourgeois* les préjugés d'un rapin de 1830. Il s'occupait même de réunir, dans un livre qui devait être le résumé de sa pensée, toutes les phrases niaises, toutes les sottises courantes, toutes les banalités qu'il entendait. Ce *sottisier* humain lui plaisait à collectionner, comme un herbier. Le livre doit être déjà avancé.

Flaubert avait d'ailleurs un dédain souverain pour le vulgaire. Il eût volontiers dit, comme Taine, que si trois cents personnes en ce monde peuvent juger d'un livre ou d'un tableau, c'est beaucoup.

— Quand on pense que Balzac n'avait pas deux éditions! disait-il, ou que, lorsqu'il en avait deux, c'était un grand succès! Et nous nous plaignons!

Il était amer pourtant, et voici une lettre qu'il adressait à Feydeau, au lendemain de la mort et des funérailles de Théophile Gautier :

« Non, mon cher, je ne suis pas malade.

» Si je n'ai pas été à l'enterrement de notre Théo, c'est par la faute de C..., qui, au lieu de m'envoyer son télégramme par le télégraphe, l'a mis dans une lettre que j'ai reçue trente-six heures après l'enterrement...

» Je ne plains pas notre ami défunt. Au contraire, je l'envie profondément! Que ne suis-je à pourrir à sa place! Pour l'agrément qu'on a dans ce bas monde, autant s'en aller le plus vite possible.

» Le 4 septembre a inauguré un état de choses qui ne nous regarde plus. *Nous sommes de trop.* On nous hait et on nous méprise. Voilà le vrai. Donc, bonsoir!

» Pauvre cher Théo! C'est de cela qu'il est mort (du dégoût de l'infection moderne). C'était un grand lettré et un grand poète.

» Depuis jeudi, je ne pense qu'à lui et je me sens à la fois écrasé et enragé.

» Adieu. Bon courage. Je t'embrasse.

» G. FLAUBERT. »

Nous sommes de trop! La boutade est injuste, et Flaubert, ce jour-là, se montrait terriblement pessimiste. L'empire avait poursuivi *Madame Bovary;* les lendemains du 4 septembre devaient voir, au contraire, un mouvement très accentué du public vers le *roman*. Mais, au fond de l'âme, peut-être ce bon et vaillant Flaubert, incapable d'un sentiment de jalousie, né pour admirer, au contraire, et admirant de toute son âme — Victor Hugo, par exemple, devant qui je l'ai vu respectueux comme un enfant devant le père — Flaubert ne pouvait peut-être s'empêcher de se dire que cela est bien étrange de voir un chef-d'œuvre, un absolu chef-d'œuvre comme sa nouvelle intitulée *Cœur simple*, rencontrer un public si restreint lorsque des œuvres moins complètes remuaient littéralement des foules !

On lui reprochera d'avoir donné le ton à cette littérature. Non, Flaubert ne craint pas de remuer ce qu'il appellerait la pourriture humaine, mais c'est comme Hamlet entrant au cimetière et interrogeant les crânes et les vers. Ce n'est jamais comme un blasé descendant faire une visite aux égouts.

Il ne pouvait, au surplus, s'empêcher de dire, comme le rapporte ce matin un intime ami, M. Ch. F.-L., dans le *Nouvelliste de Rouen* :

— *Aujourd'hui, je passe pour Berquin !*

Le mot est souriant, mais il a sa tristesse, et nous rencontrerions une mélancolie pareille chez tel autre romancier du premier plan, M. Edmond de Goncourt, par exemple, autre initiateur, navré d'avoir vu mourir à la peine, mourir de l'injustice du public, son frère Jules, qui méritait le succès que tel autre a recueilli ou ramassé.

Flaubert avait été mordu par le démon du théâtre. On se souvient du *Candidat*. Le public du Vaudeville fut remarquablement irrespectueux pour un semblable écrivain. Flaubert, dans la coulisse, disait très sincèrement à un ami :

— Qu'est-ce qu'ils ont donc à siffler ? C'est très beau.

Avec Louis Bouilhet, Gustave Flaubert avait écrit jadis une comédie, le *Cœur à droite*, qui faillit, un moment, être représentée au Gymnase.

M. Montigny hésitait à la recevoir. Il y a là, paraît-il, un rôle de vieux général — un Homais en épaulettes — qui tentait considérablement le comédien Lesueur.

Lesueur disait à Montigny : — Jouez donc cela!

A la fin, Lesueur consentit à créer le rôle au théâtre de Cluny. M. Weinschenck, alors directeur de cette petite scène, avait reçu le *Cœur à droite.* Il quitta le théâtre et la pièce ne fut pas représentée. C'était encore une des tristesses de Flaubert.

D'autres qui ont vécu dans l'intimité de sa vie, qui l'ont aimé, comme M. Guy de Maupassant, lui dédiant hier un superbe volume de poésies, *Des Vers*, diront l'existence quotidienne de ce maître, laborieux, soucieux de la dignité littéraire, ennemi du charlatanisme, détestant les réclames du reportage, ne voulant livrer au public que ses livres : — son œuvre et non sa personne.

Ceux-là raconteront les délicatesses, les tendresses de cœur de l'ami, du fils, cachant, sous une affectation d'indifférentissime et de dégoût, les sentiments les plus exquis.

Pour nous, qui l'avons peu connu, mais admiré autant que personne, nous avons voulu rendre un suprême hommage à ce maître écrivain qui laisse des chefs-d'œuvre et qu'Alexandre Dumas fils, pour exprimer le mélange original de ce talent où l'on retrouvait l'horreur du *philistin*, comme chez Gautier, et le culte de la science moderne, comme chez un chirurgien ou un ingénieur, définissait un jour :

— Un romantique en chemin de fer!

LES OBSÈQUES DE GUSTAVE FLAUBERT

Rouen, 11 mai, midi.

Nous partons pour Canteleu, où le service funèbre va avoir lieu; de là, nous monterons au Cimetière Monumental, où Flaubert reposera près de Louis Bouilhet.

M. Guy de Maupassant avait, hier matin, adressé une lettre à Victor Hugo, lui annonçant les funérailles de Gustave Flaubert.

Hier soir, nous demandions, à Victor Hugo, chez qui nous dînions avec M. Leconte de Lisle, pourquoi il ne prononcerait point (ou n'enverrait pas) quelques paroles sur la tombe de l'auteur de *Salammbô*.

— Je l'aurais fait, a répondu le poète, mais on ne m'a rien demandé. J'aimais Flaubert parce qu'il était bon. L'humanité a, avant toutes choses, deux grandes catégories : les hommes bons et ceux qui ne le sont pas. Je ne veux point dire les méchants. Flaubert était de ceux qui sont bons, et à cette grande bonté il ajoutait un grand talent. Je l'aurais dit volontiers.

L'auteur de *Madame Bovary* a eu, par un beau temps de mai, les funérailles qu'il eût souhaitées. Autour de lui, non pas une foule, mais des amis et des admirateurs sachant bien qu'ils venaient là rendre le dernier hommage à un grand écrivain et à un bon cœur. Et puis, dans cette petite église de Canteleu, sur le coteau, lorsque le cercueil immense est entré, porté par neuf hommes, tant il était grand et lourd; quand, sur les vitraux traversés de soleil de la petite église, le catafalque illuminé de cierges s'est détaché, noir et frangé d'argent; lorsque le prêtre a officié avec les enfants de chœur en robes rouges à ses côtés, à tous ceux qui savaient par cœur le premier roman de Flaubert, la même pensée est venue à l'esprit, la même parole aux lèvres :

— C'est l'enterrement d'Emma Bovary! Vous en souvenez-vous?

Si l'on s'en souvenait!

La réalité douloureuse, criante, le deuil présent, se confondaient dans les merveilleux tableaux du livre. Gustave Flaubert, le peintre de ce coin de Normandie, avait, en cette journée de soleil et de printemps, les funérailles de son héroïne normande.

Je n'oublierai plus cette scène : les voitures de deuil arrêtées devant l'église de Canteleu, les assistants dans le chœur, ou sur la place, causant, tandis que des paysans regardaient, étonnés, tête nue. Sous le porche, trois sonneurs aux traits bronzés tirant de leur mouvement machinal la grosse corde de la cloche qui sonnait le service des morts. A droite de l'église, sur un petit mur en pierres grises ourlées de mousse, des enfants jouaient, se laissant glisser, ignorants et riant beaucoup, comme le gamin qui menace le curé tandis que Mme Bovary se confesse. Un mendiant quasi gâteux, frappé à demi d'une ataxie locomotrice, tendait la main et demandait l'aumône, d'une voix inarticulée, comme, dans le roman, l'idiot aveugle de la côte du Bois-Guillaume. Il y avait, à droite de l'église, un petit cimetière fermé qui faisait songer à celui d'Emma. Et lorsque, le service fini, le char funèbre et les voitures qui le suivaient se sont mis à redescendre la côte pour aller, de l'autre côté de la vallée, vers le cimetière Monumental qui est le terme de la fameuse promenade en fiacre de Léon avec Mme Bovary; lorsque par ce chemin poudreux, entre ces robustes haies normandes piquées de fleurs d'aubépine, et devant ce vaste paysage de la vallée : Rouen et sa fumée montant à l'horizon, la Seine glissant dans les grandes prairies, l'amas des maisons noires et les cadres de verdures; lorsque devant les cabaretiers, les marins et les femmes de l'avenue du Mont-Riboulet, le cortège a passé lentement, ces lignes de *Madame Bovary* semblaient devant nous prendre vie et devenir réalité : « On se tenait aux fenêtres pour voir passer le cortège... Les prêtres, les chantres et les deux enfants de chœur récitaient le *De profundis*, et leurs voix s'en allaient sur la campagne, montant et s'abaissant avec des ondulations. Parfois ils disparaissaient au détour du sentier, mais la grande croix d'argent se dressait toujours entre les arbres... Une brise soufflait, les seigles verdoyaient, des gouttelettes de rosée tremblaient au bord du chemin, sur les haies d'épines. Toutes sortes de bruits joyeux emplissaient l'horizon... »

C'est en Écosse, devant les bruyères des montagnes et les eaux des lacs, qu'on comprend surtout Walter Scott. C'est devant cette campagne normande, c'est en traversant ces faubourgs rouennais, qu'on voit avec quelle puissance Gustave Flaubert avait pris possession de ce coin de terre.

Le cortège était parti, à l'heure dite, de la maison mortuaire, à Croisset, devant un ilot de la Seine. Il y avait là peu de monde.

C'est à Canteleu, devant la petite église, qu'on s'est retrouvé pour suivre le convoi jusqu'au cimetière. Le deuil était conduit par M. Comanville et M. de Maupassant. Dans le trajet de Canteleu au cimetière, les cordons d'argent du poêle ont été tour à tour tenus par les plus fervents amis et admirateurs de Flaubert, et c'est un honneur qui a touché celui qui écrit ces lignes que d'avoir été, un moment, choisi par les proches du maître. Les journaux de Rouen étaient représentés par leurs directeurs. Le préfet actuel s'était fait excuser; M. Lizot, ancien préfet de la Seine-Inférieure, M. Barrabé, maire de Rouen, le conseil municipal de Canteleu, et, je crois, une députation d'étudiants en pharmacie, suivaient le cortège. Avec un détachement du 28e de ligne, c'était là tout le côté officiel des funérailles de Flaubert. Des roulements de tambour de temps à autre, des curieux sur la route, deux cents personnes au cimetière, et c'était tout.

C'était assez pour dignement honorer cette mémoire.

Le cercueil a passé, au bas de la montée du cimetière Monumental, sous une voûte de lilas et d'aubépine blanche et rose. Il a gravi cette côte d'où, de là-haut, on peut apercevoir, avec les flèches gothiques des églises de Rouen, le toit de la maison de Croisset où Flaubert résidait, se promenant parfois — trop rarement — dans cette allée qu'il appelait l'*Allée Docte*, et où Pascal, disait-il, eût pu rêver. Là, à deux pas de la tombe élevée par la ville de Rouen à Louis Brune, le sauveteur, presque à côté du tombeau où dort Louis Bouilhet, le frère d'armes de Flaubert, on descend la bière, trop grande pour le tombeau de l'auteur de *Salammbô*. M. Lapierre, du *Nouvelliste de Rouen*, s'avance et, très ému, en quelques paroles profondes, remercie ceux des amis de Flaubert qui l'ont accompagné jusqu'à cette fosse.

Point de discours. Flaubert n'en voulait pas.

Un seul eût pu parler, celui qu'il appelait le *grand chef*, Victor Hugo.

Gustave Flaubert dormira là, sur la haute colline, son médaillon de bronze faisant face à celui du poète de *Melœnis* et de *Madame de Montarcy*.

On a déjà ouvert une souscription pour élever un monument à Flaubert. Son buste pourra être fraternellement placé à côté de celui de Louis Bouilhet, sur la fontaine que le conseil municipal a accordée comme piédestal. C'est M. Guillaume qui est chargé de ce buste.

Et, pour faire le portrait posthume de Flaubert, on pourra s'aider facilement du moulage pris sur le mort. Le haut de la tête est vraiment superbe. Les yeux clos, dont il reste encore des cils dans le plâtre, semblent dormir. Le front est d'un modelé admirable. Seule la moustache semble un peu affaissée et le cou est gonflé par l'apoplexie. Mais on vient d'ailleurs de retrouver deux portraits de Flaubert, l'un de sa jeunesse, l'autre d'une date plus récente.

Pendant toute cette cérémonie, dans le long trajet de

Croisset à Canteleu et de Canteleu au cimetière, on ne s'est entretenu que de ce pauvre grand mort, de ses premières œuvres, de ses livres posthumes. Il laisse décidément, avec un volume de voyages intitulé *Plages et Grèves*, un roman achevé. C'est *Bouvard et Pécuchet*, une sorte de *Don Quichotte* moderne, les aventures et les déceptions de deux pauvres diables de naïfs qui se passionnent tour à tour pour toutes choses, depuis les femmes jusqu'au magnétisme, et qui, toujours déçus, ayant passé leur vie à copier des lettres dans un ministère, finissent en copiant des lettres dans une administration.

— Mon livre, disait Flaubert, pourrait s'appeler : *De la mauvaise méthode dans l'étude des sciences.*

C'est un roman. Le récit est suivi d'un volume de *notes* de toutes les bêtises échappées à tous les hommes, particulièrement des écrivains, et que froidement recopient Bouvard et Pécuchet. Il y a là des trésors de rire. Bien des gloires figurent dans ce musée de la sottise, depuis Napoléon Ier qui dans une proclamation écrit : « Soldats, vous allez *jouir des fruits puisés sur l'aile de la victoire !* » jusqu'à tel philosophe contemporain qui définit ainsi le bouddhisme : « Bouddhisme, *fausse religion de l'Inde !*

On hésiterait, dit-on, à publier ce volume à cause des noms des auteurs que cite, en toutes lettres, Gustave Flaubert. Mais comme ces *notes* sont le complément, et mieux encore, l'explication du roman, il faudra bien les donner.

Au reste, un des premiers projets de Flaubert et de Bouilhet avait été un *Traité de la bêtise humaine*. Dans les derniers temps de sa vie, il était revenu à ce rêve de sa jeunesse, jeunesse d'un enthousiasme littéraire éperdu, au point, nous racontait M. Eugène Crépet, un de leurs vieux amis, que Flaubert et Bouilhet, jeunes, beaux, forts, ardents, allaient courant par les champs et, du sang de leurs veines, traçaient le nom de Victor Hugo, leur Dieu, sur l'écorce des arbres !

Cette journée de deuil, mais de deuil ensoleillé comme une apothéose, restera comme un frappant souvenir. Il y a bien manqué « la pompe officielle », comme on dirait. Mais l'homme de lettres pèse moins, dans les préoccupations de la foule, et, — ce qui est plus triste, — du pouvoir, de tout gouvernement quel qu'il soit, que le moindre fonctionnaire ou conseiller municipal. Qu'est-ce qu'un *lettré*, pour bien des gens ? Il faut tenir à quelque chose pour que le vulgaire vous croie quelqu'un. Au surplus, le dédain de Flaubert pour toutes les cérémonies, qu'il a raillées en bloc dans son tableau du concours régional, eût été bien servi hier. Rien n'a manqué à ces obsèques de ce qui est le deuil véritable : — les larmes de ceux qui aiment et le respect de ceux qui admirent.

D'ailleurs, chez lui, dans sa ville natale, Gustave Flaubert devait passer pour un original, quelque chose comme un déclassé. Je l'ai entendu appeler hier le *fils Flaubert*. C'est le fils du chirurgien, bien plutôt que l'écrivain, qu'on saluait hier. Ce Gaulois robuste s'était d'ailleurs vengé d'avance de toutes les ingratitudes, lorsqu'il posait en principe cet axiome : « L'amour de l'art commence au mépris des Rouennais !

Il est évident que de tels propos, d'une irrévérence fort injuste, — si on les répétait autour de la table des filateurs, — n'étaient point faits pour rendre l'auteur de *Madame Bovary* prophète en son pays.

— Il était donc bien connu à Paris ? nous demandait hier un monsieur fort aimable.

Gustave Flaubert était tout simplement un des futurs prosateurs classiques de la France.

Et maintenant il dort, sa tâche remplie, son œuvre bien faite, auprès de l'ami de sa jeunesse, dont le fantôme fut le consolateur et le conseiller de son âge mûr, — et il laissé à d'autres, à nous, ce qu'il appelait, dans son éloquence à la Bossuet, « la monotonie des jours et la bêtise du soleil ! »

X

Souvenirs de Gustave Flaubert. — Comment naquit *Madame Bovary*. — Le roman posthume de Flaubert : *Bouvard et Pécuchet et leurs aventures*. — La jeunesse en 1830 et en 1880. — Un tableau de Muller : *la Déesse Raison*. — Le tombeau de Samson et le monument de Corot.

Paris, 17 mai.

Est-il déjà trop tard pour parler encore de Gustave Flaubert ? Ce n'est plus *quinze jours*, comme au temps de Musset et de la Malibran, qui

Font d'une mort récente une vieille nouvelle ;

en quelques heures, tout est dit, on ne parle plus guère de ceux qui s'en vont. A d'autres ! Ce temps-ci est visiblement très pressé.

Pourtant, lorsqu'il s'agit d'un écrivain tel que Flaubert, il est bien permis de s'attarder avec son souvenir. Cet homme qui, de son vivant, déroba soigneusement, avec un souverain dédain, sa vie au reportage et au caquetage des biographes, est en proie, depuis sa mort, aux anecdotes et aux jugements des chasseurs d'actualités. On a bien senti, cette fois, que c'était un lettré de forte et grande race qui disparaissait, et l'on a voulu saisir au passage, pendant qu'il était temps encore, quelque particularité typique, les traits intéressants de sa conversation, les originalités de son esprit.

Pour nous, c'est son œuvre avant tout qui nous intéresse, et j'ai réuni, sur la façon dont il écrivit ou plutôt conçut *Madame Bovary*, des renseignements qui vraiment, à mon sens, intéressent l'histoire littéraire de ce temps-ci. M. Eugène Crépet, le vieil ami et le compatriote de Louis Bouilhet et de Flaubert, les doit utiliser dans une étude à venir sur l'auteur de *Salammbô*. On me saura gré de les donner ici d'avance.

•

Gustave Flaubert était, un soir, à dîner chez son père, le grand médecin normand, qu'il a montré, à l'état de silhouette, dans *Madame Bovary*, et dont Velpeau disait, quand, de Saint-Sever ou de Canteleu, on arrivait le consulter à Paris : « Pourquoi êtes-vous venu? A Rouen, vous avez Flaubert ! »

On achevait le dessert, lorsque Louis Bouilhet entra, tenant à la main le *Nouvelliste* ou le *Journal de Rouen :*

— Vous ne savez pas? dit-il. La femme du docteur X... vient de se suicider.

— Ah ! bah ?

— Oui, voici cette mort annoncée dans les nouvelles du jour; Mme X... s'est empoisonnée.

Gustave Flaubert prit le journal, lut l'annonce : un simple fait divers, très laconique, en tout six lignes :

— Tiens, tiens, tiens, fit-il. C'est drôle !

Il sortit avec Bouilhet, et tout en causant, il lui dit qu'on pourrait très bien faire un roman avec ces quelques lignes incolores. Il ne s'agissait que d'*inventer!* Flaubert était alors très préoccupé de prouver aux réalistes, tout puissants à cette époque, et très bruyants, qu'on pouvait serrer de près la réalité, la vérité, la vie, en demeurant non pas lyrique, mais *romantique*. Gustave Flaubert avait et eut toujours pour Victor Hugo un véritable culte. A cette époque, les lettres que Victor Hugo, alors à Guernesey, adressait en France à des amis, étaient jetées à la poste avec l'adresse de *Gustave Flaubert*, que le poète ne connaissait pas personnellement : « Vous pouvez vous fier à Flaubert! » avaient dit des fidèles.

Bouilhet écrivait, en ce moment, les *Fossiles*, un des beaux poèmes de ce temps ; il achevait *Melænis*, ce tableau coloré des mœurs romaines de la décadence.

— Moi, dit Flaubert, je vais écrire un roman! Et ce roman finira comme a fini Mme X...

Il n'avait alors pas d'autre projet. Ce que serait au juste ce roman, il l'ignorait encore. Il prit des notes, allant et venant à travers les fermes, se faisant inviter à une noce de campagne, suivant les concours régionaux, causant volontiers avec le pharmacien de Veules, tout en songeant à M. Homais qui allait naître. Au bout de cinq ans, *Madame Bovary* était achevée. Flaubert en écrivait une page par jour.

— Je vais donner un coup de collier, disait-il à un ami, vers la fin de son livre. J'ai encore deux pages à écrire : *avec des efforts*, je les achèverai aujourd'hui même.

Il récitait volontiers et scandait, de sa grande voix, avec des gestes à la Frédérick ou à la Barbey d'Auverilly, des fragments de son œuvre avant que l'ouvrage ne fût imprimé. Sa prose prenait, sur ses lèvres, des accents de sermon à la Bossuet. M. Leconte de Lisle nous disait l'autre soir : — Avant d'avoir lu *Madame Bovary*, ayant entendu Flaubert en déclamer des passages chez Mme Louise Collet, je prenais cela pour un poème en prose!

Le nom de *poème* n'eût point déplu à Flaubert, puisque, je le répète, c'était contre les tendances étroitement réalistes d'alors que son œuvre était dirigée. Il opposait belliqueusement Yonville à Molinchart, les fleurs de ses pommiers normands aux balais de chiendent du professeur Delteil.

— Or, savez-vous, disait-il, quelle visite je reçus tout d'abord, après l'apparition de mon livre? Celle de Champfleury, qui vint me déclarer que j'avais bien mérité du réalisme et que j'étais un bon disciple!

Je n'ai pas vu cité ce mot de l'évêque Dupanloup sur *Madame Bovary*. Dupanloup, qui lisait beaucoup Alexandre Dumas, lisait aussi volontiers Flaubert.

— Je trouve *Madame Bovary* vraie comme la vérité, disait-il, un soir, à Orléans.

Et, comme on s'en étonnait :

— Oui, fit le prélat, c'est que j'ai si longtemps vécu en province et *que j'ai confessé tant de femmes!*

Gustave Flaubert devait aimer *Madame Bovary*, ce livre-type et qui lui donna la gloire, comme on aime la première œuvre lentement caressée, mais son œuvre préférée était *Salammbô*. Là, dans cette reconstruction du monde punique, il s'était senti plus libre ; il avait marché en plein rêve. *Salammbô* était, pour lui, une vision devenue tangible. Tout son être idéal y tenait place. Son être réel, si je puis dire, se retrouvait dans l'*Éducation sentimentale*, assemblage de souvenirs personnels et de sensations intimes.

On peut affirmer ainsi que *Madame Bovary* est bel et bien un roman, *Salammbô* une vision, l'*Éducation sentimentale* une confession.

Confession ! C'est un peu ce que doit être aussi ce roman posthume, *Bouvard et Pécuchet*. On me l'a conté, ce roman, en plus d'un détail. L'œuvre, singulièrement forte, ironique et cruelle, contient, paraît-il, — mais il faut se défier de certains enthousiastes, — les plus belles pages que Flaubert ait jamais écrites. C'est une simple histoire, surtout piquante, poignante et originale par les détails : une revue, en quelque sorte encyclopédique, des sciences et des arts humains, des philosophies, des littératures, de la politique.

Bouvard et Pécuchet sont deux bons vieux employés de ministère qui se rencontrent un jour sur un même banc où ils croquent côte à côte une tablette de chocolat en prenant le frais. C'est en été. Ils ont posé sur le banc leur chapeau, et chacun d'eux déchiffre, imprimé sur la coiffe, le nom de l'autre : — ici *Bouvard* et là *Pécuchet*.

— Tiens ! dit Bouvard, vous avez eu, monsieur, la même idée que moi !

— Oui, vous savez, répond Pécuchet, il y a tant de voleurs dans les ministères !

Cette conformité de sentiments fait naître entre eux une sympathie qui, de jour en jour, augmente. Bouvard et Pécuchet échangent leurs confidences sur leur banc d'habitude. Ils ne sont pas heureux, les pauvres gens. Ils ont, eux aussi, leurs rêves. Bouvard a aimé, oui, mais il y a si longtemps, si longtemps !... Il n'a d'autre passion maintenant que la campagne. Ah! dans un bouquet de bois, la petite maison blanche avec les volets verts de Jean-Jacques! — Pécuchet, lui, n'a jamais aimé. Jamais. Il a cinquante ans et il ne sait pas ce que c'est qu'une femme. Il a passé sa vie dans son bureau, assis sur sa chaise, occupé à *copier*. — Une maisonnette lui plairait bien, parbleu! Un jardin, des arbres, des fleurs, des lapins et des poules!

— Et si nous quittions notre ministère? monsieur Pécuchet.

— Ah! monsieur Bouvard, et si nous quittions Paris?

Cette idée, semée dans leurs pauvres cervelles, germe et grandit.

Ils réalisent leurs économies, donnent leur démission, achètent des instruments rustiques et s'en vont aux champs, pauvres diables d'imbéciles à la poursuite du bonheur.

Ils font alors un peu de tout, et, ballottés par le hasard, entraînés par leurs lectures, gobe-mouches éternels se laissant prendre à toutes choses, ils usent ce qui leur reste d'existence à vouloir se mettre *au courant du siècle*.

Après le jardinage et l'agriculture, ils abordent l'économie domestique et la chimie, l'hygiène, la géologie. Ils cherchent des sources, ils collectionnent les diverses espèces de papillons. On leur a dit que l'archéologie était bien portée et que le goût des *bibelots* était à la mode. Ils font de l'archéologie et recherchent des bibelots.

Bouvard et Pécuchet ne veulent rien ignorer. Ils font entrer, comme par un entonnoir, un tas de connaissances disparates dans leurs têtes dures. Ils *cultivent les lettres*, écrivent des romans, achèvent le *traité* de d'Aubignac et composent des pièces de comédie. Flaubert en profite pour railler tour à tour la tragédie classique, le roman d'aventure et la critique moderne. Il rend en coups de griffes à ses contemporains ce qu'on lui a donné en coups d'ongles — ou en coups de chapeau.

Et Bouvard et Pécuchet, toujours croyants, toujours déçus, passent de l'esthétique à la politique, remontent aux principes, examinent les théories du droit divin et du suffrage universel, veulent moraliser les masses. Il sont bien découragés, au bout du compte. Tous les systèmes les laissent accablés.

— Bah! se disent-ils, rien ne vaut le bonheur égoïste! Rien ne vaut l'amour! Il faut aimer!

A leur âge? — Et pourquoi non?

Cette phase sentimentale ne leur est pas plus clémente que la phase intellectuelle.

Pécuchet a une petite bonne aux joues roses, accorte et vive, une gaie fillette normande. Il l'aimera, puisqu'il faut aimer. L'amour finit par une consultation médicale. Bouvard et Pécuchet sont condamnés à une gymnastique forcenée, hydrothérapie, Benting, douches et massage, s'ils veulent retrouver la santé perdue.

Un jour qu'il se promènent par la campagne, en plein soleil, avec des casquettes à longues visières de cuir, Pécuchet tombe raide dans un sillon. Il a des crises. On interroge un médecin. — C'est le brillant de la visière qui est cause de tout. Pécuchet est simplement hypnotisé comme les hystériques de M. Charcot, à la Salpêtrière.

L'hypnotisme ! le magnétisme ! le spiritisme ! la magie ! Voilà tout aussitôt un champ nouveau offert aux expériences de Bouvard et Pécuchet, qui espèrent bien, à la fin, trouver le bonheur et le calme complets. Ah ! oui, le bonheur ! Pécuchet, tout féru d'expériences d'*hypnotisation*, se met à pénétrer dans les fermes et à magnétiser des dindons. On sait comment : il suffit de tracer, à terre, une ligne à la craie blanche et d'appliquer sur cette raie le bec des volatiles ; ils ne bougent plus. Et Pécuchet accroche ainsi à une ligne blanche tout un troupeau de dindons descendus du perchoir.

Le fermier arrive ; il voit ses dindons immobiles le bec à terre. Il pousse des cris. On a jeté un sort à ses volailles ! C'est ce misérable M. Pécuchet. Et Pécuchet, après ses mésaventures amoureuses, supporte cette mésaventure nouvelle : les coups de fourche d'un paysan qui le prend pour un sorcier.

Bouvard et Pécuchet finissent ainsi par avoir fait, en quelque sorte, le tour des inventions humaines. Et ils ne sont pas enchantés du voyage. Quoi ! la science, la politique, le journalisme, la philosophie, ce n'est que cela ? Vanité des vanités !

Reste la religion. Les deux vieux employés se mettent

à *pratiquer*. Ils se donnent à Dieu pour se consoler des hommes. Hélas! la grâce ne vient pas. Ils attendent vainement le miracle, et la religion les lasse comme le rationalisme et l'athéisme les ont lassés.

Aussi bien, c'est leur faute, sans doute. Ils n'ont pas pris la vie par le bon côté, par le sentier battu, le chemin banal de tout le monde. Ils auraient dû se marier, avoir un foyer de famille, des enfants. Ah! des enfants! Ce sont des consolateurs vivants ; un sourire des petits et la tristesse des vieux s'en va. Victor Hugo définit, en causant, le paradis « *un endroit où les parents seraient toujours jeunes et les enfants toujours petits* ».

Oui, encore une fois, Bouvard et Pécuchet voudraient des enfants et, comme ils ont passé l'âge où l'on en a, ils en adoptent. Après tout, ils seront bien payés de leur dévouement par la reconnaissance de ces êtres qu'ils élèveront à leur fantaisie. Ils placent de l'affection en viager. Eh bien, non! Même cet espoir leur échappe. Cette chimère crève comme une bulle de savon. Les enfants sont ingrats, les enfants sont infâmes, et ces honnêtes dupes, Bouvard et Pécuchet, qui ont toujours subi doucement toutes les lois humaines (et il y en a, je crois, *soixante-dix-huit mille*) voient apparaître un soir, dans leur humble logis, le tricorne du gendarme.

Allons! tout est fini. La vie des pauvres gens est décidément gâchée! Ils ont essayé de tout et tout leur a éclaté dans la main. De déceptions en déceptions, ils en sont arrivés à ne plus croire à rien, ni à l'humanitarisme, ni à la religion, ni au peuple, ni à la famille, ni à eux-mêmes : si fait Bouvard croit à Pécuchet et Pécuchet croit à Bouvard. Ils ne se quitteront jamais, jamais, ces forçats de la même folie, de la même sottise, de la même misanthropie, et, pour occuper leurs loisirs, avant la tombe où ils se coucheront côte à côte, comme jadis ils s'asseyaient sur leur banc coude à coude, les voilà qui reprennent la plume d'oie et qui *copient :* ils copient, comme je disais l'autre jour, toutes les stupidités qu'ils ont rencontrées dans leurs lectures et qui, formant un énorme volume, pouvaient facilement, si Gustave Flaubert l'eût voulu, composer toute une bibliothèque, tant la bêtise humaine est infinie.

Tel est ce livre de demain, qu'on me saura gré d'avoir analysé dès aujourd'hui. Il est comme la mise en action de cette boutade pessimiste que Louis Bouilhet a appelée *Abrutissement* et qui termine par une plainte amère le volume posthume des *Dernières Chansons* :

Les hommes sont si mauvais
Que sans pleurer je m'en vais
Du monde.
Pour la haine ou l'amitié
Je n'ai plus qu'une pitié
Profonde.

... Las d'aller, les bras pendants,
Des noirs coquins aux pédants
Moroses,
J'ai placé tout mon orgueil
A planter près de mon seuil
Des roses.

Je mange et je dors en chien.
Plus rien de noble et plus rien
D'austère !

Comme d'un cruchon fêlé
Mon esprit s'en est allé
Par terre.

Les arbres de mon jardin
Penchent d'un air anodin
Leurs têtes;
Et les bêtes de ma cour
Deviennent de jour en jour
Plus bêtes!

Mais Flaubert a beau faire, une grande pitié se dégage, malgré lui, de l'existence abêtie de Bouvard et Pécuchet. Il ne voulait primitivement qu'en faire des niais, dont on se fût moqué; il a fini par en faire des dupes que l'on plaindra.

— Que dites-vous de mes deux idiots? demandait-il, après une lecture du roman inédit, au poète J.-M. de Heredia, son ami.

— Je dis que vos idiots sont attendrissants comme tous les Don Quichotte à qui cassent les reins les ailes des moulins à vent!

— Ah! fit Gustave Flaubert enchanté, alors si mon livre est *cordial*, il est mieux que je ne croyais! Je suis content!

Il avait, en ces derniers temps, une hâte fébrile d'achever ce livre. Il venait, la veille de sa mort, de le mettre dans « *caisse aux manuscrits* » pour le rapporter à Paris, terminé.

—Il faut que *j'aie raison* de ce roman, écrivait-il encore naguère à M. de Heredia ou *qu'il ait raison de moi!*

Quatre jours après, l'apoplexie était venue. C'est l'œuvre qui *a eu raison* de l'ouvrier.

Qu'il soit balle de fusil ou caractère d'imprimerie, le plomb finit toujours par tuer son homme.

Madame Bovary n'était pas, comme on l'a dit, le premier livre de Gustave Flaubert. Avant ce roman magistral, Flaubert avait écrit un premier roman que ses amis ont lu, une étude de mœurs très moderne, que son auteur renonça à publier.

Il le regrettait parfois ; il avait, pour ses essais, des faiblesses. Au fond peut-être préférait-il le *Château des Cœurs* à *Madame Bovary*. M. Ernest Renan, lui ayant un jour écrit, à propos de *Salammbô*, une lettre où il l'appelait « l'auteur de *Madame Bovary* », vit arriver chez lui Flaubert furieux et s'écriant : — Ah ! ça, on ne finira donc pas de me *jeter Madame Bovary à la figure !*

Le roman de ses vingt ans, celui qui précéda *Madame Bovary*, œuvre de sa trentaine, est-il détruit? Je n'en sais rien. Le *paysage* y était remarquable, me dit-on, mais l'étude *humaine* faisait défaut.

Flaubert et Bouilhet avaient alors pour conseiller littéraire et, on peut le dire, pour maître, pour directeur intellectuel, un de ces hommes éminents qui parfois naissent en province et y meurent inconnus comme ces *Milton ignorés et sans gloire* dont parle le poète Gray dans son élégie : *le Cimetière de Village*. Ce maître de Flaubert s'appelait Poitevin. Il n'a rien fait imprimer, on ne connaît rien de lui. A sa mort, sa famille prit tous les papiers qu'il laissait et, ne les trouvant pas assez orthodoxes, les jeta au feu. Gustave Flaubert, qui connaissait tout ce qui fut brûlé là, déclarait que les écrits inconnus de Poitevin étaient « une perte pour la littérature française. »

N'ayant plus Poitevin à qui demander conseil, Flaubert avait reporté sur le neveu de son ancien conseiller l'affection d'autrefois, et ce neveu de Poitevin est le jeune écrivain très sympathique et déjà renommé, qui conduisait l'autre jour le deuil de son maître : M. de Maupassant.

Maintenant la maison de Croisset est veuve de ce vaillant être qui l'animait du bruit de ses causeries et de son bon rire. Il y avait, chez Flaubert, un homme très résolu et une sorte d'enfant très naïf. Pendant la guerre, on l'avait nommé lieutenant de je ne sais trop quelle compagnie franche et on lui avait commandé une reconnaissance de nuit dans les bois. Il en était revenu enchanté, grisé par le pittoresque de la guerre.

— Je conçois à présent, disait-il étonné, qu'on devienne traîneur de sabre !

Quand les Prussiens occupèrent Rouen, il y en eut qui allèrent habiter la maison de Croisset. Ils s'attendaient à trouver sans nul doute, chez l'auteur de *Madame Bovary*, un peu de ce luxe mondain des « auteurs parisiens », comme ils disent. Ils s'arrêtèrent un peu surpris et visiblement respectueux, au seuil de ce cabinet de travail où, en face d'un Bouddha doré, se dressait une statue de Bacchus Lydien.

> O Bacchus Lydien, dont la barbe est frisée,
> J'aime ton front tranquille orné d'un cercle d'or !

avait dit Bouilhet.

Des trois amis qui débutèrent dans la vie comme se tenant par la main, Flaubert, Bouilhet et Charles d'Osmoy, il ne reste plus que M. d'Osmoy, poète, lui aussi, musicien, et qui vient de publier, ces jours derniers, un précieux recueil de *Mélodies*. Il en est une dédiée à Gustave Flaubert. Flaubert n'a pas même eu le temps de la lire.

On meurt jeune aujourd'hui, car, à cinquante-neuf ans, un homme de la valeur de Flaubert avait encore plus d'une œuvre à faire. Et puis, avec notre vie actuelle, surexcitée et éternellement militante, tout homme qui n'est pas sénile est un homme encore jeune. C'est le propre de notre *modus vivendi* d'user, il est vrai, mais de galvaniser les existences. Pour les écrivains de la génération de 1830, un homme de trente-cinq ans était un homme fini, un homme chauve était une créature condamnée !

— A la guillotine *les genoux !* criait un des spectateurs d'*Hernani*, traduisant évidemment la pensée du groupe tout entier des *jeunes gens*.

C'est, en somme, par des livres, surtout par les romans, qu'on juge des idées, des façons de penser et de sentir d'une époque. Eh bien, dans *Jacques*, de George Sand, *Jacques*, le mari, l'être maudit dont l'existence n'est qu'une superfétation, cet héroïque *vieux mari* qui se jette dans un précipice pour laisser la place à l'amant, ce barbon de *Jacques* a *trente-trois* ans ! Voyez-vous ce vieillard !

Et Claude Frollo, le « vieil archidiacre » de *Notre-Dame* de Paris? Claude Frollo, dont la Esmeralda compte les rides et ne pourrait plus compter les cheveux ! Il a *trente-six ans*, cet aïeul !

A trente-six ans, la décrépitude commençait pour ces intrépides novateurs de 1830.

Un soir, il y a plus de trente-cinq ans, M. Jules Sandeau, dont le rare talent et l'esprit sont cependant encore très jeunes aujourd'hui, réunit, dans un dîner solennel, quelques-uns de ses camarades littéraires : Théophile Gautier, Gérard de Nerval, Arsène Houssaye, etc. ; et, au dessert, très ému et prenant la parole pour porter un toast :

— Mes amis, dit-il, c'est à un dîner d'adieux que je vous ai conviés. Oui, le moment est venu : je dis adieu à ma jeunesse. Demain...

Il dut s'interrompre pour hocher la tête :

— Demain, fit-il, j'aurai *trente ans!*

Ah! le bon temps où l'on croit en avoir fini avec les illusions et les duperies de la jeunesse, parce que le chiffre 3 succède au chiffre 2 et qu'on a peut-être au coin de la tempe un premier cheveu blanc!

Passé trente ans, et même passé quarante, et plus tard encore, il y a dans la vie place pour bien des folies de jeunesse, et l'homme a beau vieillir, il ne reste jamais qu'un grand enfant devant ses ambitions, ses fièvres de pouvoir ou de richesse, ses espoirs : — des joujoux qui se cassent comme tous les autres!

En fait de *joujoux*, Paris a failli avoir, aujourd'hui même, une curiosité, une singularité fort inattendue. On donne, sous la présidence d'un vénérable aveugle, M. Nadault de Buffon, un grand festival international au Trocadéro, au bénéfice des aveugles qui chanteront des morceaux de musique et des aveugles qui réciteront des morceaux de poésie. L'affiche contenant le très attrayant programme de la cérémonie avait d'abord annoncé que « *S. A. R. le prince Alexandre de Hesse, aveugle, exécuterait un solo de violon* ». Ce matin, le nom du prince de Hesse a disparu de l'affiche, je ne sais pourquoi.

C'était un grand fait philanthropique et je dirai démocratique que ce petit incident : le descendant d'une famille régnante, — ou ayant régné, — raclant du violon devant un public afin de donner un peu plus d'argent à l'Association internationale pour l'amélioration du sort de malheureux aveugles comme lui. Une jolie *note* à mettre au bas d'un chapitre des *Rois en Exil*.

Ces princes de Hesse ont d'ailleurs eu toujours des fantaisies libérales, et l'affiliation du prince Charles de Hesse à la Société des Jacobins vaut bien le projet de solo du prince Alexandre. C'est de Charles de Hesse, devenu babouviste, qu'un satirique disait :

> Il insurge en espoir Madrid, Berlin et Rome,
> Aux esclaves de Paul il lit les *Droits de l'Homme*,
> Harangue les Lapons et, dans son noble essor,
> Plante sur leurs traîneaux l'étendard tricolor !

Charles de Hesse n'eût sans doute pas beaucoup aimé le nouveau tableau que le peintre C.-L. Muller expose au bénéfice des écoles congréganistes. Décidément la politique se glisse partout : elle a fait entrer à l'Académie M. Rousse, dont le talent et le caractère sont d'ailleurs très solides, elle a fait sortir M. Muller du Salon annuel. M. Muller, le peintre de l'*Appel des condamnés de la Terreur*, au lieu d'exposer aux Champs-Élysées, a voulu faire sa petite protestation et il invite les amateurs de peinture historique à entrer voir, moyennant un franc, rue Laffitte, son nouveau tableau : *la Déesse Raison*. C'est une scène révolutionnaire, un épisode de cette fête de la Raison, célébrée, devant Anaxagoras Chaumette, à Notre-Dame de Paris. Mlle Maillard, de l'Opéra, l'habituée des petits soupers du prince de Soubise, dans ce boudoir de Pantin où la Saint-Huberty et la Laprairie donnaient la réplique à Laclos et à Champcenetz, la jolie Mlle Maillard, le fard aux joues, le rouge aux lèvres, est promenée autour de la nef par quatre forts de la Halle, qui portent le trône de la divinité nouvelle. Elle est tout à fait charmante, cette Maillard, à qui M. Muller a donné quelque chose du sourire spirituellement agaçant et engageant de Mlle Croizette. Elle porte un maillot d'un rose un peu vif, un bonnet phrygien d'un rouge un peu rouge et sa main s'appuie sur une pique faubourienne tandis que ses brodequins de soie foulent un crucifix d'ivoire détaché sans doute des murailles de la cathédrale. Au fond du tableau, on aperçoit vaguement des jeunes filles de blanc vêtues chantant des hymnes à la Raison, auprès d'un buste de Voltaire, des représentants de la municipalité, Pache ou Momoro, avec leurs écharpes, et des sectionnaires avinés brandissant des bouteilles en hurlant : — Vive la liberté!

Et voyez le défaut de la politique en peinture (des mots qui hurlent de se voir accouplés)! M. Muller a évidemment voulu faire ce qu'on pourrait appeler, en laissant de côté la question d'art, de la *peinture réactionnaire*. Eh bien! malgré son but très défini, il n'a point réussi, et j'ai entendu, devant son tableau, des gens parfaitement sincères s'irriter devant un tableau où un peintre osait montrer l'image du Christ mise sous les talons d'une ballerine!

— Ajoutez, disait gravement un personnage offusqué, qu'il est question de placer une copie de cette toile dans chacune des mairies de Paris.

— Ah! bah!

— C'est comme j'ai l'honneur de vous le dire!

Pauvre M. Muller! Il enjolive l'histoire. Il ajoute ce Christ que Mlle Maillard n'a jamais foulé aux pieds qu'en principe, tandis que Chaumette s'écriait galamment en montrant l'ancienne Colette du *Devin du village* : « Au lieu de froides idoles inanimées, contemplons un chef-d'œuvre de la nature! » Il veut peindre une saturnale, une des hideuses mascarades du passé, et, malgré le voisinage d'une *Madone* et de son *Barrabas salué par le peuple*, qu'il expose en même temps là, il réussit simplement à se faire prendre pour un peintre révolutionnaire. C'est vraiment jouer de malheur.

Mais aussi, quelle idée de faire de la polémique au pinceau! L'art est un domaine assez vaste pour qu'on n'y introduise la polémique, ni d'un côté, ni d'un autre.

M. Muller n'a exécuté cette *Déesse Raison* que pour protester contre l'exil de son tableau *l'Appel des condamnés*, enlevé de la galerie du Luxembourg.

Je me rappelle le temps où l'administration des beaux-arts de l'empire proposait au peintre Lazerges de lui acheter son tableau : *le Foyer de l'Odéon un soir de première*, à une condition, c'est que l'auteur enlèverait de la foule des personnages une figure, celle d'Henri Rochefort. Le peintre refusa et garda le tableau. Il avait raison.

C'est une très petite guerre que la guerre aux toiles. On avait beau accrocher très haut, du temps du gouvernement impérial, les *Exilés de Tibère*, de M. F. Barrias, nous les apercevions tout de même, dans nos visites d'étudiant, au Luxembourg. On avait beau rouler et détenir au grenier un des chefs-d'œuvre d'Eugène Delacroix, *la Liberté guidant le peuple sur les barricades*, où M. Étienne Arago est représenté debout, armé et combattant — tôt ou tard ce tableau magistral devait finir par aller au Louvre.

On me dit, il est vrai, que le tableau de M. Muller, l'*Appel des condamnés*, doit trouver sa place à Versailles, où sa valeur spéciale, j'entends son caractère d'étude historique, sera certainement mieux appréciée. A la bonne heure! Et M. Muller en sera quitte pour se consoler de la réputation qui lui arrive, — celle du peintre ordinaire des *Fêtes de la raison* et de l'*Orgie parisienne*, pour faire pendant à l'*Orgie romaine* de Couture.

M. Muller ne s'attendait pas à cette gloire-là, mais quoi! il l'a bien cherchée.

La réputation du bonhomme Corot, qui ne fit point de peinture politique, est moins sujette aux erreurs de la foule et aux caprices de la fortune. Corot est entré doucement dans la renommée, non par la puissance de l'allusion et de la polémique, mais par la grâce d'un charme magique. On va fêter sa mémoire, à Ville-d'Avray, dans quelques jours, comme on célébrera demain, au cimetière, le souvenir du professeur Samson, autour d'un monument funéraire.

Auprès de la tombe de Samson, qui fut le professeur de Rachel et nous donna ou compléta la plus grande tragédienne de ces temps, les anciens élèves du maître seront, à côté de son digne petit-fils, M. Pierre Berton, groupés, dans une admiration commune. On parlera de Samson à la génération nouvelle, oublieuse déjà de ce talent si fin et si français.

Auprès du monument de Corot, devant l'étang de Ville-d'Avray, où ce poète de la palette allait rêver, — en fumant sa pipe — clignant des yeux pour mieux voir les *effets* argentés du soir, il ne sera pas besoin de beaucoup discourir pour faire revivre ce maître au malicieux regard, avec sa chevelure d'argent sur sa figure rasée de paysan. Ce bonhomme, qui vécut sans fracas, est tout simplement une des grandes figures artistiques de ce temps. François Coppée rime, pour le jour de la cérémonie, des vers que récitera, en plein air, sous la verdure de mai, et en couronnant le buste de Corot, Mlle Barretta, apportant son jeune sourire à ce peintre de la nature éternellement jeune.

Je voudrais que ce fût vers le soir, lorsque tombe le crépuscule, que tout s'estompe dans les champs transformés en *un Corot* immense, que l'on récitât ces vers. « Lorsque le soleil se couche, disait Corot, le soleil de l'art se lève ! » Il faut comme une lumière d'idylle à ce doux maître voilé d'une brume argentée, dont un de ses rivaux, — de ses amis — Jules Dupré, a si joliment dit :

— Il peignait éthéré, — avec des ailes au dos !

XI

Le couronnement du buste de Corot à Ville-d'Avray. — Une lettre de Jules Dupré. — Histoire de la maison de Corot. — M. Gambetta causeur. — Charité discrète de Corot; son ami Daumier.

Paris, 27 mai.

Le couronnement du buste de Corot, à Ville-d'Avray, n'aura point ressemblé, Dieu merci, aux funérailles du vieux maître.

Dans l'église et devant le cercueil de Corot, le prêtre, prononçant tout à coup une oraison funèbre très intempestive, s'était mis, ce jour-là, à donner aux artistes des leçons de *moralité*. Le pauvre Corot n'en avait pas besoin, mais le prédicateur tenait à son texte : *Il faut qu'un artiste soit moral !*

Au sortir du cimetière, un des amis de Corot, un éminent artiste, dont je citais, tout à l'heure, un mot exquis sur le maître paysagiste, écrivait, un peu attristé et tout ému, la lettre que voici à un critique:

« Mon cher Montrosier,

» J'ai été conduire hier au champ du repos notre

vieil ami et tant regretté Corot, et je puis vous affirmer que tout l'Institut mourrait en bloc et serait enterré de même, que tous ces grands peintres officiels n'auraient pas pour les conduire en terre un cortège pareil à celui qui a suivi le char emportant notre cher mort. Heureusement cette nature d'élite qui vient de disparaître avait su se créer un monde imaginaire dans le monde réel ; il en était arrivé à voir l'humanité non pas comme elle est, mais comme il aurait voulu qu'elle fût et comme elle devrait être ; c'est ce qui le poussait sans cesse à faire le bien et le faisait peindre, pour ainsi dire, avec des ailes au dos, car tous ses tableaux sont éthérés.

» Un incident regrettable s'est produit à l'église. Le curé en chaire a été maladroit. Si Fénelon avait pu prendre sa place, il nous aurait fait un sermon sur la charité discrète qui, avec la peinture, était la passion dominante de notre cher Corot, et je suis certain qu'il nous aurait touchés jusqu'aux larmes au lieu de nous indisposer.

» Je ne puis mieux finir qu'en vous disant que, si le souvenir embaume les morts, notre cher Corot est bien embaumé. »

Cette fois, à Ville-d'Avray, devant le monument élevé par des amis au souvenir de Corot, il n'y a eu personne à rappeler à la charité chrétienne. J'ai rarement vu une cérémonie aussi poétiquement consolante. Il y avait dans les discours de ceux qui parlaient, dans l'émotion de ceux qui écoutaient, une sorte de pieuse joie que le brave et bon Français, le disciple de Corot, avait traduite d'avance par ces mots : *Un gai pèlerinage*, dans son discours pittoresque et émouvant. Rien de l'impression funèbre d'un triste bout de l'an : au contraire, dans le plein air de ce jour de mai, au bord des étangs, devant cette foule, une impression d'apothéose païenne, de fête idyllique avec des airs de musique sous les arbres et des larmes en bien des yeux.

Nous étions arrivés quelques heures avant la cérémonie. L'éditeur Alphonse Lemerre réunissait chez lui quelques amis et admirateurs du maître. Jolie maison du dix-huitième siècle dont la terrasse, où grimpe un fin rosier, donne sur les étangs de Ville-d'Avray et sur la place même où l'on a élevé à Corot un monument — une fontaine. C'est l'ancienne demeure du peintre.

Cette maison de Corot a une histoire. A la fin du siècle passé, un capitaine de la chaîne des forçats, M. Thiriet de Grandpré, devisait sentimentalement au bord des étangs avec une demoiselle d'Opéra. Le lieu plut à la « jeune beauté » et elle soupira ce désir : achever sa vie orageuse devant cette eau calme. Le capitaine de la chaîne des forçats, homme sensible selon le temps, combla les vœux de la nymphe : il acheta le terrain, y fit bâtir un logis et un kiosque aux murs roses, un Trianon minuscule.

— C'est le dernier chapitre de *Manon Lescaut*, disait hier spirituellement M. Gambetta, qui était venu des Jardies, sa propriété voisine, pour assister à la fête de Corot.

Après M. Thiriet de Grandpré, ce fut l'académicien Etienne qui acheta la propriété de Ville-d'Avray et y fit bâtir une sorte de portique de temple grec de l'époque impériale qui a dû maintes fois amener un sourire sur les lèvres de *papa* Corot. En 1817, Corot devenait acquéreur de la propriété, et, après la mort du maître, M. Alphonse Lemerre l'achetait, avec son potager, son kiosque et ses eaux vives. Il lui arrivait même cette bonne fortune imprévue : dans le kiosque rose où Corot travaillait, six peintures à fresque de Corot, toutes fort importantes, existaient : des paysages d'un charme inexprimable, et, entre autres, la vue même de la propriété, le fameux kiosque rose du capitaine de la chaîne, avec son encadrement de grands arbres pleins de frissons. M. Lemerre fit détacher ces peintures murales et, *marouflées*, comme on dit, on les transporta sur toile. Le paysagiste Daubigny déclarait l'opération impossible. Lorsqu'il vit ces six magnifiques tableaux dans leurs bordures, accrochés aux murs du salon, il poussa un cri d'admiration.

Ces *six Corot* admirables sont, avec les portraits des poètes édités par Lemerre : André Chénier, Victor Hugo, Banville, Coppée, Leconte de Lisle, Sully-Prudhomme — réunis dans une même verrière (quant aux malheureux prosateurs, il n'en est pas question !) — l'ornement de ce logis aimable qui retentissait hier des louanges de l'ancien propriétaire disparu. Au déjeuner qui a précédé la fête, M. Gambetta, oubliant la politique pour ne se souvenir que des choses de la poésie et de l'art, a charmé son monde dans une causerie où l'on retrouvait le Gambetta *salonnier*, si je puis dire, le Gambetta qui inventait, devant un tableau, le *mot* juste, l'adjectif pittoresque, traduisait, comme le plus remarquable des critiques, l'impression ressentie et l'impression exacte, comme, par exemple, il y a dix ans de cela, il définissait devant nous tel tableau d'Heilbuth : *Un Watteau à Paris! l'Embarquement pour Cythère à Bougival!*

On serait resté longtemps à écouter ainsi le président de la Chambre, demeuré le Parisien jeune et sachant tout d'autrefois. Mais, sous la tente rayée et pavoisée, la foule attendait, une foule choisie où bien des gens illustres étaient venus se confondre pour rendre hommage à Corot.

Devant le monument de marbre, on s'assied. La musique joue.

— Corot aimait ces airs-là, nous dit M. Eugène Lavieille, le digne élève du maître. La veille de sa mort, il m'a encore demandé à lui chanter l'*Orphée* de Gluck.

La fontaine élevée à Corot est encore enveloppée de toile. Les voiles tombent. Sous le rossignol monté sur une branche de laurier qu'a sculpté Geoffroy Dechaume, le fin profil bonhomme de Corot apparait, éclairé tout droit par le soleil. C'est bien lui : les cheveux au vent, le front découvert, la bouche entr'ouverte, avec ces expressifs clignements d'yeux qu'il avait devant un paysage, en fumant sa pipe, ou devant un décor de théâtre, en écoutant avec une naïveté d'enfant.

Tout le monde applaudit l'œuvre où Geoffroy Dechaume, le bon sculpteur, honnête homme doux et fuyant le bruit comme tous ces vieux artistes d'autrefois, a mis tout son talent au service du souvenir de son ami. M. Turquet prend la parole et, en quelques mots bien frappés, ouvre la cérémonie au nom de l'Etat. Puis, M. Français se lève. Ce solide rural des Vosges, fort comme un chêne, solide comme un jeune homme, avec sa barbe blanche, est ému comme un enfant. Il lit son discours d'une voix forte, simple, parfois entrecoupée de sanglots. C'est du cœur que sort cette éloquence mâle. Il y a là je ne sais quoi de sain, de viril et de vrai qui saisit, qui séduit. On acclame Français lorsqu'il se rassied. Le maître paysagiste a signé là un beau portrait à la plume.

M. Hattat, au nom du conseil municipal de Paris, parle de Corot « enfant de Paris ». M. Dumesnil raconte la vie et écrit la biographie de son ami. Puis, tête nue, des fleurs à la main,— non pas vêtue en Muse grecque, comme on l'avait dit, — mais avec sa robe rose à pois noirs, représentant bien, avec son sourire ému, la Muse de la jeunesse, Mlle Blanche Barretta s'avance et, déposant sa gerbée sur le socle du monument, récite des vers exquis de Coppée, des vers parfumés comme des lilas. Elle les dit avec une grâce infinie, et nous retrouverons, dans quelque gravure, l'image svelte de cette jeune fille rose debout sous le soleil près de ce marbre blanc.

La poésie a dignement célébré la peinture.

M. Turquet se lève, appelle Geoffroy Dechaume qui, modeste, se tient dans la foule des spectateurs, et lui annonce qu'au mois de juillet prochain son ruban de chevalier se changera en rosette d'officier de la Légion d'honneur. On applaudit encore et chacun emporte de cette fête d'un grand amant de la nature une impression de joie paisible et fortifiante.

Le soir, dans Ville-d'Avray, qui pavoisait pour Corot et mettait des drapeaux à ses fenêtres comme pour un grand de la terre, il y a eu banquet où M. Gambetta, après toutes ces harangues, a improvisé le plus charmant, le plus pénétrant des discours, un chef-d'œuvre littéraire où les poètes et les peintres ont tour à tour été célébrés par l'homme d'État, une improvisation virgilienne où Corot a été évoqué une fois de plus et où le magnifique orateur, redevenant tout jeune et se retrempant aux souvenirs de l'art antique, s'est écrié :

— Demain les préoccupations de la vie, les discussions et les haines, nous ressaisiront tous ; mais, aujourd'hui, mais, ce soir, savourons la pure joie de l'art qui est la consolation suprême !

Et il avait raison : c'est un beau jour de fête que cette halte en plein idéal.

Nous étions revenus, à l'heure du couchant, par les bois déjà pleins de silence, de ce mystère qui enveloppe les toiles de Corot. Nous évoquions, devant ces idylles vivantes, le souvenir du maître, et nous nous rappelions un des traits de cette *charité discrète* de Corot, dont parlait Jules Dupré dans la lettre citée plus haut. Ce trait, c'est la façon dont il acheta, sans dire un mot, à Daumier devenu vieux et aveugle, une petite maison sur la route d'Auvers, la manière dont il conduisit le pauvre admirable artiste sous ce toit rustique, et lui dit, souriant :

— Voilà une maisonnette où l'on se reposerait volontiers, en faisant de la peinture, n'est-ce pas?

— Ah ! je crois bien ! répondait Daumier. Seulement je n'ai pas la maison et je n'ai plus d'yeux !

— Les yeux, ça revient, et quant à la maison, mon cher Daumier, restez-y ! Faites-y apporter votre chevalet, vos pinceaux et votre crayon lithographique ! Elle est à vous ! Gardez-la !

M. Dumesnil redisait encore hier comment après avoir fait, quoique septuagénaire, son service de garde national durant le siège de Paris, Corot avait apporté dix mille francs pour la libération du territoire. Et quel chagrin lorsqu'il avait fallu les reprendre ! — Il les avait, sans doute, bien vite dépensés en bonnes œuvres. L'argent lui importait peu.

M. Arthur Stevens lui répétait, un jour :

— Vous faites trop de tableaux, Corot, et des tableaux à deux cents francs la pièce ! A quoi bon?

— Eh ! répondait le bonhomme, je les fais parce que cela m'amuse, et j'ai même tant de plaisir à les peindre, que lorsqu'on me donne ces deux cents francs, il me semble que je les vole !

C'est ce que ses ennemis appelaient *faire du métier. Le métier !* Il serait bon de le définir. Diderot qui se dépense, se prodigue, s'échauffe sur tous les sujets, *fait du métier*, à l'heure où l'abbé de Voisenon, en ses colifichets, ou Crébillon en ses chiffonnages, peuvent passer pour *faire de l'art.* Et que reste-t-il de leurs petits ivoires ?

Un artiste comme Corot ne fait jamais de métier, même lorsqu'il se gaspille.

Ah ! le brave homme que ce grand peintre ! Et comme il méritait bien l'apothéose à laquelle ont collaboré hier les hommes et le printemps !

XII

Nouvelles de la *veille*. — Le reportage. — Le mariage de Mlle Colette Dumas. — Plus de tambours ! — Souvenirs et regrets. — Le tambour-major. — Le roman et l'histoire. — L'opinion de M. de Beust. — La *Correspondance de Rachel*. — Les droits de la famille. — *Papiers inédits* de Saint-Simon. — Une histoire à écrire. — La démission de Coquelin. — Le bal de la princesse de Sagan. — On s'amuse en République. — Le *gratin* et le *satin*, petite physiologie de deux mots nouveaux.

Paris, 1er juin.

On s'est moqué beaucoup du précepte naïf de je ne sais quel *Livre de cuisine bourgeoise* : « Le meilleur moyen d'avoir un gigot froid, c'est de le faire cuire la veille. L'avis a cependant du bon ; il est simple, il est pratique, et les *reporters* actuels le suivent visiblement avec autant d'empressement que peuvent le faire les cuisinières. L'idéal du reportage est d'annoncer, dès la veille, l'événement du lendemain. La pièce nouvelle est racontée avant qu'elle ne soit finie ; les costumes des actrices à la mode sont décrits avant qu'ils ne sortent des mains du couturier ou des doigts de la couturière ; c'est en *épreuves* qu'on lit le livre ; les votes qui doivent suivre toute discussion politique, au Sénat ou à la Chambre, sont escomptés d'avance par les polémiques des journaux; tout est dit avant le temps, tout est usé avant l'heure; les actualités sont, comme certaines gravures de prix, tirées *avant la lettre*, et le public, qui ne tient pas à manger du gigot froid, demande à ce qu'on le lui fasse cuire l'avant-veille et à ce qu'on le lui serve très chaud.

Vive Dieu! ils n'y manquent point les journalistes de la nouvelle école, l'école américaine! Ils n'attendent point que le poulet ait des ailes, ils le servent à la coque et dans l'œuf. Ils abusent même parfois de leur alacrité. Tel mariage éveille-t-il, par exemple, la curiosité publique, ils vous diront par avance quel costume porteront à la cérémonie la mère du marié et celle de la mariée. Ils décriront la corbeille et en soulèveront le couvercle en même temps qu'un coin de rideau du lit nuptial. Un homme à peu près connu est-il en danger de mort, ils verseront, sur sa fin probable, une encre attendrie. Nous avons pu lire cette semaine que l'état d'un fort aimable écrivain qu'on envoie loin de Paris pour le guérir « s'aggravait tous les jours ». Vraie ou fausse, la nouvelle a pu tomber sous les yeux du malade et, quelque matin, en entrant dans sa chambre, les parents qui, autour de lui, ont établi contre les journaux trop bien informés un cordon sanitaire, le trouveront tenant à la main quelque gazette où l'on constatera, à tort ou à raison, son état désespéré.

C'est ainsi que Frédérick Lemaître apprit qu'il était condamné par les médecins. On était parvenu à lui faire croire qu'il avançait, chaque jour, vers la guérison. Un soir, on le trouve lisant un journal. De son grand œil profond il regarde ceux qui rentrent, et, sans dire un mot, il leur tend la feuille de papier qu'il venait de lire. On y annonçait, aux *Nouvelles de théâtre*, que « M. Frédérick-Lemaître était perdu. »

Avant huit jours, M. Alexandre Dumas aura marié sa fille aînée avec M. Maurice Lippmann, le fils du banquier. Les reporters ont abusé déjà, à ce propos, de maint détail, et tel journal de mode a décrit, brin de ruban par brin de ruban, l'élégant trousseau de la fiancée. On dit tout, on sait tout, puisque tout le monde tient à tout savoir. On vous apprendra comment Mlle Colette Dumas a refusé tout bijou, tout diamant, n'acceptant que des dentelles, mais du moins des merveilles de dentelles, dont elle sera couverte. On imprimera que, pour corbeille, Mlle Dumas a choisi des malles de voyage, mais des malles incomparables, des malles qui coûtent autant que des joyaux, des chefs-d'œuvre où le cuir et le cuivre, la serrurerie et la gaînerie valent de l'or. On apprendra au public, avant même que le menu soit commandé, ce qu'on offrira, sous la tente, dans le jardin de l'avenue de Villiers, aux intimes amis invités au lunch. On donnera la biographie des témoins, M. Meissonier et M. Henri Lavoix, les deux plus chers compagnons de M. Dumas.

On enverra bien, quelque jour, étape par étape, le récit du voyage de noce de deux nouveaux époux, et, si les reporters continuent, nous serons forcés, lorsqu'il s'agira d'un bonheur intime ou d'un deuil privé, de réclamer le huis clos, comme s'il s'agissait d'un scandale.

En vérité, voilà une jeune fille qui, par son père, appartient, il est vrai, à la petite poignée de gens que le monde regarde avec une avidité passionnée. Enveloppée de la gloire paternelle, Mlle Colette Dumas ne peut songer à se choisir furtivement un mari et un foyer. Il y a trop de lumière autour de son nom deux fois illustre. Mais, au moins, ne pouvait-on pas faire taire, devant cette robe blanche d'épousée et ces bouquets de lilas de la fiancée, la polémique, l'inévitable polémique partout rencontrée, en toutes choses et à tout propos, au temps troublé où nous vivons?

Les journaux n'ont guère songé à ce désarmement galant et plein de tact. Ils ont demandé compte à la jeune fille de la religion que son père ne lui avait point donnée, voulant laisser grandir en liberté cette âme. Ils ont, entre deux propos sur la pièce nouvelle et l'actrice en renom, interrogé Mlle Dumas pour lui demander si elle prierait Dieu devant l'écharpe tricolore de l'officier de l'état civil. Ah! demi-teintes bénies de la vie privée, où êtes-vous? Le *plein air* est partout, dans les mœurs comme dans la peinture, et au fameux *mur de la vie privée*, maçonné par M. de Guilloutet et démoli, troué, effrité par toutes les curiosités gourmandes, le reportage a substitué la *vie privée de mur* — et, par la suite, il nous en fera voir bien d'autres!

Il est bien évident qu'il était impossible à une jeune fille portant ce nom d'Alexandre Dumas de se marier, selon le vieux dicton, sans tambour ni trompette. Trompette et tambour n'ont point manqué. On n'en trouvera bientôt plus que dans la presse de ces tambours qui font tant de bruit et qu'on va, paraît-il, supprimer dans l'armée. Quel dommage! Il me semble que c'est là quelque chose comme un peu de France qui s'en va. C'est tambour battant et comme au pas de charge qu'a longtemps marché notre histoire, et il y a un tambour, un petit tambour, un tapin héroïque et légendaire dans chacune de nos victoires.

Plus de tambours! De ces tambours que l'enfant traîne à travers les salons, s'il est riche; à travers les rues, s'il est pauvre, en tapant de ses baguettes, serrées entre ses petits doigts, la peau ou le parchemin tendu! C'était à son goût pour le tambour que se reconnaissait l'enfant français. Le gamin de notre pays à qui l'on demande : « Quel joujou veux-tu? » répond invariablement : *Un tambour!* comme le baby anglais, né marin, répond inévitablement : *Je veux un bateau!*

Le tambour était la joie des petits et souvent, après une vie bien remplie, il les accompagnait de ses roulements, ces enfants devenus des hommes et couchés sous le drap mortuaire.

Plus de tambours! — Ils ont pourtant salué de leurs *ra* et de leurs *fla* plus d'une page de nos annales. C'est tambour en tête et ce grand colosse de tambour-major,— dernier exemplaire des guerriers gaulois, — brandissant sa canne et laissant osciller le haut plumet de son kolback, qu'on faisait, dans les villes, ces entrées gaies et amusantes qui ressemblaient à des défilés du Cirque. En 1859, lorsque nos soldats entrèrent à Milan, ce qui frappa surtout les populations, ce fut le premier tambour-major qu'on aperçut, marchant en tête de toute l'armée, superbe, avec un baudrier qui étincelait. Et lorsqu'après avoir franchi l'arc de triomphe sous lequel il passait en se baissant légèrement, — par habitude, — le tambour-major lança au ciel sa lourde canne qui tournoya un moment au-dessus des têtes avant de retomber dans la main du géant, lequel exécuta ensuite avec elle un vertigineux moulinet, ce fut, dans le Corso, une immense acclamation, des applaudissements, des cris, une pluie de fleurs!... Et pour bien des Milanais encore aujourd'hui ce qui est resté présent, comme une vivante image de la France, c'est cet homme au front empenné jouant, comme un enfant le ferait d'une plume, de sa lourde canne à pomme dorée étincelant au soleil de Lombardie!

Adieu, les tambours-majors! Adieu les tambours! Le vœu de Béranger est exaucé :

> Tambours, tambours, tambours, tambours,
> Retentirez-vous donc toujours,
> Tambours, tambours, tambours, tambours!

Non, ils ne retentiront plus; la guerre se fait décidément de moins en moins chevaleresque, et, pour les commandements, le sifflet semble, hélas! plus pratique que ce pauvre vieux tambour qui a rendu cependant tant de services, battant la charge à l'oreille du fantassin, l'enlevant et le précédant à l'assaut, dépassant les colonnes, malgré le règlement, et sautant dans un retranchement en tapant sur la peau d'âne comme s'il eût voulu dominer et étouffer à lui seul le bruit de la mousqueterie.

Mais il paraît que ce malheureux tambour appartenait à l'*école du chic*, à la vieille méthode et à la vieille armée. Les armées nouvelles n'ont plus besoin de panaches, et Tyrtée serait conduit tout droit au grand-prévôt s'il s'avisait de venir chanter des hymnes patriotiques pour guider les tirailleurs au combat. Affaire de mathématiques aujourd'hui que cette charcuterie qui s'appelle la guerre. Ni plumets, ni cuirasses, ni tambours, ni fanfares. Quelque chose de sobre et de net comme une agglomération d'ingénieurs s'occupant d'un tracé de chemin de fer. Après tout, peut-être a-t-on raison de dépouiller de tout galon et de tout prestige cet *art* de détruire qui est devenu une science. Le pittoresque y perdra, mais la gloire carnassière y apparaîtra, du moins, telle qu'elle est, brillante comme l'acier de chirurgie et prenant pour drapeau un linge sanglant d'hôpital.

N'importe, je sais des gens qui regretteront, comme de vieux amis, ces tambours dont nous avons tous, plus ou moins, suivi les roulements, ces tambours battus aux matins frileux du siège quand il fallait éveiller les compagnies de marche commandées pour le rempart, là-bas, sous la neige où Falguière sculptait une statue de la *Résistance*. Je sais des *sentimentaux* qui donnent un soupir à l'image disparue de ces petits *tapins* de la République, dont on comptait jadis tant d'histoires : gamins qui amenaient par la barbe des prisonniers autrichiens au général Richepanse ; héros de quinze ans, qui battaient la charge à Arcole ; frères de Barra, qui précédaient sous le feu les vieilles moustaches des Mayençais et les grenadiers de Dumouriez; riant au sifflement des balles, aussi incapables de rendre leurs baguettes que leurs officiers leur épée, tout fiers de porter la cocarde, graines de héros, comme les appelaient leurs *anciens*, et qui, dans tous nos souvenirs d'enfance, lectures de traits de courage ou drames militaires de Labrousse et Laloue, tiennent la première place, la meilleure, celle de petits compagnons des premières heures, de garçons de notre âge qui semblaient nous dire :

— Il y a aussi des gamins qui sont des héros! Il y a aussi des *Enfants célèbres!*

Romans tant qu'on voudra! Oui, impressions romanesques, je n'en disconviens pas. Mais, en ce monde, c'est quelque chose que le roman. Le rêve, à tout prendre, et le sommeil tiennent autant de place dans l'existence que la réalité.

Nous étions, cette semaine, trois ou quatre romanciers qui avons eu l'honneur d'offrir un dîner à M. de Beust, l'ambassadeur d'Autriche à Paris. Simple prétexte à causerie littéraire. M. de Beust, qui fait de l'histoire, se plaît en compagnie de ceux qui font de la littérature. L'homme qui a été, pour la réorganisation de l'Autriche après ses épreuves, ce que M. de Cavour avait été pour l'Italie avant son unification, est très parisien, fort lettré, et, avec sa bonne grâce saxonne, ressemble par le visage à un homme d'État anglais plutôt qu'allemand. Il aime Paris, il aime la France et il aime surtout les romans. Ce n'est pas à lui, qui fut chancelier tout-puissant d'un grand empire, qu'on ferait croire que le *romanesque* est inutile dans la vie et que les tambours sont des *impedimenta* dans l'armée.

— Lorsque j'avais des précepteurs, nous disait-il l'autre soir, avec un fin sourire légèrement ironique, ils me répétaient toujours avec une âpre insistance : *Ne lisez jamais de romans !* Je ne les ai pas écoutés et je m'en suis fort bien trouvé. Non seulement lorsque les affaires des hommes, dont il fallait bien m'occuper, m'ont donné des insomnies, j'ai toujours été fort heureux de trouver, à mon chevet, des personnages imaginaires dont les aventures me consolaient des réalités rencontrées, mais mieux que cela : j'ai remarqué, à la fin, que le roman était plus vrai et moins romanesque que l'histoire, et je suis certain que le meilleur moyen, pour un politique, un diplomate, un savant, de connaître intimement les hommes, c'est de lire des romans !

Était-ce un paradoxe ? Il nous parut joli, dans tous les cas, et fort aimable. Mais non, M. de Beust disait vrai. L'histoire n'est souvent que de la polémique déguisée. Les *Mémoires*, la lettre intime même, c'est l'homme qui s'habille pour la postérité. Le roman, c'est l'homme déshabillé. On écrit ses *Mémoires* pour soi et devant sa glace, en dissimulant les verrues et en donnant aux cheveux un tour spécial pour cacher la calvitie. On écrit un roman pour les autres et on l'étudie *sur les autres*. Le Roman a sur les Confessions toute la supériorité d'une indiscrétion sur une confidence.

On vient, à propos de confessions, d'interdire à un

éditeur de publier la *Correspondance de Rachel* C'est grand dommage. Nous aurions vu là quelle femme exquise c'était que cette artiste hors de pair et cette âme vibrante. Elle a fait, comme tant d'autres, des coups de tête à la Comédie-Française, mais elle y tenait une place assez importante pour qu'on ait publié tout un volume — un gros volume — intitulé *la Jeune Rachel et la vieille Comédie-Française*. On eût retrouvé, dans ses *Lettres*, toute une partie de l'histoire littéraire de 1838 à 1857. La moindre ligne d'elle avait son prix et sa marque. L'orthographe n'y était pas toujours, mais le style, — un « style », une manière d'être, de penser, de sentir, une tournure d'esprit personnelle — n'y manquait jamais.

Elle demandait, un jour, une loge à M. Verteuil, secrétaire général de la Comédie-Française :

« Mon cher Verteuil, envoyez-moi une loge de la galerie, *n'importe laquelle, fût-elle bonne !*

« Votre amie,

« RACHEL. »

Comme Balzac, parlant de sa propriété des Jardies, elle appelait son hôtel son *bâton de perroquet*, et elle écrivait à un critique dramatique :

« Si vous voulez venir dimanche mettre avec moi le bec dans l'auge, il y aura autre chose que du chènevis. Si vous venez, il n'est pas dit que je ne vous donnerai pas un perroquet ; si vous ne venez pas, vous risquez plutôt le bâton. »

Elle apprend, un autre jour, la mort du mari de Mme Dorval, le critique Merle :

« Le pauvre Merle est mort! écrit-elle (mars 1851). Il n'y a pas de quoi émotionner autant qu'en Angleterre où l'on vient de perdre Thomas Moore, l'ami de lord Byron et de mon ami Sc... Mais ce n'en est pas moins une bonne plume brisée, après un long service. Le *De profondis* se chante à soixante-sept ans de distance du *Te Deum* de la naissance... Je lui applique cette phrase, que j'ai lue je ne sais plus où. Tous les journaux disent déjà de Merle un bien qu'il lui eût été plus profitable de lire lui-même dans sa pauvreté.

» Le fait est qu'il fait bon mourir en ce temps-ci, pour s'assurer une bonne oraison funèbre. A en croire les journaux, tous ceux qui s'en vont sont toujours dignes de Plutarque ou de Montyon. Ah! ça, il ne restera donc bientôt plus que des coquins? »

Elle passe à Montpellier, en 1848. Mme Lafarge est détenue. Rachel va la visiter. Elle raconte que, tout émue, elle avait, sur sa face pâle, ce qu'elle nomme ses « petites pommes d'api », et qui étaient les rougeurs de la phtisie. Elle contemple la *pauvre femme* avec pitié : « Oui, pauvre femme, dit-elle, car, criminelle ou non, elle s'en va lentement de la plus affreuse des maladies, la poitrine! » Il y a comme un pressentiment de malade dans ce cri. Mme Lafarge, elle, regarde la grande artiste avec curiosité, puis, comme elle lui avoue qu'elle n'a vu qu'*Iphigénie en Aulide* et qu'elle l'a bien souvent déploré : « Alors, écrit Rachel, je lui ai offert de venir lui dire tout ce qu'elle voudrait, le songe d'*Athalie*, la déclaration de *Phèdre*, ou tous les deux si ça lui plaisait. Elle m'a répondu : « Ah! ce serait trop beau! Je n'ose pas. Vous me feriez trop regretter le monde et je m'arrange les idées pour ne pas regretter la vie. »

« Je suis sortie de là assez émne, ajoute la tragédienne, et me disant que si j'avais jamais une grâce à obtenir d'un souverain, ce serait celle de cette pauvre pénitente mariée par les *Petites-Affiches* et qui sûrement va mourir ou de son remords, ou de l'injustice des hommes ! »

Voilà de quelles pages nous prive, par un scrupule que je ne comprends point, la famille de Mlle Rachel. Cet éternel duel entre la famille et le public, à propos des choses littéraires, devrait cependant finir. Evidemment les héritiers ont tous les droits. La loi, là-dessus, est formelle. Et pourtant s'imagine-t-on un descendant de Saint-Simon brûlant des *Mémoires*, trop agressifs à ses yeux, ou un petit neveu de Voltaire retrouvant quelque manuscrit de son parent et le détruisant pour plaire à Patouillet !

Le public a non seulement de ces curiosités que le reportage satisfait, mais des avidités rétrospectives, des besoins de savoir, et des droits. Il est à remarquer, au surplus, que les étrangers sont presque toujours meilleurs juges et meilleurs servants de la réputation et de la gloire d'un homme que ses parents. La *Correspondance* de Rachel, publiée par un lettré, comme M. d'Heylli. eût été un monument élevé à la grande tragédienne. Grâce à sa famille, ce monument n'existera pas.

L'État, en bien des cas, joue d'ailleurs le rôle de geôlier de la famille. Il cadenasse aussi ses trésors. M. Baschet nous avait appris que, dans les Archives du ministère des affaires étrangères, des papiers inédits de Saint-Simon justement dormaient enfouis au fond des cartons. Nul ne les avait fouillés. Séquestration complète. Il paraît que la lecture des dépêches du noble duc pendant l'ambassade d'Espagne pouvait offrir de graves dangers pour la paix européenne.

— Il y a des trésors dans ces archives des affaires étrangères, nous disait, voilà des années, le savant M. F. Lock, qui les connaissait.

On aurait dû, depuis longtemps, faire ce que M. Édouard Drumont vient de mener à bien : prendre copie de ces documents et les publier. Mais l'aventure était difficile. M. Drumont, qui est un érudit très vivant, a presque emporté d'assaut ces manuscrits si bien cadenassés et, en dépit des fureurs, il a mis au jour un volume tout à fait nouveau, les *Papiers inédits de Saint-Simon*, un livre qu'on ne pourra plus désormais oublier lorsqu'on s'occupera de la cour d'Espagne en 1720 et du très étonnant cardinal Dubois.

Et ce n'est là qu'une partie du *fonds Saint-Simon*, détenu aux Archives des affaires étrangères. On y trouverait encore (M. Faugère va imprimer cettte collection) tout un *Memoire sur la convocation des États généraux*, un *Parallèle* entre Henri IV, Louis XIII et Louis XIV, des *Notes anecdotiques*, — et probablement sévères — sur les ducs et pairs, les officiers de la couronne, les parents du roi; une Correspondance politique, des projets du gouvernement, toute une collection de scories de ce volcan humain qui fut le plus bilieux et le plus éloquent des hommes.

Et, s'il voulait oublier Saint-Simon, il y aurait encore,

pour un chercheur aussi avisé et aussi heureux que M. Drumont, un autre chapitre plus moderne à tirer de ces Archives : ce serait l'*Histoire diplomatique du premier Empire*. On ne nous a montré de cette période que les coups de canon et les charges de cavalerie. Une telle histoire serait bien piquante et digne de la patience d'un chercheur.

Je n'ai rien dit encore du grand incident de la semaine, de celui qui domine, pour tout un public — qui est le *gros public* — les discussions politiques, les interpellations et les polémiques. C'est la retraite possible de M. Coquelin aîné. On en sait la cause : M. Coquelin devait aller jouer, cette année, au *Gaiety Théâtre*, de Londres, *Ruy Blas* et quelques autres rôles de son répertoire. Le traité était signé avec M. Mayer, l'impresario de toutes ces exhibitions d'outre-Manche. Le directeur de la Comédie-Française s'y est opposé, affirmant que M. Coquelin avait déjà pris, dans son année, le congé auquel il a droit réglementairement.

— Eh bien soit, a répondu M. Coquelin. Si je ne puis être libre de tenir mes engagements particuliers, je donne ma démission !

La *démission* devient, de plus en plus, un argument dans les affaires de ce monde. Nous aurons traversé, depuis dix ans, l'ère des démissions. Tout le monde a plus ou moins démissionné ou démissionnera. M. Coquelin veut faire comme tout le monde. J'aime à croire qu'il reviendra sur cette décision, quoiqu'il soit parfaitement libre de nous priver du plaisir de l'applaudir. Quoique jeune—il n'a pas quarante ans—il s'est fait déjà, en dehors même du théâtre, une situation indépendante.

Esprit lettré, ouvert à toutes les idées nouvelles, il est, je crois, séduit par le vif désir qu'il a de développer une faculté, remarquable en lui, l'art de la parole. Ceux qui l'ont entendu, au boulevard des Capucines, défendre avec une alerte éloquence, sans pose et sans phrases, la profession de comédien, ne s'étonneront point qu'il veuille, l'an prochain, analyser et discuter les principaux rôles du répertoire, à commencer par le *Misanthrope*, qu'il a toujours voulu jouer et qu'il jouerait fort bien.

Mais, parce qu'on peut devenir un conférencier écouté, est-ce bien une raison pour cesser d'être, volontairement, un comédien applaudi ? La *lettre de démission*, la fameuse lettre, n'est pas encore envoyée. M Coquelin portait encore, samedi dernier, le feutre bossué de l'Annibal de l'*Aventurière*. Espérons qu'il n'écrira point sa lettre, quoiqu'il ait, en véritable homme de théâtre, *tout ce qu'il faut pour écrire*, la plume et l'esprit. Il y aura tantôt vingt ans qu'il appartient à cette vieille maison de Molière ! Vingt ans de succès incontestés, pendant lesquels il a été la voix, non seulement des maîtres, mais des poètes nouveaux venus qu'il a interprétés et encouragés ! Vingt ans depuis le soir de décembre où il débutait gaiement dans le rôle de Gros-René, du *Depit amoureux !* On ne rompt point, ce me semble, aussi vite, des liens aussi chers avec le public !

Coppée, Manuel, Paul Ferrier, Paul Delair, tant d'autres, doivent beaucoup à Coquelin aîné. Il y a toute une école nouvelle de comiques à froid, faiseurs de monologues d'une gaieté clownesque, qui sont redevables d'une renommée, sinon égale, du moins presque aussi bruyante, à Coquelin cadet. L'aîné fut—et il est encore,

Dieu merci ! — l'interprète ardent, passionné, en quelque sorte, des petits drames en vers, émouvants, récités au coin de la cheminée et faits pour amener la larme entre deux sorbets et deux coups d'éventail. Le cadet est l'apôtre flegmatique des saynètes extravagantes, délicates avec d'Hervilly, adorablement aliénées avec Charles Cros, et qui font aujourd'hui fureur dans le monde, comme, il y a trente ans, les chansonnettes de Levassor.

Il y a du Gaulois robuste dans Coquelin aîné, il y a de l'Anglais spleenétique dans Coquelin cadet. Le premier a de la verve, le second de l'humour. Lorsque l'aîné publie quelque causerie attirante et bien venue, il la signe de son nom, clair comme une sonnerie de clairon: *Coquelin!* Cadet prend un pseudonyme, qui est encore une plaisanterie, et il estampille ses calembours et ses inventions drôlatiques de cette étiquette : *Pirouette.*

Ne formons qu'un souhait, c'est que—pour l'agrément du public — ce petit tapage en reste là et qu'en fin de compte le théâtre de la rue de Richelieu garde l'aîné et le cadet — Tabarin et Frippesauce — Coquelin et Pirouette.

D'ailleurs, renonce-t-on au théâtre à trente-neuf ans, comme Coquelin voudrait le faire? N'avait-on pas annoncé que Mme Pasca disait, pour toujours, adieu aux planches et qu'elle entrait même je ne sais dans quel couvent ou s'enfermait dans une retraite, loin du monde, aux environs de Pétersbourg? Voici cependant Mme Pasca qui reparaît et qui jouera, dans trois jours, une pièce chinoise chez Mme de Poilly.

Paris finit, en effet, *sa saison* par un *bouquet* de bals et de représentations mondaines, sans compter les kermesses, au profit des pauvres, comme à l'hôtel Chimay, mardi prochain. En dépit de *Marianne*, comme on dit volontiers (*Marianne*, c'est la République), je vois qu'on s'amuse encore sur le volcan. Cratère, si l'on veut, Paris est un cratère élégant et gai! Les journaux du *high life*, ou, pour parler le langage à la mode, les gazettes du *gratin*, ont publié la longue liste des costumes portés au bal travesti de la princesse de Sagan : reines de Chypre, *nuits* vénitiennes, *nuits* étoilées, soubrettes Louis XV, filles de Mme Angot, Dianes et Minerves. Cet « éblouissement » a consolé les reporters du « débraillé démocratique » qui les offusque. On a vu reparaître le *manteau vénitien*, cher aux Tuileries, du temps que Salammbô promenait aux lumières son poème de chair, aussi savoureux que la prose de Flaubert. On a soupé dans de la pâte tendre, et le roi de Grèce, qui passait en manteau à travers les groupes, a pu retrouver, je pense, un peu de la vieille Athènes dans ce vieux Paris aristocratique qui, s'il regrette le passé, le regrette du moins assez gaiement.

Le *gratin* s'amuse. C'est une expression nouvelle que ce mot de *gratin*, qui signifie le dessus du plat, c'est-à-dire le dessus du panier. Il faut, tous les quatre ou cinq ans, un mot nouveau pour exprimer une même idée! La *gomme* a fait son temps après avoir fait son chemin. La *gomme* est usée. C'est le *gratin* qui la remplace. La *gomme* semblait avoir d'ailleurs une signification plus élastique (sans jeu de mots), que l'appellation nouvelle. On pouvait être de la *gomme* sans être d'un monde fort choisi ; il suffisait d'avoir un tailleur à la mode et de figurer aux courses, aux *premières*, partout où il y avait réunion. Un *gommeux* pouvait être le dernier venu ; les magasins de nouveautés fournissaient leur contingent à la *gomme*. Le *gratin* est moins répandu. Le *gratin*, c'est la *gomme* des salons. Il faut porter non seulement un veston très moderne, mais un titre plus ou moins ancien pour faire partie du *gratin*. N'est pas *gratiné* qui veut. La chapelure, si je puis dire, ne s'acquiert que difficilement.

La *gomme* se montrait partout : au théâtre, au Salon, au Grand-Prix. Le *gratin* se réserve ; le *gratin* boude. La *gomme* était boulevardière, le *gratin* est religieux et réservé. La *gomme* était une sorte de Chaussée-d'Antin de l'élégance ; le *gratin* en est le faubourg Saint-Germain. Avant peu, ce vocable, à peine répété par les initiés, se retrouvera dans la langue courante, dans ce passager argot parisien sans cesse renouvelé et qui est comme le phylloxera de la pure langue française.

Gratin vient de naître avec un autre mot inventé pour désigner les élégantes d'une certaine catégorie : les *satinées*. Cette vieille noble étoffe, vénérable et artistique, avec ses craquelures lumineuses, sa majesté aimable, — le satin, — redevenant à la mode, on a nommé celles qui l'arborent en pleine rue, aux concerts, partout : les *satinées*. Celles-là n'ont rien de la dignité correcte des « belles dames » du temps de Louis XII, passant à travers leurs mobiliers sombres, devant leurs miroirs à biseaux, avec leurs cols de dentelles, aussi larges que des pèlerines, et leurs longues jupes de satin blanc ou noir. Les *satinées* d'aujourd'hui préfèrent la séduction d'un croquis de Grévin à la grâce d'un Terburg. Quoique séparées par une distance considérable, ces deux castes d'une frappante diversité, le *gratin* et les *satinées*, se rencontrent quelquefois, et le choc marque alors généralement la défaite du gratin et la revanche du satin. Gratinés et satinées finissent par former on ne sait quelle bouillabaisse sociale d'un goût singulier, et c'est par ce mélange des deux argots, celui d'en haut et celui d'en bas, que s'opère dans les civilisations *avancées* la fusion des classes.

En lisant dans leurs journaux d'habitude les comptes rendus de ces fêtes somptueuses, les *satinées* se disent qu'après tout elles sauraient bien porter, elles aussi, les diamants de déesses de l'Olympe et les costumes d'*esclaves conduites au marche.* Elles s'adressent alors à ceux qui les accordent, et le *gratin* et le *satin* finissent, au bout du compte, — ou au bout du contrat, — par avoir le même aspect et le même langage, les mêmes costumes et les mêmes fournisseurs.

On vient de décerner une couronne académique à un livre où le mariage contemporain est étudié de très près Tant de gratin et de satin réunis, cela donne la terreur du mariage. Une société trahit ses plaies intérieures par de légères éruptions en apparence toutes roses, presque coquettes comme un fard. Eh bien, dans un de ces contrats que viennent de signer deux des membres les plus gratinés du gratin de Paris, les notaires ont froidement, — comme la chose la plus simple du monde, — introduit une clause prévoyant le cas de *séparation* possible de ces deux jeunes gens du faubourg, titrés, riches, jeunes, amoureux!. .

Cela fait penser à ce contrat entre deux associés apportant leurs fonds pour exploiter une même affaire et où se trouvait un article 3 ainsi conçu :

« Dans le cas où l'un des associés viendrait à être *condamné en police correctionnelle...* »

Stendhal avait raison : *les petits faits* peignent une époque.

XIII

La vente de Gil Pérès. — Ses goûts artistiques. — Ses relations avec Ferré. — Gil Pérès pris pour un prêtre. — Ses bizarreries

Paris, 7 juin.

Depuis hier a commencé, à l'Hôtel Drouot, la vente des tableaux, des dessins, du mobilier et des livres qui ont appartenu au pauvre Gil Pérès. Quel post-scriptum lugubre à tant d'existences parisiennes que cette affiche du commissaire-priseur! Tout finit par l'Hôtel des Ventes! C'est la fosse commune des collections et des souvenirs.

Vente d'objets ayant appartenu à M. Gil Pérès, *ancien artiste du théâtre du Palais-Royal,* dit l'affiche. *Ancien!* J'attendais l'*ex*, le terrible *ex* qui est plus tragique encore. Gil Pérès vit toujours, et jamais on ne le reverra sur ces planches qu'il *brûlait* avec une verve si drôle, d'un comique bizarre, bien parisien et à la fois bien anglais. Une maladie épouvantable s'est abattue sur le pauvre homme, et maintenant, dans une chambre du docteur Luys, Gil Pérès n'est plus qu'un esprit perdu qui chaque jour s'affaisse davantage. Il ne reconnait plus personne. Il vit là, d'une existence quasi végétative, entouré de domestiques nombreux et qui coûtent cher, et c'est pour les payer qu'on vend tout ce qui a appartenu à l'*ancien* artiste.

Elle est assez commune cette fin sinistre, surtout chez les acteurs comiques. Il semble que la Destinée se venge sur ceux qui avaient pris le parti de s'en moquer. Un autre bouffon bien amusant, Lassagne, qui jouait aux Variétés les tourlourous drôlatiques, est mort fou. Kopp, qui lui succéda, ne fut-il point frappé, lui aussi, d'aliénation mentale? Cette dépense de rire, faite chaque soir, détraque sans doute le système nerveux et change la gaieté en névrose.

Ce Gil Pérès, étourdissant de verve sur le théâtre avec sa démarche saccadée, ses sons de voix tour à tour gutturaux et aigus, cette façon qu'il avait de regarder le public en face, froidement, après quelque épique plaisanterie, était, dans la vie courante, un esprit très fin, pénétrant, aimant à faire des plaisanteries de pince-sans-rire, à la Henri Monnier, mais ne détestant point une causerie de lettré. Il adorait les tableaux et les livres. On vendait hier ses Bonvin, ses Corot, ses Daubigny, ses Charles Jacque, dont la dimension n'était point des plus considérables, mais qui étaient cependant bien choisis et d'une bonne valeur. Aujourd'hui et demain, ses douze cents volumes, fort bien reliés pour la plupart, la *Bibliothèque elzévirienne*, les *Émaux* de Petitot, les éditions de Lemerre et de Perrin (de Lyon), les volumes, devenus très rares, publiés par Scheuring, la *Troupe de Molière*, la *Troupe de Talma*, la *Troupe de Voltaire* (qu'on ne rencontre plus que rarement), son Musset, son Hugo, son Molière, avec les figures de Moreau le jeune, tout cela sera dispersé avec les faïences de Delft, les plats d'Urbino, les faïences de Rouen, de Nevers ou de Chypre, les statuettes de P.-J. Mène, les bahuts et les coffres en bois sculpté, que le pauvre garçon avait réunis.

Il aimait son chez soi, ornait volontiers son *home*. Il y avait, dans sa cave, des bordeaux et des bourgognes, du rancio et du vino-tinto, qu'on mettra aussi aux enchères, avec le reste. Autour de sa table bien servie, Gil Pérès se plaisait à recevoir des amis. Durant toute une partie du siège de Paris, il donna une hospitalité fréquente à un petit homme noir, fébrile, éloquent, qui parlait beaucoup alors dans les réunions publiques. C'était Th. Ferré.

Lorsque le 18 mars arriva, Ferré sonna, un matin, à la porte de Gil Pérès :

— Je viens vous annoncer une nouvelle, dit-il.

— Laquelle ?

— Nous sommes au pouvoir. Si vous voulez, il ne tient qu'à vous de vous lancer dans le mouvement. Qu'est-ce que vous voulez être?

— Moi? fit Gil Pérès, mais rien du tout.

— Cela ne vous tente donc pas, de gouverner la France? demanda Ferré avec une fièvre ardente.

Gil Pérès allait lui dire qu'étant comédien, ce qu'il ambitionnait avant tout, c'était de jouer la comédie. Labiche, Halévy, Meilhac avaient bien encore quelque bon rôle à lui confier.

— Je sais ce que c'est, interrompit Ferré, vous avez

peur d'être ridicule. Ridicule parce que vous êtes petit? Eh bien! moi, je suis petit aussi et cependant, demain, je commanderai aux autres!...

Gil Pérès n'avait jamais oublié le ton exalté dont ces mots avaient été dits. Il lui arriva, d'ailleurs, peu après, une aventure à la fois burlesque et dramatique. Devant la mairie de la rue Drouot, le comédien, avec sa longue redingote qui d'ordinaire lui battait les talons et son menton bleu, rasé de frais, fut pris pour un prêtre. Il discutait, avec des fédérés, dans un groupe, lorsqu'un garde national dit à un de ses compagnons :

— Tais-toi donc! Tu ne vois donc pas que c'est un curé?

Un curé! Gil Pérès essaya de rire, trouvant la méprise plaisante.

Les autres se fâchèrent. On enfonça le chapeau de Gil Pérès sur ses épaules, et, le rouant de coups, on le traîna sur le boulevard en lui criant que les curés n'étaient point là pour *moucharder*. Gil Pérès demeura un mois au lit des suites de l'aventure.

Il contait cela avec beaucoup de verve. Jadis, au Gymnase, son besoin de fantaisie et de facéties avait rendu souvent Montigny bien malheureux. Gil Pérès, ou *Pérès* comme l'appelaient ses camarades (en réalité il se nomme Jolin ou Jaulin) jouait alors de petits rôles, des personnages de domestiques. Il trouvait moyen de les rendre inoubliables et voici comment. Avait-il dans un même acte, par exemple, à porter deux lettres ou à faire deux *annonces*, la première fois il arrivait avec une perruque blanche, la seconde avec une perruque blonde, et si l'acteur en scène, Bressant ou Lesueur, s'en étonnait :

— Ne faites pas attention, disait froidement Pérès. C'est mon père qui est venu tout à l'heure !

Ou bien pendant une *soirée* dans le monde, ayant à passer un plateau chargé de sorbets, il le déposait sur une table et gravement allait voler un mouchoir dans la poche d'un invité. L'épisode de ce domestique qui *faisait le mouchoir* et n'était nullement arrêté ou chassé, au dénouement, intriguait fort les spectateurs.

Quelqu'un entendit, un soir, ce bout de dialogue, au sortir d'une pièce où Gil Pérès s'était ainsi diverti :

— C'est joli, cette comédie-là, mais à quoi sert le vol du mouchoir par le domestique ? Cela ne tient pas à la pièce.

— Pas du tout. Et c'est immoral. *Ça manque de gendarmes !*

Ce fut à la suite de ces humoristiques escapades que Gil Pérès alla jouer, à la Porte-Saint-Martin, un drame de Léon Gozlan, *Pied-de-Fer*, qui obtint un succès énorme. Tisserant en créa le principal rôle, un rôle de forçat. Gil Pérès représentait justement le complice de cet espèce de Vautrin, le Bertrand de ce Macaire, et ceux qui l'ont vu avec sa tête piriforme de pilier de bagne ne l'ont jamais oublié.

Pauvre divertissant personnage ! Ce n'était point le drame pourtant qui devait faire se réputation, c'était la comédie, depuis le comique le plus fin jusqu'à la parodie la plus excentrique. Qu'il était amusant, ce Gil Pérès, avec la longue lévite traînante du cuistre de collège dans les *Mémoires de Mimi Bamboche !* Qu'il était étourdissant dans la *Vie parisienne*, dans le *Myosotis*, dans le *Brésilien !* Qu'il était gai, qu'il était étrange, toujours distingué jusqu'en ses extravagances! Je le revois encore en facteur rural, en sire de Purécrécy, avec sa veste rouge de chasse et son cor enguirlandant son torse maigre.

— Quel insensé! se disait-on en l'écoutant. C'est de la folie!

Ce n'était pas de la folie; mais la folie était là, toute prête à détraquer ce tempérament déjà déséquilibré, et de ce bouffon parisien, de ce gai boulevardier qui s'amusait si fort à rire, du temps de Lambert Thiboust et des débuts de Mlle Schneider, il ne reste qu'un malheureux dément dont le marteau du commissaire-priseur disperse, depuis hier, les toiles, les bronzes, les porcelaines, les miniatures, les bijoux, le bibelot rencontré par hasard, le livre rapporté de voyage, tout ce qui fut la vie et la joie de l'*ancien* artiste du Palais-Royal.

Ah! la triste chose parfois qu'une vente à l'Hôtel Drouot, et il y a comme du *ci-gît* et de la lettre de faire part dans ces Catalogues qui sont comme les testaments des vaincus, des tombés, des oubliés, des *anciens* amuseurs de ce Paris qui n'aime que les amuseurs *nouveaux*.

XIV

Déluge et Grand Prix. — Les courses d'autrefois dans la plaine des Sablons. — George IV et Louis XVI. — Fra Diavolo et Miss Annette en 1833. — Le duc d'Orléans à Chantilly et lord Seymour. — Le Grand Prix en 1880. — Le retour.

Paris, 10 juin.

Je ne suis pas de l'avis des mécontents; la journée du Grand Prix a été pittoresque — à sa manière. Le soleil manquait, c'est évident, et les toilettes étaient absentes; mais, sous ces ondées, excellentes pour les jardins, déplorables pour le turf, le champ de courses prenait un aspect tout particulier et très inattendu. La journée n'a pas été manquée : on ne l'oubliera point de longtemps.

Quel déluge! On a pu croire, un moment, qu'il n'y aurait personne à la *réunion*. Depuis le matin, cette pluie qui tombait, presque froide comme une pluie de mars, semblait bien faite pour éloigner de Longchamps les Parisiens. Mais non, ils ont pris goût au sport depuis des années, et « la journée du Grand Prix » est devenue une date dans les amusements du public. Les allées du Bois étaient, à deux heures de l'après-midi, sillonnées de presque autant d'équipages que si le soleil s'était montré. Piteux défilé, d'ailleurs. Les coupés avec leurs glaces levées, les cochers enveloppés de leurs manteaux d'hiver et de leurs caoutchoucs, les queues de renard et les bouffettes des chevaux pendant piteusement sous les ondées. Dans les fiacres découverts, frétés par quatre ou cinq commis à la fois, des parapluies ruisselants d'eau. Dans la boue, les piétons, les intrépides piétons, crottés jusqu'à l'échine, accrochant leurs talons à la terre délayée des allées. Leurs burnous relevés sur leurs képis, les gardiens de la paix regardant mélancoliquement passer les équipages, en s'abritant, tant bien que mal, sous les branches tordues des arbres. Et pourtant, au milieu de cette impression mélancolique, de cette fête grelottante, quelque coin consolant, qui sentait encore le printemps : des grappes de fleurs roses ou blanches dans l'allée des Acacias ; derrière la guipure des branches, des éclairs et des éclats de roues, un mouvement alerte et gai jusque sous ces giboulées orageuses. Puis, à l'arrivée, devant les tribunes, l'immensité de ce paysage noyé dans un brouillard de pluie, l'église de Saint-Cloud apparaissant à peine dans la buée grise, et le Mont-Valérien découpant vaguement sa silhouette géométrique, à demi perdue dans ces nuées chargées d'eau comme des éponges.

« Il n'y aura pas grand monde! » s'était-on dit. Et pourtant, peu à peu les tribunes s'emplissent, les voitures s'entassent dans le champ de courses. La tribune présidentielle se colore, c'est le mot véritable, car, dans l'immense teinte grise des toilettes, ce n'est guère que là qu'on peut trouver des notes vives, des roses rouges, des rubans groseille, des plumes bleues ou jaunes. Le reste est déplorablement incolore. On a gardé pour les courses de Vincennes ou pour Fontainebleau, dimanche prochain, les toilettes commandées pour le Grand Prix et qu'on disait fort originales : — des limousines rayées, des robes monacales, des excentricités pleines de tapage et de goût.

Mais, malgré tout, malgré le vent, malgré la pluie sur cette herbe mouillée, dans cette glaise détrempée, la foule est grande. Il y aura une différence de recette d'une cinquantaine de mille francs entre le Grand Prix de 1880 et celui de 1879, mais l'honneur est sauf et le public est accouru. Il ferait beau voir que Paris n'allât pas assister à une telle journée!

Il n'y a cependant guère qu'un peu plus de cent ans que les Courses, nées en Angleterre, se sont acclimatées en France au point d'y être devenues une mode et, mieux qu'une mode, un besoin. C'est vers 1750 que les gentilshommes de notre pays se prirent de belle passion pour le turf et que la gloire des chevaux britanniques, célèbres au temps de la reine Anne et de Charles II, *Darley Arabian*, *Arabian Godolphin*, — cheval arabe dont Eugène Sue a conté l'histoire, — les empêchèrent de dormir. Les courses de New-Market commençaient à devenir fameuses. *Éclipse*, né sous le règne de George II, et qui ne fut jamais battu, était aussi illustre, plus illustre qu'un grand écrivain ou un grand capitaine. *Messieurs les Anglais* avaient *couru* les premiers; les gentilshommes de France voulurent, à leur tour, courir et faire courir. Et alors, autour du comte d'Artois se groupèrent les innovateurs, les partisans du turf, les parieurs qui voulaient montrer à leurs rivaux le talent des *gentlemen riders* de France. C'était dans la plaine des Sablons, à Vincennes et à Fontainebleau qu'avaient alors lieu les courses. George IV avait été surnommé l'*Amoureux des chevaux*. Louis XVI, au contraire, se desolait de cette mode, répétant que ses gentilshommes s'y ruineraient. « — C'est un jeu ! disait-il. Ils n'ont donc pas assez d'occasions de parier et de dépenser leurs écus ! »

Après 89, Napoléon fixa des époques régulières et des endroits fixes pour les courses, jusque-là d'une périodicité médiocre ; mais c'est avec la Restauration qu'elles devinrent brillantes. En 1833, les chevaux de lord Seymour, *Fra-Diavolo* et *Miss Annette*, faisaient tourner toutes les cervelles. Ah ! qu'il y a loin de nos grandes journées d'à présent où les louis et les guinées, les bank-notes et les billets de banque s'engouffrent dans le ring, au milieu d'on ne sait quel tohu-bohu international, quels dialogues gutturaux, anglo-français, semi-britanniques et semi-parisiens, qu'il y a loin de la journée d'hier aux courses paisibles d'autrefois, aux steeple-chases même de la Croix de Berny, que les aquarelles d'Eugène Lami font revivre avec les manches à gigot et les chapeaux en forme de capote de cabriolet de nos grand'mères !

C'était, vers 1834, l'heure des comtes de Vaublanc, des Wilkinson, des de Normandie, des Allouard. A Chantilly, le duc d'Orléans donnait aussi le ton aux coureurs, faisait venir des entraîneurs d'Angleterre, peuplait ses écuries superbes, et Chantilly devenait un rendez-vous luxueux d'élégance. Le chemin de fer ne fonctionnant pas, on y envoyait ses domestiques, chevaux, équipages, argenterie. Lord Seymour payait 1,000 francs un pavillon qu'il n'occupait que pour un déjeuner. Il y avait chasses, bals, spectacles, concert la nuit sur les étangs. Les courses avaient lieu deux fois par an, au printemps et à l'automne; mais les courses de Mai comptaient seules. Elles avaient, à cette époque, l'importance de notre Grand Prix, de ce Grand Prix qui, depuis seize ans, met en présence les chevaux français et les chevaux anglais et qui intéresse Londres autant et plus que Paris.

L'an dernier, — et tous les ans, — à peine la course est-elle courue ici, que là-bas, dans Piccadilly, dans Oxford, des gazettes spéciales, tirées en hâte, annoncent la victoire du cheval *lauréat*. Le jour du Grand Prix de Paris est aussi attendu à Londres que le Derby Day, et c'est en effet notre Derby à nous, un Derby mouillé hier, un Derby trempé et arrosé, un Derby qui a quelque peu ressemblé à des régates.

— Il faudrait courir en bateau, disait quelqu'un à côté de moi. Ce n'est plus du turf, c'est du canotage!

Et cependant, encore une fois, du haut des tribunes, c'était un spectacle singulièrement curieux que cet entassement de parapluies, cette promiscuité de champignons noirs qui blanchissaient peu à peu sous l'eau du ciel et prenaient des reflets blancs comme s'il eût tombé de la neige. On eût dit une immense quantité de tortues gigantesques réunies sur un rivage, ou plutôt les ondulations de ces milliers de parapluies ressemblaient à un énorme troupeau d'éléphants dont la croupe brune remuait au loin, et, à chaque prix couru, les croupes d'éléphants se précipitaient vers le ring comme poursuivis par des chasseurs et pris d'une terreur soudaine. Au loin les drapeaux tricolores, clapotant sur la tente du glacier, rompaient seuls la monotonie de ce tas de vêtements et de parapluies noirs. Les manteaux de toile cirée blanche des cochers jetaient, çà et là, un peu de gaieté, mais une gaieté funèbre. Seules, deux jeunes femmes, toutes de blanc vêtues, comme des mariées — ou des fiancées — se tenaient hardiment debout sur leur voiture, le visage et les jupes fouettés par la pluie, riant sous l'ondée et buvant un champagne qui n'était plus que de la tisane.

Ah ! les spectacles mélancoliques ! Il fallait voir les buffets en plein vent sous la pluie qui *baptisait* le Rœderer et *débaptisait* les gâteaux ; — ces gâteaux qui, bientôt liquéfiés, n'avaient plus de nom en aucune langue de pâtissier ! Leur mouchoir autour du cou, pour éviter l'angine, les garçons de restaurant regardaient tomber, tomber et tomber toujours l'eau qui ironiquement leur enlevait leur *pourboire*. Mais les jockeys couraient et les parieurs pariaient toujours !

M. Grévy, entouré de M. Ferry, de M. Tirard, du général Farre, de M. de Beust, de M. Lepère, — qui n'avait certes point l'air de regretter son portefeuille, — regardait, au milieu d'un groupe féminin. Les dames étaient assises, cette fois. Dimanche dernier, elles étaient restées debout, le roi de Grèce n'ayant pas fait usage de son siège, et l'étiquette exigeant qu'on ne soit pas assis devant un souverain : toute une après-midi sur les jambes ! Le roi de Grèce ne songeait pas à cette autre politesse des rois qui consiste non seulement à être exact, mais à prendre à temps un fauteuil.

Le prix d'Ermenonville, gagné par *Joséphine*, le prix d'Ispahan et celui de la ville de Paris une fois courus, il se fait un grand silence, presque solennel. Trois heures et demie ! C'est l'heure du Grand Prix ! *Robert the Devil* est toujours le favori anglais, et, à bien prendre, l'unique favori. *Beauminet* a ses partisans. Les bien informés prétendent que *Destrier*, à M. Staub, pourrait bien ménager aux parieurs une surprise. Après le *canter*, les chevaux défilent, et c'est un cri d'admiration lorsqu'apparait *Robert the Devil*, fin comme une aiguille, monté par Rossiter, casaque blanche et toque bleu de ciel. Fordham, sur *Beauminet*, arbore les couleurs tricolores de France, toque bleue. Devant le poteau, le *starter*, M. Henri Hurst, donne le signal.

Ils partent. Ils sont partis. Alors c'est, jusqu'à la fin, un grand brouhaha dans la foule : *Boum* prend la corde ! *Robert the Devil* est quatrième ! C'est *Boum* qui tient toujours la tête ! Patience, attendez le tournant ! Au tournant, là-bas, *Robert the Devil* gagne du terrain ! *Destrier* le suit. Bravo *Destrier !* C'est *Destrier !* C'est *Destrier !* Les cris aigus, affolés, quasi-hystériques des femmes, se mêlent aux acclamations des hommes : *Destrier ! Destrier ! Destrier !*

Ah ! bien oui ! *Robert the Devil*, en approchant du but, dépasse tous les autres, et aisément en mains, hardiment, comme un cheval sûr de sa supériorité, arrive au but, aux acclamations des Anglais, dont les *ombrellas* s'agitent et qui courent au télégraphe pour annoncer au monde la victoire de l'Angleterre et de *Robert the*

Devil, fils de *Bertram* et de *Cast-Off!* M. C. Brewer, son propriétaire, n'aura point perdu sa journée.

Alors, dans la çohue des parieurs courant au ring, dans le désarroi des joueurs malheureux, tandis que, trempé, courbé sur son cheval, Rossiter passe entre deux rangs de parapluies, dans la trombe des hourras gutturaux de ses compatriotes, les gens pressés d'éviter la cohue demandent leur voïture aux gamins qui courent au loin, vers Suresnes, le long de la berge, criant et appelant les numéros et les noms des cochers. Station lente, sous la pluie qui tombe plus drue que jamais, changeant en mare l'hippodrome et en régates le prix Vaublanc et celui du duc d'Aoste.

Des Gavroches philosophiquement abrités sous des arbres se refusent à aller chercher des voitures sous ce déluge.

— Si j'avais besoin de manger, je ne dis pas, fait l'un d'eux.

Et l'autre tristement :

— Avec tout ça, dix sous sur le bateau pour venir, dix sous pour le retour, — et les *tournées* après! J'en serai de ma bourse!

Que de dialogues de ce genre échangés hier! Et le retour! Quel gâchis dans la boue jaune! Quelles éclaboussures! Quelles mouchetures sur les caisses des équipages! La pluie diluvienne s'arrête, mais ce sont des marécages qu'il faut traverser. — L'idylle est ironique. Ce n'est pas l'*Amour mouillé* de l'Anthologie, mais c'est le *turf détrempé*, inondé, boueux, de la journée de *high life* la plus extraordinaire, la plus sombre, mais, à tout prendre, la plus caractéristique qu'on puisse imaginer. *Une pleine eau!* comme disait en riant une mécontente.

Le soir, à Mabille, comme au beau temps où la jeunesse de l'empire échangeait des coups de poing patriotiques autour des tables, — *les coups de poing de la fin*, pareils à ceux du prince Rodolphe, — on s'est fort bousculé, les hourras et les cris dominant les polkas de Fahrbach. Là encore, comme en bien des choses, rien n'est changé. C'est toujours la même purée internationale et les mêmes odeurs de Paris. — Et toute l'eau qui tombait hier ne laverait certainement pas ce demi-monde et ce quart de monde!...

XV

Affaire Santerre contre Santerre. — Inconvénients du huis clos. — Tricoche et Cacolet dans la réalité. — Les douches écossaises du mariage. — Les enfants.

Paris, 12 juin.

Santerre contre Santerre! Lorsque la cause a été appelée devant la première chambre, il m'a semblé entendre le fameux cri tant de fois répété dans le roman de Dickens : *Jarndyce contre Jarndyce!* La cause dont tout Paris s'occupe aujourd'hui avec cette sorte de boulimie de scandale qui a succédé à sa friandise d'autrefois, cette cause, déjà connue depuis l'an dernier, n'a point les lenteurs féroces de l'interminable et poudreux procès de *Jarndyce contre Jarndyce.* Tout au contraire, elle va droit son chemin et elle va vite : elle frappe en pleine chair et comme en plein cœur. Ah ! depuis quelque temps, les tribunaux remplacent, je ne dirai pas agréablement, mais étrangement, les romans et les théâtres ; et le théâtre lui-même aboutit au tribunal puisque nous allons voir Doña Sol en justice. L'affaire

Bière, il y a trois semaines; demain, l'affaire du mariage de Musurus-Bey ; aujourd'hui, l'affaire de M. Santerre contre Mme Santerre.

Je ne veux, de cette dernière cause très lamentale, retenir que quelques points et plaider pour ceux dont on ne s'occupe guère en tout ceci : les enfants. Pauvres innocents ! Ce n'est point par-dessus leurs têtes, comme on l'a dit, que passent les plaidoiries batailleuses des avocats, c'est bel et bien eux-mêmes, ces êtres aux joues roses, qui n'ont rien fait, qui aiment également peut-être et leur père et leur mère, que ces allégations atteignent et que blessent ces traits qui amusent le public.

En était-il beaucoup parmi les curieux qui se pressaient hier au tribunal — un peu déçus de ne point voir les héros du procès et en particulier la belle Mme Santerre, dont les *reporters* viennent de décrire les cheveux noirs et le profil de statue — en était-il beaucoup à qui vint cette idée, très simple et très poignante :

— Et les enfants?

Les curieux s'inquiétaient bien de ces éternels sacrifiés de toutes les affaires de ce genre ! Ils venaient pour écouter ce drame de famille comme ils eussent assisté à une comédie nouvelle, avec le ragoût de la réalité et le piquant du scandale par-dessus le marché. Mme Santerre a voulu, cette fois, que le huis clos de l'an passé ne fût point prononcé : elle a eu raison. Ce mystérieux huis clos donne à toutes choses une proportion fantastique, et le monde a d'âpres envies de glisser son œil par la fente de la porte ou d'y appliquer son oreille. Il y a, par le huis clos, un évident grandissement du scandale. Lorsqu'on peut tout dire, mieux vaut tout dire devant une foule.

Eh ! parbleu, la foule arrive, malgré les précautions, à tout savoir, et, en répétant, colportant et *enjolivant* ce qu'elle sait, elle finit par tout déformer et par inventer — car c'est une grande ou du moins une inépuisable romancière que la foule — un roman qui se substitue très vite à la réalité. Cette femme du monde, atteinte par les considérants du jugement rendu au mois de janvier de l'an passé, vient donc protester, devant le souverain juge, celui que Luther appelait Monseigneur Tous, *Herr Omnes*, et Voltaire *Monsieur Tout le Monde*, contre la sentence première, et elle a le courage de s'exposer encore à une plaidoirie qui sera cruelle : *Santerre contre Santerre !*

Il me semble revoir, dans tout l'éclat de sa beauté de jeune fille, cette jolie Mlle Arachequesne, qui faisait sensation aux Italiens et au Cirque le samedi lorsqu'on se disait : « Mlle Arachequesne est là ! » C'était un régal pour les lorgnettes. M. Arachequesne, le père, tout fier de sa fille, qu'il avait élevée avec cette passion qu'ont les pères pour les enfants qui leur font honneur — car la beauté de l'enfant c'est la parure du père et de la mère — passait au bras de cette créature idéalement jolie, qui, lorsqu'elle épousa M. Santerre, jeune, riche, beau garçon, semblait si bien faite pour être heureuse et être aimée. « L'*Art d'aimer*, écrivait-elle, quelques années après, mélancoliquement sur son journal, ce n'est rien ! C'est l'*Art d'être aimée* qui est tout ! »

Lorsqu'elle se maria, le bruit courait dans la maison que M. Santerre lui donnait tant de diamants, qu'on avait constitué deux gardiens spéciaux au logis, comme, à l'Exposition, autour des diamants de la Couronne. Aujourd'hui, la réalité est plus sombre, et voilà une jeune femme, une mère, se défendant contre les imputations les plus odieuses, ne redoutant pas de les rappeler à tous publiquement, pour prouver que ce sont des calomnies. Voilà son nom, qui jadis faisait envie, et qui maintenant fait pitié. Voilà les secrets de sa vie, les confidences de son cœur à son cœur, le journal quotidien de ses pensées, livré à la curiosité et à la malignité publiques. Pauvre femme! Et quand on pense que l'honneur d'un foyer, le bonheur d'une maison sont livrés à des propos de domestiques, à l'espionnage quotidien des *gens*, quand on songe que notre vie à tous n'a pas de *huis clos* pour ceux qui nous servent, que rien n'échappe à ceux qui vivent à nos côtés et de notre existence même, et que leur témoignage, à un moment donné, peut se retourner contre nous-mêmes comme un coup de couteau! — Pis que cela, quand on songe que le rapport parfois stupide d'un espion d'on ne sait quelle agence louche peut tuer du coup la réputation d'une femme, le repos d'un homme, la joie d'un logis, la dignité d'un ménage!

Agence Tricoche et Cacolet ! dit gaiement le vaudeville. C'est là le côté plaisant de ces établissements bizarres où, moyennant finance, on trouve des prunelles qui épient et des doigts qui griffonnent on ne sait quels rapports plus ou moins mal imaginés, plus ou moins mensongers! Mais, dans la réalité même de la vie, quelle arme terrible mise à la portée de toute jalousie, de tout soupçon, de tout ennemi caché, que ces agences de renseignements où se tripote l'espionnage et où se brassent, à tant la page, des romans stupidement calomnieux, afin que le jaloux ou la femme mordue par le doute en aient pour leur argent!

Si l'on savait en quelles mains ceux qui interrogent remettent leur repos ! S'ils voyaient quels limiers bizarres on jette sur la piste de ceux qu'ils soupçonnent et qu'ils aiment ! Oui, qu'ils aiment ! Car voilà le terrible en ces affaires, ces êtres qui se traînent ainsi sur la claie s'aiment encore quelquefois ! Leur cœur saigne et leurs larmes coulent. Ils se tendraient volontiers les bras, si je puis dire, à travers le tribunal, et, dans les plaidoiries insultantes des avocats, ils ne voient parfois, ils n'entendent que l'écho attristé des paroles d'antan, de ces lettres d'amour, toutes jaunies, qu'on déplie à l'audience et d'où sort comme un parfum oublié !... Ah ! qu'on était heureux quand on les écrivait et comme on voudrait — qui sait ? — les écrire encore !

C'est là « le dessous » de plus d'un procès semblable. Il est lugubre de voir des êtres s'entre-déchirer qui étaient faits pour s'entr'aimer. Quelque malentendu sinistre a passé sur leur vie. C'est l'irréparable. On se sépare et peut-être, plus tard, comme l'Aristide Froissart de Gozlan, le mari bravera-t-il les obstacles pour revoir, ne fût-ce qu'une minute, la femme qui a gardé son nom— jusqu'au jour où le divorce le lui reprendra.

Ces retours de passion sont plus fréquents qu'on ne croit dans ces drames de la séparation. Hélas ! ils sont de tous les jours dans les ménages troublés où les réconciliations violentes succèdent aux emportements et aux colères. Une femme d'esprit définissait cette situation en disant :

— Ces mélanges de brutalités et d'ardeurs sont les douches écossaises du mariage !

Mais, pour en revenir au procès actuel, je ne songe

pas seulement aux deux époux qui doivent avoir la fièvre à cette heure où leur nom est partout répété, je ne songe qu'aux enfants qu'atteindront, un jour, les échos et comme les éclaboussures de cette cause célèbre parisienne. On pouvait peut-être leur épargner cette douleur. Le mari pouvait être plus respectueux pour la mère, plus réservé pour l'aïeul, et, en mémoire des enfants, têtes sacrées, ne point laisser traîner des soupçons et des injures qui ne servent point sa cause, et, je le répète, frappent des innocents.

Ah! les accusations révoltantes et qu'on ne peut vraiment repousser qu'en répondant : — Est-ce possible? — Et, à côté de cela, les reproches qui font sourire : Une femme devient coupable parce qu'elle chante, au piano, la *Belle Hélène!* Voilà de la vertu et des scrupules, j'espère, ou je ne m'y connais pas! Avoir fredonné les airs que tout Paris a chantés, quel crime! — Si l'on comptait comme coupables toutes les femmes qui jouent aujourd'hui les valses de Strauss, tous les tribunaux de Paris ne pourraient suffire aux demandes de séparation! Les *évohés* de la *Belle Hélène* devenant un grief, c'est une pudibonderie dont on ne pouvait soupçonner une certaine fraction du monde parisien.

Il y aurait plus d'une ironie pareille à relever dans le procès actuel. Je ne veux, encore une fois, que rappeler ceux qu'on oublie. Ce père et cette mère ont souffert, sans nul doute. Ils arrivent, le cœur meurtri, ulcérés et aigris l'un contre l'autre. Elle, outragée, lui, plein de colère, ils échangent par les lèvres de Me Cléry et de Me Bétolaud des discussions plus académiques mais plus cruelles que celles d'autrefois ; mais les petits, mais les enfants, ils ne sont pour rien, eux, dans l'erreur, le malentendu, la haine ou la rancune de leurs parents! Et ils souffriront encore lorsque sera venue, comme une sorte de réconciliation, cette fin inévitable qui apaise toutes les haines dans le grand silence de la mort...

Tout sera oublié de ce qui est aujourd'hui le bruit du jour, le propos de Paris, le procès à la mode, lorsque ces enfants et les enfants de ces enfants deviendront, peut-être, tout à coup, tremblants et pâles en ouvrant, par hasard, de vieux journaux et en lisant en frémissant ce que *tout Paris* lit maintenant en souriant : l'*Affaire Santerre contre Santerre !*

XVI

La fête future des drapeaux. — Paris hors Paris. — Souvenir du Salon défunt. — L'*Américanisme* en peinture et en jouets. — Le *Taquin*. — Le canon du Palais-Royal. — Une mésaventure de chroniqueur. — Eugène Guinot et les inventions de *Pierre Durand*. — Un mort de la quinzaine : Émile Thomas et les Ateliers nationaux. — Un roman de Dumas.— Le cocher de cabriolet. — Le cocher de Victor Hugo. — Un parieur acharné. — Marc Twain. — Le vers latin — L'opinion de Louis XVIII.

Paris, 30 juin.

On a eu bien raison de dire que l'histoire est un perpétuel recommencement. La fête du 14 juillet préoccupe autant les esprits, à quatre-vingt-dix ans de distance, fait échanger autant de propos et verser autant d'encre qu'au 30 juin 1790 le pouvait faire la première célébration du 14 juillet, la cérémonie de la Fédération.

Nous serons, si cela continue, blasés avant de les avoir éprouvées, sur les émotions patriotiques de la future distribution des drapeaux. Non seulement on en donne le programme à venir, mais d'avance on en décrit toutes les splendeurs. La tribune où se tiendront les représentants des pouvoirs exécutif et législatif sera, dit-on, élevée en face de la tribune actuelle des courses et formée d'une grande tente aux couleurs tricolores, soutenue de faisceaux d'armes et surmontée de trophées militaires, sabres, cuirasses et baïonnettes. Pour peu que le soleil brille sur ces tas d'acier et en fasse jaillir des éclairs, le spectacle ne manquera point de grandeur et ce flamboiement ressemblera aux rayons d'une aurore.

On a bien fait de choisir, pour une telle cérémonie, le vaste hippodrome de Longchamps. Ce fut là que, pour la première fois, après la guerre et la Commune, la France revit défiler les lambeaux à peine recousus de son armée. Pauvres diables de soldats aux képis tordus, aux capotes usées et trouées, médiocrement vêtus, tristes encore de la défaite subie, ils marchaient de leur mieux devant les représentants de la patrie. On éprouvait un serrement de cœur à retrouver, comme en débris, avec des uniformes lacérés, ces régiments qui, une année auparavant, eussent défilé dans une tenue correctement martiale. Ceux qui ont assisté à cette première revue de 1871 ne l'oublieront jamais. C'était la sortie hésitante du malade devenu convalescent. Il y avait là à la fois de la crainte et de la fièvre, et les acclamations qui saluaient ces braves gens ressemblaient aux embrassements qu'on donnerait à un être qu'on a cru mort.

Ce sera, pour les Parisiens, et je dirai pour les Français, une grande fête que cette solennité du 14 juillet.

Ce peuple-ci aime les démonstrations publiques. Il court aux lampions et aux banderoles comme les enfants courent à la musique qui passe. Et, ce jour prochain, *la vie à Paris* sera doublée, décuplée, centuplée!

En attendant, est-ce bien la *vie à Paris?* C'est la *vie aux environs de Paris*, la vie au bord de la mer, la vie aux Pyrénées, à Vichy ou à Aix, qui commence avec la fin de juin, et il faut tout l'attrait magnétique des fêtes prochaines pour retenir dans une ville sans théâtres puisqu'ils sont fermés ou qu'on y étouffe, sans concerts puisqu'il y pleut, sans expositions puisqu'elles sont closes, tant de gens qui ont soif de la brise salée ou du grand air des bois.

En vérité, après la mi-juillet, nous assisterons à un départ assez complet, à la fuite éperdue des malles et des coffres, au transbordement des toilettes vers toutes les stations de France; mais jusque-là on se maintient ici, après la saison, comme dans une stalle de théâtre, lorsque la pièce est finie et que le rideau va se relever sur l'apothéose. On attend, on prend patience. On veut voir les feux d'artifice. De toutes les dynasties de ce monde, celle à laquelle Paris est resté fidèle, c'est la dynastie des Ruggieri.

L'exhibition des envois de Rome ne suffit évidemment pas à la curiosité des Parisiens.

Mais Paris, las de peinture et gorgé de toiles, accablé de statues, demande à tout prix du nouveau.

Rien n'est pourtant plus curieux que ce Salon même, si visité il y a huit jours, et maintenant désert, livré tout entier aux poudreuses horreurs du déménagement.

Savez-vous combien il a reçu de visiteurs ce Palais de l'Industrie, depuis le jour de mai où se fit l'ouverture? Un ami, bien informé, m'en fait connaître le nombre: 170,000 entrées *payantes*, 405,000 entrées gratuites, 108,000 avec cartes, au total 155,000 entrées de plus qu'au Salon dernier. Niez donc après ce chiffre les *progrès* écrasants de l'art! 683,000 spectateurs en moins de deux mois! Léonard et Vélasquez n'en virent jamais défiler autant, devant la *Joconde* ou les *Lances*, durant leur existence entière!

Et cette solitude soudaine, contrastant avec le tapage et la foule du dernier dimanche, n'est de loin en loin troublée que par le talon d'un gardien traversant lentement une salle. Personne, en bas, dans le jardin de la sculpture. Les buffets déserts, tristes comme une salle sans convives; beaucoup d'oiseaux se posant effrontément sur les statues, faisant leur cour ailée à *Biblis* ou à l'*Eve* de Falguière, et caquetant, semblant joyeusement se consoler d'avoir été si longtemps chassés par le bruit.

Ci-gît le Salon!

Dans une huitaine de jours, on enlèvera des salles les tableaux non réclamés; en masse, et, lettre par lettre, on les réunira tous au rez-de-chaussée, dans une promiscuité bizarre. Entassement annuel de toiles disparates qui est comme le post-scriptum de cet autre entassement formidable du premier jour des envois. Et où diable, dans quel logis, chez quels amateurs, en quels musées, dépôts ou dépotoirs iront se caser ces milliers d'aunes de toiles et ces kilomètres de bordures d'or?

Ce qui n'empêche pas les six ou sept mille peintres que compte Paris d'être encore et toujours occupés à en fabriquer d'autres, avec une rapidité de vers à soie rongeant un mûrier, et les *inventeurs* d'artistes nouveaux de *découvrir*, de temps à autre, une merveille inédite, comme cet Espagnol, M. Villegas, une réédition de Fortuny, dont il paraît qu'on paye les toiles cent ou cent cinquante mille francs à New-York. Ce qui prouve que le Génois Christophe Colomb a rendu un fier service aux peintres andalous et castillans en découvrant l'Amérique.

Au reste, si nous lui vendons fort cher nos tableaux à cette Amérique, elle s'en venge en nous bombardant de ses produits et en nous faisant subir, par exemple, après le supplice de cette crécelle qui fut si fort à la mode il y a deux ou trois ans et qui venait de New-York en droite ligne, la torture de ce jeu absorbant, inquiétant, plus terrible peut-être pour le cerveau humain que l'alcool et le tabac, et qui s'appelle le *taquin*.

Le *taquin* est ce *jeu* — ce débilitant, ce soporifique, cet instrument d'hébétude, à « combinaisons toujours nouvelles » — qui consiste à faire manœuvrer, dans une petite boîte carrée, quinze petits pions de bois mêlés au hasard et qu'il s'agit de replacer dans leur ordre numérique : 1, 2, 3, 4, 5, 6, etc., jusqu'à 15. Occupation puérile en apparence, travail formidable en réalité. Qui calculera combien l'inventeur anonyme du *taquin* a causé de migraines, névralgies, céphalalgies et névroses à ses contemporains ?

Il s'en est vendu 70 ou 80,000, de ces petites boîtes qui tiennent tant de gens à cette heure courbés et congestionnés sur leurs fragments de bois, et il s'en vend tous les jours. Il n'est point de maison de campagne où le *taquin*, l'inévitable et absurde *taquin*, ne se tienne tapi dans un angle du salon comme un insecte ou une taupe dans un coin du jardin. Et tout à coup il apparaît, le *taquin*, avec ses seize carrés de bois aussi redoutables que les *coins* enfoncés jadis dans les genoux des patients, et une douce voix de femme vous dit avec un sourire :

— Voyons si vous serez plus heureux que nous avec le *taquin !*

Et il y a de l'ombre dans les allées, et des roses dans les bordures, et des sentiers dans les bois, et des partitions de Gounod sur le piano ! On pourrait prendre l'air, respirer les fleurs, écouter de la musique. Pas du tout. Il faut être poli. Il faut céder à la manie courante. Il faut se laisser taquiner par le *taquin.*

— Mais, en vérité, je ne sais pas...

— Cherchez !

— Mais je suis certain de ne point trouver...

— Essayez !

Non, jamais casse-tête chinois, — au temps où les

questions s'appelaient ainsi — n'a causé tant de crispations et n'a amené tant de lourdeurs de tête que ce *taquin* niais, inutile, bête, et pourtant attirant, absorbant, magnétique comme toute chose mystérieuse, irritante, demandant une solution à laquelle on s'acharne et qu'on ne trouve pas.

Et il y a une quantité considérable de gens qui se creusent la cervelle pour trouver la solution demandée ; pis que cela, il y a des chercheurs d'infiniment petits qui absorbent leur pensée vers ce but unique : trouver une *question* nouvelle, inventer un jouet inédit, jeter à cette humanité, toujours en quête de nouveauté, — et toujours, sur certains points, à l'état d'enfance, — une distraction quelconque, que ce soit la *potichomanie* comme à l'heure où l'on passait son temps à coller d'horribles images découpées dans de hideuses potiches de verre — ou la *question romaine*, ou le *cri-cri*, ou le *taquin*, dernière invention de quelque *trouveur* patenté, comme il y en a des millions en Amérique, de quelque homme intelligent, de quelque *Edison du camelot*, qui a bien compris que le meilleur moyen de divertir l'homme, c'est encore de le contraindre à s'ennuyer.

Je demanderai quelque jour au docteur Bertillon fils d'ajouter une note à ses recherches de statistique et de nous dire combien de cerveaux aura desséchés l'abrutissement causé par cet hypnotisme d'une autre espèce : la concentration unique de la pensée sur ce petit damier aux quinze pions de bois ; et combien auront fini dans un cabanon de ces malheureux qui restent là, des heures, à contempler le *taquin*, comme un fakir regarderait son nombril et qui se livrent pieds et poings liés, — par plaisir, — à cet horrible *jeu* dont ils ne voudraient pas entendre parler si on les payait bien cher pour se laisser *taquiner*, hébéter, vider et conduire ainsi tout droit à l'apoplexie.

D'autres, des partisans du *taquin*, répondront que le taquin n'est pas plus absorbant ni énervant que les échecs, les dames, le loto et les dominos, chers à nos grands-pères, sans doute plus patients que nous.

Mais, non, le *taquin* n'a point ce caractère patriarcal des jeux de patience d'autrefois. C'est un adjuvant à la maladie générale de notre époque, dont le nervosisme est si aigu que nous avons peut-être supprimé le canon du Palais-Royal simplement parce que, fidèle à son habitude, il ne sonnait pas, lui, midi à quatorze heures, comme tant d'autres horloges et cervelles contemporaines passablement détraquées.

Bref, il n'a plus son canon légendaire, le vieux jardin du Palais-Royal !

Nous entendrons certainement, dans les revues de fin d'année, des couplets attendrissants sur la disparition de cet obusier minuscule qui partait tous les jours à midi précis, depuis des années, à travers toute les révolutions et tous les changements de gouvernements.

C'était le plaisir et l'habitude du quartier, et ce canon quotidien qui brûlait pacifiquement sa poudre aux moineaux et aux badauds n'a jamais coûté une goutte de sang à personne. A peine coûtait-il cinquante francs par mois d'entretien, un peu plus d'un franc cinquante par jour, ce qui ne grevait pas immodérément le budget de la Ville.

Ce canon-là, qui coûtait peu d'argent,
Ne coûta jamais une larme!...

chantera quelque prochain *compère* de revue sur l'air larmoyant d'*Aristippe.*

« Plût à Dieu, écrit quelque part un humoriste, que les canons du monde entier fussent réduits à l'artillerie du Palais-Royal et que leur détonation n'eût jamais causé d'autre mal que le tressaillement léger dont quelques demoiselles de comptoir et plusieurs marchandes trop nerveuses ne peuvent triompher, malgré l'habitude !... Pendant les cinq minutes qui précédaient l'explosion, une centaine de personnes entouraient le petit canon dressé sur son affût. La plupart des assistants tenaient leur montre en évidence; ceux qui n'en avaient pas regardaient les autres, et il y avait là un moment d'attente solennelle. Quelquefois même, on semblait douter de la puissance du canonnier... Le coup partait et aussitôt les uns avançaient ou retardaient leurs aiguilles, puis l'attroupement diminuait, plusieurs allaient bénévolement semer sur leur passage l'heure officielle, et le groupe eût été entièrement dispersé s'il ne fût resté là, autour de la grille du parterre, des badauds, les éternels badauds de Paris, venus pour voir de quelle manière s'y prenait le soleil pour mettre le feu à la poudre — et les retardataires qui, pendant un quart d'heure, se chargeaient de répéter à tout venant que le canon était parti. »

Ce croquis date de 1832 et, deux années après, il n'y avait plus de canon au Palais-Royal. On l'avait supprimé, comme on vient de le faire aujourd'hui, pour le restaurer ensuite, comme on le réinstallera peut-être plus tard. Pauvre humble canon qui jetait pacifiquement sa petite note grêle jusque dans les jours d'orages populaires et pendant les mois de bombardement où son éternuement répondait aux grondements des forts! Il manquera à bien des gens, et les provinciaux à leur premier voyage à Paris n'auront plus à contempler que la place où fut le canon illustre, disparu avec toutes les autres vieilles curiosités du Palais-Royal : le café des Aveugles, où le comédien Blondelet, aujourd'hui acteur aux Variétés, battait la caisse, habillé en zouave ou en sauvage; le théâtre Séraphin avec son *crieur* en carrick et l'ombre chinoise de la fée Carabosse apparaissant sur le transparent qui semblait si fantastique à nos yeux d'enfant — théâtre Séraphin transporté depuis au boulevard Montmartre, devenu théâtre de marionnettes et que dirigeait en dernier lieu — il y a quelques mois, — M. Simon Mayer, l'ancien directeur du théâtre de Passy, revenu de Nouméa, et auteur des *Souvenirs d'un déporté*.

Ce canon du Palais-Royal, un jour,— un jour extraordinaire, — un jour où, chose incroyable, extravagante, improbable, inattendue, il partit avec quinze minutes d'avance, à midi moins le quart, au lieu de midi, donna lieu à la plus amusante des chroniques d'Eugène Guinot, qui signait *Pierre Durand*, et avait rendu célèbre ce pseudonyme oublié, pis que cela, ignoré aujourd'hui. Ah ! les réputations de journalistes ! Les ailes de leur gloire sont des ailes de papillon ; un peu de vent et cela devient poussière.

Eugène Guinot avait donc, en ce temps où le public préférait la fantaisie aux réalités, les anecdotes plaisamment imaginées aux faits exacts, aux renseignements certains qu'il aime aujourd'hui — et qu'il a bien raison d'aimer — Guinot ou *Pierre Durand* avait tracé le fantaisiste tableau de la perturbation publique et privée, des troubles que cette avance d'un quart d'heure du canon du Palais-Royal avait produits dans la vie de Paris.

O désolation de la désolation ! Telle femme mariée, Juliette en puissance d'époux écoutant cependant avec douceur les soupirs d'un Roméo, avait été surprise par son mari au moment même où elle disait, non point :

Non, ce n'est pas le jour, ce n'est pas l'alouette....

«... c'était le rossignol ; toutes les nuits il chante sur ce grenadier, là-bas... »

Mais :

— Non, ce n'est pas midi ! nous avons encore un quart d'heure. Mon tyran règle sa montre sur le canon du Palais-Royal et le canon du Palais-Royal n'a pas encore tonné... ou toussé !...

Et le mari entrait un quart d'heure trot tôt, et Eugène Guinot prétendait que de pareilles scènes s'étaient produites — toujours par la faute de ce misérable canon, —

du soleil, trop brûlant ce jour-là, ou de l'amadou trop sensible — sur différents points de Paris. Et, au hasard, gaiement, il citait les initiales (c'était la mode en ce temps-là) : M. A..., Mme B..., M. C..., Mme D..., et chose extraordinaire que l'aventure même de ce satané petit canon en avance de quinze minutes, il se trouvait qu'en inventant une historiette, le chroniqueur avait deviné juste, et que, dans Paris, deux ou trois maris étant en effet arrivés trop tôt chez leur femme, trois provocations tombaient à la fois sur Eugène Guinot, un peu surpris.

— C'est moi qui suis Monsieur A. dont vous avez osé conter l'histoire !...

— Je suis Monsieur B. Qui vous a appris, monsieur, ce que vous n'avez pas eu la pudeur de garder pour vous ?

— Monsieur C., c'est moi !... Vous allez déclarer qu'il n'y a pas un mot de vrai dans ce qui m'est arrivé et que vous n'avez pas craint de rappeler à vos lecteurs !

Ce pauvre Guinot avait beau leur répondre : — Mais vraiment, je ne songeais pas plus à vous qu'au roi de Trébizonde ! *Pierre Durand* a tout simplement conté des histoires en l'air » ; il lui fallut déclarer que les mésaventures parisiennes causées par le canon du Palais-Royal étaient purement imaginaires, sous peine d'avoir sur les bras un alphabet complet, irrité, et — menaçants — tous les maris du Dictionnaire Bottin, depuis A jusqu'à Z.

On ne le reprit plus, dès lors, à forger de pareilles anecdotes, mais il se plaisait à raconter l'histoire de ce qu'il appelait une « explosion d'*initiales.* »

Faites, dans un roman ou sur la scène, un portrait satirique d'après un homme : il y a dix chances pour une que le modèle vivant ne se reconnaisse pas et rie tout le premier de ses ridicules Mettez quelque sottise sur le compte d'un personnage imaginaire : vingt fois sur cent des sots quelconques, en chair et en os, auront l'esprit de se croire visés et la bêtise de s'en fâcher.

Je disais tout à l'heure que la gloire des journalistes est faite de poussière, un feu de paille, comme celle des comédiens est une fumée de la rampe. Mais, à dire vrai, il en est de même de toutes les renommées. Tout s'oublie, tout s'efface. On a laissé partir, ces jours derniers, sans lui consacrer rien de plus que cinq ou six lignes dans la nécrologie — en passant bien vite à l'*actualité* — un homme dont la célébrité fut grande à son heure, Émile Thomas qui avait ajouté à son nom celui de son oncle Payen, l'illustre chimiste, et signait *Thomas Payen.* C'est Emile Thomas qui avait, en 1848, apporté à M. Marie, alors ministre des travaux publics, l'idée de ces ateliers nationaux dont le licenciement fut l'une des causes des journées de Juin. Emile Thomas a raconté tout cet épisode dans un livre qui fit tapage comme un pamphlet, il y a trente ans, l'*Histoire des Ateliers nationaux.* Emile Thomas, ingénieur et chimiste, avait demandé à M. Marie de mettre les ouvriers sans ouvrage, formés en compagnies et en escouades, sous le commandement d'élèves de cette École

Centrale qu'il connaissait bien et dont le très savant M. Ch. de Comberousse a écrit l'histoire.

C'est à Monceau, dans un manège aujourd'hui démoli, remplacé par des hôtels, que siégeait l'état-major de ces Ateliers, devenus, pour chaque membre du gouvernement et pour les amis du pouvoir, une sorte d'exutoire où l'on envoyait les solliciteurs. Emile Thomas raconte que David (d'Angers), qu'il n'avait pas l'honneur de connaître, lui écrivit, à lui seul, plus de sept cents lettres de recommandation.

Un jour, le gouvernement s'effraya de la puissance formidable des Ateliers nationaux. Il résolut de les dissoudre. C'était M. Trélat qui tenait alors le portefeuille des travaux publics. Emile Thomas dépendait de lui. Il fit venir Emile Thomas au ministère :

— Monsieur Thomas, dit-il, asseyez-vous là et écrivez votre démission.

— Dans quels termes, monsieur le ministre?

— Dans les termes que vous voudrez.

Emile Thomas rédigea sa démission.

— Maintenant, monsieur, ajouta le ministre, vous allez quitter Paris sur-le-champ. Vous irez remplir une mission à Bordeaux.

— Laquelle?

— Etudier le prolongement du canal des Landes et le prolongement de la Teste de Buch à Bayonne.

— Œuvre excellente, monsieur le ministre. Mais c'est un exil. D'ailleurs je suis chimiste et non pas ingénieur des ponts et chaussées, et...

— Peu importe. Il faut que vous partiez. Ce soir même.

A l'instant. Une voiture attelée vous attend dans la cour.

— Permettez-moi au moins d'aller prévenir ma mère !

— Impossible. Vous ne devez voir personne !

— Pas même ma mère !

Deux officiers de paix attendaient l'ex-directeur des Ateliers nationaux. La voiture partit, à onze heures du soir, au galop.

A Versailles, Emile Thomas put écrire au crayon une lettre à sa mère, en enveloppa une pièce de cinq francs, écrivit sur ce papier l'adresse : *A madame Thomas au parc Monceau*, et jeta par la portière la missive, qu'une marchande de légumes apportait le lendemain à son adresse.

Et la voiture galoppait toujours vers Bordeaux lorsqu'au Carbon-Blanc, le dernier relais qui précède Bordeaux, des gendarmes arrivent déclarer aux deux officiers de paix qui accompagnaient le prisonnier qu'ils étaient prisonniers eux-mêmes. Ordre de les garder à vue. On les soupçonnait d'être trop sympathiques à cet étrange déporté que le gouvernement, qui l'arrêtait à Paris, nommait ingénieur dans la Gironde.

L'autorité arrêtait l'autorité. Cela ressemblait par avance à quelque opérette, quoique le mot ne fût pas encore inventé.

L'affaire amena très grand bruit alors et l'*enlèvement* d'Emile Thomas faisait comparer M. Trélat par M. Emile de Girardin à « un baron du douzième siècle saisissant un vilain ».

Alexandre Dumas, qui rêvait les honneurs politiques racontait l'histoire dans la *France Nouvelle* et s'écriait :

— Changez la date, nous sommes au seizième siècle; changez le lieu de la scène, nous sommes à Venise !

Il ajoutait, riant de tout et de lui-même :

— Je n'ai jamais écrit de roman plus impossible !

Et de tout ce grand scandale d'un moment étouffé sous la canonnade de juin, il reste peu de choses dans la mémoire des hommes : un livre d'Emile Thomas, dont la première édition même n'est pas épuisée, et, sur le nom de cet homme, que vient d'emporter, à cinquante-huit ans, une ossification d'une artère du cerveau, l'ombre d'un souvenir tragique : les *Ateliers nationaux*, dont il ne fut pas responsable.

Alexandre Dumas a conté, quoiqu'il en ait dit, des romans plus amusants et plus improbables que ce chapitre oublié, ne fût-ce que l'histoire de ce cocher de cabriolet, Cantillon, *Cabriolet n° 221*, — le cabriolet, chose aussi disparue que le canon du Palais-Royal ! — qui lui taillait des *nouvelles* et des projets de romans tout en le conduisant à l'Arsenal, chez Charles Nodier, ou rue de Bondy, chez Taylor.

« Quand je pense à un drame qui me préoccupe, disait Dumas, quand je ne vais pas à une répétition qui m'ennuie, quand je ne reviens pas d'un spectacle qui m'a endormi, je cause avec les cochers de cabriolet et quelquefois je m'amuse autant en dix minutes que dure la course que je me suis ennuyé dans les quatre heures qu'a duré la soirée. »

Dumas appelait les souvenirs que lui laissaient ces causeries *des souvenirs à vingt-cinq sous*. C'était alors le prix de la course.

Quand on lui faisait observer que les cochers de fiacre valaient mieux que les cochers de cabriolet, et la preuve, c'est que les cabaretiers ne prenaient jamais qu'un cocher de fiacre et jamais de cocher de cabriolet pour enseigne, un fouet d'une main et une bourse de l'autre avec cet exergue : *Au cocher fidèle :*

— Bah ! répondait-il, je préfère les cochers de cabriolet. Cela tient peut-être à ce que j'ai rarement une bourse à laisser dans leur voiture !

Victor Hugo, qui prenait volontiers autrefois l'omnibus, et même l'impériale de l'omnibus, a eu son cocher, lui aussi, qui mérite bien de demeurer aussi célèbre que le Cantillon d'Alexandre Dumas.

Naguère, dans cette salle à manger de l'hôtel de l'avenue d'Eylau encore orné des armes royales de la princesse de Lusignan, la voisine et la propriétaire du grand poète, Victor Hugo présentait à ses invités un petit homme d'une quarantaine d'années, râblé, modeste, bien vêtu, d'une tenue très correcte, et disait, avec cette courtoisie de geste et de manières qui lui est particulière :

— J'ai l'honneur de vous présenter M. Charles More, qui m'a conduit au théâtre de la Gaîté le jour du Centenaire de Voltaire et qui n'a rien voulu accepter de moi !

Au moment, en effet, où le poète, descendant de voiture, devant le théâtre, tendait le prix de la course au cocher, le cocher lui avait répondu :

— Non, monsieur Victor Hugo, je ne prendrai pas

votre argent. Il me suffit d'avoir eu l'honneur de vous conduire !

Victor Hugo insistait, le cocher persistait et, à la fin, le poète forçait le cocher à emporter les vingt francs qu'il lui tendait.

Fouettant aussitôt ses chevaux, le cocher s'en allait tout droit aux bureaux du *Rappel* et versait à la souscription ouverte pour les détenus politiques les vingt francs, qui figuraient, le lendemain même, dans la liste : *Charles More, cocher, prix d'une course payée par M. Victor Hugo : 20 francs.*

Le temps passait. De temps à autre, lorsque Victor Hugo sortait de son hôtel pour se rendre au Sénat, il apercevait, stationnant près du trottoir de l'avenue d'Eylau, un cocher qui fouettait son cheval pour se rapprocher et sautait à terre pour ouvrir la portière plus vite. C'était le cocher du Centenaire de Voltaire. J'aime à croire qu'il acceptait maintenant le prix des voyages au Luxembourg. Son admiration, au bout du compte, eût coûté trop cher au brave homme. Mais de pourboire, il n'était pas question. Le pourboire, encore une fois, c'était l'honneur.

Victor Hugo, ne sachant trop à la fin comment s'acquitter envers M. More, l'invita tout simplement à dîner, et le cocher devint pâle de joie. Il entrait, à l'heure dite, dans le salon de Victor Hugo, s'asseyait à côté des amis du logis et, vraiment, donnait, devant le poète, l'exemple de la tenue la plus parfaite. Il écoutait, se mêlait peu aux conversations, ne disait que quelques mots tout simples, mais très justes.

Au dessert, il remercia Victor Hugo.

— Ma foi, messieurs, dit-il avec la bonhomie d'un homme du peuple un peu ému de se voir entouré de lettrés, j'emporterai de cette soirée un souvenir qui ne s'effacera pas, mais je sais parfaitement bien que ma place n'est pas ici. Je ne suis qu'un brave homme qui vit pauvrement, mais en travaillant de mon mieux. J'ai une bonne femme et une jolie petite fille : je les adore l'une et l'autre. Quand je rentre dîner, la ménagère trempe la soupe aux choux et la petite me tend ses bonnes joues qui me font du bien à embrasser. Je pense à elles pendant mes courses, et quand je n'ai rien à faire, assis là-haut sur mon siège, eh bien, ma foi, moi aussi, je m'amuse à faire des vers.

Cela se gâtait. Le « *moi aussi* » était terrible.

— Seulement, ajouta modestement le cocher, je sais qu'ils ne doivent pas être bien bons, mes vers, et je ne consentirais à les montrer et à les publier que si M. Victor Hugo voulait bien me les corriger !

Il y eut un froid, un silence tout naturel.

Victor Hugo ne répliquait point, lorsque quelqu'un, répondant rapidement à la proposition, dit avec esprit au cocher :

— Voulez-vous un avis, monsieur? En littérature, les grands sont les grands et les petits sont les petits. Restons chacun ce que nous sommes. Nous perdrions peut-être notre humble originalité à vouloir changer.

Victor Hugo sourit. Le cocher comprit, déplia un papier tiré de sa poche, récita une pièce de vers « à l'auteur des *Châtiments* », qu'il plaça tour à tour sur le

Thabor et sur le Golgotha, et, comme le grand poète demandait à ses convives, avec ce bon sourire fin qui relève sa moustache et sa barbe blanche :

— Eh bien! que dites-vous de mon cocher, qui fait des odes?

— Ma foi, cher maître, je ne m'en étonne pas trop, répondit Charles Edmond, présent à la fête. Après tout, qu'était-ce qu'Apollon, dieu des vers, si ce n'est un cocher, comme votre hôte?

M. More pourrait en effet appeler « *mes collègues* » le cocher du Soleil et le poète des *Feuilles d'Automne*. Mais le brave homme n'y songe guère. Il a repris son fouet et poursuit ses rimes, tout en promenant ses clients à travers Paris.

A bien chercher, parmi ces *automédons*, comme disait M. de Jouy, on rencontrerait des gens capables non seulement d'aligner des vers français, mais de scander des vers latins. Toutes les professions sont représentées parmi les cochers de fiacre; tous les décavés, les enfoncés, les ratés y figurent; on a compté qu'il y avait sept prêtres défroqués dans le nombre et un ancien gentleman rider, complètement ruiné, profondément alcoolique, dont je ne citerai ni le nom, ni l'initiale, comme l'eût fait Guinot, et qui vit là, sur son siège, revoyant, tout en contemplant la croupe de son cheval, les pelouses de Chantilly, au temps de sa splendeur de grand parieur et de coureur. Et cette manie de la gageure et du jeu le tient si fort qu'on l'a entendu, plus d'une fois, dire à des clients étonnés :

— Je vous parie cinq francs que je vous mène à la Bourse — où à l'Opéra — en sept minutes?

Ou :

— Voulez-vous que je dépasse ce cocher de maître qui galope là-bas? Je mets 10 francs sur mon cheval!

Pauvre diable! Il me fait songer à cet excentrique dont parle en ses *Essais* l'Américain Mark Twain, un humoriste bizarre, dont l'étrangeté stupéfie et qu'on devrait traduire et *importer* plutôt que les *questions* et le *taquin*. L'original, l'extravagant, dont parle Mark Twain, est également un sportman qui a passé sa vie à parier sur tout. Il parie sur les chevaux, se ruine, descend d'un degré et parie sur les chiens. Il y perd de l'argent, s'enfonce, parie sur les lutteurs, sur les acrobates, sur les coqs de combat, sur les rats de gouttière. Il parie toujours; toujours il perd et toujours il s'acharne à son jeu, comme le buveur d'absinthe à sa liqueur verte, ou l'affolé de morphine à ses injections calmantes. A la fin, de chute en chute et de bohème en bohème, l'éternel parieur parie sur une grenouille. N'ayant plus de chevaux, plus de *pointers*, plus de coqs, plus rien, il a dressé une grenouille à faire des sauts, et allant de cabaret en cabaret, de débit de brandy en public-house, il avise des buveurs de whisky et leur dit :

— Je parie que vous ne trouverez pas, dans toute l'Union, une grenouille qui saute aussi haut que celle-ci. Je vais aller en pêcher deux ou trois dans l'étang voisin. Vous verrez!

On parie. Il gagne. Il a des jouissances effrénées à palper de la monnaie de cuivre après avoir gaspillé des dollars.

Un jour, tandis qu'il est occupé à chercher, dans un étang, une rivale à sa grenouille si bien *entraînée*, un chasseur, avisant la rainette, se dit : « Nous verrons bien si tu vas sauter, toi, » et lui verse dans le gosier tout le contenu de sa corne à plomb. La malheureuse grenouille est là, gonflée de grains de plomb, comme la grenouille de la fable. Au signal du maître, elle essaie de bondir, remue à peine et reste là étouffée, roulant ses gros yeux.

— Vous avez perdu, mon bon ! répond le chasseur au parieur éternel qui, cette fois, retombant de trop haut, ayant touché le fond des déceptions humaines, va se jeter dans l'étang voisin avec sa pauvre grenouille ballonnée !

Et peut-être ce singulier Mark Twain a-t-il étudié sur le vif ce fou, beaucoup plus amusant qu'un sot, et le cocher à particule, Don César du fiacre à l'heure, qui offre un dernier *pari* à ses clients, deviendrait un type extraordinaire sous la plume de Mark Twain !

Peut-être, dans quelques années, les derniers aligneurs de vers latins, les suprêmes arrangeurs de dactyles et de spondées se rencontreront-ils parmi les cochers érudits ! C'en est fait du vers latin, c'en est fait du *fort en thème*, c'en est fait des lauréats du discours macaronique qui, après avoir remporté, au Concours général, des couronnes de papier vert, pouvaient finir, avec tout leur bagage d'antiquité — que j'écrirais volontiers au pluriel — comme ce Léonidas Requin dont parle Eugène Sue et qui, aussi étonnant que le parieur de Mark Twain, faisait le phoque savant au fond d'une baignoire et, ancien prix d'honneur de la Sorbonne, ne se contentait pas de dire *papa*, comme les autres phoques vulgaires, mais parlait au besoin latin, le pur latin de Cicéron, aux bourgeois stupéfaits de Brives et de Pithiviers !

Que de souvenirs d'autrefois s'envolent avec le vers latin ! Il semble qu'une éducation plus virile et plus vivante se substitue à ces exercices d'une inutilité écrasante, et je ne vois pas que les élèves d'Oxford, qui représentaient, il y a dix jours, une tragédie d'Eschyle en grec, sur un théâtre spécial — ou les disciples du séminaire d'Orléans qui jouaient jadis — dans le texte — Sophocle (d'ailleurs expurgé) devant l'évêque Dupanloup soient mieux armés pour la lutte moderne, pour ce combat quotidien de la vie actuelle, qu'un homme jeune qui, laissant le vers latin aux pédagogues, la vieille scolastique aux *escholiers* du temps de Rabelais, entre dans le monde en sachant non pas ce que savaient Cicéron, Aristote, — ou, plus près de nous, les grands érudits du seizième siècle, — mais ce que savent, de nos jours, les Claude Bernard, les Robin, les J. Bertrand, les Berthelot.

Adieu donc au vers latin et au discours latin ! Un jour que ce grand latiniste de Louis XVIII disait gaiement à un maréchal de l'empire : « *Macte animo, generose puer !...* » le guerrier, peu lettré, fit la grimace :

— *Marchez, animaux ! Marchez, animaux !...* Napoléon était bien brusque, Sire, répondit-il, mais il ne nous appelait jamais *animaux !*

Louis XVIII se mit à rire — puis, au bout d'un moment :

— Au fait, dit-il, vous avez raison, maréchal. Il n'y a que les pédants qui se servent de citations et l'on ne doit parler que français à ceux qui servent bien la nation française !

Le royal traducteur d'Horace ne se doutait point qu'il prononçait là, par avance, l'oraison funèbre de feu Son Ennui le vers latin.

XVII

L'esprit parisien. — Henri Meilhac et Ludovic Halévy — Halévy et M. de Persigny aux Halles. — *Les Petites Cardinal.*

Parsi, 10 juillet.

Je sais des gens qui ont besoin qu'on leur définisse ce qu'en littérature on entend par le mot *parisien*. Autant vaudrait chercher à définir le *charme*. Ce qui est *parisien* est indéfinissable. C'est un esprit spécial, une ironie particulière, une grâce singulière et originale. La littérature purement parisienne tient parfois de l'*article de Paris*, du bimbelotier et de la modiste, mais plus souvent elle a un je ne sais quoi d'irrésistible, de piquant et de parfait. Les « Dames de la Halle » athéniennes reconnaissaient à un simple accent si le lettré qui leur marchandait leurs choux était de l'Attique. On reconnaît à quelque chose qui se sent plus qu'il ne s'explique que tel ou tel trait d'esprit est « parisien » ou ne l'est pas. On peut avoir beaucoup d'esprit et n'avoir pas l'esprit parisien. Ce Gascon de Montaigne a du bon esprit français, de l'esprit éternel, et Rivarol, qui était Méridional, a de l'esprit parisien.

L'esprit parisien a un arome particulier, l'odeur de cette liqueur spéciale, très grisante, aussi capiteuse que l'absinthe, et que Nestor Roqueplan — qui en distillait, en buvait et en servait aux autres — appelait la *parisine.* Et qui a plus de *parisine* dans son encre que ces cousins de Marivaux et de Gavarni qui se nomment Henri Meilhac et Ludovic Halévy? Ils ont, en de petits *cuadros*, comme disait André Chénier, enfermé des scènes contemporaines d'une intensité de vérité vraiment étonnante et d'une profondeur qui ne vise pas à la solennité. Le jour où l'on réunira leur Théâtre complet, on sera tout étonné de la quantité de personnages toujours vivants et de choses *vécues* qui s'agitent dans leur microcosme. Ils n'écrivent guère l'un sans l'autre, se complétant l'un par l'autre. Pourtant M. Ludovic Halévy, observateur curieux, collectionneur de documents imprimés ou *écoutés*, et grand preneur de notes, a publié, à part lui, deux volumes, dont l'un, donné au *Temps*, l'*Invasion*, a toute la virilité sobre d'un Mérimée, et l'autre, *Monsieur et madame Cardinal*, d'un tour plus leste, plus mondain et plus ironique, est de la bonne comédie contée.

Qui a oublié ce solennel M. Cardinal, toujours en querelles politiques avec le protecteur de sa fille, ce diable de marquis florentin, suspect de cléricalisme, et l'excellente Mme Cardinal, directrice prodigieuse de deux filles qui ne demandent qu'à mal faire? Ce sont là des types, vraiment. Ludovic Halévy les a réellement coudoyés, pris sur le vif. Il a si longtemps vécu dans ces coins, recoins et couloirs du vieil Opéra de la rue Le Peletier! Tout enfant, il y trottinait sur les talons de son oncle, l'auteur de la *Juive*. Plus tard, il put étudier, surprendre, deviner bien des secrets — et de tous les genres, moraux (le mot est ici bizarre), sociaux, politiques! Oui, politiques. La politique officielle a toujours une porte qui s'ouvre sur l'Opéra. La fameuse *clef de la situation*, que détiennent tour à tour les puissances, tourne aussi dans la serrure du foyer de la danse.

Sait-on comment M. Ludovic Halévy fit la connaissance de M. de Persigny? — Aux Halles, dans une arrière-boutique, chez la mère d'une petite danseuse qui faisait mitonner son *roux* sur un fourneau minuscule. Il y avait là une jolie fille — la joie des lorgnettes — et, à côté d'elle, un monsieur, à l'air très grave, qui regardait la maman activer sa cuisine. Cette mère excellente se retourna vers le monsieur et dit : — Monsieur le ministre, je vous présente un de nos amis, M. Halévy!

Et au jeune homme, avec un ton que le futur auteur dramatique devait prêter à Mme Cardinal : — Son Excellence monsieur de Persigny, ministre de l'intérieur!

On n'oublie pas ces impressions premières, surtout quand on est, je l'ai dit, assembleur de curiosités, d'anecdotes, de traits et de renseignements humains. Un beau jour, tout naturellement, sans penser qu'il allait créer des types, Halévy se mit à raconter l'histoire du père et de la mère de la danseuse, et il se trouva que ce M. et cette Mme Cardinal firent leur chemin très vite parmi les amateurs d'études parisiennes. Les lettrés goûtèrent la saveur du récit, le grand public se prit à la drôlerie des historiettes. Ce mot : l'*Opéra*, a un si vif prestige! Et le lieu, le *temple*, est si plein de contrastes! On me racontait, l'autre jour, qu'il y a là, parmi les choryphées de la danse, un brave garçon qui *mime les bergers* le soir venu et qui, le jour, est sculpteur de monuments funèbres. Il cisèle des croix de pierre le matin, et, le soir, sourit en se dandinant, tandis que les choristes de *Guillaume Tell* chantent :

Toi que l'oiseau ne suivrait pas
Ah! ah! ah! ah! ah! ah! ah!

Et le plus piquant, c'est que son second métier lui sert à *faire aller* le premier. Dès qu'il y a un deuil dans les chœurs ou le personnel de l'Opéra, le *danseur marbrier* sollicite la fourniture :

— Je vous donnerai ça à meilleur marché... : — en camarade!

Il *place* des tombeaux dans les coulisses, et quand il a débattu le prix d'un monument funéraire, pst! il s'élance sur le praticable et fait ses beaux bras de danseur bête. Le joli portrait à enlever, de verve, pour un Ludovic Halévy!

Mais M. et Mme Cardinal sont bien suffisants. Qu'ils sont vivants et étonnants, ces deux personnages! Halévy, qui les a jetés dans le monde, donne aujourd'hui une *suite* à leur histoire. Ce livre est plus malicieux qu'il n'est gros. Ludovic Halévy m'en a déjà lu ou conté presque tous les chapitres (il y en a six) pendant qu'il les écrivait, en ces temps derniers. Il se pourrait bien que ces croquis de mœurs fussent regardés comme des morceaux de polémique, puisqu'en ces temps-ci la politique se glisse partout. Ce qui est bien certain, c'est que M. Halévy, s'il s'est amusé à montrer les ridicules de M. Cardinal, homme intransigeant, n'a point voulu, mais pas du tout, faire œuvre antirépublicaine. Il faut bien, je pense, compter avec les railleurs. L'auteur comique n'en est plus à gouailler seulement les *petits marquis*, et le politicien de village, le *beau parleur* de campagne, lui appartient aussi, surtout lorsqu'en villégiature le satirique le coudoie, l'écoute, le fait causer et *poser*, en portraitiste et en Parisien qu'il est.

Le livre s'appelle : *les Petites Cardinal*. La mode est toujours à ces mots : *petit* et *petites*. Le *Petit Duc*, la *Petite Marquise*, les *Petits Abraham*, les *Petites Cardinal*. Elles sont deux, ces demoiselles Cardinal, anciennes danseuses. L'une, Virginie, a épousé un marquis italien, et vit en grande dame à Florence. L'autre, Pauline, a épousé « Monsieur tout le monde », comme dirait le Vireloque de Gavarni, et vit à Paris, en petite dame, somptueusement. Cela flatte l'amour-propre de Mme Cardinal ; mais M. Cardinal, homme sévère, préfère sa fille *qui a bien tourné*.

M. Cardinal a des ambitions politiques. A Ribeaumont, près Saint-Germain, il tient un bureau de consultations électorales « *arrondissementales*, municipales et autres ». Il réclame une « religion purement laïque et une armée purement civile ». C'est son programme. La *question des allumettes* le préoccupe aussi beaucoup :

— Ils le font exprès, dit-il, de fabriquer de mauvaises allumettes pour déconsidérer la République.

Elle a beaucoup d'importance dans les campagnes.

cette question des allumettes. Un bonapartiste d'un village voisin disait ironiquement à M. Cardinal: « Votre République, elle ne sait seulement pas faire des allumettes... ! » M. Cardinal lui a répondu : « Ce ne sont pas les allumettes de ma République, ce sont les allumettes de M. Mac-Mahon. » Il a constamment de ces reparties-là qui lui viennent « comme ça » du premier coup, sans qu'il les cherche, sans qu'il y pense.

Le début de la conférence de M. Cardinal sur le *Dieu Voltaire* (car M. Cardinal est conférencier !) est bien joli. M. Cardinal n'oublie pas que M. Arsène Houssaye a écrit le *Roi Voltaire :*

« Un écrivain frivole, bien que profond, dit-il, a appelé Voltaire le *roi Voltaire*... Le mot *roi* est un outrage. Je ne le jetterai pas au visage de Voltaire... Je l'appellerai le *Dieu Voltaire*, tout en m'excusant d'employer cette expression à cause des superstitions qui s'y rattachent; mais c'est un moyen de le purifier que l'appliquer à Voltaire. »

Je ne sais si je me trompe, mais il est difficile de se fâcher lorsque les moqueries ont tant d'esprit et touchent si juste. Halévy n'insiste pas, en effet, ne pèse point. Il ne mord point, ni n'égratigne même pas : il sourit. Le sourire lui suffit. D'ailleurs, s'il raille M. Cardinal jouant aux cartes et disant : *Quatre-vingts de machins*, pour ne pas dire : *Quatre-vingts de rois*, il raillera tout aussi bien ce fils de souverain, héritier de la couronne, se traînant dans le boudoir de Pauline Cardinal et lui laissant dire, jouant de même : *J'ai quarante de papas !*

Non, vraiment, il est bien amusant ce Prudhomme du vice ne parlant que de la vertu et disant en apprenant que sa fille, la marquise, est enlevée par un ténor italien :

— J'avais deux filles : l'une qui avait bien tourné, l'autre qui avait mal tourné, et voilà que celle qui avait bien tourné se met à mal tourner comme sa sœur !

Comme on reconnaît là l'auteur comique dont la phrase et le mot *passent la rampe !*

Et quoi de plus spirituel que Pauline Cardinal expliquant à sa mère comment sa femme de chambre écrit toutes les lettres pour elle :

— Oui ! Hermance signe de mon nom. Ils croient tous que ce sont des lettres de moi. Elle écrit bien mieux que moi, Hermance : elle a été institutrice dans une grande maison : elle ne fait jamais une faute d'orthographe... Tandis que moi !... C'est un peu de ta faute, maman... Tu étais bien plus occupée de m'apprendre la danse que l'orthographe...

— C'est que cela me paraissait plus utile et j'avais bien raison, répond Mme Cardinal. *Serais-tu ce que tu es sans la danse? Et l'orthographe, vois un peu où ça mène, l'orthographe... à être ta femme de chambre !*

C'est cette même Mme Cardinal qui dit en parlant de son autre fille :

— Un ténor italien !... Etre marquise, prendre un amant *et ne pas même le prendre dans son monde !*

Ah ! le joli volume et qu'il a de l'esprit ! Il restera comme la peinture d'un coin de société. « Dans les lettres, disait d'Argenson, j'aime la peinture des mœurs, comme dans les estampes celle des modes. » On va beaucoup lire, je le répète, l'histoire de ce M. Cardinal qui demande *une place à tous* les gouvernements, une place d'*inspecteur général de l'esprit des populations rurales*. Encore une fois, je ne crois pas qu'il soit possible de s'en irriter. On ne se fâche point contre l'esprit, et les partis doivent avoir le courage de rire de leurs verrues. C'est peut-être le moyen de s'en débarrasser. Mais hélas! les verrues repoussent si vite!

Ce qui est fort agréable aussi, dans ce livre de demain, c'est que tout y est dit avec une légèreté d'accent qui devient rare. On *appuie* trop aujourd'hui. Les gauloiseries sont servies au sel de cuisine et se font gravelures. Les plaisants du moment ont la main lourde. Il va sembler à ceux qui liront les *Petites Cardinal* qu'ils conversent avec Rivarol, l'auteur de ce mot sur le style, applicable, également, aux récits de genre et aux romans :

« La langue est un instrument dont il ne faut pas faire crier les ressorts. »

XVIII

La fête des drapeaux. — Histoire du commandant. — *Il était un petit navire.* — Histoire d'un terroriste. — Le soldat de Corbeil et le vieillard de Nantes. — Les chansons du drapeau. — Refrains populaires. — Un poème de M. Blémont. — Le vieux Kœchlin. — La chanson de 1880. — Les fleurs de l'été. — Les étrangers *parisianisés.* — Exposition du cercle de la librairie. — Les vieux livres. — Illuminations. — Il faut qu'une fenêtre soit ouverte ou fermée. — La politique des fenêtres. — Autrefois. — Aujourd'hui. — M. Paul Broca. — Le chanteur Gueymard. — Le larynx et le cerveau.

Paris, 13 juillet.

La fête des drapeaux !

Veut-on savoir ce que c'est que ces trois couleurs françaises qu'on voit partout à l'heure qu'il est sur les boulevards et dans les faubourgs, et sous toutes les formes : cocardes tricolores, cravates tricolores, ombrelles tricolores, gants tricolores, Dieu me pardonne ! Il faut avoir vu le drapeau bleu, blanc et rouge glisser de sa hampe, comme un pavillon qu'on *amène*, pareil à une aile brisée d'oiseau qui tombe; il faut, après le clapotement joyeux de ce drapeau de la patrie, avoir subi l'ombre du drapeau étranger pour savoir tout ce qui tient de consolation et de joie, d'espoirs sacrés, de souvenirs émus dans les plis de cet étendard. Comme toutes les choses de ce monde, en un mot, il faut avoir perdu le droit d'arborer son drapeau pour le regretter — avec des larmes.

Il était une fois, dans une petite ville des environs de Paris, à Corbeil, un vieux soldat, ancien commandant, portant à la boutonnière la rosette rouge, soldat d'Afrique et de Crimée, dont les longs *moukhalas* des Kabyles avaient souvent brûlé la peau, là-bas, dans les lentisques, et qui avait laissé un peu de sa chair dans cet espace de quelques centaines de mètres carrés où dix mille morts s'entassèrent autour de l'écroulement de Malakoff. Il s'était retiré à Corbeil, vivant là de sa pension, allant, en traînant le pied, voir, appuyé sur sa canne, les blés onduler et mûrir, les seigles devenir jaunes et les choux pousser dans la campagne.

Le soir, il allait faire quelque partie d'écarté chez des amis, ou, tout seul à sa fenêtre, il fumait sa pipe, en revoyant, dans la fumée, les burnous bruns des réguliers d'Abd-el-Kader ou les capotes grises des grenadiers russes. Devant lui flottait, sur la façade de la mairie, un drapeau tricolore qui, le vent tombé, laissait aller ses plis et s'endormait, au repos, comme le vieux soldat. Repos bien gagné, pour le commandant, crépuscule tranquille et doux après tant d'orages et de canonnades grondantes comme des tonnerres. Il espérait bien finir là, doucement, en vieil invalide qu'il était, impotent, les doigts tordus par la goutte, ne pouvant plus manier l'épée, pouvant à peine tenir ses cartes.

L'invasion vint. Le commandant en ressentit un étonnement colère, une stupéfaction qui l'étourdit comme un coup sur la tête. Il déclarait que ce n'était pas possible! Wissembourg, Frœschviller, Gravelotte! Des combats d'avant-garde! On était repoussé; mais on verrait bien quand le *pioupiou* s'en mêlerait! Et, un soir, sur le pavé de Corbeil, des cavaliers arrivèrent, lance au poing, caracolant dans les rues, — et ce n'étaient pas des lanciers français! Ils précédaient de noirs bataillons, au pas lourd, qui passaient, passaient, passaient à travers Corbeil, comme un torrent sombre, et qui s'en allaient vers Paris, dont on entendait, dans la nuit, le canon gronder...

Le vieux commandant croyait faire un rêve. Ces masses noires, compactes et disciplinées, lui semblaient quelque chose comme des fantômes, une de ces visions qui durent trop, dans les cauchemars chargés d'angoisses. Mais il ouvrait sa fenêtre, cette fenêtre qui donnait sur la mairie, et il avait beau se frotter les yeux ou jurer, ou frapper du pied, il ne voyait plus le drapeau tricolore d'autrefois. Il n'y avait plus de drapeau français flottant sur sa petite ville. L'humble chef-lieu d'arrondissement avait amené son pavillon puisque les citadelles commençaient!

Alors, le soldat d'Afrique, l'invalide de Crimée eut la tentation d'en finir, de se jeter dans l'Essonne ou dans la Seine, de disparaître avec ce *chiffon* qui n'était plus là, qu'on avait arraché, déchiré ou volé. Il ne pouvait plus vivre sans ces trois couleurs disparues. Ses yeux en avaient besoin. Il se sentait devenir fou à cette idée que, dans tout Corbeil, il n'y avait plus une cocarde, plus un étendard qui eût le droit de se dire tricolore en face de l'aigle noir d'Allemagne. L'idée fixe, l'idée qui dessèche le cerveau, qui fait les grands hommes ou les aliénés, presse la cervelle humaine comme une éponge pour en faire couler le génie ou la démence, l'idée fixe s'emparait de ce vieillard à moustaches blanches qui avait soif des couleurs d'autrefois, des trois couleurs de la *patrie !*

Il rencontrait parfois, jadis, sur la promenade plantée d'arbres ou sur le Vieux-Marché, un enfant, un gamin, qui l'avait pris en affection, le saluait par son titre officiel : « Bonjour, commandant ! » et à qui, en manière de causerie, il apprenait la manœuvre avec un bâton, ou, du bout de sa canne, la topographie militaire, sur le sable ou la terre des allées :

— Tu vois, gamin, ça s'appelle une parallèle... Voilà comment on ouvre une tranchée... Regarde la manière de placer une batterie...

Et l'enfant écoutait, écoutait, ouvrant ses grands yeux, redressant sa petite taille.

Depuis l'occupation allemande, le commandant ne l'avait pas rencontré, son petit ami, soldat en herbe, maréchal de l'avenir !

Il sortait peu, d'ailleurs, le commandant. Enfermé chez lui comme un loup, il enfonçait sur ses oreilles velues sa calotte de velours pour n'entendre pas les gros talons des patrouilles ennemies battant le pavé ! Il rognonnait et maugréait tout seul, cuvant sa bile, ne voulant pas voir les soldats étrangers qui manœuvraient là, si près de lui, et si bien, — les mâtins! — trop bien, hélas! Un jour pourtant il se promenait, frôlant les murs comme un honteux, ne regardant que le trottoir pour ne rien voir, rien, rien, pas un de ces uniformes bleu sombre, bleu de ciel, blancs ou rouges, lorsqu'il s'entendit appeler par une voix d'enfant :

— Commandant!

Il releva la tête.

— Mon commandant!

Il regarda derrière lui. Son visage tanné essaya de sourire.

— Ah! c'est toi, gamin!

C'était le petit, le compagnon des bonnes heures d'autrefois, l'apprenti soldat, le troupier de cinq ans, qui se dressait sur ses talons, voulait hausser sa bouche rose jusqu'aux oreilles hérissées de poils du commandant, et, la tête blanche s'inclinant vers la tête blonde, le vieil officier entendit le garçonnet qui lui disait :

— Ils ne les ont pas tous pris, les drapeaux tricolores! pas tous, commandant : — j'en ai un!

— Qu'est-ce que tu dis? balbutia le vieillard, devenu tout blême, ses yeux noirs enfoncés dans les beaux yeux limpides de l'enfant, sérieux et pâle, lui aussi!

— Venez chez papa, commandant!... Il y en a un!...

Et l'enfant entraînait le soldat, qui, malgré ses rhumatismes, essayait de prendre le pas accéléré, — et s'essoufflait, le pauvre homme, — et le faisait entrer dans un humble logis de menuisier, de menuisier à l'aise, où, sur une armoire, tout poudreux, mais avec son pavillon aux trois couleurs, rayonnant encore sous la poussière bientôt essuyée, un petit bateau rapporté du

Havre, autrefois, par le père à son fils, au lendemain d'un train de plaisir, — était là, arborant toujours, malgré les Prussiens, son petit drapeau tricolore!

Les deux lèvres fiévreuses du vieux se posèrent sur les joues de l'enfant et, frémissant, le gamin disait :

— Vous viendrez le voir, commandant, n'est-ce pas? Tous les jours! tous les jours!

Et, pendant les longs mois du sombre hiver, par la neige, par la bise, lorsque les rafales de la nuit apportaient jusqu'à la ville occupée le grondement des canons des forts, les crachats du bombardement — dans le logis de l'artisan, sous la lampe, — le commandant plaçait là, devant lui, le petit batelet de l'enfant, et il rêvait, rêvait, songeait, se souvenait, espérait devant ce jouet dont la lumière éclairait le pavillon, ce pavillon moins grand que la main, mais bleu, blanc, rouge — tricolore! — et qui flottait toujours, et qui rayonnait sous cette lampe, et que les Allemands n'avaient pas vu, et que l'enfant n'avait pas *amené!*

Consolation puérile, si l'on veut, consolation touchante, profondément humaine, poignante et vraie. Il ne faut pas grand'chose aux malheureux pour se raccrocher à l'espoir. Et le vieillard voyait sans doute dans ce bateau d'enfant — *qui va sur l'eau* — l'image de cet autre vaisseau roulé par la lame et qui restait pourtant fidèle à sa devise, dans l'année terrible : *Fluctuat nec mergitur!*

La fête des drapeaux!

Ceux-là qui sont sevrés de cet emblème vivant et

parlant du pays, ceux-là à qui on l'a pris, brisé et broyé dans la tourmente, savent ce qu'ils valent, ces chers lambeaux d'étoffe — haillons qui sont à une armée ce qu'est à l'homme l'honneur, ce qu'est la virginité à la femme!

Ce n'est plus à Corbeil, c'est à Nantes. Ce n'est plus à la veille de 1870, c'est à la veille de 1830. Un autre vieillard vivait, loin de la ville, comme une bête fauve dans sa tanière, sourd au bruit du monde, volontairement enfermé dans sa solitude sauvage : une maisonnette aux murs de torchis, une cabane, presque une étable. Il n'en sortait qu'une fois, le dimanche, et, chose étrange, lui qu'on appelait un terroriste, il en sortait pour aller à la messe, toujours propre, dans un vieil habit bleu, bien épluché et bien brossé, qui datait peut-être de la Fête de l'Être Suprême.

Et quand il passait, le menton rasé, maigre, le profil volontaire, de longs cheveux blancs tombant en boucles sur son collet bleu, les bonnes femmes s'écartaient, se signaient presque. Il y avait des enfants qui le suivaient en criant, avec des huées. Quelquefois on lui jetait des pierres. On se disait :

— C'est le vieux!... le vieux qui présidait le tribunal révolutionnaire!

Il semblait qu'il y eût sur son habit bleu des taches rouges devenues noires, des taches de sang.

Lui marchait lentement par les chemins, entrait à Nantes, traversait les rues, et, sans paraître s'apercevoir qu'on s'éloignait de lui, poussait la porte d'une église.

Si quelqu'un allait lui tendre l'eau bénite, en le voyant celui-là laissait tomber le goupillon.

Le vieillard continuait sa marche, ne prenait point d'eau bénite, ne faisait point le signe de la croix, n'avait pas de livre de messe et s'en allait, debout, le front contre un pilier de pierre, prier on ne savait qui...

La messe finie, il sortait de même, sans dire un mot, sans voir personne. Depuis trente ans peut-être nul n'avait entendu le son de sa voix.

Il ne faisait pas un signe, pas un geste, ne saluait aucun être vivant, ne tressaillait pas quand il entendait — car il devait entendre — les souvenirs tragiques d'autrefois évoqués devant lui, jetés à sa face comme des insultes ou des menaces et qui le laissaient impassible On remarquait seulement que, lorsqu'il passait devant la préfecture où flottait le drapeau blanc, il relevait brusquement le grand collet de son habit et marchait très vite, comme s'il n'avait pas voulu voir...

Et puis il remontait là-haut, dans son refuge, — sanglier retournant à sa bauge. Une fois, le jour de la Saint-Louis, fête du roi, on avait voulu le brûler vif, là-dedans, tandis qu'il dormait.

Un prêtre avait dit :

— Laissez-le vivre! c'est son châtiment!

Il rentrait donc et s'enfermait, vivant on ne savait de quoi, on ne savait comment, écrivaillant, son nez mince fourré dans des bouquins écornés...

On vous dira son nom à Nantes.

Un dimanche, un dimanche de juillet, par un beau

soleil, le vieux s'achemina selon sa coutume vers la ville, marchant lentement, plus lentement chaque semaine. Il traversa les champs, entra dans Nantes, prit machinalement le chemin de l'Eglise et passa devant la préfecture.

Devant là préfecture, il y avait un rassemblement. Des groupes parlaient. Des mains se tendaient vers la façade du monument, à l'endroit où flottait d'habitude le drapeau blanc avec ses fleurs de lys.

Machinalement, tout en relevant d'instinct son grand collet d'habit, le vieux regarda.

Il regarda ce que les autres regardaient et, tout d'un coup, là, subitement, il devint livide...

On le vit braquer ses yeux tout grands, tout blancs, effarés, sur le drapeau qui flottait là, — un nouveau drapeau, un drapeau tricolore, un drapeau venu de Paris par la diligence, avec la nouvelle des Ordonnances et de la protestation des journalistes et de la bataille des trois jours. — On le vit essayer de faire un pas, difficilement, automatiquement; — on l'entendit ouvrir la bouche, jeter un cri qui resta dans sa gorge : *Vive la Fr...*

Et, d'un bloc, la face en avant, il tomba raide sur le pavé, foudroyé...

On l'enterra, le surlendemain — quelques-uns disent dans un linceul tricolore. Derrière son convoi marchait un notaire de Nantes, Favreau, légitimiste et devenu depuis député de la Seine-Inférieure, un des seuls hommes à qui le vieux loup, le *scélérat*, comme on l'appelait, eût jamais peut-être conté son histoire, et qui disait de lui :

— Que voulez-vous ! il est mort comme il a vécu :

dévot et patriote à sa manière, amoureux de son pays et fou du drapeau tricolore !

Ce sont de belles folies, celles-là.

Tous ces souvenirs me reviennent devant cet amas de rubans et de cocardes dont va se décorer Paris. J'aurais souhaité, avec toutes ces illuminations, une chanson, un cri de poète sortant des entrailles de la foule. Il en naît, il en naîtra sans doute et beaucoup, mais des « actualités », des refrains patriotiques dont le lendemain emportera les couplets comme le vent la fumée des lampions et la flamme des lanternes. Les chansonniers de la rue chantent les drapeaux nouveaux qu'ils appellent des *drapeaux pacifiques* :

Après les drapeaux de la guerre
Voici les drapeaux de la paix !

Il est évident que la cérémonie du 14 n'a rien de belliqueux, mais des drapeaux « de la paix » distribués à une armée, c'est pousser un peu bien loin l'enthousiasme pacifique.

Un autre chansonnier chante le *Drapeau de l'Avenir* :

Sur nos drapeaux, au lieu de pique,
Citoyens, mettons un flambeau !

Ce qui est encore une façon d'illuminer.

Et toujours la *note* pacifique :

Nous qu'a vaincus le sort des armes,
Soyons vainqueurs par le savoir !

Ce sont là de bons sentiments, un peu naïfs. Et toutes

ces chansons paraissent imprimées sur du papier tricolore. Le beau poème de M. Emile Blémont se distingue du moins et se détache de ces *actualités*. Il restera. C'est encore une édition tricolore, avec une vignette de Régamey, et le *Porte-Drapeau* de M. Blémont est un vieux patriote alsacien qui, en pleine invasion, demande à être enterré en terre alsacienne — devenue terre allemande, — dans les plis d'un drapeau aux trois couleurs :

> Là bas, là bas, là bas, il est, je vous le dis,
> Un cadavre qui serre entre ses bras raidis,
> Gage d'inébranlable espoir, sainte relique,
> Les célestes couleurs de notre République!

M. Blémont a dédié ses beaux vers, d'un souffle si vaillant, à son père lorrain. Et l'anecdote qu'il conte est historique. Il y eut, en effet, un vieil Alsacien enterré à Mulhouse, en 1871, dans un drapeau tricolore. M. Blémont avait même nommé le héros de l'aventure :

> Grand travailleur, — c'était un Kœchlin de Mulhouse.

Il a ôté le nom, sans doute pour donner à son récit un caractère plus général. Mais le fait subsiste. Le vieux Kœchlin dort dans un drapeau français en un cimetière d'Alsace.

— On se croirait en juillet 1830, me disait quelqu'un, hier, en voyant ce déploiement d'ornements tricolores!

En 1830, on avait un chansonnier, qu'il est de mode de railler, mais qui nous manque. C'est Béranger. Les disciples mêmes de Béranger avaient alors *le ton*, et je me rappelle ce fragment d'une chanson racontant comment un régiment français, apprenant loin de la patrie que les trois couleurs sont revenues avec les journées de Juillet, improvise un drapeau tricolore avec le drapeau blanc :

> Soudain pour faire un drapeau tricolore,
> Le colonel offre un manteau d'azur,
> Un grenadier, sur les lys qu'il abhorre
> Ouvre sa veine et répand un sang pur !

Et le bleu, le blanc et le rouge sont trouvés ! — C'est peut-être fort ridicule, mais il me paraît que ces inventions chauvines valent mieux que les chansons à la mode, les productions courantes, les drôleries que rabâchent, après les étoiles et les nébuleuses de cafés-concerts, tous les désœuvrés et les imitateurs : la *Sœur de l'emballeur* ou encore *Pst ! pst ! pst !*

Car voilà où elle en est, et depuis longtemps, cette pauvre chanson française ! Ce qui fait le tour de Paris, et parfois le tour du monde, c'est, pour parler le langage même des programmes de cafés-concerts, la *scie annuelle lancée* (il y a *lancée*) par le comique à la mode :

— *Pst ! pst ! pst !*

Ou :

> Je suis la sœur
> D'un emballeur
> Bien connu, bien connu dans l'quartier
> De la ru' de l'Échiquier !

Et ces inepties éternelles, fleurs maladives du pavé de Paris, qui poussent tous les ans avec les petits pois, font la gaieté, l'esprit, la plaisanterie courante des trois quarts des gens. La province les répète parce que Paris les a chantées, l'étranger les adopte parce qu'elles arrivent de Paris. Oui, cet étranger qui prend le boulevard pour tout Paris, Paris qui dépense pour Paris qui pense, et la petite verrue pour le grain de beauté, l'étranger croit être au goût du jour en répétant la sottise nouvellement éclose, en greffant chez lui nos branches malades, et j'ai entendu un jeune diplomate exotique, n'ayant sans doute jamais ouvert chez nous Littré ni Renan, demander quelle chanson nouvelle il pourrait bien transplanter à la cour de son souverain :

— *Pst ! pst !* ou la *Sœur de l'emballeur ?* Quelle est la plus *chic ?*

Absolument comme cet attaché militaire français qui, à une des dernières revues passées par le souverain de la nation vers laquelle il est délégué, fut tout étonné d'entendre un feld-maréchal illustre lui dire, en se mettant en selle — et sans doute pour flatter la nationalité de notre compatriote ou lui prouver que lui aussi, quoique Borusse, avait l'esprit parisien :

— Ah ! capitaine ! vous savez?... Comme dans le *Petit Faust : — N'oublions pas que nous sons à cheval !...*

Et de rire — de rire beaucoup, de rire énormément, — devant le capitaine qui ne riait pas.

Il y a loin de ces lourdes chansons qui deviennent les floraisons inévitables des étés parisiens et la gaieté des *musicos* en plein vent des Champs-Élysées à cette exhibition choisie, faite pour les délicats, les érudits et les curieux, que vient d'organiser le Cercle de la Librairie dans l'hôtel que lui a bâti Charles Garnier, boulevard Saint-Germain.

Ce n'est pas là le plat de tout le monde — *piscis omnium* — mais c'est un régal littéraire qui a son prix, et je crois bien que le Cercle de la Librairie a vu défiler, depuis quelques jours, tout ce qu'il y a d'amateurs de beaux livres à Paris et un peu ailleurs. A l'exposition des produits modernes de l'imprimerie, de la papeterie et des estampes, les organisateurs de cette *exhibition* toute spéciale ont eu l'idée de joindre une partie rétrospective, l'exposition de tous ou presque tous les livres imprimés en France depuis l'origine jusqu'à la fin du dix-huitième siècle. Il y a des trésors dans ces *incunables* qu'on ne saurait vraiment regarder qu'avec respect. Toute cette *presse*, qui emplit de son bruit le monde et qui jette, par jour, des millions de ses feuilles à tous les vents, elle a cependant commencé par là, par ces livres presque comparables aux almanachs du *Messager boiteux !*

Vraiment, elle eût mérité qu'on s'occupât d'elle un peu plus longuement, cette exposition rétrospective. Mais allez donc vous préoccuper de vieux livres et de reliures précieuses lorsqu'il s'agit d'aller voir un feu d'artifice et d'entendre tirer des pétards ! Ah ! si ces livres admirables et rares étaient appendus à des mâts de cocagne comme des timbales ou des jambons, je ne dis pas. Et encore les jambons attireraient plus de monde !

Mais quel moment étonnant a donc choisi ce Cercle, je le répète, pour offrir — quoi? Des bijoux typographiques et des *incunables*. La préoccupation n'est pas là. On a bien autre chose à faire que de penser à Gutenberg ou à Étienne Dolet ! Paris se pavoise. Paris se décore. Paris fait la toilette de ses maisons. La petite guerre politique continue dans les petites choses. Je lisais naguère un vieil article du livre fameux (et oublié) de Ladvocat, les *Cent-et-un*, sur *Paris illuminé*. L'auteur, passant en revue tous les genres d'illuminations dont pouvait disposer le Paris de 1833, montrait les hôtels « ruisselants de lampions » et les fenêtres des ouvriers éclairées de la modeste *chandelle des six* ». — « Des fenêtres obscures, ajoutait-il, comme en deuil au milieu de la fête, décèlent le *républicanisme* du locataire. » O antithèse de l'histoire ! Devant une fenêtre noire, on disait alors :

— C'est un républicain !

Ou :

— C'est un carliste !

Aujourd'hui, les fenêtres très sombres sont peut-être carlistes encore, mais elles ont une opinion moins définie qu'au lendemain de 1830. Elles sont moins conservatrices. Et ce sont les fenêtres républicaines qui flamboient !

En réalité, sous tous les régimes, les fenêtres qui illuminent sont des fenêtres « satisfaites ». Il y a d'ailleurs fenêtres et fenêtres : il y a et il y aura toujours des fenêtres refrognées et boudeuses et des fenêtres gaies, alertes, ouvertes comme une bouche rieuse, contentes de tout. Il y a des fenêtres silencieuses comme des douairières et semblant regretter tant de choses évanouies, comme Lisette regrette sa jambe bien faite et son temps perdu. Il y a des fenêtres ouvertes à tout venant et purement enchantées, ne demandant qu'à se pavoiser comme de jolies filles toujours prêtes à se mettre un ruban au bonnet et une fleur au chapeau. On peut dire des fenêtres ce que Musset dit des portes : il faut qu'une fenêtre soit ouverte ou fermée. Et l'art de gouverner tient peut-être tout entier, quoique Machiavel n'en dise rien, dans la science de faire ouvrir les fenêtres confiantes, aspirant l'air, et d'empêcher que la peur ne tienne les fenêtres fermées.

Louis XVI, honnête homme qui forgea des ferrures de fenêtres aux armes de Marie-Antoinette pour les petits appartements de Versailles (et ces espagnolettes sont d'un serrurier de talent) eut le grand tort de fermer, après la prise de la Bastille, les fenêtres de la monarchie. Il les eût laissées ouvertes — qui sait ? — le cri de la nation fût arrivé peut-être jusqu'à lui et le peuple eût peut-être écouté la voix du roi tombant des fenêtres ouvertes. Le roi ferma les fenêtres et tira les verrous. Le peuple, alors, qui a le tort de ne pas ouvrir les portes, mais de les enfoncer, jeta des cailloux dans les vitres des fenêtres closes ; il se grisa avec ce fracas de choses brisées, et tout fut dit. La révolution pacifique était finie, et la monarchie était perdue. Simple histoire de fenêtres fermées.

Il y a une chose très frappante, d'ailleurs, dans la physiologie, — pour ne pas dire la philosophie, — de toutes ces fêtes. C'est que plus nous avançons, plus l'époque devient amie du fait, de l'argent, préoccupée de la grave question de l'estomac, — et plus, au contraire, les fêtes s'idéalisent. Les mœurs perdent l'idéal en chemin, et le peuple, pour ses fêtes, le ramasse. Il se réjouissait autrefois de ces distributions de vin, de jambonneaux et de saucissons qui avaient lieu aux Champs-Élysées entre deux gendarmes. Les gravures du temps nous ont conservé l'aspect de ces centaines de mains levées, de ces énormes bouches ouvertes, de ces bousculades épiques sous la pluie officielle des boudins et des pains riches! On s'écrasait pour une bouchée de charcuterie. La foule se ruait sur ces *faveurs du pouvoir* lancées dans le plein air de Paris comme se pressent les quémandeurs dans une antichambre de ministre. Il y avait des visages meurtris, des jambes contusionnées et des reins cassés. C'était le spectacle hideux de la plèbe se ruant non pas vers les jeux, mais vers la mangeaille.

Aujourd'hui, une telle scène répugnerait. Des statues, des banderoles, des devises, des mots qui sonnent comme des fanfares, voilà ce qu'il faut à ce peuple d'artistes. La mise en scène le séduit. Le rêve lui plait mieux que la réalité. Il est comme ces enfants épris du théâtre et qui se passeraient plutôt de dîner que d'arriver trop tard à leur place et quand la pièce est commencée! On peut tout faire avec de telles imaginations et des nerfs semblables. Il y a là des cordes généreuses qu'il faut savoir faire vibrer. Les grands mots auxquels se prend toujours l'humanité ne sont, après tout, que les étiquettes des grands sentiments qui dorment en elle, sous une couche plus ou moins épaisse d'intérêts, de lâchetés ou d'égoïsmes, — et qu'il faut savoir, à de certaines heures, réveiller...

Triste symptôme si rien ne se redressait au bruit de tambour de cette diane!

Ce roulement étouffe d'ailleurs, soit dit encore une fois, toutes les autres préoccupations. La mort vraiment déplorable de M. Paul Broca, qui eût été un événement en tout autre instant, est un accident à demi perdu dans le bruit des préparatifs, les coups de marteau et les coups de rabot. Le chanteur Gueymard disparaît sans qu'on se retourne. Il avait longtemps été applaudi. Il jetait, avec un accent énergique, la note cuivrée de *Roland à Roncevaux* :

Superbes Pyrénées!

Musique militaire qui allait bien à ce ténor, retentissant comme un clairon. Il meurt sans bruit après en avoir fait beaucoup, en chantant. Meurt-il du larynx, après en avoir vécu? Ce M. Broca, qui avait tant étudié le cerveau humain, c'est par le cerveau qu'il périt. Une congestion, et tout est dit. Tant de science, de projets, de recherches commencées, de travaux inachevés, tout cela est anéanti, en un jour, en une heure. L'homme était jeune encore. Il pouvait longtemps être utile. Il y a, dans les cours grises des asiles, de tristes idiots rasant les murs, des monomaniaques berçant à l'écart leurs rêves stupides, buvant, comme des ivrognes ataxiques, un peu de chaleur dans un rayon de soleil. Ceux-là vivent. Et, comme on dit à l'hôpital, le *chef* est mort! Il y a de ces méchancetés ironiques du destin!

Naguères, en 1878, M. Broca présentait au Congrès de l'*Association française pour l'avancement des sciences* un travail curieux où il étudiait la température de la tête de l'homme à l'état sain. La température de la partie droite est un peu inférieure à celle de gauche. Il y a en moyenne 33°90 à droite et 34 degrés environ à gauche. Quand le cerveau travaille, la température s'élève. L'inactivité intellectuelle repose, l'activité fonctionnelle échauffe et use. Et M. Broca était capable de dire, à un millième de degré près, la température de tous les lobes cérébraux, lobe frontal, lobe temporal, lobe occipital ! Il savait bien cela, et c'est par là qu'il meurt. Le cerveau se venge. Il tue qui le devine et qui le traite en bête de somme. Après tout, ceux-là seuls ont vécu qui ont élevé la température de leur crâne !

M. Broca fut un moment le seul membre de l'Académie de médecine qui n'eût pas le ruban de la Légion d'honneur à sa boutonnière. Ceci soit dit pour tous ces peintres d'aujourd'hui qu'on fait chevaliers à vingt ans et qui se plaignent ! M. Broca eut la croix plus tard, mais qu'il l'eût ou non reçue, il n'en aurait pas moins cette inévitable croix que nous aurons tous, — croix de bois ou croix de pierre — sous forme de fosse ou de monument.

Il se repose, le savant ! Le cerveau a cessé de bouillir.

XIX

La distribution des drapeaux. — La foule à Longchamp. — Le baptême d'une armée. — Le tohu-bohu du retour. — Panorama nocturne. — Feux d'artifice.

Paris, 14 juillet, minuit.

Rien n'était charmant, ce matin, comme l'arrivée de la foule à Longchamp, et surtout par la pittoresque descente de Suresnes. C'est par là que, comme aux jours de *Grand Prix*, les Parisiens arrivaient à flots. Et alors, de la gare au pont de Suresnes, c'était comme un ruissellement de robes claires, roses ou bleues, de chapeaux de paille, de rubans tricolores, de toilettes gaies au-dessus desquelles l'aigrette blanche d'un colonel se dressait, comme un lys dans un champ de marguerites, de bluets et de coquelicots. Et c'étaient des robes tricolores, des casquettes tricolores, des médailles à toutes les boutonnières, des drapeaux à toutes les tapissières, des cocardes à tous les chars à bancs, des lampions à tous les logis, des lanternes, des banderoles, des oriflammes.

Mais, cette fois, ce n'était pas la musique qui passait,

c'était le drapeau de la patrie qui clapotait dans le soleil!

Sur le bord de l'eau, tout devenait restaurants et cabarets; c'était une orgie de fritures. Des pêcheurs, portant quelque anguille dans un filet, se heurtaient à des officiers arrivés en députation, cherchant à manger un morceau, n'importe où, n'importe comment, sur le pouce. Des idylles parisiennes se logeaient tranquillement, pendant tout ce tapage, sous les saules. Des gens qui avaient passé la nuit là, sur l'herbe, faisaient leur repas du matin, ayant pour nappe un journal qui racontait la prise de la Bastille.

On s'est un peu bousculé à la porte d'entrée des tribunes. Toutes ces cartes roses, violettes, vertes, rouges, lilas, ne savaient où aller. Mais on a pris gaiement son parti de l'inconvénient et l'on a grimpé à sa place comme au son du clairon. Bah! un jour où les « grands parents » prenaient, sous le canon, une forteresse!

Partout, beaucoup de soldats, d'officiers, et de toutes les armes : on se montrait, haut sur sa selle, quelque Kabyle portant l'uniforme de nos spahis, ou, à pied, avec son large pantalon et sa tunique bleu de ciel, à plis, quelque officier de turcos. Toute l'armée avait député de ses représentants vers les députés de la France.

Du haut des tribunes, l'aspect général est superbe. Entre les tribunes officielles et les tribunes publiques l'herbe *verdoie*, tachetée d'uniformes, sous un joli ciel d'un bleu pâle, et devant les tribunes des courses, une sorte de ruban de sable fin s'étend, gris et coquet, où les ombrelles féminines apparaissent, avec les toilettes claires, les robes serrées à la taille, les éventails tricolores, les parapluies rouges. Cette *langue de terre* a la séduction piquante d'une grève de bains de mer fashionable, à *l'heure de la plage*. A Trouville, sur les *planches*, on ne verrait pas de plus charmants visages.

On a beaucoup remarqué les deux Chinois en robe de soie bleue brochée d'or qui, lentement, ont traversé la pelouse pour se rendre à la tribune diplomatique. C'étaient le marquis Tseng et un de ses attachés militaires. Cette note orientale ajoutait au pittoresque de la fête.

La tribune du Jockey-Club est demeurée vide. Plus d'un de ces *déserteurs* de la fête officielle se ferait pourtant noblement tuer, à l'heure du danger, pour ces drapeaux neufs!...

Lorsque la députation de l'École polytechnique est arrivée, traversant la pelouse, un *ancien* à barbe grise disait derrière moi : — J'ai défilé, moi, jadis, étant polytechnicien, à la revue d'Ibrahim-Pacha, au Champ de Mars! Nous défilions avec Saint-Cyr, et nous avions l'épée à la main!

La foule était un peu plus qu'une foule parisienne : c'était une foule française. On était venu de partout. Des accents flamands répondaient à des accents bordelais ou toulousains. On voyait sortir des poches des journaux départementaux, le *Petit Marseillais*, l'*Écho du Nord*, l'*Avenir de la Dordogne*.

On n'oublie pas un tel spectacle : lorsque, avant la distribution des drapeaux, le président a lu son allocution, un grand frémissement a parcouru la foule. On a senti que c'était la France armée qui se groupait là devant cet homme en habit noir, la poitrine traversée du grand cordon rouge, et qui, au nom de la nation, parlait aux soldats de la patrie.

Tous groupés devant lui, les fantassins à sa droite, les cavaliers à sa gauche, ils regardaient ce lambeau de papier qu'un rayon de soleil éclairait et qui était le mot de « Loi » jeté aux serviteurs de la Loi. Et quand, des deux côtés de cette tribune, sur le fond de velours rouge où se détachaient les têtes pâles, les uniformes, les habits noirs et les chamarrures, les grands cordons verts ou rouges, les aigrettes des uniformes étrangers, — deux à deux, puis quatre à quatre, puis en masse, les drapeaux ont apparu, des deux côtés de cette estrade où le président de la République était debout entre le président du Sénat placé à sa droite et le président de la Chambre à sa gauche, un grand cri, un cri d'enthousiasme et d'espoir, est sorti de toutes les poitrines.

C'était, à la fois, comme la gloire passée de la France qui réapparaissait, avec toute la poésie de l'avenir et de l'espérance, dans ces étendards tricolores portés par les colonels et remis aux porte-drapeaux après le salut aux représentants de la nation. Ce n'étaient pas seulement les fanfares et les coups de clairon qui montaient dans l'air, saluant ces drapeaux nouveaux, vierges d'affronts, héritiers de ces noms de gloire qu'ils portent sur leurs plis et que le soleil faisait étinceler, avec leurs couronnes d'or et leurs trois couleurs françaises. C'était le salut de tout un peuple à toute une armée. C'était le cri de la mère-patrie, voyant revivre, marcher, redresser sa taille, cette partie d'elle-même qu'elle avait crue morte, qui, en 1871, sur ce même coin de terre, passait, avec des régiments hybrides et des uniformes en lambeaux, et qui, maintenant, faisait fière figure dans le rayonnement d'un jour de fête.

Oui, c'était la nation laborieuse, pacifique, saluant la nation armée. Car sait-on tout ce que représente d'efforts réunis ce brillant défilé qui était pour les uns un spectacle, pour les autres une émotion, pour tous un enseignement ? Sait-on ce que la précision de ces mouvements a coûté de travail aux instructeurs, de dévouement à nos soldats ? Et ce luxe de la décoration, ces équipements, ces canons, ces épuipages, songe-t-on que tout cela est fait de l'épargne, du produit de la France qui travaille, de la France artiste, artisan, fabricant, ouvrier, ingénieur, savant, de la France qui a toujours payé — et toujours réparé — les folies de ses gouvernants ?

On les a tous revus, ces uniformes de l'armée de France ! On a salué au passage les drapeaux portés par les chasseurs à pied, tirailleurs éternels de toutes les batailles, par les fantassins en tunique ou en capote bleue, soldats de *quatre sous* qui, disait un maréchal, font la fortune des généraux, petits fermiers, laboureurs, artisans, enfants du peuple, qui sont comme le ferment de la victoire. On a salué les artilleurs debout et comme soudés sur leurs affûts, les chasseurs filant au trot de leurs petits chevaux à longues crinières, les cuirassiers, les dragons et cette poignée d'hommes dont on n'avait pas vu depuis si longtemps les glorieux uniformes, les turbans, les fez rouges et les guêtres blanches, zouaves et turcos d'Afrique, spahis aux burnous blancs qui représentaient pour nous une autre terre, une autre armée, tant de fiers souvenirs, Constantine, Isly, la Smala, toute une génération d'hommes, Bugeaud, Lamoricière, le duc d'Aumale — et toute une suite de victoires : l'Algérie, la terre lointaine, la colonie, — mais toujours la France!

Qui sait ce que tant d'hommes ressemblés, soldats ou spectateurs, peuvent penser au fond de l'âme? Je l'ignore! Mais, à coup sûr, hier, devant le frissonnement et le clapotement de ces drapeaux, devant cette scène imposante, inoubliable, — baptême d'une armée par une République, — il n'y avait qu'un élan, une pensée, un cri, un amour : la patrie!

Le retour était bien pittoresque et bien gai. Ce n'était pas un retour de courses, un défilé de *high life;* c'était un mélange curieux, alerte, vivant et vibrant des élégances en équipage du *tout Paris* et des alacrités du grand Paris qui marche à pied. Je revois encore ce tableau. Le soleil éclairait, à travers les feuilles vertes, ces longues files de piétons allant vers les bateaux, vers le pont du Suresnes, par l'allée sablée du bord de l'eau ou par les petits sentiers, les tapis de gazon, les dessous de bois où trainent sur l'herbe foulée les débris des déjeuners du matin. De temps à autre, sur cette foule gaie, parée, enrubannée et comme chantante, où des collégiens en képis ornés de cocardes heurtaient des colonels galonnés d'or, des officiers de la *territoriale* barbus et sans épaulettes, des soldats ou des fillettes en robes claires — un grondement sourd retentissait. Au-dessus des arbres, de l'autre côté de la Seine, un flocon de fumée bleue montait dans le soleil.

C'est le Mont-Valérien qui tonne. Il annonce la fin de la revue.

Et tandis que la grande masse de la foule rentrait ainsi par les Champs-Elysées, d'autres piétons s'en allaient en sens contraire par les voies qui mènent au chemin de fer. Le long de la rampe qui y accède, c'est un long serpent coloré, bigarré, où les tricornes des gendarmes apparaissent, galonnés de blanc, à côté des crinières rouges des schakos des artilleurs

Toutes les maisons de Suresnes sont pavoisées. On s'arrête sous la treille. Des officiers supérieurs prennent place devant les tables de bois vert où, dans des verres sans pied, on boit du vin doux. Si l'on entre, on trouve un tohu-bohu de paysans et de militaires, de *territoriaux* et de boulevardiers se disputant une bouteille de ce vin de Suresnes où, dit la légende, le Béarnais trempait sa moustache grise. On attend là les trains qu'on emporte d'assaut. La lumière arrive sur les tables et les visages à travers les rinceaux de la vigne vierge. Un sourd-muet parcourt les groupes et pose à côté des verres un bout de papier, une *question* nouvellement éclose : « *Plus de question, mais un problème historique !* » dit l'annonce. C'est un jeu de patience. Avec les débris d'une image découpée représentant la Bastille, il s'agit de construire une colonne de Juillet. On prend le carton du sourd-muet. On s'en amuse.

— Les voyageurs pour Paris !

— Les voyageurs pour Versailles !

On se précipite. On a envahi les wagons avant que le train ne soit arrêté. Il y a des voyageurs jusque sur les marches de l'escalier extérieur menant à l'impériale des wagons de seconde classe. Tout cela chante et crie. En route !

Paris apparaît à l'horizon, rayonnant de lumière, tout blanc sur le ciel bleu pommelé de nuages.—A Saint-Cloud, sur la rampe qui monte à Montretout, les bataillons de Saint-Cyr sont massés. Ils font halte, les fusils en faisceaux. Tout à l'heure ils prendront le train qui, par l'aqueduc de Viroflay, les ramènera « chez Mme de Maintenon ». Ils ont encore la vision de ce fier défilé de tout à l'heure, alors que les députations d'officiers, tous massés devant les tribunes, les acclamaient, et que des mains gantées de blanc, à l'ordonnance de la grande tenue, les saluaient d'applaudissements au passage. Que de saint-cyriens d'hier parmi ces officiers criant *bravo* à ces officiers de demain !

A Ville-d'Avray, c'est un régiment du génie qui fait halte. La *Sente aux Lilas* — joli nom d'un joli chemin — est pleine de soldats. L'artillerie défile déjà sur la grand'route de Versailles et a dépassé Chaville. Là-bas, sur l'hippodrome de Longchamp, il ne reste plus rien que les tentes des marchands, les tribunes délaissées, et, sur cette immense pelouse verte tout à l'heure pleine de tant de milliers de gens et maintenant déserte, oubliée, vide, le grand soleil qui fait toujours resplendir le velours des tentures, l'or des crépines et des ornements, l'acier des cuirasses formant trophées et les trois couleurs des drapeaux.

Et le soir, quel tableau ! Je l'ai vu, de loin, fuyant le brouhaha des rues ; mais, parti de Viroflay, je me suis arrêté sur la hauteur de Suresnes et j'ai regardé. C'était une féerie dont n'approcheront pas les futures merveilles de *Michel Strogoff*.

Qu'on se figure une sorte d'immense gouffre rougeâtre où des lumières semblaient courir comme sur ces papiers qu'on brûle et où les étincelles s'allument. De longues raies géographiques, comme tracées par un tire-lignes lumineux, dessinaient les ponts, les quais, et, çà et là, dans un fourmillement de lumières, des points plus brillants étincelaient, frontons de monuments, clochers d'églises. Une espèce d'immense dé à jouer, de cube gigantesque, brillait au loin : c'était l'Arc de Triomphe. Deux lignes parallèles, aux clartés plus vives, s'allumaient dans la pénombre roussâtre : c'étaient les deux tours du Trocadéro qui lançaient aussi sur Paris un immense rayon de lumière électrique, faisant songer à la queue énorme d'une comète.

Plus de distances : impossible de se rendre compte des plans. Tel monument éloigné semble tout près ; tel autre, rapproché, s'enfonce dans l'ombre. Au loin, très loin, des lueurs rouges s'allument, indistinctes. C'est le Mont-Valérien lui-même qui illumine avec des lanternes après avoir illuminé — il y a dix ans — avec des obus.

Et de ces lumières, de cette nuit qui étincelle, de ce fouillis de lueurs, des gerbes surgissent, des fusées partent, comme des éclairs qui sortiraient de terre au lieu d'y tomber. Des lueurs rouges, vertes, bleues, éclatent, sur quatre, cinq, six points à la fois. Ce sont les feux d'artifice. Le feu de Bengale semble incendier Montmartre. Un immense bouquet tricolore sort du Trocadéro et retombe en éventail. Les bombes fulminent, les chandelles romaines éclatent, et sur ces illuminations superbes, les lividités de lueurs sulfureuses, que Ruggieri n'a pas fournies, se montrent de temps à autre. Eclairs d'orage qui ajoutent leur lumière verdâtre à ces lueurs rouges qui orment, au-dessus de Paris, une sorte de nuée opaque, comparable à un nuage derrière lequel, tout à l'heure, le soleil va se montrer, dans une rougeur d'aurore.

XX

Un cliché : *Paris est vide!* — Les concours du Conservatoire. — Le public. — Roger et le *Carnet d'un ténor.* — Petits vers d'un grand chanteur. — Le *Musée des arts décoratifs*, exposition nouvelle. — Histoire de quelques peintures ignorées de Fragonard. — La maison de Grasse. — La *Bourse des livres.* — Amateurs et curieux. — Les *Romantiques.* — La vogue de demain : Les livres illustrés du XIXᵉ siècle. — Deux curiosités à vendre. — Faux autographes et faux bibelots. — Les pasticheurs et les parodistes du XVIIIᵉ siècle. — Napoléon III et *Mademoiselle de Maupin.* — L'avis de Rabelais. — Alexandre Dumas fils mis à l'*index.* — Les *petits cochons* à la mode. — Les *Voitures annonces.*

Paris, 26 juillet.

Il est bien convenu qu'il n'y a plus *personne* à Paris. On est aux eaux, on est à la campagne, on est en villégiature ou en *balnéature*, on est en voyage, on est au diable, mais on n'est plus à Paris. On va voir, aux environs, les petites fêtes campagnardes où des boutiques en plein vent arborent délicatement pour enseigne une rose énorme avec ces mots : *A l'image des femmes*, et où le maire de la localité proclame gravement sur l'affiche officielle que les *jeux interdits sont rigoureusement prohibés*. On va voir courir les yoles au bord de la mer ou les périssoires sur la Seine. On va retrouver le *tout Paris* sur la terrasse de Saint-Germain les jours de musique, ou sur la plage de Trouville, à cinq heures, avant le potage; mais, à Paris, il est banal de déclarer que les boulevards sont vides, les promenades désertes, les concerts abandonnés. Refrain annuel qu'on n'écoute plus, car, à peine y a-t-il dans ce Paris délaissé quelque spectacle à voir, fût-il le moins intéressant du monde, on y accourt, on s'y presse, on s'y pousse, on s'y étouffe, et l'on est tout étonné d'y rencontrer des gens qu'on croyait à deux ou trois cents lieues.

C'est ainsi que, cette semaine, on est allé braver l'apoplexie aux concours du Conservatoire et que l'on continuera à s'y congestionner pendant huit jours encore. Concours de piano, concours de violoncelle et de violon, concours de chant, concours de comédie et de tragédie, concours d'instruments à vent : il y en a là pour tous les goûts. Le concours le moins fréquenté est celui des cornets à pistons. C'est la petite pièce après la grande. On y trouve plus de place qu'il n'en faut. Le concours le plus suivi est toujours celui de la comédie. La tragédie *s'expédie* le matin, avant le déjeuner. Corneille est un *apéritif*. Il y a peu de monde pour le déguster. Mais, quand arrive l'après-midi, c'est une invasion de la petite salle du Conservatoire par tout ce qui gravite autour de la Comédie-Française, comédiennes en renom ou en expectative. On arbore des toilettes fort jolies et des éventails fort coquets dans cette fournaise. Dickens parle quelque part de la Petite Dorritt de Marseille qui est occupée à *rissoler* au soleil. Sous le plafond de verre de la salle du théâtre, toute l'assemblée réunie faubourg

Poissonnière *rissole* comme Pellico sous les plombs. C'est le chariot de Thespis remisé dans une étuve.

Mais on s'amuse ! Tout concours tient un peu du duel et des courses, et par conséquent du jeu. Il y a là comme une part faite au hasard, et l'homme aimera toujours ce qui est imprévu. Et puis, quelle belle occasion a là ce public de s'ériger lui-même en juge ! Il décerne les prix à l'avance. Il a ses lauréats préférés. Un joli profil le séduit, une caresse de la voix l'enthousiasme. Il adopte une concurrente comme, à Longchamp, il choisirait un *favori*. Et si les jurés ne couronnent point cette pouliche — (si je puis parler ainsi), ah ! quel tapage au moment de la proclamation des récompenses ! Protestations, cris, sifflets, chuts, grognements, orage. Nous avons, presque chaque année, assisté à pareille tempête. M. Ambroise Thomas reste généralement très calme devant la bourrasque. Il fait simplement tinter sa sonnette en guise de *quos ego*. Le vieux Cherubini se fâchait tout rouge, il donnait ordre de vider la salle et d'éteindre les lumières. Auber, plus sceptique, souriait.

Il y eut un vacarme de ce genre lorsque Coquelin aîné concourut et aussi lorsque Coquelin cadet parut là, devant le public. La foule trouvait que M. Malard avait mieux mérité le prix que Coquelin ! Et quant au cadet, concourant trois ou quatre ans plus tard, il se désolait dans un coin de n'avoir pas remporté sa couronne.

— C'est une injustice, dit-il, tout nettement, au vieil Auber.

L'auteur de la *Muette* le regarda avec son fin sourire :

— Peut-être ! fit-il. En ce cas, habituez-vous à ces choses-là. Vous en verrez bien d'autres ! La vie, jeune homme, c'est un voyage à travers l'injustice. Et consolez-vous !

Il n'est point rare que l'avenir casse sans nulle pitié les arrêts de ces concours. C'est même généralement ce qui arrive. Du temps où le ténor Roger était élève au Conservatoire, il y avait à côté de lui un ténor qui se nommait Flavio Ping et qu'on appelait le *grand Ping*, le « futur grand artiste » — un nouveau Duprez — par opposition au *petit Roger*. Quelques années après, le « petit Roger », devenu illustre, retrouvait à Londres le « grand Ping » resté ignoré.

Roger parle fort agréablement de cette mélancolique rencontre dans ce *Carnet d'un ténor* que M. Philippe Gille vient de publier avec une si charmante préface, bien parisienne. On ignorait que Roger fût un écrivain, et même un écrivain très vif. Il y a bien, çà et là, des naïvetés dans sa prose, et je dirai des *prudhommeries* dans ses souvenirs ; — par exemple cette *impression* extraordinaire :

« 1848. — 3 avril. — Nous mangeons chez Clapisson. Il est malade. On appelle le médecin, qui le saigne. C'est la deuxième fois que je vois couler le sang. La première fois, c'était ma femme qu'on saignait *et je n'avais pu regarder*. Ça me faisait mal. Aujourd'hui, j'ai *guetté le moment où la lancette entrait dans la veine*, et j'ai vu *sans émotion* le sang jaillir. Clapisson s'est trouvé mal... »

L'émotion devant la saignée de Mme Roger était d'un bon époux ! Mais la froideur devant la saignée de Clapisson... Pauvre bon gros souriant Clapisson! Après tout, il était dans son tort : il invitait un ténor à dîner, il ne l'invitait point à assister à une opération de chirurgie. Le dessert parut peut-être bizarre à Roger, qui s'en consola en *guettant* le coup de lancette. Pauvre Clapisson!

Roger, avant ce *Carnet d'un ténor*, avait, çà et là, publié quelques pages et même des vers, et des vers lestement tournés. On les a donnés quelque part, sous ce titre un peu ambitieux : *Petits vers d'un grand chanteur.*

En 1852, Roger voyageait en Allemagne. Le roi de Saxe l'avait invité à chanter, un soir, au dîner, et le ténor répondait au directeur de la manufacture royale de porcelaine de Meisen, qui l'en avertissait :

O merveille de l'art, ô rivale de Sèvres,
Porcelaine où sont peints de gracieux ébats,
Toi qui charmes nos yeux en caressant nos lèvres,
Frêle fille du Nord! je ne regrette pas
D'avoir appris ta langue et ta rude syntaxe.
Certes, le roi rendrait mon bonheur peu commun
Si, pour chanter un soir au *service* de Saxe,
Il voulait bien m'en offrir un!

Cette porcelaine de Meisen semblait d'ailleurs avoir singulièrement séduit le chanteur, car Devrient, l'acteur tragique, le Talma de l'Allemagne, présentant un Album à Roger en le priant de laisser sur le vélin un autographe, le ténor avisa ce proverbe français, écrit autrefois par Rachel : *Tout lasse*, *tout casse*, *tout passe*, et le traduisit ainsi en trois strophes — sur-le-champ :

Tout lasse? Oh! non, monsieur, si votre cœur l'ignore,
Pour l'art et pour le bien, rien ne nous doit glacer,

Rachel et Devrient! vous que le monde adore,
Irait-on vous entendre et vous revoir encore,
Si tout devait lasser?

Tout casse. — Il est trop vrai, je l'avoue avec peine,
C'est un cruel dicton qu'on ne peut effacer.
Et le gouvernement et le bien qu'il amène,
Et ma voix de ténor, avec ma porcelaine,
Tout un jour doit casser.

Tout passe, dites-vous? Ah! que Dieu vous entende!
Dans ma malle, avec soin, j'irais vite entasser
Vos émaux de Meisen, votre Sèvre allemande
Au nez de la douane et sans payer d'amende,
Si tout devait passer!

On pourra mettre ces verselets oubliés en *note* dans la prochaine édition du *Carnet d'un ténor*.

Avec le concours de déclamation et de musique, il n'y a plus guère à Paris que le *Musée des arts décoratifs* qui attire le public par quelque nouveauté. Encore cette nouveauté est-elle rétrospective, mais on pourrait presque affirmer qu'elle n'en a que plus de prix. On nous avait déjà montré, aux Champs-Élysées, une collection de dessins d'ornement et de décoration qui avait vivement séduit les artistes. On vient d'y joindre, ou plutôt d'y faire succéder une exposition de peintures décoratives anciennes dont le succès est plus éclatant peut-être. Les collectionneurs ont été vraiment généreux. Ils ont décroché les *perles* de leurs galeries et envoyé au Musée des arts décoratifs le dessus du panier de leurs cabinets. Il y a là des Chardin d'un inestimable prix qui appartiennent à M. Eudoxe Marcille et des

Tiepolo — ce dernier des Vénitiens — des Tiepolo tout à fait exquis que M. de Schwitter a très gracieusement expédiés aux Champs-Élysées.

Les deux grands Chardin de M. Édouard André, le Fragonard de M. de Ganay — un plafond, et joli, et coquet, et de la meilleure inspiration, — les panneaux de Watteau qui appartiennent à M. de la Béraudière, font venir l'eau à la bouche des amateurs; mais c'est en somme la Manufacture des Gobelins qui a prêté au musée les œuvres les plus précieuses et les plus intéressantes. Il y a là des compositions de Boucher d'une grâce inexprimable. Quand on pense que ce puritain de David proposait de faire brûler tout cela sous prétexte que c'était un art de décadence et de courtisanes ! Et les modèles de canapés signés Coypel ! Ce sont des chefs-d'œuvre. Lorsque des peintres, — certains peintres, — se mêlent ainsi de dessiner des meubles, ils font des merveilles; par exemple Prud'hon lorsqu'il composa la Psyché destinée à Marie-Louise, et le Berceau du roi de Rome.

La Ville de Paris a prêté, en outre, au Musée que dirige si activement M. de Chennevières, l'esquisse de la coupole de Sainte-Geneviève, par Gros, des grisailles de Sauvage, et la Bibliothèque nationale a bien voulu se priver, pour un moment, des panneaux de Boucher qui lui appartiennent. Tout cela forme une collection temporaire qui, vraiment, est la joie des yeux, tant il y a de charme et de goût chez ces maîtres français du dernier siècle.

On commence, d'ailleurs, à comprendre, — j'entends même parmi le public, — que le sentiment de la décoration est bel et bien un art, et je dirai un art tout aussi artistique que la peinture qui s'encadre de bordures d'or et se débite chez les marchands. Nous avons, en ce temps-ci, un maître peintre décorateur, beaucoup moins populaire que maint vaudevilliste de la peinture de genre, mais qui restera célèbre quand on ne parlera plus depuis longtemps de ces gloires de « *quatre jours* » car depuis vingt ans il a exécuté des chefs-d'œuvre à Paris, dans les hôtels particuliers, chez M. Aguado et M. de Rothschild, M. Garfumkel et Mme de Cassin, à l'*Hôtel Continental* et chez le prince Narischkine à Saint-Pétersbourg. C'est M. P.-V. Galland, que je ne connais point personnellement, mais dont les *Esquisses* ont fait sensation quand on les a vues au Musée des arts décoratifs tout justement, il y a quelques mois.

Et, en fait de peintures décoratives, j'en sais de bien belles et de fort inconnues, du plus *décoratif* peut-être des peintres du temps passé, d'Honoré Fragonard, du *grand Frago*, comme disent ses fanatiques. Elles sont à Grasse, sa ville natale, dans une maison close, et appartiennent à un héritier de Fragonard qui les a eues de la façon la plus simple du monde, à la mort du fils de Fragonard, peintre lui-même, comme on sait.

Voici l'histoire. Elle est curieuse :

Ce Fragonard, qui fut à la fois peintre et sculpteur, dressa une statue colossale à Pichegru et peignit un *François Ier armé chevalier* lequel rappelle vaguement les troubadours des dessus de pendules, Fragonard fils, dont j'ai vu vendre 14 francs des tableaux de quatre mètres, avait été élevé par son second professeur David dans la haine de l'art exquis de son père *Frago*. Il s'était donc fort peu inquiété de savoir ce qu'étaient devenues, de par le monde, les œuvres achevées ou inachevées qu'Honoré Fragonard laissait après lui, lorsqu'en 1850, ce Fragonard, deuxième du nom, mourut à Paris.

Il possédait à Grasse, du chef de son père, une maison dans laquelle il n'avait peut-être jamais mis les pieds et où s'étalaient d'ailleurs des peintures à fresque qu'il eût déclarées fort médiocres, *rococo*, puisque c'était le mot méprisant.

Un notaire de Grasse fut appelé pour inventorier ce qui se trouvait dans la maison jadis habitée par Honoré Fragonard. Ce notaire s'appelait M. Blaise Sardou et il était cousin germain du célèbre auteur dramatique, dont la famille est méridionale, bien que M. Victorien Sardou soit né en plein cœur du vieux Paris, rue Beautreillis.

M. Blaise Sardou fit donc l'inventaire de ce que contenait la maison de Grasse, et lorsqu'on arriva aux vieilles peintures de Fragonard qu'on rencontrait là, on se demanda ce que « ça » pouvait bien valoir. Deux mille francs? Trois mille francs? — Je crois qu'on les estima cinq mille, en croyant bien enfler les prix.

Or, voici ce que c'était que ces Fragonard. Le peintre du *Verrou* et de la *Fontaine d'Amour* avait reçu de Mme Dubarry commande d'un certain nombre de peintures qui devaient servir à une nouvelle décoration de Louveciennes, lorsque la Révolution éclata. Fragonard, riche jusque-là, fut ruiné par le bouleversement. Il prit peur; l'Assemblée nationale l'avait bien, il est vrai, nommé conservateur du Musée, mais, lorsque vint la Convention, il crut prudent de faire oublier qu'il y avait à Paris un peintre de figurines amoureuses qui travaillait encore naguère pour la Dubarry. Il fit emballer ses tableaux, les transporta à Grasse, s'enferma avec eux dans sa maison dont il décora tous les escaliers d'emblèmes civiques, de cocardes et de nœuds tricolores, de couronnes de chêne et de faisceaux consulaires, — allégories *bien pensantes* — et il resta là jusqu'à sa mort, dont l'heure sonna au commencement de l'empire.

Et, depuis 1805, ces œuvres ignorées de Fragonard, les plus importantes par la dimension et les plus remarquables qu'il ait jamais exécutées, restaient comme ensevelies dans la petite maison de Grasse, lorsqu'elles tombèrent, par hasard, dans l'héritage d'un connaisseur.

Celui qui les possède aujourd'hui jeta un cri d'admiration en voyant ces immenses compositions où se jouent dans des paysages printaniers des Amours et des nymphes, des dieux et des immortelles. Il s'enferma à son tour, comme un amoureux, avec Fragonard, dont l'éternelle jeunesse le ravit, et, pour jeter aujourd'hui un coup d'œil à ces merveilles, il faut pétitionner et attendre, et l'on obtiendrait parfois plus facilement une préfecture qu'une entrée dans la maison de *Frago.*

Les grands amateurs d'art ont appris d'ailleurs qu'il y avait là, en ce coin des Alpes-Maritimes, un trésor, et déjà la Russie, l'Angleterre, M. de Nieuwerkerke jadis, ont fait des offres considérables au propriétaire de ces *Fragonard.*

Il ne veut pas s'en dessaisir et il a grand'raison. De deux cent mille francs, on est monté à quatre cent mille. Il y a loin des cinq mille francs du temps de

M. Blaise Sardou! Je crois bien que l'héritier des Fragonard songe à léguer ces chefs-d'œuvre à la France. Ce serait digne de lui et de la mémoire du peintre. Une nation comme la nôtre a d'ailleurs des récompenses toutes faites pour honorer de telles générosités et de tels désintéressements.

Mais quelle fièvre de maîtres et petits-maîtres du dix-huitième siècle a donc saisi le temps où nous vivons! Et cet enthousiasme forcené, avide, exalté, insensé, goulu, ne se traduit pas seulement par les grands prix qu'atteignent les tableaux et les dessins dans les ventes, mais par le grossissement extraordinaire de la valeur des livres de cette même époque.

Un Debucourt, par exemple, la *Promenade au Palais-Royal*, qu'on avait il y a dix ans pour quatre-vingts francs, en vaut quinze cents et en vaudra deux mille. Les *Chansons*, de Laborde, qu'on emportait jadis pour deux ou trois cents francs, se vendent couramment deux ou trois mille francs. Les *Baisers*, de Dorat, qu'on payait dix francs, en bon état, sur les quais, valent douze cents francs. Les vieux libraires classiques, comme M. Porquet, hochent la tête devant cette spéculation, cet agio, cette sorte de Bourse des livres. Il a fallu, sur ces dessinateurs et ces ouvrages spéciaux, écrire des ouvrages particuliers, des *Guides de l'amateur*, comme on a publié des *Guides du spéculateur*. Le beaux travail de MM. Roger Portalis et Bocher sur les *Illustrateurs du XVIII*[e] *siècle* est le plus remarquable et le plus complet de ces écrits.

Et plus nous irons, plus gonfleront, si je puis dire, les prix de ces raretés — ou, pour se servir du mot commercial qui exprime mieux mon idée — le prix de ces « articles ». — Les amateurs, en effet, ne sont plus seulement une poignée. Ils sont une foule. Ils se nomment Légion. La *curiosité*, ce caprice et cette science de raffinés, se démocratise comme toute chose. Les pays vierges s'en mêlent. Il y a des *curieux*, des amateurs en Russie et en Amérique. L'Amérique surtout *donne*. J'entends qu'elle arrache, de haute lutte, ce qui lui plaît, à coups de dollars. Elle a ses journaux d'art. Elle tient à montrer que les fortes mains osseuses des Yankees peuvent fort bien aussi caresser et épousseter, sans les briser, les *bibelots*, après avoir manié la cognée.

Et comme le nombre des *amateurs* augmente tous les jours, les habiles cherchent, chaque matin, sur quel point spécial de la curiosité, en fait d'art ou de librairie, on pourrait bien *faire la hausse* en déclarant que l'*article* devient à la mode.

C'est ainsi qu'on a vu d'horribles livres, sans valeur, imprimés avec des têtes de clous, sur du méchant papier, et tout pleins de gravures difformes, les livres pornographiques d'un Restif de la Bretonne, par exemple, atteindre des prix fous, absurdement exagérés, au point qu'on a payé douze mille francs les œuvres complètes de cet illisible Restif.

Les plus malins parmi les collectionneurs, Henry Meilhac, pour n'en citer qu'un, rassemblaient les ouvrages de Restif, mais pour les revendre. Et que diable, en vérité, pourrait faire un véritable bibliophile de cette littérature d'almanach?

Avec Restif de la Bretonne, les libraires avaient aussi mis à la mode ce qu'ils appelaiont les *Romantiques*. Toutes les productions oubliées, qui encombraient depuis des années les vieux cabinets de lecture, les in-8° moisis du temps jadis, devenaient des *Romantiques* sur le catalogue des libraires. La mention *Romantique rare* alléchait les amateurs, qui payaient affreusement cher de vieux romans inutiles, des bouquins déterrés au fond des librairies des sous-préfectures de province.

Les *Grotesques*, de Théophile Gautier, dont la première édition, *invendue*, a longtemps couru les boîtes au rabais des bouquinistes des quais, montaient jusqu'à cent francs, deux cents francs. « *Romantique!* » Une édition *princeps* d'Alfred de Musset valait cinq cents francs. « *Romantique!* » On s'arrachait les premières éditions de Victor Hugo au poids de l'or. «*Romantique!* » Et non seulement les Hugo, les Musset, les Gautier, mais les conteurs et poètes *minores*, le *Trialph* de Lassailly, « *Romantique!* » qu'on payait dix louis, le *Champavert*, de Pétrus Borel, « *Romantique!* » pour lequel on donnait trois cents francs.

Cependant, encore un coup, la valeur la plus *cotée*, en cette *corbeille* de la littérature, c'était et c'est encore le livre du dix-huitième siècle, les éditions d'Eisen, de Gravelot, de Moreau le Jeune. C'est vraiment là une folie. On *traque* un exemplaire de ces ouvrages comme on ferait d'un gibier. On les déterre comme des truffes. Les commis libraires guettent — comme Roger penché sur la veine de Clapisson — la mort ou la misère de braves gens qui possèdent quelque *Dorat* ou quelque *Rousseau* grand format, au fond d'une mansarde des Batignolles ou d'une maisonnette de Passy.

On vous dira très bien, si vous êtes amateur de livres :

— Attendez un mois. Je sais un brave homme qui possède un édition des *Contes* de la Fontaine avec les figures de Duplessis-Bertaux avant la lettre... Il n'en a pas pour longtemps !... Je vous enverrai une dépêche dès que j'aurais la *lettre de faire part.*

Mais comme tout s'épuise et que les Eisen et les Moreau sont, après tout, limités en nombre, voilà que ce n'est plus maintenant sur les *livres à figures* du dix-huitième siecle que les libraires vont *faire la hausse*, c'est sur les *livres illustrés du dix-neuvième siècle.* Il y en a toute une collection et de fort beaux : le *Gil Blas*, de Jean Gigoux, avec le *Lazarille de Tormes*, de Meissonier ; les *Animaux* et le *Gulliver*, de Grandville ; les *Chansons populaires*, publiées par Delloye ; le *Napoléon* de Raffet et celui d'Horace Vernet ; le *Werther* de Tony Johannot — que sais-je encore ? Voilà désormais ce qui va, pendant un certain temps, captiver les *amateurs* français, américains, anglais et moscovites : — singuliers *amateurs* qui n'aiment que ce qu'on leur dit d'aimer et qui attendent le mot d'ordre de la mode pour s'écrier :

— C'est superbe ! Et je veux cela ! je le veux ! je le veux à tout prix !

Puis, quand les Raffet, les Charlet, les *Mystères de*

Paris avec les paysages parisiens de Daubigny et le *Juif-Errant* de Gavarni seront épuisés, les *coulissiers* et les haussiers de la librairie trouveront une autre valeur à lancer, et nous aurons peut-être déjà, nous, contemporains, la satisfaction d'assister à notre *plus-value marchande* et de voir se vendre très cher nos livres de début que nos éditeurs mirent au rabais — ô tristes souvenirs ! — absolument comme ces ouvrages d'Alfred Delveau qui passaient très mystérieusement inaperçus lors de leur apparition, et que les *amateurs* se disputent, s'arrachent et pourchassent, depuis quelques années, comme s'il y avait des coupures de la Banque oubliées entre les feuillets de ces livres.

Ah ! les amateurs, les collectionneurs, les curieux ! Ils sont gens à tout acheter, à tout cataloguer, à tout admirer, à tout adorer !

L'*amateur* est le contraire de saint Thomas. Ce n'est pas un *douteur*. Il croit tout. Il accepte tout. J'ai bien acheté, moi, sachant parfaitement qu'elles étaient fausses, de prétendues lettres de Mme de Pompadour, en me disant : « Après tout, c'est une curiosité ! »

— Revenez lundi, monsieur, me disait la marchande avec un air fin. Nous en aurons encore tant que vous voudrez. Les *Pompadour* sont très demandées !

C'était, il y a deux ans, chez une marchande de curiosités de la rue de Châteaudun. Toute la journée, en ce temps-là, aux Archives nationales, rue du Chaume, M. Emile Campardon, fort expert en ces matières, voyait arriver des *amateurs* apportant un papier jauni, maculé de sceaux de cire rouge craquelée et qui lui disaient :

— Monsieur, croyez-vous que ce soit...

— De Mme de Pompadour? Non, interrompait M. Campardon sans même regarder.

Le défilé de ces *amateurs d'autographes de la Pompadour* dura bien un mois, tant Paris était inondé de ces faux autographes; amateurs toujours incrédules d'ailleurs — incrédules de la vérité — et remportant leur *Pompadour* avec l'intime persuasion que l'archiviste se trompait et que l'autographe était authentique.

Mais, sans aller plus loin, il y a, à l'heure où j'écris, chez un marchand de curiosités de la rue des Petites-Ecuries, deux *pièces* capitales et qui défient, avec une incroyable audace, toute espèce de vraisemblance.

L'une représente un lambeau de peau rougeâtre, garnie d'écailles, épaisse comme une écorce de platane, avec des cachets de cire tout autour, et porte cette inscription : « *Fragment de la peau du serpent qui tenta notre mère Eve au paradis terrestre. Le reptile fut tué le lendemain par Adam d'un coup d'épieu dont on peut voir encore la trace. Sceaux de garantie de savants et de théologiens.* » Sceaux de garantie!...

L'autre *pièce*, encadrée comme la première, est une longue mèche de vieux cheveux noirs qui ont dû être fort beaux et qu'on a collés avec des cachets de cire sur un fragment de parchemin peint et décoré dans le style du moyen âge. L'inscription dit : « *Cheveux de Charles II, dit le Chauve, roi de France, d'Alémanie et d'Aquitaine, fils de Louis le Débonnaire et de Judith de Bavière.* » Des cheveux de Charles *le Chauve!* La plaisanterie vaut, je pense, celle du serpent tué par le vieil Adam.

Eh bien! soyez certain qu'il se trouvera dans ce grand

Paris quelque collectionneur pour acheter ces deux curiosités invraisemblables et quelque esprit crédule pour soutenir qu'elles sont authentiques. Le savant M. Chasles a avalé plus gros goujon que cela.

La peau du serpent adamique et la mèche de cheveux du roi Charles, mèche de cheveux digne d'avoir Pope pour poète, valent après tout bien des *bibelots*, bien des bouquins et bien des dessins du dix-huitième siècle. Ce sont aussi des documents humains, des *documents* de la bêtise *humaine!*

Au reste ce ne sont pas seulement les amateurs de livres qui mettent le siècle dernier à la mode, il s'est formé et il se forme (on devrait dire se déforme) tous les jours une école spéciale de littérateurs qui pillent, déshabillent et rhabillent à la moderne les conteurs du dix-huitième siècle et ceux du seizième, qui accommodent le grand Rabelais, — l'aïeul, le grand Gaulois, — à la mode boulevardière, et écrasent en de lourdes nouvelles les petits contes court-vêtus de Voltaire, de Vergier, de Moncrif ou de Sénécé. On les pourrait saluer au passage ces *nouvelles* d'autrefois, dans les journaux d'aujourd'hui, comme de vieilles connaissances, si les plagiaires et les faiseurs d'*adaptations* leur conservaient quelque chose de leur grâce primitive et de la légèreté de leur esprit. Il y a là comme une parodie quotidienne de cette vieille littérature de la Gaule, depuis les récits de Brantôme jusqu'aux rimes de ce *Fond du sac* de Félix Nogaret qu'on vendait jadis sous le manteau et qui se débitent aujourd'hui, sous un pseudonyme, en plein soleil.

Qu'on n'accuse point de pruderie ceux qui trouvent qu'on va bien loin en ces sortes d'affaires. Les croquis du *Boudoir* et les nouvelles à la main du *Piron*, journal rose, ne relèvent point de ce Rabelais dont on inaugure la statue dans le beau pays de Touraine, et dont ces pseudo-Gaulois se voudraient réclamer. Rabelais vivait dans un temps où l'on ne pouvait tout dire, et il déclarait lui-même qu'il ne s'enveloppait de fiente que pour éviter la main de l'homme rouge, qui l'eût traîné volontiers aux fagots du bûcher. Les petits Rabelais du jour, nos Rabelais sans robe de docteur, nos Rabelais en veston court, ne s'enduisent de telle sorte que pour mieux attirer le chaland. C'est un métier triste.

Et puis, de Rabelais à ses arrière-neveux il y a une fière distance : — celle du rire du génie au babillage du désœuvré. Le talent fait tout en pareille matière et la forme sauve le fond.

M. Henri Rivière, l'auteur de *Pierrot* et de *Caïn*, nous a conté qu'allant un jour rendre visite à Napoléon III, à Chiselhurst, il trouva le souverain détrôné lisant un livre ; et montrant ce volume :

— Savez-vous ce que je lis ? dit l'empereur. Voyez : *Mademoiselle de Maupin !* Eh bien ! on a tant reproché à la littérature de mon temps d'être cynique et immorale... Elle l'était moins !... Oui, tel roman (et il citait le titre fameux d'un volume de boudoir) l'était moins que cette *Mademoiselle de Maupin*, qui date du temps de Louis-Philippe !

— Sans doute, répondit M. Rivière. En apparence. Mais le talent change bien les choses en pareille matière. Le style est comme un manteau qui cache les nudités.

On ne saurait reprocher aux récits dont je parle, aux parodistes de nos vieux conteurs, de pécher par un excès de style. Ils ne tiennent ni à la pourpre, ni à la soie du manteau; ils ne tiennent même pas du tout au manteau. Ils diraient volontiers à leur *Muse*, comme ce sculpteur à cette grande dame :

— Madame, rien ne vous va comme le nu !

Et pendant ce temps, cette littérature spéciale, qui est aux lettres ce que certaines photographies sont à l'art, a ses petits journaux spéciaux, ses illustrateurs et ses lecteurs; elle fait florès et fait fortune.

Soit. Mais Rabelais — maître François, fort peu bégueule, — ne la lirait pas.

C'est la meilleure des censures : celle du dédain. *Pantagruel* en eut, en son temps, à subir une plus grave de la Faculté de théologie lorsque parut son quatrième livre : « certain livre mauvais exposé en vente », dit l'arrêté du parlement qui le condamne, et voici que M. Alexandre Dumas fils vient d'encourir non pas les foudres de la Faculté de théologie, mais la colère du Vatican. Son livre, *le Divorce*, est mis, à Rome, à l'index. C'est peut-être parce qu'il a toujours grand succès à Paris.

Dumas à l'*index !* Le volume du *Divorce* condamné par la Congrégation ! C'est une des ironies de la semaine. Je crois bien d'ailleurs que M. Alexandre Dumas s'en soucie médiocrement et que même une telle colère ne lui déplaît pas. « Tu te fâches, donc tu as tort ! » comme disait le philosophe. Ce n'est point par la mise à l'index de ses ouvrages que le Vatican aura raison du très vaillant académicien.

Il doit y avoir, d'ailleurs, des petits bijoux spéciaux contre la mise à l'*index*, absolument comme il y a des morceaux de corail contre le mauvais œil. Ce genre de bibelots, porte-chances ou médailles bénites, a ses *curieux* aussi. Nous nous moquons beaucoup des *gris-gris* que que portent les nègres, des amulettes des sauvages et de toute la joaillerie superstitieuse, et voilà que les devantures de nos bijoutiers sont littéralement envahies par ces petits cochons, verrats, truies ou porcelets qui, paraît-il, sont des *porte-bonheur*. Toutes les concurrentes du Conservatoire en ont un au cou ou au bras, pour se donner des chances de remporter le prix. Je savais que le cochon était un « mets recherché en toutes ses parties » comme dirait Brillat-Savarin; et Monselet, avec un accent passionné, lui a dit — ou à peu près — dans sa poétique gloutonnerie :

> Oui, tout est bon en vous, animal-roi, *cher ange!*

Mais je ne savais pas que le cochon fût un talisman. Je ne connaissais, en ce genre, que le *Pied de mouton* de Martainville. Le monde, si le porc est un *porc-bonheur* (comme disent aussi les boulevardiers), finira donc par être une vaste porcherie où de petits cochonnets d'argent ou d'or se balanceront un peu partout à des bracelets ou à des colliers. Etrange innovation et peu parisienne. Je comprenais — dans cette zoologie de la mode — le lézard en diamants, — l'ami de l'homme devenu l'ami de la femme — et le serpent porte-bouquet. Mais le cochon! Importation viennoise que nos Parisiennes ont eu le grand tort d'adopter.

Mais, hélas! que n'adopte-t-on point! Voici la

voiture-annonce, le fiacre orné d'affiches peintes, le coupé illustré de *réclames* qui commence à rouler dans nos rues! Mode américaine, celle-là, et non plus autrichienne. — On aperçoit, en passant, un joli visage de femme encadré dans une annonce de la vitaline Steck et de l'anti-bolbos. Une petite tête brune apparaît à la portière d'un coupé qui passe et on lit au-dessous : *Plus de fausses nattes*.

J'engage même les femmes d'une certaine classe — celles qui se font des rentes avec la faiblesse du sexe fort — à ne jamais prendre ces voitures nouvelles. Elles pourraient s'en trouver compromises en traversant Paris, car derrière toutes ces voitures illustrées s'étale infailliblement la fameuse et trompeuse inscription : *On rend l'argent*.

C'est une fausse annonce.

XXI

La semaine des récompenses. — Rubans violets et rubans rouges. — M. Massenet. — *Mefistofele*. — M. Boïto. -- Encore l'Académie. — *Atar-Gull*. — Un prix Montyon en police correctionnelle. — La *Dame aux Camélias* en opéra-comique. — M. Dumas et Verdi. Georges Sand et la *Petite Fadette*. — Les acteurs et la croix. — M. Vacquerie. — M. Schœlcher. — *Monsieur* ou non? — Le congrès de l'alcoolisme. — Tempérants, teatotalistes et végétariens. — Une société de tempérance pendant le siège de Paris. — *Art de la Mode*. — La gaze. — On ne gaze plus. — Un reporter modèle. — La Guyane. — Le Canada. — Le *Drapeau de Carillon*.

Paris, 9 août.

Cette semaine est maigre comme doit l'être, à cette heure, le docteur Tanner, cet américain qui est un phénomène s'il n'est pas un *puff* vivant. Toute la « vie parisienne » est à Cherbourg où les deux présidents se sont rendus. Ici, les distributions de prix une fois achevées, les vacances ont bel et bien commencé. De ces distributions de prix, il y en a eu de diverses sortes, depuis la couronne de papier vert jusqu'au ruban rouge de la légion d'honneur et au ruban d'académie.

Le ruban violet, qu'on beaucoup trop prodigué, ne

vaut pas le ruban rouge; mais familièrement, parmi les gens qui aiment à porter quelque ornement à leur boutonnière, on l'appelle le *homard*, parce qu'il rougit à un moment donné. Les palmes d'officier sont un acheminement à la rosette; mais combien de *féliciteurs* de M. Massenet, qu'on disait officier de la Légion d'honneur et qui n'était qu'officier d'académie, en ont été pour leurs frais ! Lui s'en est tiré en souriant et en continuant à travailler à cet opéra dont il doit donner la primeur à Milan, au mois de mars prochain. C'est à Milan que fut joué pour la première fois le *Mefistofele* de Boïto, que voilà en train de faire son tour d'Europe et qu'on nous montrera quelque jour à Paris, la Patti chantant peut-être ici ce que la Nilsson vient de chanter à Londres. Ce *Mefistofele*, dont Boïto conduisit lui-même l'orchestre à la mode italienne, le soir de la première représentation, subit même la dure épreuve d'une tempête. Il est à croire que le futur opéra *milanais* de Massenet deviendra rapidement, lui aussi, européen et parisien sans traverser tout d'abord de tels orages.

L'Académie a été plus généreuse en prix de vertu que le ministère en rubans rouges. Elle en a donné beaucoup. Elle aurait pu en donner plus encore. Elle va subir d'ailleurs, paraît-il, une étrange épreuve. L'an dernier, elle couronna, avec beaucoup d'éloges, un homme qui, avant même d'avoir touché au secrétariat de l'Institut le montant de son prix, accompagné, je crois, d'une médaille, se fit condamner pour outrage à la pudeur. Ce bizarre lauréat est emprisonné, subit sa peine et, aussitôt délivré, se présente à M. Pingard pour recevoir la somme accordée à sa vertu. On la lui refuse, il proteste ; on persiste, il se fâche, et finalement il s'est adressé aux tribunaux pour obtenir la somme qu'on lui avait décernée.

Le procès sera piquant. Il est évident qu'il y a là erreur, non sur la personne, mais sur les qualités de la personne. Ce vertueux était un faux vertueux. L'Académie avait, ce jour-là, couronné simplement l'hypocrisie. Un philosophe a dit, il est vrai, que ce vice était encore un hommage rendu à la vertu. De telles erreurs ne sont point si fréquentes, et les lauréats n'appartiennent pas tous à cette ironique catégorie des *Atar-Gull* qui reçoivent des prix Montyon pour avoir fait étouffer leurs jeunes maîtresses par des serpents et mourir à petit feu leurs vieux maîtres paralytiques. C'était là un paradoxe byronien d'Eugène Sue, absolument comme le discours de M. Sardou, dans lequel des esprits maussades ont voulu voir une attaque à la science, était un adorable paradoxe parisien.

J'ai remarqué, l'autre jour, que, sauf M. Camille Doucet, pas un des auteurs dramatiques de l'Académie n'était venu à l'Institut. Il s'agissait pourtant d'écouter un confrère. Mais on est loin : M. Legouvé est à Seine-Port, M. Emile Augier est à Croissy, M. Feuillet est en Normandie, M. Labiche est en Sologne, M. Dumas est à Puy, et « Sarah Bernhardt » sera bientôt en Amérique.

Je viens, soit dit en passant, de prendre part au problème soulevé récemment par M. Victor Schœlcher, en écrivant là « *Sarah Bernhardt* » tout court et en disant de Mlle Vauchelet « *Mademoiselle* ». M. Schœlcher, dans une lettre à M. Auguste Vacquerie, demandait, l'autre jour, qu'on cessât de dire « Got », ou « Delaunay » ou « Worms », et qu'on ne parlât point d'eux sans leur donner du *monsieur* comme à tout le monde. M. Schœlcher, qui est le plus poli des hommes, une sorte de M. de Coislin de la démocratie, trouve que les critiques de théâtre ne sont pas assez courtois envers les comédiens. Très éloquemment, M. Auguste Vacquerie fait campagne pour réclamer la croix pour les acteurs. M. Schœlcher veut qu'on leur donne en outre cette espèce de décoration quotidienne qui est le salut, j'allais presque dire le respect.

Ce sont là des questions fort intéressantes, puisqu'elles touchent à une classe entière d'artistes, mais je crois bien que, depuis longtemps, la question est jugée.

— Je croyais, monsieur, que depuis la Révolution nous étions tous égaux ? disait M. de Ségur à un comédien qui le prenait, avec lui, d'un peu trop haut.

Il serait aussi injuste, aussi niais et aussi révoltant de tenir les comédiens en quarantaine qu'il serait excessif de leur accorder, en toutes choses, la première place, ce qui bien souvent arrive. Le temps n'est plus où Frédérick Lemaître, récitant un monologue dans un salon de Londres, remarqua qu'on avait tendu, entre lui et les spectateurs aristocratiques, un mince fil de soie, et marcha dessus pour le briser. Le fil est rompu ou plutôt il sert à lier intimement les mondains aux comédiens. L'artiste dramatique est le roi du salon où il vient *dire* une pièce de vers. Il ne fait plus antichambre, il fait groupe; il est centre de groupe. On le boit des yeux. Les femmes résistent encore à la souveraineté des comédiennes. Une actrice, dans une soirée, n'est guère entourée que d'un cercle masculin. Les femmes regardent, analysent, détaillent la toilette, s'inquiètent si la *diva* ou la *stella* met de la poudre de riz ou du rouge; mais elles ne « font point groupe » encore. Cela viendra.

Quant à appeler Mlle Sarah Bernhardt *mademoiselle*, ou à dire de Mme Patti *la Patti*, ce ne sont point là choses qui se décrètent. On honore autant un homme en lui donnant simplement son nom qu'en l'appelant *monsieur*. Je dis : *Rachel*, et je dis : *Mme Théo*, et pourtant il y a une nuance et une distance. La critique italienne la plus grave, dans les journaux, dans les revues, dans les *Dictionnaires* biographiques comme celui de M. de Gubernatis, dit : *il* Augier, *il* Renan, *il* Vacquerie, *il* Schœlcher, ou *la* Sand et *la* Beecher-Stowe et n'insulte point ceux dont elle parle ainsi, bien au contraire. On ne peut qu'approuver M. Schœlcher de réclamer un peu plus de formes dans la façon de traiter les gens de théâtre; mais j'ai consulté là-dessus un comédien qui me paraît avoir résolu la question lorsqu'il m'a répondu :

— Qu'on m'appelle *monsieur* ou qu'on m'appelle *un tel*, cela m'est parfaitement indifférent, pourvu qu'on m'applaudisse et qu'on dise du bien de moi !

Nous n'aurons pas — mais nous avons failli avoir, pour l'an prochain — des discussions plus particulières, à

Paris. Les membres du *Congrès de l'Alcoolisme*, qui vient de se tenir à Bruxelles, demandaient que la réunion prochaine se tînt, en 1881, à Paris. On a voté et l'on a voté pour Londres. C'est dommage. Ce *Congrès de l'Alcoolisme* vient de se terminer, en Belgique, par un banquet d'une originalité qui eût diverti les Parisiens. C'est un repas auquel M. John Thomas, le président de la *Ligue pour la Tempérance*, de Londres, a convié tous les membres du congrès antialcoolique. Dîner très particulier où l'on n'a bu ni vin ni liqueur, ni absorbé le moindre atome d'alcool, et où le thé a coulé à pleines tasses. C'est ce qu'on appelle là-bas le *teatotalisme*. Tout par le thé, tout pour le thé, tout au thé. Le *teatotalisme* menace presque de devenir une religion. La secte des teatotalistes ou des teatotalisants est déjà fort nombreuse, et je me rappelle, parmi mes plus amers souvenirs de voyage, un déjeuner à Porto-Bello, près d'Édimbourg, où nous ne parvînmes à nous faire servir que des apparences d'aliments.

— Monsieur, me répondait le *stewart*, vous êtes dans un *temperance-hôtel!...*

Le docteur Tanner, le plus tempérant des docteurs et qui pratique, lui, le *watertotalisme*, doit, en voyage, choisir de préférence ces hôtels-là. Je ne les recommanderais pas à tout le monde.

Avec le *teatotalisme* nous sommes menacés d'une autre manie, le *néphalisme*. Les néphaliens sont des gens qui ont juré de ne jamais boire ni une goutte de brandy ni un verre de claret. Ils sont buveurs d'eau, ils ont pour le vin la haine que dut avoir Noé après son aventure. Aux horreurs de l'alcoolisme, qui peuple de délirants et de déments les cabanons de Sainte-Anne, ils veulent substituer les bienfaits du néphalisme qui donne la santé, la force, la netteté dans les idées et la vigueur dans les muscles. Croyez « et buvez de l'eau! » dit vulgairement le dicton.

Les *végétariens*, les légumistes, autres originaux, sont un peu cousins des néphaliens. Le *légumiste* est de date ancienne. On l'a déjà connu en France. Les solitaires de Port-Royal étaient légumistes, au moins quelques-uns. Ils se nourrissaient, dans leur désert de la vallée de Chevreuse, un peu comme les fakirs des Indes, sans manger de viande. Ils eussent peut-être aujourd'hui embrassé le *teatotalisme*. M. de Pontchâteau fût devenu néphalien. Est-ce d'ailleurs à cette humeur spéciale et à cette façon de se nourrir qu'il faut attribuer la pâleur de cire qu'ils ont sur leurs portraits, au Louvre et à Versailles? Ces faces pâles de la mère Angélique, de la mère Agnès, ressemblent à des apparitions spectrales. L'hygiène et la diète, a dit Sainte-Beuve, étaient fort mal entendues à Port-Royal.

Je m'imagine d'ailleurs la figure que peut faire dans le monde un néphalien! On sait qu'il est malséant, lorsqu'on se trouve à table à côté d'une dame, de lui offrir de l'eau. Il faut attendre un signe d'elle, une demande. La comtesse de Bassanville ne donne peut-être point ce renseignement, qui est un conseil et un conseil fort logique. La dame peut, en effet, ne pas vouloir d'eau dans son vin, et l'on risque alors de faire remarquer qu'elle boit pur son médoc ou son bourgogne. La politesse commande l'expectative. Mais la religion néphalienne ordonne l'empressement, et tout bon néphalien doit, ce semble, gorger d'eau ses voisins et voisines, et faire ainsi des prosélytes.

Cette façon de combattre l'alcoolisme par l'abstention se rapproche du procédé de ce docteur Tanner qui a risqué de démontrer, en mourant de faim, que l'homme peut vivre sans manger. Les néphaliens ou néphalistes et les teatotalistes ne feront point, au surplus, beaucoup d'adeptes en France. On y déteste trop ces extrêmes un peu extravagants. Des associations analogues à la Ligue anglaise pour la Tempérance existent chez nous, et il y a même une Société contre l'abus du tabac qui prouve — ou veut prouver — que la cigarette est la cause de tous les crimes ; mais les membres de ces réunions ont moins de ferveur que les sociétaires américains ou anglais.

Et pourtant j'en sais un qui a poussé loin l'amour de son œuvre.

C'est toute une histoire.

Elle remonte à près de dix ans. Elle nous reporte en plein dans les jours noirs du siège, tristes journées auxquelles on ne songe plus guère aujourd'hui. Qui a rappelé que, cette semaine, il y avait dix ans tout juste — dix ans ! — que de Forbach à Frœhschwiller, notre frontière, le soir du samedi 6 août, était pleine de morts, de plaintes des blessés montant dans l'air de la nuit, par le plus beau, le plus pittoresque et le plus cruel clair de lune que j'aie vu de ma vie ?

Ah ! la triste nuit ! On n'y pense plus. L'oubli est peut-être une des nécessités de l'existence pour les nations. En avant ! *Go head!* Et à l'œuvre !

Bref, c'était pendant le siège de Paris. On y savait faire son devoir, mais, en certains coins, Paris conservait encore, même en de telles épreuves, le goût vengeur et fortifiant du rire. Nous étions quelques Parisiens qui avions, ne fût-ce que pour nous distraire, accepté de faire partie d'une Association fondée par des philanthropes de très bonne foi, dans le but d'imposer la tempérance à l'armée, à la garde nationale et aux simples citoyens. On se réunissait dans le magasin déserté d'un grand facteur de pianos, et là, les futurs auteurs de *Jean de Nivelle*, M. Léo Delibes, en uniforme de sous-lieutenant d'état-major de la garde nationale, et M. Gille, accompagnaient parfois de quelques *accords* les discussions de cet autre Congrès de l'alcoolisme. Un homme d'un certain âge, capitaine de la légion de Seine-et-Oise, le présidait, et nous présidait, très gravement. Nous ne savions pas exactement son nom; on l'appelait communément le capitaine *Sud-Ouest*, à cause de ces deux lettres : *S.-O.* (Seine-et-Oise) qu'il portait brodées sur son képi.

Ah ! les étranges discussions auxquelles nous assistâmes alors et quels « documents humains » formeraient, s'ils avaient été réunis, les procès-verbaux de ces séances !

Avec la meilleure foi du monde ces braves gens qui voulaient extirper l'alcoolisme de Paris, et parmi lesquels s'était glissé plus d'un sceptique, posaient et discutaient, pendant plusieurs séances de suite, des questions comme celle-ci :

« *Un membre de l'Association de tempérance a-t-il le droit, même en cas de bombardement, de se réfugier dans une cave ?* »

— Ah ! c'est grave ! c'est très grave ! disaient des orateurs très sincères. Evidemment la vie humaine est sacrée! Eviter les obus est chose prudente !.... Mais la cave !... Descendre dans la cave !... Un membre de l'Association de tempérance !...

— Mais si la cave est vide? criait quelqu'un.

— Ah ! si la cave est vide, c'est autre chose !... Une cave vide n'est plus une cave !...

— C'est un caveau! répondait un sceptique.

Et, sans sourciller, l'assemblée votait que « tel article » des statuts de l'Association porterait qu'un membre avait le droit de chercher refuge dans une cave, à la condition qu'il ne s'y trouverait pas de bouteilles pleines.

Une autre fois, un littérateur paradoxal, qui se plaisait à se moquer de ces prudhommeries sentimentales, proposait de jeter hors des fortifications toute l'eau-de-vie en barils que contenait Paris. Les Allemands la recueillaient, s'en enivraient, et, profitant de leur ivresse, les Parisiens faisaient une sortie... Mais le président interrompit l'orateur :

— Pardon! la proposition est anti-statutaire. Nous sommes une Société de tempérance. Nous n'avons pas le droit de nous servir de l'intempérance, même comme arme de guerre contre nos ennemis!

On n'invente pas de telles candeurs. On les étudie quand on les rencontre.

Ce capitaine *Sud-Ouest* nous dit, un soir, un mot digne de Molière. Il mettait aux voix, après s'être mêlé activement à la discussion, je ne sais quel article des statuts. Au moment du vote, il lève la main.

— Pardon, dit un des assistants, je ne veux pas revenir sur un vote acquis, mais je ferai observer à M. le président qu'il a précisément voté contre son opinion.

Le président sourit alors, et répondit avec majesté :

— C'est vrai ! *Mais je viens d'en changer !*

Je ne sais pas beaucoup de *mots* de comédie qui vaillent celui-là !

Pauvre capitaine *Sud-Ouest !* Pendant toute la durée du siège, il s'était montré profondément conservateur, tout à fait tempérant, et sa tenue, son visage, sa voix, n'avaient certes rien d'anarchiste. Une simple lettre, un billet de Garibaldi le perdit tout net. On ne sait pas combien de gratte-papier malheureux Lamartine a faits en répondant à l'envoi de leurs alexandrins : « *Vous êtes plus poète que moi !* » Garibaldi, en envoyant de Bordeaux au capitaine *Sud-Ouest* sa souscription — d'ailleurs sollicitée — à l'œuvre de régénération par la tempérance, s'avisa de déclarer à notre honnête président qu'il était « révolutionnaire » à sa manière. Le titre plut au brave capitaine. Hé bien, oui, il serait révolutionnaire, palsambleu ! puisque Garibaldi le lui écrivait ! Révolutionnaire pour tout de bon ! Et, soudainement, sans y être le moins du monde préparé, il entra, son autographe de Garibaldi à la main, dans le mouvement communaliste.

S'est-il, un matin, réveillé parmi les prisonniers de l'Orangerie ? A-t-il, après avoir passé devant un conseil de guerre, fait le dur voyage de Nouméa ? Je le crois bien, sans pouvoir l'affirmer.

Après tout, ce pauvre capitaine Sud-Ouest a pu dire, comme à nous, à ses juges :

— C'était mon opinion! Mais je viens d'en changer! Les membres du Congrès de l'alcoolisme à Bruxelles ne finiront certainement pas ainsi. Ce sont des savants qui s'inquiètent sérieusement d'une question vitale pour la société contemporaine, où décidément les alcooliques deviennent de plus en plus nombreux. Le meurtre d'un gardien de la paix par un alcoolique errant à travers un faubourg de Paris montrait bien, il y a trois semaines, que l'alcool n'est pas seulement un danger pour ceux qui l'absorbent.

Mais quoi! c'est une vieille histoire que l'assassinat de Rouxin, et un Congrès qui se tient à Bruxelles intéresse moins Paris qu'un vaudeville nouveau qui s'y joue ou une feuille nouvelle qui y fait son apparition. Ce n'est pas une feuille, c'est bel et bien un journal exquis dont, cette fois, les Parisiens et les Parisiennes ont eu la primeur : *l'Art de la mode*. L'*Art de la mode!* Qui a trouvé cet heureux accouplement de mots? Il y a, en effet, tout un art, un art singulier, attirant, bien français celui-là, dans la Mode. Et la Parisienne possède comme personne cet art-là. Il est inné en elle. La Parisienne eût trouvé moyen, au paradis terrestre, de se parer coquettement, et avec art, avec le fameux figuier. Cet « art de la mode », qui varie suivant les époques, et qu'on a connu tantôt majestueux, tantôt chiffonné, est aujourd'hui un art éclectique. Il prend à tous les temps un peu de leur séduction particulière, mais en se complaisant plus spécialement aux élégances du Directoire : chapeaux Trianon, brides en surah *merveilleux*, robes de satin *insecte* à la Gainsborough, voilà le ton. Le Directoire est passé du théâtre dans le costume et, en vérité, avec toutes ces publications qui rappellent les petits livres érotiques des Galeries de Bois, il menace de passer dans les mœurs ou tout ou moins dans les lectures. Encore, sous le Directoire, et, plus tard, du temps de Balzac et de Félix de Vandenesse, les séductions capiteuses des Galeries de Bois étaient-elles fermées aux adolescents, et une jeune femme n'eût jamais osé se glisser vers ces librairies clandestines pour en emporter — sous le manteau ou sous le mantelet — un de ces damnés livres à images... Tandis qu'aujourd'hui, c'est le kiosque des boulevards qui remplace la Galerie de Bois et toutes les rues de Paris, menaçant de devenir un Camp des Tartares.

L'*Art de la mode* d'autrefois avait, en fait de vêtements et de contes, inventé une chose charmante qui s'appelait la gaze. Ce n'était rien et c'était tout. La gaze couvrait bien des choses. La gaze était la séduction du corsage et le triomphe de l'esprit. On disait tout, on montrait plus d'un bout d'épaule, mais en gazant. La gaze était comme la ouate qui empêche de se briser les bibelots fragiles. Elle était bien française, cette gaze qui seyait si galamment aux femmes et aux écrits.

Glissez, mortels, n'appuyez pas!

était le mot d'ordre de l'esprit qui avait du tact.

Mais aujourd'hui!... Comme on appuie, comme on écrase le crayon, comme on étale la couleur! Quels barbouillages! Et comme la gaze est déchirée! Comme le vent l'emporte et jette sa coquette blancheur à la boue du ruisseau! Et ce qu'on étale à présent ne vaut pas ce qu'on laissait deviner jadis. La finesse d'autrefois est plus française que ce gros rire gras.

On cherchait la pointe, on ne cherche que le coup de marteau. On ne sait pas plus ce que c'est que gazer qu'on ne sait ce que c'est que paraître jolie, comme Mlle Mars, en robe de mousseline.

L'*Art de la mode* réagira sans doute contre toutes ces lourdeurs et ces grossièretés. Son titre oblige et ses peintres promettent. Ils sont là douze qui ont chacun annoncé une *mode* par mois : Stevens ouvre la marche. Carolus Duran, Heilbuth, de Nittis, Henner, Detaille, etc., continueront, d'un mois à l'autre. Quel album au bout de l'an ! Et parlez-nous ensuite des Debucourt et des Moreau le Jeune !

En attendant, et comme pour faire honte aux pornographes d'aujourd'hui — qui appuient terriblement, hélas ! — on inaugure une statue de Rabelais à Tours.

A Tours ! Ce n'est pourtant pas à Tours, c'est à Chinon qu'est né Rabelais ; mais le grand Tourangeau méritait bien d'avoir deux statues en ce clair pays de Touraine. Il en a une à Tours, qui le représente debout ; il en aura une autre, l'an prochain, à Chinon, qui le montrera assis. Dans la magistrature exercée sur l'esprit humain, maitre Francois a été tour à tour un juge debout et assis des ridicules et des injustices, un juge jugeant les chats fourrés et les chattemites.

Il est très populaire en son pays. La double souscription aux deux statues de Tours et de Chinon a été rapidement couverte. Rabelais est d'ailleurs prophète hors de la Touraine, et le *Rabelais Club*, qui vient de se former à Londres, témoigne que les Anglais comprennent l'auteur de *Pantagruel*, celui que Bacon appelait le grand railleur, *the great gester*, « le grand railleur de France. »

Tours avait sa statue de Descartes; il a voulu avoir sa statue du « *savant et gentil Rabelais* », comme disait Guillaume Budé, qui l'appelait *Rabelæzus*.

Ce n'est point le médécin, « *l'honneur de la médecine, qui peut rappeler les morts des portes du tombeau et les rendre à la lumière*, » qu'on célèbre en lui élevant des statues, c'est le combattant de la pensée libre et le précurseur de notre société moderne. Chinon et Tours se sont disputé l'honneur de dresser son image sur un socle. Montpellier eût pu faire de même. La ville de Metz lui pourrait aussi élever une statue, après Tours et Chinon, car il y séjourna et il y exerça la médecine. M. Charles Abel a publié, en 1869, dans les *Mémoires de l'Académie de Metz*, un très curieux travail sur *Rabelais, médecin stipendié de la cité de Metz*. On trouve dans un extrait des comptes de la ville messine une note sur les *gages* payés à « *M. Rabellet* ».

L'auteur de la statue *debout* élevée à Tours, M. Demaige, qui n'était guère connu que par des bronzes de commerce, des groupes et des figures exécutés pour les marchands, a fait, avec Rabelais, une œuvre remarquable, qui lui valait une médaille au dernier Salon. Peut-être son Rabelais a-t-il le rire un peu trop gros ; c'est le Rabelais de la légende, l'épique goulu que nous avons là, ce n'est point le penseur qui, de son vivant, ne ressemblait guère au ventru dont on nous a tant parlé !

Un certain Gabriel de Puits-Herbaut, moine de Fontevrault, le traita, pour la première fois, dans un pamphlet contre les « mauvais livres », de buveur, cynique, glouton. — La caricature a prévalu sur le portrait. C'est qu'aussi bien la poésie s'en est mêlée. Ronsard, abandonnant l'ode et l'élégie pour la satire, barbouilla, à son tour, un portrait de Rabelais comme avec de la *purée septembrale* délayée sur sa palette.

Ce Rabelais que Ronsard, qui ne l'aimait point, représente demi-nu, les manches retroussées, à plat couché dans l'herbe, l'été, parmi les piots et les écuelles grasses, et comme gavé de cervelas et de jambon :

Il les aime mieux que les lis,
Tant soient-ils fraîchement cueillis,

ce Rabelais, qui deviendra le Rabelais de la légende et le fera surnommer plus tard par Lamartine, fort peu Gaulois en ses admirations, le *boueux de l'humanité*, le voici tel que le poète le lègue à la postérité, laquelle aime mieux les *charges* que les miniatures :

Si d'un mort pourri qui repose
Nature engendre quelque chose
Et si la régénération
Se fait de la corruption,
Une vigne prendra naissance
De l'estomac et de la pance
Du bon Rabelais qui buvoit
Toujours, ce pendant qu'il vivoit ;
Car d'un seul trait sa grande gueule
Eust plus beu de vin toute seule,
L'épuisant du nez en deux coups,
Qu'un porc qui hume du laict doux !

Nous aimons mieux voir dans Rabelais le *gentil* et

docte personnage qui ne détestait ni la chère ni la vendange, mais n'était point le gros entripaillé dont parlait le moine, et, après le moine, le poète :

> Ce docte Rabelais qui piquoit
> Les plus piquans...

a donc sa statue à Tours, et il y a eu foule pour la saluer, acclamer son image. La revue qui a suivi et la fête des drapeaux, avouons-le, y étaient bien pour quelque chose.

Ainsi maintenant, à Tours, et comme échangeant leurs pensées, Descartes et Rabelais se dressent sur leurs socles de pierre. L'ún songe, l'autre sourit. Le *cogito, ergo sum*, répond au *pource que rire est le propre de l'homme*. La maison de Balzac n'est pas loin. — Honoré de Balzac, l'autre grand Tourangeau qui aura bientôt — qui devrait avoir à Tours — sa statue. Je me rappelle avoir rêvé, tout un soir, devant ce Descartes, à l'heure de la retraite. Les chansons lointaines m'arrivent encore par le souvenir. Ce sont des Tourangeaux qui passent. Puis des bruits de sabre. Ce sont peut-être des soldats qui rentrent, quoique pas une seule permission de nuit ne leur ait été accordée.

L'armée et le lettré — le *grand railleur* éternel qui fait la lumière et l'humble troupier qui défend le pays : François Rabelais et le fils de Jacques Bonhomme, c'est pourtant cela qui est la France !...

La France ! Elle est partout où notre esprit français subsiste et où l'âme française demeure, et M. Fréchette et ses *Poésies canadiennes* nous l'ont bien montré !

Il y avait dans un coin de la grande exposition de 1878 tout un coin spécial et bien français dans l'admirable *exhibition* du Canada. C'était le coin de la librairie, le *coin des poètes*, pourrait-on dire comme en parlant de Westminster. Que d'ouvrages à lire, écrits dans notre langue par des Canadiens, et publiés à Montréal, à Québec, à Lévis ! Il y avait des journaux hebdomadaires avec gravures, comparables à l'*Illustration*, des revues, la *Revue de Montréal*, de gros ouvrages de littérature et d'histoire. Il y avait jusqu'à un journal de caricatures qui prouvait que la *charge*, cette plaisanterie bien française, est fort joliment enlevée par les dessinateurs de la Nouvelle France. On regarda fort peu ce coin particulier, qui était loin du centre, loin du passant, et qui avait l'air bien sérieux.

Moi seul, peut-être, m'en occupai, et je reçus alors du Canada toute une caisse d'ouvrages remarquables, une bibliothèque véritable, que l'administration gouvernementale même du Canada m'expédiait, grâce justement à M. Fréchette, l'*homme du jour* à Paris, pendant quelques jours, et à M. Faucher de Saint-Maurice, un véritable écrivain français du Canada.

C'est là que j'ai pu voir combien était là-bas vivace, ardent, fidèle, l'amour de cette France qu'ils appellent encore la patrie, et qu'ils aiment tant, que le fils de la reine Victoria est forcé de la louer devant eux, dans ses discours officiels, et que tel livre de classes, l'*Histoire du Canada pour les enfants à l'usage des écoles élémentaires*, par un Anglais, M. Henry Miles, est contraint, en parlant à ces petits de l'Angleterre et de la France, de les nommer les *deux mères patries !*

Les *deux mères patries!* Il y a déjà plus d'un siècle et demi que le Canada a éte cédé, et les Canadiens appellent toujours la France *leur mère!*

Ils ont un poète, Crémazie, qui a écrit un poème admirable, le *Drapeau de Carillon*, — Carillon, victoire héroïque, gagnée par nos aïeux au bout du monde, et dont le nom nous est presque inconnu!

Dans ces vers, le poète Crémazie raconte que le drapeau français qui flottait à Carillon est conservé pieusement par un vieux soldat de Montcalm, au fond d'une chaumière où, en secret, la nuit, les vieux Canadiens conquis vont, le soir, le toucher, en parlant de Montcalm, le *marquis*, le vaincu, et de Lévis, le victorieux!

Un jour, le vieux soldat de Carillon se sent enflammé d'une idée sublime, et qui lui paraît toute simple. Il roulera ce drapeau sauvé des mains anglaises sur sa poitrine et, quittant le Saint-Laurent, il ira à Versailles le porter au roi, en lui disant :

— Sire, voilà revenu en France notre drapeau criblé de balles et fleurdelysé d'or!

Et le soldat s'en va.

Il débarque à Saint-Malo. Il fait à pied la route de Versailles. Il arrive dans la grande cité solennelle. Quel est ce bonhomme bronzé, cassé, poudreux?

— Je veux voir le roi!

On lui rit au nez.

— Je veux voir le roi! J'ai à lui remettre le drapeau de Carillon! Le drapeau du Canada!

Carillon! le Canada! Ah! Sa Majesté a bien autre chose

à faire ! Louis XV soupe ce soir avec la Dubarry. Il se moque bien du drapeau de Montcalm ; il s'est bien moqué de Dupleix, aux Indes !

Après de vains efforts, ne pouvant voir son roi,
Le pauvre Canadien perdit toute espérance.
Seuls, quelques vieux soldats des jours de Fontenoi
En pleurant avec lui consolaient sa souffrance.
Ayant bu jusqu'au bout la coupe de douleur,
Enfin il s'éloigna de la France adorée !
Trompé dans son espoir, brisé par le malheur,
Qui dira les tourments de son âme navrée ?

Il revient au pays.

Il ment aux compagnons. Il ne leur dit pas qu'on les oublie ; que le Bourbon peut dormir, maintenant que le Canada et ses *arpents de neige* ne le préoccupent plus.

Il leur dit :

— Les soldats français reviendront. Ils reviendront et Montcalm sera vengé !

Et il meurt, une nuit, sur la neige blanche, avec son drapeau blanc pour linceul.

On sait par cœur ces vers de Crémazie, à Québec et à Montréal.

Ne dites pas que ce sont là de vieilles histoires. Le Canada de Louis XV, c'est l'Alsace-Lorraine du siècle dernier.

XXII

Trains de plaisir. — Paris et les étrangers. — Les *Anglais à prunes* et les *Anglais à primeurs*. — Déserts parisiens. — Les procès récents. — Mme de Tilly et la *Princesse Georges*. — L'avis de M. Alexandre Dumas fils. — Camille Périer. — Le philosophe à la mode : Schopenhauer. — Le bonheur. — Une statue à Auguste Comte. — M. E. Littré. — Une médaille. — Ulysse Parent. — Souvenir de 1871. — Les *Funambules*. — Ci-gît un théâtre.

Paris, 22 août.

Paris à Dieppe! Paris à Clermont! Paris à Venise! Paris à Bordeaux! Paris au Tréport! Paris à Granville! Paris à Toulouse! Côtes de Normandie! Côtes de Bretagne! L'*Auvergne!* Les *Vosges!* Le *Mont Saint-Michel!* Il n'y a plus d'autres affiches à Paris que ces annonces d'excursions à prix réduits qui s'étalent sur toutes les murailles et sollicitent le Parisien. On lui promet toute la carte de France : il n'a qu'à choisir. Les théâtres cèdent le pas aux voyages. Tout ce qui peut, dans une limite quelconque, prendre des vacances, en profite et s'enfuit vers les montagnes ou vers la mer.

Trains de plaisir! S'il y a jamais eu une appellation

ironique cruellement narquoise, c'est celle-là! Le supplice chinois de la cangue est le seul comparable à ce plaisir tout parisien du « train de plaisir. » C'est en pareil divertissement que le *struggle for life* de Darwin est de rigueur. Bataille pour arriver jusqu'au guichet où l'on distribue les billets, bataille pour conquérir un banc dans la salle d'attente, bataille pour enlever d'assaut un coin, un bienheureux coin, dans le wagon où l'on s'encaque! Les bonnes places aux gros poings. Il n'y a pas là de justice distributive. Dans les trains de plaisir comme dans le combat, la force prime le droit.

Et, une fois le wagon conquis, la bataille continue Bataille pour relever ou pour baisser le carreau de la portière. Bataille à chaque buffet pour obtenir un verre de bière ou une aile de poulet. Le train de plaisir n'a pas de wagons de premières. Le train de plaisir va d'un train lent et fatigant, se laissant dépasser par les express comme un cheval de fiacre par les chevaux de courses, ces *purs sang*, richesses de nos haras, qui ne servent à rien, à en croire tel conseiller municipal. Le train de plaisir cahote où le train express dorlote. Après une nuit longue et chaude, il déverse sur la grève ou dans un faubourg de province une file interminable de Parisiens hâves, défaits, les yeux battus, les lèvres sèches, traînant mélancoliquement des sacs de nuit et demandant aux balayeurs matineux l'adresse d'un hôtel quelconque.

Les membres brisés comme s'ils avaient été mis à la question, ils errent, pareils à des fantômes, dans la ville encore endormie, et, pendant tout le jour, ils regardent les monuments, les tableaux, les églises, la mer, à travers ce brouillard vague que mettent sur les yeux l'insomnie et la migraine. Et quand je pense qu'il est de ces *trains de plaisir* directement organisés pour Venise ! Arrive-t-on au Lido ankylosé ou en miettes?

Bah ! ne raillons point! Ce qui nous les rend mélancoliques, ces échappées vers le nouveau et l'inconnu, c'est l'âge, c'est l'habitude que nous avons prise de vouloir nos aises et de *n'aimer plus que ce qui est bon*, comme dit le Rodolphe assagi de Murger. Ils étaient pleins de soleil, de gaieté et de rires, ces voyages en train de plaisir, quand nous avions vingt ans et qu'après avoir passé la nuit à regarder les étoiles, nous oubliions, dans un bain de lumière et d'aurore, toute la fatigue de la nuit, en courant là-bas, dès l'arrivée, voir du haut de la falaise le soleil se lever dans la mer ! Le sel de ces voyages, c'est la jeunesse. Et avec quelle joie nous aurions alors, il y a dix-neuf ans, pris nos billets pour Venise en criant, nous aussi : *Italiam ! Italiam !* si les voyages à bon marché vers Saint-Marc et les Lagunes avaient été inventés quand nous avions vingt ans !

Il en est ainsi non seulement des trains de plaisir, mais de tous les plaisirs. Quand on a vingt ans, ils sont hors de portée. Quand ils sont tout près, on n'a plus vingt ans. La vie de l'homme se divise en deux parts : celle où l'on a des dents et pas de brioche, celle où l'on a de la brioche et plus de dents.

Bon voyage donc aux Parisiens échappés !

Ce sera, cette année, leur dernière fugue. Les pièces nouvelles sont déjà en répétition, les premières feuilles jaunes montrent leurs reflets d'or dans la verdure assombrie. Avant quinze jours, les plages où l'on court — pour voir courir les handicaps ou les régates — seront redevenues silencieuses et, dans plus d'un appartement parisien, les domestiques seront occupés à enlever les housses blanches, ces bonnets de coton des meubles qui dorment leur sommeil d'été.

En attendant, Paris appartient aux touristes étrangers et, particulièrement, aux touristes anglais. Ils parcourent par bandes, en mail-coatchs ou en chars à bancs, les boulevards et les environs de Paris. Ils visitent les monuments et explorent les champs de bataille. On les rencontre en longues théories harassées, dans les galeries de Versailles et les coquettes chambres blanches du Petit-Trianon. Ils vont à Buzenval ramasser des petits cailloux et des poignées de terre à l'endroit où Henri Regnault est tombé. Ce sont de braves et bons visiteurs, voyageant en famille, sans bagages et sans façons; mais c'est là une variété spéciale d'Anglais, celle que les garçons d'hôtel et de restaurant appellent, dans leur argot particulier, les *Anglais à prunes*.

Les *Anglais à prunes* sont les Anglais économes, qui font une petite dépense et se contentent d'une ou deux reines-claude pour leur dessert. Ils refusent énergiquement les pêches, ils ne se laissent point tenter par les jeunes grappes de raisin. Ils savent que les fruits, à Paris, se tarifent au poids de l'or sur la carte des restaurateurs. Ils prennent quelques prunes, et c'est tout. Ce ne sont pas des voyageurs à faire de la dépense et à grossir les notes. Ils sont précisément le contraire des Anglais classiques, des fameux *mylords* d'autrefois, de ces touristes britanniques que la comédie, l'imagerie et la crédulité parisienne s'imaginaient tout cousus d'or et laissant, de leur poche, tomber les guinées sans y prendre garde. Ces Anglais-là, que les hôteliers ont encore l'art d'exploiter, existent toujours; ce sont les *Anglais à primeurs*. Ils viennent l'hiver, dans la *saison parisienne*, et ils ne craignent pas d'arroser de champagne un panier de fraises au mois de janvier. Les *Anglais à prunes* sont les succédanés des *Anglais à primeurs*. Ce sont les Anglais d'été. On les reçoit, dans les hôtels, avec plaisir, — en manière de pis-aller; — mais on salue les autres avec respect. Il faut voir avec quel dédain majestueux les garçons cravatés de blanc disent de ceux qu'ils servent :

— Oh ! ce ne sont que des *voyageurs à prunes !*

Ils ont d'ailleurs bien raison, ces touristes pratiques, de ne point sacrifier au *paroistre* et de ne se point ruiner pour la très modeste volupté de voir s'épanouir un sourire chargé de considération sur les lèvres des garçons d'hôtel.

Touristes à prunes ou à primeurs, ce sont pourtant ces étrangers qui font vivre une partie de Paris à l'heure qu'il est. Paris est morne et, en de certains quartiers, ressemble même à une ville morte. Les hôtels de Beaujon ont, comme ceux du parc Monceau, leurs volets clos hermétiquement. Des rues entières, vers le haut des Champs-Elysées, paraissent endormies, sous ce chaud soleil d'août qui éclaire les trottoirs déserts. A peine, çà et là, aperçoit-on, à travers la porte d'une loge entrebâillée, la tête d'un portier ou d'un palefrenier abandonné, le regard plein des mélancolies de la solitude. Le malheureux est là comme une épave, dans quelque hôtel vide. On se demande comment ces oubliés se nourrissent et si les boulangers, dans ces quartiers somptueux, mais d'où l'on s'est enfui pour les eaux, allument encore leurs fourneaux pour si peu de gens.

Paris n'a même pas eu, en ces derniers jours, la bonne fortune de ces procès fort dramatiques de Mme de Tilly et de Mlle Dumaire. C'est la province qui en a bénéficié. On a parlé beaucoup de la décentralisation artistique; nous avons eu, celle fois, de la décentralisation criminelle. La triste histoire de Mme Aucher, cette jeune femme que son mari torture, cette mère à qui l'on enlève son fils, et que Me Caraby vient de défendre si éloquemment, ne peut se comparer, comme intérêt dramatique, à l'affaire de Mme de Tilly et à l'assassinat du docteur Picart par sa maîtresse. Le procès Aucher est tout intime, poignant sans doute, mais comme une *nouvelle* très simple et doucement contée. Le meurtre de M. Picart et la bouteille de vitriol de Mme de Tilly ont plus d'éclat. Ils rentrent dans l'ordre des romans d'amour et de jalousie. Il y a mort et blessure : les amateurs de mélodrames vous diront que c'est toujours plus intéressant : « Quand vous décrivez un assassinat, disait le vieux Millaud aux romanciers du *Petit Journal*, montrez le sang, surtout montrez le sang ! Cela fait toujours monter la vente ! »

Le sexe faible a d'ailleurs prouvé, en toutes ces affaires,

qu'il savait bien se faire justice lui-même. Le vitriol et le revolver n'ont pas été inventés pour les seuls armuriers et les débitants de produits chimiques. Il y a eu, comme toujours, débordement de sympathie pour les *exécutrices;* et les victimes, selon l'usage, ont semblé fort peu intéressantes. Il y a à cela une raison morale, car cet enthousiasme pour la brutalité serait ironique s'il n'était que le produit d'une admiration malsaine pour les êtres qui, se plaçant au-dessus de la loi, ont l'audace de se faire justice eux-mêmes. La raison de toutes ces acclamations saluant une meurtrière, c'est que la femme, décidément, n'est pas suffisamment protégée par la loi, qui est essentiellement et uniquement une *loi mâle*, si je puis dire. L'auteur de la *Princesse Georges* l'a fort bien montré, dramatiquement et philosophiquement à la fois, lorsqu'il nous présente l'épouse trompée s'adressant tour à tour à sa mère, c'est-à-dire à la famille, puis à la loi, c'est-à-dire à la société, pour leur réclamer une consolation ou un secours. De consolation, il n'y en a point ; de secours, il n'en faut attendre de personne. Faut-il donc souffrir éternellement, souffrir dans son amour et dans son amour-propre, dans sa dignité de femme, dans la sécurité même de sa vie, car la ruine matérielle est possible après cette terrible ruine morale?

Que faut-il faire, enfin ?

La princesse Georges lance contre son mari un jaloux qui tire admirablement le pistolet, et ce n'est vraiment point sa faute si le prince infidèle n'a point la cervelle brûlée. Mme de Tilly entre chez un pharmacien et jette une bouteille de vitriol aux yeux de sa rivale, et ce n'est pas non plus sa faute si la maîtresse de son mari n'en meurt pas. L'invention, ou plutôt le problème social magistralement posé par M. Dumas, et la réalité de la vie, se rencontrent ici pour plaider d'une terrible façon la cause de la femme sacrifiée.

Que la princesse Georges soit brutale, que Mme de Tilly ait agi n'une façon sauvage, certes, je n'en disconviens pas, je ne suis pas de ceux qui admirent ces féminines fureurs. Mais l'héroïne du drame et le *premier rôle* du procès sont implacablement logiques. Elles se trouvent dans l'injuste, dans l'infâme, dans le mensonge, dans la trahison ; elles en sortent par la férocité !

Je m'attendais à ce que M. Dumas prît la parole dans ce vif et poignant débat. Il est le grand avocat consultant de ces causes saignantes, et je ne sais pas de président qui puisse *résumer* comme lui les faits de semblables procès et en déduire toutes les conséquences. Il doit s'applaudir d'avoir si hardiment et tant de fois soulevé de pareilles questions, lorsqu'il voit que la vie, sévère comme un problème de mathématiques, en rend la solution de plus en plus nécessaire chaque jour. Sans doute la comédie est écrite, la *Princesse Georges* a tout dit ; mais j'aurais voulu savoir ce que pensait de la comtesse de Tilly — cette princesse Georges au vitriol — le philosophe du théâtre contemporain (1).

Mais étonnez-vous donc que Dumas ait les femmes pour lui, quand il plaide pour elles, sans les flatter et

(1) C'est à ces lignes que M. Alexandre Dumas fils a bien voulu répondre dans cette éloquente brochure qui aura été un des événements de l'année : *les Femmes qui tuent et les Femmes qui votent.*

même en les fustigeant impitoyablement au besoin! La femme est, dans la société actuelle, une mineure qui fait payer très cher à l'homme la tutelle dans laquelle il la tient. Quand elle ne se révolte pas comme Mlle Hubertine Aucler, elle se fait la maîtresse du maître, ce qui est une autre façon de révolte et certainement la plus sûre — et la plus fructueuse. Schopenhauer, qui a vraiment une singulière idée de l'honneur des femmes, affirme que toutes leurs révoltes prétendues héroïques, la mort de Lucrèce, par exemple, et tant d'autres, ne sont que des *farces tragiques*. Mais le fait seul que la farce peut finir en tragédie doit éveiller l'attention des législateurs, comme elle a dès longtemps attiré celle des dramaturges et des moralistes — ces éclaireurs de la Loi humaine.

Le sort de la femme qui veut vivre honnête, libre, respectée dans le monde où tous tant que nous sommes nous nous débattons pour *faire notre vie*, comme on dit, ce sort est trop sacrifié et vraiment trop dur. Voilà, par exemple, une femme de lettres qui n'avait rien du *bas-bleu*, qui tenait plutôt de l'ouvrière, de l'ouvrière de *publicité*, comme eût dit Sainte-Beuve, Mme Camille Périer, qu'on vient de mener dans un cabanon parmi les folles, et qui, dans la cour grise d'un asile, va continuer ses rêves et ruminer ses espoirs déçus. Elle écrivait des romans, non pour briller, mais pour vivre. Elle avait du talent et elle n'en parlait pas. Petite, triste, boiteuse, elle publiait un livre après un autre, ne demandant pas la gloiro, mais le pain. La gloire, c'est la confiture, comme disait un bohème, et Mme Camille Périer n'en demandait pas tant, mais le pain sec, la miche quotidienne qui répare les forces et permet de travailler le lendemain, elle l'espérait, elle le voulait, et — la pauvre femme — elle avait bien le droit de l'attendre. Puis, comme les romans ne suffisaient pas pour l'existence, l'auteur de la *Pomme d'Ève* avait eu l'idée de devenir encore plus *une manœuvre* si c'était possible. Elle renonçait presque à être un auteur. Elle se faisait copiste, ne demandant qu'à recopier les travaux des autres, à grossoyer comme un clerc à la tâche, et à toucher deux sous par page. *Agence de copies littéraires! Recherches dans les bibliothèques!* Tout ce qui concerne le triste métier de trottin et de saute-ruisseau littéraire, Mme Camille Périer consentait, demandait à le faire, et l'honnête et vaillante boiteuse n'avait d'autre ambition, maintenant, que d'aller prendre des notes pour de plus heureux et de plus *lancés*, rue de Richelieu, à l'Arsenal ou à la Mazarine!

Après tout, dans ces grandes salles encombrées de liseurs, elle pourrait se chauffer dans l'hiver!

Et, brutalement, la folie est venue. Folie ambitieuse, comme celle des pauvres gens qui ont beaucoup espéré et beaucoup lutté. Les fièvres de désespoir et peut-être de besoin ont fini par le détraquement de ce cerveau surchauffé et par la manie des grandeurs. Mme Périer est entrée dans un cabanon, croyant qu'elle allait y trouver le pape lui donnant audience. Triste Vatican que ces asiles d'aliénés où va la pauvre femme, continuant tous ses humbles romans inachevés par ce dénouement tragiquement inattendu : — une chute dans la cour des démentes!

J'ai nommé Schopenhauer tout à l'heure. Il est vraiment, à l'heure qu'il est, dans certains cercles féminins, aussi fort à la mode que M. Alexandre Dumas fils. Son pessimisme, souvent ironique, a séduit nos Parisiennes, et on lit presque autant les *Aphorismes sur la sagesse dans la vie* qu'on pourrait lire un roman au goût du jour. C'est plaisir même de voir de jolies mains tourner les feuillets du philosophe allemand. Nos lettrées ne se piquent plus seulement d'être au courant des choses littéraires. Les secrets de la philosophie ne doivent pas leur échapper. Je sais des salons où l'on pousse même jusqu'à l'ethnographie et l'anthropologie et où l'on traite de l'origine des races, en prenant le thé.

Je conçois fort bien le succès mondain de Schopenhauer. En France, nous aimons le paradoxe. Il nous plaît d'être séduits, mais ce qui nous charme plus encore, c'est d'être étonnés. Et quels pétards étourdissants ce Schopenhauer nous tire tout à coup dans les jambes, et quelles fusées étincelantes il nous fait brusquement partir dans les yeux!... L'*honneur chevaleresque* est, à son avis, une des plaies de la société moderne. Le monde proprement dit, où l'on n'échange que des banalités, constitue « la banqueroute déclarée de la pensée. » Nul ne nous aime en somme, et l'on n'aime guère que soi-même, et, peut-être, son enfant. L'honneur féminin est un vain mot. L'honneur masculin est une formule. Les anciens, qui etaient de fort honnêtes gens, se laissaient souffleter en pleine rue et ne se trouvaient pas déshonorés pour cela. Caton, Socrate ont été, si je puis dire, calottés ainsi sans façon, et Caton ni Socrate n'étaient des lâches. Le philosophe Cratès avait reçu du musicien Nicodrome un si énorme soufflet, que le visage de ce sage était tuméfié et ecchymosé. Cratès s attacha tout simplement au front une planchette avec cette inscription : *Nicodrme a fait cela;* et Diogène Laërce nous raconte que « *cette vengeance couvrit d'une honte extrême le joueur de flûte coupable d'une telle brutalité.* » Vengeance facile et qui paraîtrait fort peu satisfaisante à un gentleman.

Ainsi de suite.

Schopenhauer a de ces aperçus et de ces exemples qui donnent à la philosophie pessimiste l'enjouement de la plaisanterie. On ne sait trop d'ailleurs s'il n'a point raison, lorsqu'on peut lire dans les journaux des échanges de lettres signées de noms à particules, où l'on se traite communément de *misérable*, en estimant l'honneur à quelques misérables florins. Schopenhauer en eût certainement souri, ou plutôt il ne s'en fût pas beaucoup étonné. Ce sage égoïste ne croyait qu'à lui-même et à la solitude. Il estimait qu'il faut tout porter en soi-même, science et bonheur :

« Dans un monde ainsi fait, dit-il fort joliment, celui qui a beaucoup en lui-même est pareil à une chambre d'arbre de Noël, éclairée, chaude, gaie, au milieu des neiges et des glaces d'une nuit de décembre. »

Et c'est précisément ce philosophe de l'*intérieur*, opposé à l'*extérieur*, qui est pour le moment celui que le monde, le monde des mondains, adopte — pour le discuter peut-être, pour s'en moquer un peu, pour le rétorquer, si c'est possible, mais pour s'en occuper certainement. M. Caro, qui a publié sur le *Pessimisme* un si remarquable livre, a peut-être ainsi mis le pessimisme en crédit. Combattre certaines doctrines, c'est aussi les signaler.

Après tout, les philosophes sont à la mode. Montpellier va élever, s'il se peut, une statue à Auguste Comte. Il se forme un comité montpellérain pour que le chef du positivisme, le fondateur d'une des grandes écoles philosophiques du siècle, ait une statue sur une des places de sa ville natale. M. Littré avait déjà élevé un monument à Auguste Comte, mais ce monument est un livre. Il faut pour les foules matérialiser les gloires si l'on veut qu'elles les saluent. On étonnerait bien des gens en leur insinuant que des feuillets de papier traverseront peut-être plus sûrement les siècles que des images de bronze ou des bustes de marbre. Mais le public n'entend pas cela.

Que de gens n'ouvriront le livre de M. Littré qu'après avoir passé, à Montpellier, devant le socle de la statue d'Auguste Comte — si cette statue est jamais élevée!

M. Littré, justement, dont la santé inspirait des inquiétudes à ses amis et des espérances aux *reporters* avides de renseignements, a repris ou va reprendre au Mesnil-le-Roi, ses travaux de bénédictin et continue à s'élever son propre monument à lui-même. Celui-là vit solitaire, comme le veut Schopenhauer, et, sans nul doute, vit heureux. Il a trouvé « la sagesse dans la vie ». Dans chacun de ses écrits, il parle avec une admirable sérénité d'âme de cette fin suprême qu'il n'appelle point, qu'il ne redoute pas et qui d'ailleurs est éloignée, malgré l'âge et la vie de labeur du grand vieillard.

Cet homme, un des plus admirables de ce temps et de ce pays, ce singe « descendant d'un cocotier », comme l'ont peint avec tant d'esprit ses ennemis, a été défini par Mme de Pierreclos, la nièce de Lamartine : — Un saint qui ne croit pas en Dieu.

A Paris, dans son cabinet de travail, d'aspect sévère, aucun ornement, si ce n'est une pierre de la Bastille encastrée dans le mur. A la campagne, au Mesnil, sa maison, pleine de livres, est celle d'un paysan. Il ratisse son jardin, il greffe ses rosiers lui-même. Sa table de travail est proche de son lit. Il n'a pour s'y asseoir que quelques pas à faire, s'il est las, et pour se délasser, il se courbe sur quelque texte ancien et traduit le Dante en vers et en *vieux français*.

Parfois, il dit, sans pose, simplement, à son médecin :

— Docteur, je vais bientôt aller me rajeunir dans le sein de la grande nature !

C'est son langage. On croirait entendre un homme du dix-huitième siècle. Littré en a tout le courage physique et toute la force cérébrale.

Son médecin est le docteur Augros, le plus aimable et le plus savant des hommes, qui, de Maisons-Laffite, va le voir en voiture, tout en s'arrêtant plus d'une fois à la porte des malades pauvres.

Mais Littré n'a pas besoin de docteur. Il sait tous les secrets de la vie et, sans relâche, il met à profit ce qui lui en reste. Sa femme est là, très pieuse, veillant sur lui, et, en revenant de l'église toute voisine de leur logis, elle trouve son mari écrivant quelque article pour la *Revue positiviste*.

Une sorte de lumière idyllique de soleil couchant enveloppe ces amours vénérables. Littré, le plus libéral des esprits, trouve juste que sa femme puisse croire : Mme Littré n'essaie jamais de combattre les doutes de son époux. Seulement, un jour que, dans une crise de maladie, le savant vieillard s'était évanoui, doucement Mme Littré avait détaché de sa poitrine une petite médaille bénite et l'avait passée au cou de son mari, se disant que cela peut guérir.

M. Littré, sortant de son évanouissement, sourit d'abord à sa compagne, puis, sa main rencontrant la médaille attachée à son cou, il ne dit rien. Pas un mot, pas un reproche, pas une ironie.

Il détacha doucement de sa poitrine la médaille qui y pendait, la tendit à Mme Littré, qui la prit, et, penchant sa tête sur la main de sa femme, il y posa doucement ses lèvres, ne murmurant pas une parole, mais disant tout dans ce geste qui refusait et dans ce baiser qui remerciait.

C'est pourtant un tel homme,—cerveau puissant, âme haute et douce, savant comme on ne l'est plus, comme on ne le sera plus surtout, — que M. Ulysse Parent, le jour où M. Littré fut solennellement reçu franc-maçon, avec M. Jules Ferry, interpella, en lui demandant pourquoi, au conseil général de la Seine, il avait voté « avec les cléricaux ! »

M. Littré *clérical !* M. Cousin, le vénérable de la loge *la Clémente amitié*, eut grand'peine à empêcher Ulysse Parent de jeter le mot à ce vieillard, assis là et comme songeant. C'était un passionné et, au demeurant, un homme fort doux que Parent, mort si tristement à Veulettes, dans une partie de plaisir. Il était entré dans la Commune, mais pour en sortir avec M. Ranc lorsqu'il avait vu quelle pente elle allait suivre.

Ulysse Parent était un dessinateur de talent. Il a souvent, dans les journaux illustrés, reproduit les tableaux célèbres du Salon. Ses compositions propres étaient toujours ingénieuses. Il excellait dans les sujets d'architecture. Avec le crayon, il maniait aussi la plume. Il a publié un petit livre singulièrement vivant et dramatique : *Une Arrestation en mai 1871*. C'est l'histoire et comme le procès-verbal de son transfert à la prison des chantiers, à Versailles, en passant par l'Orangerie du Luxembourg, durant les journées de Mai. Ulysse Parent, qu'une redoutable confusion de noms jetait à une justice sommaire, vit la mort de très près et il le raconte là sans phrases, avec une singulière netteté d'impressions et de souvenirs. Il assista à l'interrogatoire du docteur Tony Moilin et le vit partir pour l'exécution. Tout cela dans son récit est fort bien dit, sans récriminations et avec une vérité frappante. On sent, à toute ligne, l'artiste, le peintre, chez l'écrivain improvisé. Ulysse Parent n'oublie pas, dans ce tableau de la guerre civile, la brindille de vigne qui s'enroule autour de la tonnelle où, mort de chaleur, il boit un verre d'eau entre deux gendarmes, noirs de poudre. Et voyez ! ce brin de verdure riant au-dessus de ces tueries rend plus poignante encore toute cette histoire. Ce *libretto*, de M. Parent, qui n'a pas été beaucoup lu, est un document tout à fait poignant et intéressant.

Ce ne sont pas seulement les hommes qui disparaissent, ce sont les choses. Tandis qu'on rebâtit, restaure et redore le théâtre des Menus-Plaisirs du boulevard de Strasbourg, un petit théâtre, situé tout en face, s'écroule, s'en va et, avec lui, tout un genre qui fut, pendant longtemps, un genre très français, tout parisien : la *pantomime*.

C'est le théâtre des *Funambules*. Il était tout petit, long comme un boyau, bâti dans une sorte de corridor, et il avait la prétention de succéder à ce vieux théâtre des Funambules où nous avons, jadis, applaudi Paul Legrand et Deburau le fils. Si jamais Scarron a rêvé roman macaronique, c'est sur cette pauvre petite scène des Funambules du boulevard de Strasbourg, qu'un tel roman s'est déroulé, amusant en apparence, mais en réalité triste comme un mauvais drame. Les bonnes gens qui soutenaient là un genre démodé étaient les derniers survivants des Funambules d'autrefois. Hippolyte, le Pierrot, ancien peintre en porcelaine, avait jadis *doublé* Deburau et Paul Legrand au boulevard du Temple. Le Cassandre, voûté, ridé, ankylosé, était le même qui, jadis, recevait des coups de pied et des coups de batte identiques sur l'ancien théâtre des Funambules. Tout ce pauvre monde d'artistes et de saltimbanques avait vieilli en vouant toujours au genre antique de leur jeunesse un culte que n'avait plus le public parisien. Ils vivaient en commun, économiquement : les actrices, noires comme des Tziganes, passant leurs journées à raccommoder les gilets à ramages de Cassandre, à laver la blouse blanche de Pierrot ou à recoudre les paillettes de cuivre sur l'habit usé d'Arlequin. Et, le soir venu, tout cela sautait, allait, venait, faisait des gambades, recevait des coups, échangeait des sourires, essayait des pirouettes, et le vieux Cassandre essoufflé, réellement perclus et époumonné, mariait Colombine à Arlequin dans un feu de Bengale rouge dont l'odeur et la fumée prenaient les spectateurs au gosier.

Pauvres braves gens ! Ils croyaient qu'on attire longtemps le public avec les lazzis et les parades classiques de la pantomime italienne ! Ils retardaient. Ils n'avaient pas marché avec leur siècle. Les Pantomimes affolées des Hanlon-Lees, ces extravagances au vif-argent, ont, depuis longtemps, fait oublier la pantomime qui amusait Charles Nodier et le Pierrot à qui Jules Janin consacrait un chef-d'œuvre, l'*Histoire du théâtre à quatre sous*.

Paul Legrand, le dernier héritier de l'art des mimes, avait quitté la scène comme un soldat quitte le combat et ne reparaissait plus, comme un spectre amusant, que dans des vaudevilles. Champfleury, un moment, avait eu l'idée de rajeunir ce vieux genre en écrivant la *Pantomime de l'Avocat*, mais c'était là plaisir de raffinés, fantaisie de délicats et de curieux. Le public a oublié les Funambules. Pierrot lui paraît enfantin. Arlequin est aussi vieux que Ma Mère l'Oie, et vouloir jouer de vieilles pantomimes à la Deburau, ces pantomimes spirituelles, narquoises, d'une gaieté naïve et bonhomme où le jeu de la physionomie, le sourire, le geste, un coup d'œil, suffisaient jadis à mettre un public en joie, — vouloir s'acharner à cet art oublié, maintenant que les Hanlon-Lees ont inventé et importé le mouvement perpétuel, c'était prétendre opposer un *article de genre et de fantaisie* aux renseignements électriques des reporters.

Vieilles mœurs ! vieux plaisirs ! Les Funambules ont vécu. Le dernier Pierrot disparaît, et, avec sa veste blanche et sa face enfarinée, s'en va où vont les vieilles lunes. Peut-être, regrettant son théâtre, reprendra-t-il son pinceau de peintre et sa banquette d'ouvrier. Le Cassandre asthmatique va traîner, je ne sais où, ses béquilles. Le petit théâtre du boulevard de Strasbourg est fermé. Nous ne retrouverons plus Colombine que sur les tréteaux des fêtes foraines, dansant toujours avec Arlequin l'éternelle danse en plein vent qui est comme un duo d'amoureux. Ils gagneront peut-être plus d'argent, mais en regrettant ces chères années de misère où l'on était artiste « dramatique », artiste des *Funambules*, sur un boulevard de Paris.

Ah ! les tristesses de ces existences d'illusion, d'art, de lutte, de foi, de griserie, de vanité et de fumée ! Du petit au grand, les écœurements sont les mêmes. Nourrit qu'on siffle n'est pas plus navré que Cassandre qui tombe.

E finita...

Ci gît un théâtre! Ici repose tout un genre. C'est vraiment, cette fois, la mort de Pierrot. Mais il faudrait Watteau pour illustrer la lettre de *faire part*.

XXIII

L'*Ouverture!* — Les chasseurs. — L'insolation. — La statue de Pascal. — Ce qu'elle sera dans dix ans. — De Paris à Versailles, petite physiologie d'un voyage. — Le nouveau plafond du théâtre du Palais-Royal. — M. E. Bayard. — Le procès Knobloch et Abadie. — Souvenirs de cour d'assises. — Un assassin. — Les *fils de joie.* — Un livre de M. Ch. Desmaze. — Victorien Sardou. — Une *cinquantaine.* — Le *Verduron* à Marly-le-Roi. — Rabelais et *Faublas.*

Paris, 10 septembre.

Les années se suivent et se ressemblent. Avec une régularité chronométrique, les mêmes occupations et les mêmes plaisirs arrivent à la même date. C'est une série de billets à ordre qui se nomment tour à tour le *Salon*, le *Grand Prix*, la *Villégiature*, la *Mer*, les *Eaux*, la *Chasse*... Nous en sommes à la chasse. Les éternels accidents qui dramatisent un peu ces fusillades où le chasseur parfois devient gibier, vont succéder aux inévitables *faits divers* qui racontent comment les baigneurs se noient par imprudence, ce qui prouve, en passant, que l'expérience est chose parfaitement inutile et que la vie — ce n'est pas moi qui l'ai dit le premier — est un perpétuel recommencement.

La chasse est donc ouverte. Les fusils, nettoyés et huilés, endormis dans la gaîne de cuir jaune, les cartouchières garnies, la gibecière prête, leur chien en laisse, les chasseurs en tenue de campagne encombrent les gares de chemins de fer. C'est l'Ouverture! On a déjà brûlé bien de la poudre aux passereaux et débouché bien des flacons en l'honneur de Saint-Hubert. Avec cette chaleur épouvantable, je crains d'ailleurs que le plus clair de bien des chasses ne soit une insolation, et j'ai vu le moment où l'on retardait l'ouverture annuelle, comme on a retardé l'inauguration de la statue de Pascal, « pour cause de chaleur ».

Voilà un chapitre de physique auquel Pascal, qui s'occupa d'expériences barométriques, n'avait point songé : *De l'influence du thermomètre sur l'inauguration des statues*. Le fait est qu'il est parfaitement inutile, pour honorer un mort, de faire mourir de chaleur les vivants, ce mort eût-il d'ailleurs écrit les *Provinciales*, inventé la vinaigrette et la brouette, et deviné les omnibus.

Nous avons ainsi, depuis quelque temps, une statue par dimanche. Rabelais et Denis Papin l'autre jour; aujourd'hui Pascal, demain David (d'Angers). On ne dira plus que la France ne sait pas honorer ses grands hommes.

Grands hommes d'un siècle ou grands hommes de la minute, tous ont une statue ou pour le moins un buste — cette fraction de statue — bref, un peu de bronze et un peu de marbre.

Pour les hommes de bronze il ne faut pas de marbre !

s'écriait, avec un sérieux fort comique, le poète Belmontet, prévoyant peut-être cette quantité de socles dressés sur nos places publiques. Pour moi, je trouve qu'à l'heure où nous sommes on réhabilite enfin un peu la pierre et le bronze en leur donnant ainsi l'image de braves gens, de gens utiles, de patriotes et de grands hommes, lorsqu'on les a contraints tant de fois, et pendant si longtemps, à illustrer des carnassiers célèbres et des chasseurs d'hommes toujours prêts à faire l'*Ouverture* à coups de canon. De telles statues sont la renvanche du bronze.

Elle aura peut-être, cette statue de Pascal, fait abuser des *chemins qui marchent* et du *roseau pensant* les reporters érudits, — de cinquième main, – qui se plaisent aux citations faciles. J'ai retrouvé, un peu partout, ces deux images, vraiment fort belles, mais un peu connues. Elles ne m'ont rappelé que ce mot d'un père avare dont le fils prodigue faisait galamment rouler les écus :

— Que voulez-vous ? lui disait-on. Il est si faible. Un roseau !

— Eh ! parbleu, oui, fit le père, mais Pascal n'a pas dit que l'homme fût un roseau dépensant !

Je ne crois pas qu'il y eût à Clermont, beaucoup de Parisiens pour applaudir les discours de M. Alfred Mézières et les vers de M. Emmanuel des Essarts, à moins que ce ne fussent des Parisiens de Royat.

Blaise Pascal manque pour eux d'*actualité*, et les boulevardiers seraient plus nombreux si l'on élevait une statue à Mme Judic. Je ne sais point trop, il est vrai, où sont les Parisiens, à l'heure qu'il est, mais je les suppose être tout simplement dans les environs de Paris, *faisant leur villégiature* dans la banlieue, comme cet Anglais qui *faisait son tour du monde* au bord du lac de Genève.

Avez vous bien songé à une chose? C'est qu'avec la facilité de locomotion qu'on a aujourd'hui et les conditions nouvelles de l'existence, il arrivera nécessairement un temps — qui n'est pas bien éloigné — où Paris n'habitera plus Paris. On la voit poindre, cette époque nouvelle, et, dans dix ans, ce sera là un fait acquis. Les Parisiens viendront à Paris le matin, pour leurs affaires, et repartiront le soir, après le courrier, pour retrouver leur maisonnée. Ils auront à Paris leur bureau, comme les Anglais ont, à Londres, leur *office*, et ils se choisiront, pour y placer leur *home*, un coin quelconque à Saint-Cloud, à Saint-Germain, à Vincennes, à Bellevue ou à Sèvres. Les travailleurs, forcés d'être à l'œuvre de bonne heure, les petits boutiquiers attachés aux volets de leurs devanture, — en supposant que les *grands magasins*, les bazars en commandite laissent à la longue subsister des petits boutiquiers — resteront seuls *à demeurer* dans Paris. Les ouvriers même habiteront la banlieue, prenant matin et soir des trains spéciaux, au rabais, des trains d'artisans, comme en Angleterre.

Que deviendront alors les lieux de réunion, les théâtres, par exemple? Ils seront, j'en ai peur, ce qu'ils sont à Londres, des établissements où l'on *sert* des larmes ou du rire — et surtout des décors — mais non plus, comme jadis, des salles choisies où les amateurs allaient suivre les progrès d'un art, les transformations d'un comédien! Ah! les progrès de l'art! Ce ne sera plus sur le public trié que les fournisseurs dramatiques compteront alors (car, pour les auteurs, où seront-ils?) mais sur les trains de plaisir et les fournées de l'étranger. On aura quelque *truc* merveilleux, comme le fil de platine de miss Œnea, ou quelque phénomène artistique, comme Mlle Sarah Bernhardt, et l'on offrira cette *attraction* aux Yankees arrivés par le débarcadère, tandis que les Parisiens prendront le frais sous leurs arbres de Ville-d'Avray ou se chaufferont les pieds, l'hiver, à la bûche de famille.

Et ce changement de mœurs est déjà parfaitement visible. Je l'observe tous les jours en regardant, sur la ligne de Paris à Versailles, la quantité de gens que déverse, sur la banlieue, le train du soir. Ce doit être partout de même autour de Paris. Chacun pourrait tracer, de son côté, cette petite *physiologie de la banlieue.*

Dès Clichy-Levallois, le train commence à se vider. Beaucoup d'employés descendent, affairés, pressés, regagnant la maison en hâte, comme ils ont, le matin, pris vivement le chemin de leur bureau. A Asnières, l'aspect de la gare est tout autre. Ce sont de purs Parisiens qui s'arrêtent là, des Parisiens du boulevard, et chez eux le côté *artistique* domine. Acteurs, auteurs, boursiers, directeurs de théâtre. Mlle Lloyd, qui revient de la Comédie-Française, salue M. Dormeuil, qui tout à l'heure allait surveiller la construction de sa nouvelle salle. Tout ce monde rit, se connaît, se salue, descend, en causant, la rampe qui conduit à la ville. Cette colonie d'Asnières, fière de se mirer dans la Seine, tient à attirer *tout Paris* à Asnières et donnera, dans trois mois, une revue de fin d'année sur son petit théâtre.

Le train file. A Courbevoie la foule est grande. Elle n'a plus l'aspect aimable, élégant, un peu bohême, des *descendants* d'Asnières. Ce sont des gens plus pauvres : teneurs de livres, commis de maisons de banque, gens de bureau qui se répandent, en longues files noires, à travers ces grandes rues neuves, aux maisons hautes, quelques-unes semblables à des casernes.

Même quand on a vu et revu le panorama de Rome, sévère comme un paysage d'Aligny, le panorama de Paris, aperçu les hauteurs de Puteaux, — ces maisonnettes étagées, ces minces cheminées de fabrique rayant l'horizon comme des aiguilles, — ce tableau, toujours nouveau, vous séduit. Le soir, il s'enveloppe de cette teinte indécise qui est comme la buée d'argent des toiles de Corot. Ce sont de bons bourgeois, pour la plupart, des fabricants, des blanchisseurs, de bonnes femmes serrant par la main leurs enfants, qu'on voit descendre là, par la pente raide que borne, au loin, le Bois, où traînent les brouillards du soir. Quelque Brummel de la plume trouverait que l'endroit n'est pas *chic*. Suresnes est plus *chic*. Des propriétaires, visiblement aisés, possesseurs de villas fort belles, s'arrêtent là. Moins de monde qu'aux stations précédentes.

Saint-Cloud voit débarquer des élégances cossues. Mais c'est à Ville-d'Avray que le *high life* s'arrête. Les équipages attendent à la gare, à côté de l'omnibus de Marnes, et tout juste devant un jardin où l'on aperçoit, à travers les arbres, au fronton du logis, le buste blanc d'Honoré de Balzac et, parfois, dans son jardin, M. Gambetta prenant le frais sans façon. A la gare de Ville-d'Avray, la plupart des petites mains qui se posent sur le cuivre de la portière pour l'ouvrir et descendre sont gantées de Suède — 5 3/4 — et les robes de surah à semis Pompadour sortent de chez la bonne faiseuse. Villégiature haut cotée. C'est une descente de wagons qui ne ressemble pas à la descente de la Courtille.

Viroflay est plus champêtre. Il y descend fort peu de monde. Des ruraux. Des sages. A Versailles, où le train s'arrête, beaucoup d'Anglais, des misses *excursionnistes* aux grands chapeaux Gainsborough, avec des voiles verts et des plumes défrisées ; des bourgeois de Versailles, l'air grave de gens paisibles qui aiment les solitudes du boulevard du Roi, des militaires en retraite traînant le pied et saluant des officiers en bourgeois, plus jeunes, qui s'en vont allègrement vers Paris, à l'heure crépusculaire où leurs *anciens* reviennent à Versailles...

Eh bien ! à dire vrai, ces villages et ces villas, ces champs de maraîchers, ces maisons de blanchisseurs, ces castels de banquiers, tout cela n'est que la banlieue de Paris, une sorte de Paris continué, — ce Paris qu'on aperçoit, le jour, étincelant au soleil, tout blanc, là-bas, par la trouée de Chaville, et qui, la nuit, rougit au loin le ciel avec la fumée rousse et les millions de lumières de ses rues, de ses théâtres, de ses cafés, de ses flambées de gaz, — Paris qui absorbera peu à peu tous ces coins de terre et en fera des faubourgs nouveaux, faubourgs paisibles où se réfugieront chaque soir, — avant dix ans, vous dis-je, — tous les Parisiens harassés de Paris.

En attendant, il absorbe toutes ces existences et centralise tous ces efforts. Le rajeunissement d'un de ses théâtres par un architecte-artiste, M. Sédille — un plafond nouveau, qu'un peintre accroche à une salle réparée — importent plus au public qu'un gros événement arrivé ailleurs. Ce diable de Villemessant, le journalisme fait chair, nous disait souvent :

« Un chien qu'on écrase sur le boulevard est plus important qu'un grand homme qui meurt à New-York! »

Voilà donc que M. Émile Bayard vient d'achever de peindre cette petite salle du Palais-Royal que la Montansier fonda, meubla avec les fauteuils provenant de Versailles, et qui a vu, depuis, défiler tant de bouffons célèbres! Dans ce foyer du petit théâtre, sait-on que toute la société du Directoire s'agita, élégante, souriante, demi-nue ? C'était là que le prince Eugène, habitué et passionné du théâtre, allait passer ses soirées. On lorgnait, du haut de la galerie qui existe toujours, son bel uniforme, et, lui, envoyait quelques coups d'œil aux merveilleuses accoudées...

M. Bayard a groupé, dans son plafond, tous les comiques dont nous avons tant ri : Grassot, dont la laryngite fut le génie, Ravel, Sainville, et ce pauvre Gil Pérèz, qui croit, là-bas, que ses lazzis nous ont fait rendre l'Alsace et la Lorraine! — Ne fût-ce que pour voir ce plafond d'un peintre de talent, passé maître en ces décorations élégantes, la réouverture de la *Montansier* sera un de ces petits événements que Villemessant trouvait plus intéressants que de grandes catastrophes qui ne méritaient point de *réclame*, puisqu'elles avaient le tort de se produire au bout du monde.

Il en est de même de l'exposition de Thomas Couture, aux Champs-Élysées, organisée par M. Barbedienne, véritable apothéose d'un maître qu'on a trop décrié, qui, avec ses écrits, nuisit lui-même à son pinceau, mais qui n'en restera pas moins une des hautes personnalités de ce temps-ci.

Mais Couture est un mort et même un immortel! Parlez-moi des vivants!

Parlez-moi de Knobloch, au moins, et d'Abadie! Voilà des gens qui sont *actuels*, et qui *travaillent* en plein Paris! Quels sinistres personnages! Ils tuent, non pas en pérorant, comme Lacenaire, mais en gouaillant, en *blaguant* — il n'y a pas d'autre mot. Ce pâle Lacenaire était romantique. C'était l'Antony du crime. Ils sont, eux, naturalistes. Ce sont les Vireloques du guet-apens.

Le procès d'Abadie — un Jean Hiroux rajeuni — et ses réponses insolemment railleuses, me font d'ailleurs penser à cet autre assassin que nous vîmes juger, il y a nombre d'années déjà, et qui s'appelait Charles Lemaire. La physionomie brutale de ce garçon de dix-huit ans, blond et velu comme une bête fauve, m'est restée comme enfoncée dans la mémoire. Je revois toujours ce profil de Kalmouck, j'entends encore cette voix métallique, aux féroces ironies. Ce Lemaire était un jeune drôle qui avait assassiné sa future belle-mère, la veille du jour où son père allait se remarier. Arrêté et mené devant le commissaire, les mains encore toutes rouges de sang, il disait en ricanant ce mot affreusement shakespearien :

— J'ai là de jolis gants pour aller à la noce de mon père!

Devant les juges, à la cour d'assises, son humeur gouailleuse ne se démentit pas un instant. Il posait pour la galerie. Tout murmure d'horreur devait lui caresser l'amour-propre, comme les bravos donnés à un comédien. Il cherchait les *effets*, il les préparait. On eût dit quelque cabotin lugubre parodiant un mauvais mélodrame :

— Je ne voulais pas seulement tuer ma future belle-mère, mais encore sa fille et deux de ses ouvrières (celle qu'il avait tuée était blanchisseuse). Seulement — et il souriait en disant cela — mieux vaut encore avoir fait *le quart de son ouvrage que de n'avoir rien fait du tout!*

Le président lui faisant observer qu'il n'avait pas été désarmé par les cris vraiment déchirants de sa victime — « car elle criait, la malheureuse! »

— Dame, répondait Lemaire avec le ton narquois du faubourien de Paris, *elle y était pour son compte!*

On lui reprochait d'affecter une piété qu'il n'avait pas, de fréquenter, par exemple, l'église :

— J'y allais, répondit-il, parce qu'on y voit des femmes. Simple curiosité, monsieur le président. Je regardais passer une procession comme je regarderais défiler un bataillon!

Nous nous étions imaginé, Victorien Sardou et moi, qui assistions à ce procès, que la lecture quotidienne des *Causes célèbres* et des romans judiciaires avait dû exalter et détraquer ce cerveau malade; M. Broca allait bientôt, à l'autopsie, constater que le cerveau était, chez Lemaire, adhérent au crâne, c'est-à-dire que ce monstre était un fou.

— Il a dû, me disait Sardou, s'imprégner des exploits de *Rocambole* — et voilà le résultat !

— Il y a un moyen de le savoir, répondis-je, c'est de le lui demander.

On avait un moment suspendu l'audience. Juges, jurés, public, tout le monde était stupéfait d'entendre un accusé, à qui l'on demandait s'il avait été pour quelque chose dans la mort de sa pauvre bonne femme de mère, répondre : « *Pour beaucoup, monsieur le président, je l'ai rendue très malheureuse,* » et déclarer que si, en achetant un couteau, il s'était fait donner par le coutelier une facture en règle, c'était pour bien constater *qu'il y avait préméditation.* Ces réponses, joyeusement épouvantables, avaient mis un peu de désordre dans la salle des assises. On se regardait effaré.

Nous étions placés derrière le tribunal, à quelques pas de l'endroit où s'asseyait l'accusé, entre deux gendarmes. Lemaire était demeuré là, pendant la suspension d'audience. Il regardait le public et le public le regardait. Le public avait l'air épouvanté, l'accusé avait l'air fier. Après avoir « posé » pour l'éloquence et les reparties, il posait un peu pour le torse, quoiqu'il fût petit et laid. Il s'était assis sans façon sur la barre où, tout à l'heure, il appuyait ses doigts noueux, et il contemplait cette foule qu'il venait de réussir à faire trembler, lui, un gamin de dix-huit ans !

Je m'approchai de lui, redoutant un peu certain gros verre sans pied qu'il avait à portée de sa main et dans lequel il trempait, de temps à autre, sa rude moustache rousse et ses lèvres sèches.

Je le regardai avant de lui parler et je lui dis tout à coup, à brûle-pourpoint :

— Vous avez dû souvent lire Ponson du Terrail !

Un éclair d'orgueil traversa ses yeux bleus, très clairs, et, vivement, il me demanda, absolument comme un acteur s'informe des personnes de qualité qui le viennent applaudir :

— Tronçon du Poitrail ! Est-ce qu'il est dans la salle?

Je n'invente rien. Tout ce court dialogue m'est demeuré très présent.

— Non, il n'est pas dans la salle, mais vous avez dû le lire assidûment ! Cela se voit !

L'assassin Lemaire haussa les épaules, et avec ce ton narquois qu'il avait en répondant, quelques minutes auparavant, au président :

— Moi ? dit-il, plein de mépris pour la fiction. A quoi bon ? Nous travaillons tous les deux dans les coups de couteau et je suis joliment plus fort que lui !

A la reprise de l'audience, Lemaire, interrogé sur ses lectures habituelles, devait répondre, d'ailleurs, avec une suprême ironie, qu'il ne lisait jamais que les « prix d'excellence » qu'il avait eus à la mairie de la Chapelle.

Et comme il les prononçait, ces trois mots : — Mes prix d'excellence !

Je n'ai pas lu une seule des réponses d'Abadie sans songer de nouveau à ce jeune Lemaire, dont j'ai la *défense* écrite par lui-même, et, chose triste à dire, fort éloquemment écrite, — espèce d'appel à la mort, où il semble que, pareil au héros du lycanthrope Pétrus

Borel, Charles Lemaire ait choisi la guillotine comme instrument de suicide, et où il s'écrie (je cite textuellement) :

« Vous me devez la mort ! Vous me la devez, car je vous ai stupéfaits, et il *n'est pas moral* qu'un enfant de dix-huit ans tienne en échec la justice de son pays ! L'échafaud est la pierre de touche des courages : arrachez-moi donc un frisson de douleur à défaut d'une parole de repentir ! »

Quand on rencontre de pareils phénomènes, il semble qu'on ait l'impression éprouvée lorsque, dans une rue de Paris, des ouvriers soulèvent une de ces plaques de fonte qu'on appelle des *regards* et qui, par un escalier de fer, conduisent à l'égout. Des bouffées pestilentielles vous montent aux narines. Voilà le dessous de notre luxe et de notre vie d'en haut ! Les marécages noirs, les eaux croupissantes, ne sont pas plus peuplés de bêtes malfaisantes.

J'ai connu un homme très paradoxal qui, toutes les fois qu'on parlait d'une guerre, d'une expédition quelconque, répétait, avec un profond entêtement :

— Avant cette campagne-là se décidera-t-on à faire *la campagne des carrières d'Amérique?*

Le fait est que Paris est comme *ceinturé* par les rôdeurs de barrières et de boulevards extérieurs. Nous avons, avec la curiosité des voyageurs, passé la nuit dans les taudis de Londres, qui ne sont pas plus horribles que des tapis francs parisiens. Les policemen étaient venus voir chez nous ce que nous allions voir chez eux. L'accusé Humbert, un déclassé de la race des Abadie et des Knobloch, assurait, il y a deux ans, devant la cour d'assises que ses pareils forment un petit peuple à part, une Cour des Miracles émiettée à travers les banlieues et où les ribaudes vivent gaiement avec les cagoux.

Il disait, très nettement, au conseiller Charles Desmaze, qui le rapporte dans son *Histoire de la Médecine légale en France* :

— Les meurtriers, les voleurs et les filles vivent dans une compagnie étroite et *nécessaire.*

Nécessaire, voilà le mot terrible. La fille tombée s'accroche fatalement à l'homme déchu. Et tous deux haïssent et tous deux jalousent. Tous deux ont le même appétit, le même but, le même ennemi. La fermeture tardive des théâtres, des cafés, des bals publics, donne un refuge permanent aux rôdeurs de nuit. Ce sont là leurs bauges, à ces sangliers; ils en sortent aussi pour *découdre.*

Ces malandrins sont le plus souvent des jeunes drôles, la fille allant à la jeunesse comme à la seule poésie qui lui reste. Quelle poésie! Sur 35,000 arrestations opérées annuellement à Paris, on compte plus de 7,000 mineurs et plus de 15,000 récidivistes. Mais soyons satisfaits : on en pourrait arrêter plus encore, 40,000 hommes — quarante mille! — vivant notoirement de la débauche des filles perdues.

Et quelles filles! Les courtisanes italiennes, ces courtisanes un peu trop vantées, à en croire Montaigne, qui, voyageant par là, ne les trouve point si jolies, les Fossita, les Blazifiora, la belle Impéria, qu'on enterrait avec pompe du temps de Léon X dans l'église de Saint-Georges, avaient *nécessairement*, comme dirait Abadie ou Humbert, leurs condottieri, leurs sbires, mais le velours et la soie des pourpoints recouvre et poétise bien des choses, tandis que, dans notre époque résolument naturaliste, l'étalage de la vendeuse d'amour en plein boulevard, autour des gares, la procession d'enfants, grêles et pâles, faméliques et alcooliques à la fois, le long du faubourg Montmartre, la maigre théorie des bouquetières qui vendent plus et pis que des fleurs fanées, un tel spectacle, une telle tristesse, sont faits pour navrer. Et, encore une fois, à côté de cette armée féminine, on aperçoit vaguement, on entrevoit, dans l'ombre, l'autre armée, celle des ribauds, des souteneurs, des tard-venus, des fils de joie, déguenillés et exténués comme la horde qui se traînait, avide de pilleries, derrière les armées du moyen âge.

Le livre de M. Desmaze, plein de faits, de souvenirs, de sombres révélations, cette *Histoire de la médecine légale*, écrite par un magistrat des plus lettrés et des plus parisiens, nous en apprend long sur ces jeunes coquins, complices de ces filles et qui semblent, eux et elles, pulluler de plus en plus. Je sais tout ce que l'on doit de pitié à ce qui est tombé. Que d'inconscience dans ces tristes fins ! Quelles nécessités redoutables, quelles invincibles tentations, quelles misères ! L'enfance sans parents, l'adolescence sans pain, la jeunesse sans amour ! Nul n'est plus ému devant ce qui souffre. Mais le vice en plein soleil, l'éclat de rire en plein jour, le frôlement de la jeune fille par la fille, voilà ce qui révolte, et, en fin de compte, la sentimentalité nous pousserait un peu loin si, en voyant arracher des champignons vénéneux le long d'un bois, nous nous écriions :

— Qu'ont-ils donc fait, ces pauvres champignons? Est-ce leur faute s'ils ne sont point des dahlias ou des roses? Laissez-leur donc leur part de lumière! Poussez en liberté, pauvres fausses oranges, et empoisonnez librement les gens! Vous les parfumeriez si vous étiez du jasmin ou de la verveine. A-t-on à vous reprocher de n'être ni de la verveine ni du jasmin?

Il y a bien quatorze ans qu'on a jugé cet Abadie avant la lettre, Charles Lemaire, dont je parlais tout à l'heure, et qu'on a arraché ce champignon. Il nous avait fortement impressionnés, M. Sardou et moi, et nous en causions, le lendemain, dans les bois, en allant à pied de Saint-Germain à Marly :

— Qu'est-ce que nous ferions pourtant s'il apparaissait tout à coup, fugitif, au détour d'un chemin?

— Ma foi, il était si stupéfiant hier, que nous causerions avec lui pour déchiffrer, si c'était possible, le secret d'un tel tempérament.

Stendhal, qui préférait les bandits aux honnêtes gens parce qu'ils sont moins banals, et Dickens, qui aimait mieux les fous que les êtres doués de bon sens, parce qu'ils sont plus originaux, n'eussent pas raisonné autrement.

A l'époque dont je parle, M. Sardou n'était guère que depuis quatre années propriétaire de ce château de Marly, où il va célébrer aujourd'hui même la *cinquantaine* du mariage de son père et de sa mère. Fête de famille, tableau de Greuze où, sur la pelouse verte, les cheveux d'or des enfants se mêleront aux cheveux argentés des vieux, sous le regard de la jeune et charmante mère.

M. Sardou a conté quelque part comment il devint,

tout d'un coup, vivement, et comme on emporte d'assaut une position, propriétaire de ce parc du Verduron, qui était bel et bien, même avant lui, une habitation historique, toute peuplée de souvenirs.

Il habitait, depuis quelques étés, aux environs de Louveciennes, une villa, et, tout en y travaillant beaucoup, il en partait quelquefois pour s'aller promener dans tous ces bois d'alentour, qu'il connaît arbre par arbre, et pour y errer, soit à pied — car c'est un des plus intrépides marcheurs que je connaisse — soit — faut-il le dire? — eh! bien, oui, soit à âne, comme un Parisien de Montmorency.

Les ânes ont parfois des idées très bonnes.

Un jour de l'été de 1863, l'âne qui portait notre promeneur, le menant par les bois à sa guise, s'arrêta tout à coup brusquement, comme l'ânesse de Balaam, non devant l'épée nue de l'ange, mais devant un saut-de-loup ourlé de chardons!

Les chardons plaisaient à l'âne. La fraîcheur du lieu, sa solitude, séduisaient le promeneur. « Et, comme dit M. Sardou lui-même, à travers les grands arbres qui bordent l'autre côté du saut-de-loup, le promeneur cherche à voir ce que leur feuillage épais lui dérobe.

» Il voit moins qu'il ne devine; mais ce qu'il devine est charmant. C'est une vieille maison à grands toits d'ardoises et de noble allure; des chênes deux fois centenaires, des échappées de vue admirables; rien de moderne, tout d'autrefois! Plus bas, autre aspect : un parc oublié, négligé, qui retourne à l'état sauvage et dont les ronces obstruent tous les sentiers.

» Notre curieux avise une bonne vieille qui ramasse

du bois mort dans la forêt, comme dans les contes de Perrault, et lui demande : « Si c'est le château de la » *Belle au Bois-Dormant* et par où l'on entre ! » A quoi la bonne femme répond : « Que c'est le château de » Mme de Béthune, morte l'avant-veille, et qu'on n'y » entre pas. » Mais notre homme est entêté : il confie son âne à la vieille et fait si bien qu'il pénètre dans ce parc, où, en dépit des broussailles et des ronces acharnées à lui disputer le passage, il voit tout ce qu'il voulait voir. Le lendemain, il écrit à son notaire, homme jeune, actif, résolu, et, huit jours après, il est acheteur du tout avant même que ses vendeurs se soient demandé sérieusement s'ils voulaient vendre.

» Et c'est ainsi, — raconte M. Sardou lui-même dans un livre ébauché sous ce titre : *Promenades autour de ma maison*, — que, par un beau soir d'août 1863, Victorien Sardou prit possession de ce petit coin de terre, dont la monographie est comme un petit résumé de toute l'histoire moderne depuis Louis XIV. »

Il a bien changé, d'ailleurs, le *Verduron* — c'était le nom de la demeure de Mme de Béthune-Sully — depuis que M. Sardou en est devenu le maître ! A cette place même où s'élevait autrefois le domaine des seigneurs de Montmorency, *Marly-le-Châtel* qui devait devenir Marly-le-Roi, une grille immense, copiée sur celle de l'Orangerie de Versailles, s'ouvre magnifiquement sur les jardins de Blouin, un des favoris de Louis XIV, un de ceux « à qui il ne fallait pas déplaire », dit Saint-Simon. Ce Blouin était le voisin de Fagon, le médecin du roi, qui n'avait pas grand chemin à faire, lorsqu'à Marly Sa Majesté Louis XIV étouffait d'indigestion. Un petit mur séparait le jardin de Blouin de celui de Fagon. Le docteur prévenu accourait vite. Ce fut plus tard Sieyès qui acheta la propriété du médecin presque en même temps que C. M. Trudaine achetait celle de Blouin. Le *Verduron* avait, entre temps, appartenu à M. de Villemorin, gendre du fameux et prodigue Bouret, qui, dit-on, nourrissait, l'hiver, ses vaches avec des petits pois. Débauche de primeurs! M. de Villemorin savait aussi dépenser hardiment, et donner des fêtes. La charmante pièce gravée de Saint-Aubin, le *Bal paré*, reproduit exactement le salon de M. de Villemorin à Marly et on le retrouverait encore sous les tapisseries dont M. Sardou l'a orné.

Du temps de Trudaine, André Chénier a habité cette demeure, puis, un peu plus tard, Bonaparte a passé par le Verduron, mais il n'a fait qu'y passer, et, chose étrange, à cheval, comme un chasseur fantastique de la légende allemande. Il courait un cerf; le cerf s'était, en franchissant le fameux saut-de-loup devant lequel s'arrêtait l'âne, réfugié dans le parc à peu près fermé, depuis Trudaine. Bonaparte voulait forcer son cerf. Il se fit ouvrir d'autorité la grille rouillée, les volets clos, et, à cheval, suivi de ses chiens, nous dit M. Sardou, et de tout son monde, traversa la salle à manger sans quitter l'étrier.

Quelle étrange vision ! Il apparaît, galope et disparaît. La salle à manger, le jour où M. Sardou en fit ouvrir, comme lui, les portes gonflées par l'humidité, se demanda peut-être si ce n'était point, par hasard, Bonaparte qui revenait.

Il y avait des années que Mme de Béthune-Sully, réfugiée au Verduron, morne, triste, folle, disait-on, vivait là, cadenassée, ne recevant personne, les lettres glissant sous sa porte, les fournisseurs apportant la nourriture par les chatières. Un drame, qu'on a conté, avait fait partir la raison de la pauvre femme. M. Sardou arriva tout juste pour recueillir sa succession.

Et tout cela, grâce à son âne !

L'auteur de *Patrie* et de la *Haine* n'eût peut-être jamais acheté le Verduron s'il y fût entré, comme Bonaparte, à cheval.

Et maintenant voilà, sous ces grands arbres, qu'on fête une *cinquantaine*. M Sardou est plus habitué pourtant à fêter les *centaines*.

Son père, M. Antoine Sardou, grand, maigre, solide et nerveux, et sa mère, petite, souriante et aimable sous ses cheveux blancs, vont sous les chênes qui ont vu passer Louis XIV, apercevoir, comme dans une brume heureuse, les fantômes de leurs souvenirs. Ils n'avaient pas fait ce rêve, lorsque, dans la chambre de la rue Beautreillis, leur naissait ce fils aîné qui devait donner, avec beaucoup de gloire, ce tapis vert de Marly à la promenade de leurs *noces d'or*.

Mais M. Victorien Sardou a eu pour premier maître son père, ce savant homme qui publiait, il y a six ans, à San Remo — très près de Nice, son pays — une édition si complète et si personnelle de Rabelais, collationnée sur les vieux textes, annotée avec un soin impeccable et augmentée d'un chapitre entier, d'après un vieux manuscrit de la Bibliothèque nationale.

Il n'a pas oublié ce premier enseignement. C'est

M. Antoine Sardou qui apprenait jadis à son fils l'amour de ce seizième siècle que le dramaturge, doublé d'un érudit, connaît si bien, et qui lui inspirait jadis de si jolies pages — fort peu connues — sur Erasme et sur Jérôme Cardan. M. Victorien Sardou a dû penser à ces leçons premières en écrivant *Patrie*. Et, en retour, c'est à son fils, sans nul doute, que M. L.-A. Sardou a songé, lorsqu'en écrivant sa notice sur l'auteur de *Pantagruel* et parlant de ceux de nos écrivains qui ont *sugcé la substantifique mouelle* rabelaisienne, il ajoutait :

« Et parmi nos bons auteurs contemporains, ne pourrait-on pas en citer plus d'un portant les marques évidentes de son commerce intime avec Rabelais et autres excellents écrivains du XVIe siècle ? C'est que, en effet, tout notre génie gaulois, toute notre langue, tout le caractère propre de notre littérature est là, dans ce grand siècle de la Renaissance. »

Et vive en effet la mouelle rabelaisienne ! Mais ne la confondons pas avec cette « maladie de la moelle gauloise » qui pousse maintenant les spéculateurs à vendre des journaux comme celui que j'ai entendu crier en pleine rue, et qui prennent ce titre : *Faublas !*

Faublas ! On vendait, jadis, sous le manteau, en se cachant beaucoup, ce livre où il y a du talent. On débite maintenant, en pleine rue, le *pseudo-Faublas*, où il n'y en a pas. Il faut, paraît-il, que tout le monde vive...

XXIV

La rentrée. — Les vacances. — Comédie de société chez M. Grévy. — La *Grammaire,* de Labiche, à Mont-sous-Vaudrey et aux Tuileries. — Le général Frossart, vaudevilliste. — Saint-Cloud. — La fête de Saint-Cloud et la fête des Loges. — On demande des saltimbanques. — L'opérette en plein vent. — La statue de Thiers. — M. Thiers et M. Mignet. — Les journalistes. — Un mot de Chateaubriand. — La polémique à coups de poing. — Acide sulfurique et bouteille de champagne. — Le foyer de l'Odéon. — Un tableau de Lazerges. — La *Mode.* — Alceste et Philinte.

Paris, 25 septembre.

On rentre un peu lentement, mais on rentre. Il ne restera plus personne au bord de la mer dans huit jours. La bise et la pluie vont faire clore bientôt portes et volets des villas des environs de Paris. Les théâtres s'ouvrent ou s'entr'ouvrent. Les ministres ont reparu, le président est revenu à l'Élysée. C'est *la vie* qui recommence. Et quelle vie ! La fièvre.

La lettre de M. Guichard avait d'ailleurs troublé déjà plus d'un sénateur et d'un député. Quoi donc ! Faudra-t-il renoncer déjà aux douceurs de la villégiature ? C'est à peine si l'on sortait de l'accablante série des harangues officielles et des discours de distributions de prix, et l'on se trouve menacé de rentrer en séance! M. Grévy a quitté le Jura presque en hâte. Va-t-on revoir sitôt les bureaux des commissions et la salle des Pas-Perdus?

Nos représentants demandaient pourtant bien encore à chasser ou à se reposer, tout à leur aise, jusqu'aux derniers jours d'octobre. Mais la politique avant tout.

Le président avait, au surplus, pris des vacances moins longues. Il s'est, d'ailleurs, là-bas, diverti comme il l'a pu : guêtré, le jour, et poursuivant le lièvre; le soir, écoutant la comédie de société. Car on a joué la comédie à Mont-sous-Vaudray et l'on a joué du Labiche. On a appris et interprété la *Grammaire*. C'est un petit chef-d'œuvre et qui prouve bien que l'esprit ne change pas, même lorsque changent les gouvernements. Cette *Grammaire*, en effet, c'est la pièce même, l'amusant vaudeville que jouèrent, il y a fort longtemps, sur le théâtre des Tuileries, le prince impérial et son ami, le jeune Conneau. Je crois bien me rappeler que le rôle si finement ironique de l'archéologue Poitrinas, qui prend des fragments de pots à eau pour des débris d'amphores romaines, rôle créé par Lhéritier au Palais-Royal, était joué, aux Tuileries, par le fils de Napoléon III. Mais le général Frossard, alors précepteur du prince impérial, avait trouvé bon de *compléter* la pièce de Labiche. Labiche rendra à la République cette justice qu'elle n'a pas du moins corrigé son texte, comme le fit le général Frossard.

Le général s'était donc mis à rimer des couplets, — et des couplets satiriques, — où l'on raillait, en passant, les journalistes et où l'on glissait, sur un air nouveau, cette vérité, flatteuse pour César, que le journalisme est la profession des imbéciles.

Le paysan Machu arrivait, au dénouement, et chantait ce couplet qu'un amateur d'autographes nous a montré, écrit comme ceux qui suivent, de la main même du général Frossard :

Si je n'travaille plus comme vétérinaire
A soigner les chiens, les vaches, les chevaux,
Pour gagner mon pain, que faut-il donc faire ?
Ma foi, tout pesé, j'pourrais faire des journaux!
Ça me va,
Je sens là
Que j'ai quelque chose ;
Oui déjà
Mon cœur bat
Pour ce métier-là !

Le *trait*, le piquant, le mordant, le fin du fin, c'est que Machu, dans la pièce de Labiche, ne sait ni lire, ni écrire. Il a donc, on le voit, tout ce qu'il faut pour être journaliste. Le général Frossard avait bien de l'esprit !

Un autre des personnages de la *Grammaire*, Jean, le domestique qui casse les assiettes et en fait des *antiquités*, chantait à son tour le couplet suivant, dont la pointe finale, à propos de Mazas, dut paraître « agréable » évidemment :

On m'accuse de casser d'la vaisselle,
C'est vrai, mais je n'dois pourtant pas en pleurer,
Car je n'ai plus alors à réclamer celle
Qu'au fond du jardin j'ai pris soin d'enterrer.
Pour un plat
On n'peut pas
Me mettre à la porte;
Pour un plat
On n'peut pas
M' fourrer à Mazas

Le prince impérial s'avançait enfin, et Poitrinas, qu'il représentait, chantait ce couplet au public, ce *plaudite cives* d'un aspirant empereur à un empereur alors tout puissant :

Vos jeunes acteurs manquent d'habitude,
Mais pour leurs efforts vous serez indulgents,
De vous plaire ils se sont fait une étude.
Si vous avez ri, nous serons tous contents!
On n'a pas
Toujours là
Un si beau parterre;
On n'a pas
Toujours là
Maman et papa!

Qu'il est loin ce temps où le général Frossard, avant de collaborer au drame de Forbach, corrigeait ainsi les vaudevilles d'Eugène Labiche! Je revoyais hier, envahis par l'herbe, ses rails noirs et rouillés traînant dans la moisissure de la mousse, le chemin de fer particulier qui aboutissait droit au palais de Saint-Cloud, et que prirent, partant pour Metz presque furtivement, l'empereur et son fils, un jour de juillet 1870. C'est pourtant la fête de Saint-Cloud qui, en m'appelant là, a ramené ma pensée vers ces souvenirs! Là-bas, dans le parc, les musiques foraines, les cuivres des parades, les appels des *allumeurs* de public, devant la Grande Ménagerie ou l'Arène Athlétique, faisaient rage dans un assourdissant brouhaha. Là, sur ce railway abandonné, au tracé inutile, à la voie rongée d'herbes folles, tout un passé d'hier réapparaissait, mélancolique, et, à deux pas du chemin de fer impérial, les maisons effondrées, brûlées et déchiquetées, carcasses laissées par le feu, rappelaient encore — après dix ans! — les canonnades et les incendies de ce coin de terre.

Mais bah ! Saint-Cloud n'en est pas moins gai et le Parisien ne se déshabituera jamais de ces deux fêtes pittoresques où semblent, à la saison des feuilles jaunies, se réfugier les dernières joies de l'été : la Fête de Saint-Cloud et la Fête des Loges.

Chacune de ces *frairies* a d'ailleurs sa physionomie spéciale. La Fête des Loges est plus rurale ; la Fête de Saint-Cloud est plus boulevardière.

On va encore aux Loges en tapissières, sans façon, à la bonne franquette, et l'on s'assied volontiers sous les tonnelles en plein vent, enguirlandées de lierre. Cuisines improvisées sous les chênes, restaurants sous la feuillée, on prendrait les Loges pour un campement de forestiers en belle humeur. C'est, au contraire, le chemin de fer ou le coupé venant directement de Paris qui amène à Saint-Cloud le public de la fête. Si les Loges rappellent encore les romans de Paul de Kock, Saint-Cloud rappelle les dessins de Grévin. Le ton est plus parisien, l'allure est plus friponne. On va aux Loges comme Marie-Antoinette allait au hameau de Trianon, pour jouer une paysannerie avec une fringale de rusticité. On va à Saint-Cloud pour y retrouver Paris, et la grande allée du parc ressemble vaguement à un foyer de bal travesti, en temps de mascarade.

Tout change, d'ailleurs, et, jusqu'aux fêtes des environs de Paris, tout prend, peu à peu, une physionomie nouvelle. S'il y a toujours des mirlitons à Saint-Cloud, — au *Mirliton traditionnel*, dit l'enseigne majestueuse d'une grande boutique en plein vent, — il n'y a plus, par exemple, je l'ai constaté, de saltimbanques. Il y a des entrepreneurs de théâtres, des directeurs de cirques, des établissements de chevaux de bois d'une somptuosité qui déconcerte, des ingénieurs de chemins de fer minuscules ; mais de saltimbanques, de vrais saltimbanques, de ces cabotins de l'art qui menaient, en plein air, la vie libre et pauvre des Tziganes, il n'y en a plus. Les baraques foraines ont maintenant des affiches imprimées, les théâtres faits de toile et de planches donnent, en belles majuscules, la *distribution* complète des pièces qu'ils jouent. Ils ont des *programmes*, bon Dieu ! Avant peu ils auront des loueurs de lorgnettes et ils appelleront *foyer* la plate-forme où ils débitaient autrefois leurs parades.

Plus de parades ! Presque plus de ces *boniments* gros de promesses que l'on a peut-être ailleurs remplacés avec avantage par les affiches électorales ! On prend ses billets au contrôle, on peut même, s'il vous plait, louer sa place d'avance; et, m'étant présenté hier à la porte d'un Cirque d'où sortaient des accords de trompette et des claquements de fouet, cette réponse m'a été faite :

— On n'entre pas, monsieur ! C'est *l'heure de la répétition !*

L' « heure de la répétition ! » Peut-être reçoivent-elles aussi un *bulletin*, comme les comédiennes en renom, ces danseuses de corde aux joues hâlées et ces maigres écuyères qui passent bravement dans les cercles en papier ! Où va le monde ?

Les théâtres forains poussent même le désir de rajeunissement jusqu'à abandonner pour l'opérette, toujours souveraine, le vieux mélodrame détrôné. Signes des temps, n'en doutez pas. Il n'y a plus d'acteurs de drame, même parmi les comédiens de la foire. Ils ne croient plus à leurs rugissements, ils raillent les horreurs qu'ils débitaient jadis, tonitruants et convaincus. Ils sourient à la *Tour de Nesle ;* ils appellent le *Bossu* « le vieux jeu ». Ils ont mis au rancart ou cédé aux revendeuses du Temple les souliers à la poulaine de Buridan, les robes au velours râpé de Marguerite de Bourgogne et le pourpoint troué de Lagardère. Leurs musiciens en costumes, ceux qui s'époumonnent à souffler, sur l'estrade, dans des cornets à pistons enroués, ne veulent même plus des feutres gris, à longues plumes insolentes, des compagnons de d'Artagan, les héroïques Mousquetaires. Ils sont travestis en soldats de l'armée de Sambre-et-Meuse, et les fillettes aux épaules maigres qui étalent teurs corsages de soie, leurs bras osseux et leurs jambes aux maillots trop roses, avec de grands plis bêtes, portent des jupes tricolores.

Quant aux *artistes*, ils jouent la *Fille du Tambour-Major*. Plus de drame ! Le drame est fini ! Vive l'opérette ! L'opérette a tout envahi, jusqu'aux baraques en plein air, et le dernier traître de mélodrame joue, maintenant, à travers les fêtes publiques, au hasard des ondées et du soleil, les *grimes* de la *Timbale d'argent* ou des *Cloches de Corneville*.

Toutes ces baraques paient d'ailleurs un droit à la Société des auteurs dramatiques. Elles ne payent même pas toujours ces droits d'auteur sans se faire prier. Les comédiens forains voudraient bien avoir le droit de *calomnier* pour rien les œuvres nouvelles. Les agents de la Société sont plus d'une fois obligés, pour obtenir justice, de s'adresser au maire, et c'est alors qu'ils sont exposés à recevoir des lettres pareilles à celle que leur expédia, certain jour, le maire d'une ville de France qui n'est pas tout à fait une petite ville :

« Messieurs,

» Vous m'avez prié de vouloir bien user de mon autorité pour contraindre à faire, entre les mains de votre représentant, verser un droit d'auteur à des comédiens ambulants qui jouent, ici, quelques pièces du répertoire de votre Société.

» Vous me permettrez de rester neutre en ce débat, ces pauvres comédiens errants ayant besoin de vivre et *tout le monde sachant bien que les auteurs parisiens ne font des pièces de théâtre que pour s'amuser et par pur plaisir*.

» Agréez, etc. »

Ne sourions pas trop. C'est pourtant un peu de la sorte qu'on nous juge et, dans l'opinion des gens graves, le poète qui chante, l'auteur dramatique qui crée, le romancier qui observe ou qui conte, ne diffèrent pas beaucoup de ces turlupins en voyage et de ces ballerines en jupes aux trois couleurs qui divertissent les badauds, là-bas, sur leurs pauvres tréteaux mouillés.

Qu'ils aient d'ailleurs de beaux jours secs jusqu'à la fin de cette fête, car la pluie, qui, pour nous, est un ennui, une promenade manquée, une visite remise à un autre jour, est, pour ces enfants perdus de l'art, un jour sans pain et un peu plus de misère sur le dos!

Cette pluie, qui attriste tout lorsqu'elle arrive, était, depuis le commencement de cette semaine, la préoccupation et l'inquiétude des habitants de Saint-Germain. Il y en avait bien qui souhaitaient *in petto* une bonne averse tombant sur la statue de Thiers; mais le plus grand nombre demandait le beau temps. On avait invité des amis. C'était vraiment un jour de fête. Jamais le baromètre n'a été peut-être plus anxieusement interrogé.

On a beaucoup parlé de Thiers, comme de raison. C'est justement ce même temps troublé et douteux qu'il eut à ses funérailles. Ce jour-là me paraît un peu oublié. On oublie trop vite, décidément. On n'a de mémoire que pour la haine et non point la haine de l'ennemi, par exemple, pour le cuisant souvenir de la défaite, non, la haine intérieure, la haine civile. Et puis décidément les partis politiques ne demandent à ceux qui les servent qu'un moment d'*utilite*. Les hommes servent les causes, mais ce sont surtout les causes qui se servent des hommes. On devrait se rappeler l'influence énorme dont M. Thiers disposa en faveur des idées aujourd'hui triomphantes.

— Au moment où l'on parlait de faire la monarchie, en septembre 1873, disait, un jour, M. Thiers, les républicains étaient *éteints*. Ma lettre au maire de Nancy les a *rallumés*.

Qui se souvient à présent de la *Lettre au maire de Nancy*?

Je sais bien que M. Thiers faisait volontiers pivoter autour de lui toute l'histoire ; mais il y aurait à recueillir bien des souvenirs et des mots, regrets ou constatations de ce genre, dont il criblait ses causeries du soir ou ses audiences du matin, car, pour M. Thiers, bien différent en cela de Robert Peel qui écoutait plus qu'il ne parlait, une audience a toujours été une conférence.

M. Thiers ne se faisait pas illusion d'ailleurs sur la reconnaissance ou l'ingratitude humaine. Dès 1849, il disait à Babaud-Laribière, qui nous l'a répété avant même la chute de l'empire :

— La France est bien malade. Je ne sais trop ce qui va arriver ; mais, quoi qu'il arrive, à cause de mon expérience des affaires et de ma situation devant l'Europe, je serai, à un moment donné — quand ? je l'ignore, — le médecin qui la soignera !

Puis, s'interrompant, il ajoutait, se dandinant et souriant en hochant la tête :

— Mais vous savez ce qu'on fait au médecin quand on est guéri ! On ne lui rend pas de visite et l'on trouve que les siennes sont beaucoup trop chères ! Voilà !

Et il se mettait à rire.

Je vois que, sur les faces du piédestal de la statue sculptée par Mercié, on a, en énumérant tous les titres de M. Thiers, oublié un de ceux qui lui étaient peut-être les plus chers : *journaliste*, car le rédacteur du *National* a fait, ce me semble, beaucoup pour la gloire de l'*orateur* et de l'*historien*.

Le *National !* Mais c'est le premier acte de la vie de Thiers, et l'acte décisif, celui où le personnage pose son caractère et donne sa note hardiment, avec la netteté d'allure qu'on a lorsque le sang jeune court dans les veines. C'est la première lutte, le premier coup de feu, l'entrée en bataille. C'est Armand Carrel et M. Mignet se jetant dans la mêlée, coude à coude, aux premières heures de 1830, et devant la statue du vieil ami de ses vingt ans, M. Mignet, toujours debout, beau, d'une majesté à peine penchée sous le poids de ses quatre-vingt-quatre ans, est venu comme pour rappeler ce beau et bon temps des heures de début, où les deux Provençaux s'en allaient causer de leurs espérances chez cet autre grand Provençal, Alphonse Rabbe

Sévère historien dans la tombe endormi.

Destinée touchante que celle de ces deux hommes, M. Thiers et M. Mignet, qui, depuis 1818, date de leur rencontre sur le Cours d'Aix où ils firent ensemble leur droit, où ensemble ils furent reçus avocats, jusqu'à 1877 — près de soixante années ! — ne se sont jamais quittés, ont constamment marché côte à côte, sans un nuage sur leur amitié, dans une rivalité d'écrivains traitant le même sujet; ces deux historiens de la Révolution française remportant, en 1820, l'un, Thiers, les palmes de l'Académie d'Aix; l'autre, Mignet, le prix de l'Académie de Nîmes pour un *Eloge de Charles VII*, qui faisait déjà pressentir ses *Eloges* de Jouffroy, de Schelling, de Lakanal, comparables à des bustes de marbre.

M. Mignet n'eût pas été étonné de rencontrer ce titre de « journaliste » au bas de la statue de Thiers, lui qui signa la fameuse protestation des journalistes avec son ami. Il lui rappelait souvent ce temps-là, cette heure de journalisme militant, dans leurs causeries fraternelles, place Saint-Georges, Mignet habitant tout près de son camarade d'Aix, à qui tant de fois il servit de conseiller et, une fois, de témoin.

Ils se disaient souvent *bonjour* et *bonsoir* en patois provençal, d'un bout du salon à l'autre.

— Tu t'en vas, François?

— *O bé! m'en vaï!*

Parfois, avec passion, avec émotion, M. Mignet, sa belle tête s'illuminant sur les cravates bleues à pois blancs qu'il porte très coquettement, récitait du Béranger, la chanson *Maudit printemps!* qu'il préfère aux autres. C'est toute sa jeunesse et il y est fidèle. Fidèle au printemps et à la liberté comme aux souvenirs d'Adolphe Thiers et du *National*.

Chateaubriand, comparaissant un jour devant un tribunal, comme on lui demandait sa profession, il répondit, lui qui avait été ambassadeur, pair de France, et qui était académicien:

— Ma profession? *Journaliste*.

Ce n'est point là une profession dont on doive rougir, en dépit des couplets du *Machu* de MM. Labiche et Frossard, et un titre à passer sous silence, quoique, paraît-il, les journalistes soient purement et simplement bons à être traités par les gens du monde comme drôles avec qui l'on procède à coups de poing. Un érudit, M. Fournel, a écrit tout un livre sur le *Rôle des coups de bâton dans la littérature*. On bâtonnait volontiers jadis les gens de lettres, et le chevalier de Rohan ne donnait pas raison à Voltaire qu'il avait fait assommer. Un gazetier, *canaille*, *sotte espèce*, comme dit La Fontaine.

Je croyais vraiment et naïvement que les mœurs nouvelles avaient changé tout cela et je ne m'imaginais point que nous trouvions stupidement brutal le revolver du Yankee pour en arriver à la bouteille de champagne du gentleman. Cette bouteille de champagne devenant une réplique à un article, le coup de poing ripostant au coup de plume, semble inaugurer une nouvelle méthode de polémique qui tiendra à la fois du revolver de l'américanisme et du pugilat de l'Assommoir. On n'ira plus s'asseoir à une table de restaurant à la mode qu'en emportant un pistolet dans sa poche, absolument comme s'il s'agissait d'aller en curieux visiter les carrières d'Amérique.

Jusqu'ici ces scènes de *high life* se déroulaient surtout de préférence chez les marchands de vins; encore, au fond du cabaret populaire se criait-on d'habitude : « *Viens-y donc !* » avant d'en venir aux mains. L'aristocratie se démocratise.

Les tribunaux jugeront l'agression brutale — un des scandales de la semaine — qui a presque mis en danger l'existence d'un écrivain de beaucoup d'esprit, mordant à l'occasion, bon enfant au demeurant, habitué aux mots et aux demi-mots, poète autrefois, satirique aujourd'hui, et retrouvant encore dans le rire de Gérard de Frontenay la mélancolie juvénile de *Denise*.

Ce qui me navre dans le redoublement de violence qui semble depuis quelque temps passer des paroles et des écrits dans les actes, c'est que le caractère même du tempérament français semble y disparaître. Ce déluge d'acide sulfurique et ces paraboles que décrivent les bouteilles ne laissent pas que d'être inquiétants. On ne se croirait plus à Paris. Ce sont d'autres mœurs, des mœurs nouvelles. Notre humeur nationale y sombre. Tout cela sent plus ou moins le vitriol et c'est grand dommage. Les flamboiements des fines épées, sous les réverbères, autrefois, étaient moins barbares que ces procédés chimiques appliqués aux relations humaines. L'invention de la poudre a jadis porté un coup mortel à la chevalerie, et pour Don Quichotte, la balle d'un Remington serait plus brutale encore que les ailes d'un moulin à vent. Mais l'acide sulfurique finira par porter atteinte au dernier parfum de chevalerie qui peut se rencontrer encore dans un Paris terriblement naturaliste.

Je connais deux mots, parfaitement éloquents, qui peuvent résumer d'ailleurs la triste affaire dont M. Scholl, qui, j'espère, aura bientôt repris sa plume, a été la victime.

L'écrivain Fiévée disait :

— Quand je parle de quelqu'un, je le fais toujours comme si je lui parlais.

Et le général Mollière, l'ami de Georges Farcy et de M. Mignet, posait cet axiome militaire :

— On ne doit jamais toucher un homme qu'avec du fer ou avec du plomb !

Jadis, c'était au théâtre que la plupart du temps ces altercations avaient lieu. On s'insultait comme les tenants des tournois combattaient, sous les regards des dames. J'ai vu à l'Odéon ce grand fou de Victor Noir tenir tête à un parterre d'étudiants qui voulaient siffler une pièce d'Adolphe Belot parce que Belot était l'ami d'Ernest Baroche. L'Odéon, dont M. de la Rounat vient de reprendre la direction, n'était pas toujours habitué à ces tapages. Son *foyer*, le plus jeune et le plus bruyant des foyers, n'entendait guère que des discussions littéraires. Qui ne se souvient du tableau du peintre Hippolyte Lazerges, représentant le foyer de l'Odéon, vers 1866 ou 1867 ? J'aurais aimé à le retrouver soit au foyer du nouvel Odéon, soit dans un musée, car c'est vraiment là un document historique tout à fait intéressant. Une époque entière y revit. Il y a de la sorte, trois ou quatre tableaux qui nous rendent, avec une singulière vérité, bien des physionomies et des époques disparues. Le beau tableau de Heim représentant la distribution des récompenses d'un Salon de peinture sous Charles X, avec Horace Vernet, tout jeune, en culotte courte et en bas de soie, le duc d'Orléans, Mlle Delphine Gay, blonde, et rose et juvénile, et tel autre tableau de Heim (un des peintres excellents de ce siècle), un tableau accroché sous les combles du palais de Versailles, sont de ces documents historiques et littéraires dont je parle. Cette dernière toile a pour titre : *Andrieux lisant une comédie au foyer du Théâtre-Français*. Toute l'ancienne école littéraire figure là, avec ses Viennet et ses Casimir Bonjour, et, en face d'elle, Heim a placé les nouveaux venus de son temps : Émile Deschamps, Scribe, cravaté strictement, l'air grave d'un notaire ; Alexandre Dumas, debout près de la cheminée, les bras croisés, gai, souriant, heureux dans sa chevelure crépue, et, à côté de lui, droit, vêtu d'un habit noir serré, les mains dans des gants blancs, vu de profil, avec ses yeux levés au ciel et de longs cheveux blonds tombant derrière son visage sans barbe, Victor Hugo, Victor Hugo vivant et saisissant, tel qu'il devait être, tel qu'il a été, saisi par le pinceau de Heim avec une étonnante précision photographique.

Le tableau de M. Lazerges pouvait avoir et aura un jour le même intérêt « documentaire ». Le bon gros fin critique Jules Janin y apparaît, entouré de toute cette littérature d'il y a quinze ans, qui l'appelait le *maître*, et Lazerges l'a représenté assis sur cette banquette de velours, près de la galerie de gauche du foyer, qui était sa place habituelle, et où il causait sans façon et riait de son rire d'épicurien en belle humeur, mais d'épicurien en cravate blanche.

Il fut question, un moment, de l'achat de cette toile par l'État. Le prix débattu avait été accepté, lorsqu'au Ministère des beaux-arts on dit à M. Lazerges :

— Nos conventions subsistent, à une condition pourtant.

— A quelle condition ?

— Vous redonnerez encore à votre tableau quelques coups de pinceau.

— Très volontiers.

— Mais des coups de pinceau qui porteront surtout — et uniquement — sur une figure.

— Quelle figure ?

— Vous avez montré là un personnage qu'il ne nous serait pas agréable de présenter au public d'un musée comme celui du Luxembourg, par exemple. Ce personnage, vous aurez la complaisance de l'effacer, de le remplacer par un autre, par qui vous voudrez, d'ailleurs. Vous en êtes parfaitement libre.

— Et ce personnage? demanda Lazerges.

— C'est M. Henri Rochefort.

Dieu sait si le peintre s'était jamais imaginé qu'il fît œuvre de politique en groupant, dans le foyer de l'Odéon, les renommées théâtrales parisiennes : George Sand et M. Émile Augier, Dumas fils et Sardou, Banville et Théophile Gautier, Rochefort et Pierre Véron! Il refusa énergiquement d'effacer quoi que ce fût et d'exiler quelqu'un de sa toile. Il eût dit volontiers : « Il y est, il y restera! »

— Eh! bien, soit, répondit-on au Ministère. On ne vous achètera point votre tableau.

On ne l'acheta pas, en effet, et j'ai vu naguère ce *Foyer de l'Odéon*, à qui la réouverture de l'Odéon me fait penser, chez un marchand de tableaux de la rue Laffitte. Il court les étalages, il a peut-être déjà passé par les hasards des ventes; je ne sais à qui il a appartenu, mais M. Lazerges a tenu parole : Rochefort y est toujours.

Mais comme la *mode* a fait vieillir les belles comédiennes que le peintre a *pourctraicturées* là, auprès du pamphlétaire! La coupe de ces vêtements d'il y a quatorze ans est déjà centenaire. C'est surtout en matière de mode que le temps et les morts vont vite, et le journal *l'Art de la mode* dont je parlais naguères prend, je crois bien, le parti le meilleur : afin de mieux suivre la mode, il la précède. Il a demandé à de Nittis un *costume de demain*, une Parisienne coiffée à la Kitty Bell et sanglée à l'anglaise, absolument comme il a prié Grévin de lui dessiner par avance les costumes de l'*Arbre de Noël*, de petits pantins articulés, de petits lapins blancs battant du tambour : — des jouets pour les grandes personnes. C'est là aussi que je vois qu'en ce mois de septembre la mode féminine, toujours extraordinairement éclectique, veut qu'une *voyageuse* porte *un complet* en cachemire indou, de la satinette foulard japonaise, qu'une *princesse* porte une ombrelle chinoise, qu'une *visiteuse* se présente, à la grille d'un parc, en costume Louis XIII, ou, sans cérémonie, en habit Louis XVI, et que le chic, ce terrible chic qui fait plus de victimes encore que l'acide sulfurique, jette sur tout cela, au hasard des anachronismes et dans un mélange capricieux et fou, des manches espagnoles en vigogne, des chapeaux hongrois, des éventails en bois de Spa et des mitaines de Saxe. Que l'histoire et la géographie se débattent comme elles peuvent dans cette élégante salade ! Ce qui est certain, c'est que voilà où nous en sommes. L'éclectisme, qui, depuis Victor Cousin, a vieilli en philosophie, s'est réfugié dans le costume des femmes, et la Parisienne change élégamment la vie mondaine en un défilé de bal travesti. Le mot d'Alphonse Karr n'est plus vrai : la femme n'est plus un être qui s'habille, babille, se déshabille, et se rhabille. C'est une pimpante comédienne qui se costume, se recostume, se travestit et se retravestit à ravir. Le *bibelot*, qui emplit le logement, envahit aussi le vêtement.

Il fourmillait dans le *home;* il scintille sur la jaquette, la coiffure ou le soulier à fins talons. On ne dit plus *une robe*, on dit *un costume*. Rien de plus élégant d'ailleurs et de plus séduisant. Cela donne à toute réunion féminine un air charmant, une saveur et un piquant de bal masqué.

La vie de Paris, dans ce qu'elle a de mondain et de tapageur, me fait l'effet, non pas de ce foyer de l'Odéon, dont je parlais tout à l'heure, mais d'un vaste foyer de l'Opéra, un foyer qui s'étend de la pelouse des Courses à la plage de Trouville et où l'intrigue sans loup de velours et sans domino voltige lestement dans le plein air du jour ou la lumière des becs de gaz du Casino.

M. Pailleron a écrit une bien jolie comédie, le *Monde où l'on s'amuse*. Ce monde où l'on s'amuse, c'est tout le monde et tous les mondes, c'est le demi-monde et le monde entier. On ne songe même guère qu'à s'amuser, en dépit des crises ministérielles ou autres, des canons braqués sur Dulcigno, de toutes ces petites ou grosses éruptions cutanées qui témoignent d'un certain malaise, et du vitriol qui paraît devenir l'*ultima ratio* des amours, des amourettes et des femmes qui font parler d'elles.

Quant aux autres, mères, femmes, sœurs, fiancées, aïeules, il est bien convenu qu'elles n'existent pas. La Grèce, notre ancêtre, qui avait élevé un grand nombre de statues à des femmes, ne les avait élevées qu'à des courtisanes. Elle n'avait oublié qu'une race de femmes parmi celles qu'elle honorait : — les femmes honnêtes. Bienheureuses celles-là si, non content de ne point leur dresser des statues, le peuple grec ne leur eût pas jeté au front les pierres d'un piédestal !

Et voilà pourtant où je me laisse entrainer, à propos de chiffons et de mode. Philinte me tire par le bras : « C'est, me dit-il, un rôle noir que celui d'Alceste. » Je l'oubliais. Je vous demande pardon. Merci, Philinte !

XXV

M. Koning, directeur du Gymnase, et M. Henri Maret, directeur de la *Vérité*. — Souvenirs d'il y a quinze ans. — Le *Diogène*. — Jules Levallois. — Montretout. — Jules Jacquemart. — *Les femmes qui paient et les hommes qui volent*. — Les indiscrétions des journaux. — La nouvelle *Dame aux Camélias*. — Deux statues : Jean Cousin et David d'Angers. — Histoire romanesque d'un modèle et d'une statue de David.

Paris, 1er octobre.

Un théâtre qui se rajeunit, un journal qui se renouvelle, un artiste éminent qui disparaît et devient tout à coup célèbre, l'ancien trésorier d'un empereur qui meurt presque inconnu, un scandale qui s'étend du monde des comédiens au monde de la Bourse — deux mondes qui ont également leurs coulisses — voilà le bilan de la semaine.

Le théâtre qui s'attife, se fait coquet et élégant, c'est le Gymnase, et le journal qui appelle à lui un directeur nouveau, c'est la *Vérité*. Que la vie est chose curieuse ! J'ai beaucoup connu, à mes débuts, ces deux hommes dont l'un succède au vieux et légendaire Montigny, et dont l'autre apporte à M. Portalis l'appui de son talent.

Victor Koning collaborait alors à un vaillant petit journal hebdomadaire, un journal de jeunes gens qui s'appelait *le Diogène*, et Henri Maret écrivait des comédies en vers fort jolis pour le théâtre de Bordeaux, et un volume humoristique et mondain pour Hetzel, le *Tour du Monde parisien*, sans compter certain drame en collaboration avec M. Malespine, la *Guerre d'Amérique*, où Maret voulait montrer, sur la scène, la lutte entre le *Merrimac* et le *Monitor*, et que Dumaine, alors directeur de la Gaîté, garda trop longtemps dans ses cartons. A quoi tient la vie ! Si Dumaine eût représenté la *Guerre d'Amérique*, l'auteur du *Tour du Monde parisien* eût peut-être obtenu le succès centenaire du *Tour du Monde*, et il eût fait du théâtre au lieu de faire de la politique.

Nous étions alors une poignée de débutants qui nous réunissions chez un de nos aînés, déjà maître en critique et encore jeune, M. Jules Levallois. L'ancien secrétaire de Sainte-Beuve, devenu le juge des choses littéraires à l'*Opinion nationale*, habitait, à Montretout, sur la route, une maison pleine de livres que les Prussiens ont depuis un peu pillée, et où nous avons passé des soirs exquis. On y jouait la comédie, on y inventait des charades, on y rimait des chansons. Barbey d'Aurevilly, ce ligueur de lettres qui, ne pouvant être le tortionnaire de quelques mécréants, s'est fait le tortionnaire de la langue française à qui il prête d'ailleurs de curieuses allures et arrache parfois, avec beaucoup d'efforts, des cris éloquents, Barbey qui s'écriait après une nuit de réveillon : « Je réveillonnerais encore. Je suis le Titan de la Normandie ! » venait là en compagnie des frères de Goncourt, dont le plus jeune, Jules, disait, dans sa fine moustache blonde au retroussis pareil à celui d'un portrait de Franz Hals : « Ce Levallois est très gai ! Dès qu'on arrive chez lui, il vous propose d'aller voir la tombe de l'auteur d'*Obermann !* »

Sénancour est, en effet, enterré au cimetière de Montretout.

Eh bien ! oui, Levallois était très gai, et très gai aussi Henri Maret, qui collabora à cette fameuse opérette, la *Dernière fugue de Cléopâtre*, qu'on joua, sur le petit théâtre de Montretout, devant les *Œuvres complètes* de Sainte-Beuve, — y compris *Port-Royal*, — le jour où l'on dansa également le *Ballet des Pieuvres*, dans lequel le futur rédacteur en chef du *Figaro*, Francis Magnard, figurait une pieuvre, tout comme M. Henri Maret, le futur rédacteur en chef de la *Vérité*.

On avait vingt ans.

Dans cette *Dernière fugue de Cléopâtre*, à laquelle ne manquait que la musique d'Offenbach, ou la folie d'Hervé, Antoine, battu à Actium, demandait cependant à souper, et, comme on lui reprochait cet appétit survivant à la perte d'un empire, il répondait : « Louis XVI, dans la loge du logotachygraphe, en a demandé tout autant ! »

Et le *rondeau* de Cléopâtre, qu'applaudissaient si fort un érudit qui traduisait Grote, — s'il vous plaît, — M. Sadous, et un économiste de grande valeur, M. Dupont-White :

Je suis fille d'un Ptolémée
Et je naquis sous un palmier.
Mon estomac est *abîmée!*
Je bois de l'eau de Saint-Galmier!

Qu'est devenu le manuscrit de cette opérette? Et que sont devenues, aussi, ces gaietés d'antan?

L'heure est plus grave, les tempes sont plus grises, la lutte est plus ardente. Le combat pour l'existence se double du combat pour l'idée. Mais comme ces sourires d'autrefois semblent charmants, à travers la fumée de cette bataille de la vie!

En ce temps-là, Victor Koning apportait des *échos de théâtre* au *Diogène* et parfois en glissait au *Figaro* bi-hebdomadaire. Nous disions de lui, en devinant toute l'activité cérébrale de ce Parisien de Paris :

— Il sera directeur de l'Opéra!

Le voilà directeur du Gymnase. Il a mis de la lumière, des peintures, des aquarelles, des cadres de Meissonier et de Detaille, dans ce vieux cabinet directorial, tout petit, étroit jadis comme un bureau d'homme d'affaires, et où Montigny, assis, comme le vieux Bertin d'Ingres, dans son fauteuil large, nous disait :

— Vous voyez que ce n'est pas grand! Eh! bien, c'est pourtant là que Dumas et Augier ont grandi et que Sardou, Gondinet, Meilhac, Halévy sont nés!

De temps à autre, dans le cabinet de Montigny, la tête souriante de M. Miraut, l'ami de la maison, apparaissait, ou le fin profil de M. Désiré Nisard, le vieux camarade du directeur du Gymnase, et son conseiller en plus d'une occasion.

Aujourd'hui, le cabinet est plus mondain, plus vaste, plus souriant et plus jeune. Koning apporte dans la vieille maison traditionnelle ses sympathies parisiennes, son coup d'œil étonnant et cette qualité des combattants, cette vertu suprême : le *bonheur !*

Il est *heureux !* Quand on a dit cela d'un capitaine, on a tout dit. C'est le succès et la fortune.

Le succès! M. Jules Jacquemart, qui vient de mourir, ne le connut pas aussi grand qu'il le méritait. Il est de ceux qui auront ce durable succès posthume qui est la gloire du lendemain. Les artistes appréciaient profondément cet aqua-fortiste extraordinaire, qui fut aussi un aquarelliste de premier ordre. On se rappelle ses vues de la Méditerranée, ses paysages de la Corniche, à la dernière exposition de la rue Laffitte. C'était de la lumière fixée sur du papier. Ces rives bleues, ces allées ensoleillées, avaient des profondeurs infinies. Mais le public paraissait quelque peu réfractaire à cet art libre et hardi.

Les eaux-fortes de Jules Jacquemart étaient plus appréciées de la foule, étant plus facilement compréhensibles. L'homme est mort à quarante-trois ans. Il y avait plusieurs années qu'il luttait contre la phtisie, un mal qui ne pardonne pas Menton lui rendait, l'hiver, un peu de santé et lui inspirait de nouveaux chefs-d'œuvre. Mais le premier vent d'automne l'a emporté, presque le jour même où meurt M. Charles Thelin, un des plus dévoués parmi les serviteurs de l'empire et à qui Napoléon III, qui lui avait confié sa cassette, télégraphiait, le jour même de la bataille de Beaumont, quelques heures avant Sedan : « Envoie-moi le plus d'argent que tu pourras! »

Quelle dépêche sentant la débâcle!

Au reste, l'argent est de tous les dénouements.

La brochure de M. Alexandre Dumas sur les *Femmes qui tuent et les Femmes qui votent* a eu pour pendant, cette semaine, un petit drame parisien qui, réduit en brochure, pourrait s'appeler les *Femmes qui paient et les Hommes qui volent*. Une charmante comédienne, habituée aux ruses du théâtre, s'est laissé duper, très naïvement, par un procédé de comédie, et les journaux se sont hâtés, un peu vite, à mon sens, de divulguer toute l'aventure. Plus nous irons, plus nous vivrons, non pas dans des maisons de briques, de ciment ou de pierres meulières, mais dans des maisons de verre, comme le voulait le sage. Il faut s'habituer à se voir, à tout propos, imprimé tout vif. Je sais des gens qui s'en plaignent, j'en connais d'autres qui s'en montrent enchantés. Il est de mode de crier contre l'indiscrétion des journalistes, et cette indiscrétion va très loin et très avant; mais c'est la curiosité du public qui fait l'indiscrétion du journaliste.

Les mondains et les demi-mondains accusent souvent les gazetiers de beaucoup trop dire. Sans doute ceux-ci font très mitoyen le fameux mur de la vie privée, et ils y percent même, çà et là, plus d'une trouée indiscrète, une *meurtrière* qui mérite plus d'une fois son nom. Mais à qui la faute? Et qui demande tout ce bruit de grelots et de réclames, si ce ne sont pas ceux-là mêmes qui s'en irritent? Une maîtresse de maison tant soit peu élégante se trouverait parfaitement oubliée et comme détrônée si les chroniqueurs ne donnaient pas la liste des invités de son dernier bal et la description de quelques toilettes. On accuse les journaux d'organiser la conspiration du bavardage et du scandale. Veut-

on qu'ils se taisent? On leur reprochera, avec une amertume aussi violente, d'organiser la conspiration du silence.

Le *high life* n'aime pas vivre à huis clos. Il veut de l'air, du luxe, du tapage, et le compte rendu de ses fêtes est compris dans le programme de ce tapage-là. Que de *garden parties* on a données, cet été, qu'on n'eût jamais songé à organiser si la chronique n'avait pas dû, le lendemain, constater (souvent par une note officielle ou officieuse) que la jolie comtesse de B... ou la charmante marquise de T... avait transformé la pelouse de son parc immense en un splendide buffet !

Il est de mode aujourd'hui de publier, avec force commentaires élogieux, les nouvelles des mariages du monde, et l'on en vient à donner le dessin des deux blasons qui s'allient, en attendant — qui sait? le progrès va si vite ! — les portraits des deux fiancés. La jeune fille, qui va devenir une femme, s'inquiète surtout de savoir, non point ce que pense d'elle le galant homme qui lui apporte son nom et accepte sa fortune, mais ce que les gazettes disent de son mariage. Et lorsque le voyage de noces est commencé, dans le premier réveil furtif, à la première station de cette grande route qui conduit en Italie ou en Écosse — et de là Dieu sait où ! — la première pensée, se traduisant en paroles dans le premier sourire de la femme qui n'ignore plus, est celle-ci :

— Demandez donc au garçon le journal de ce matin, mon ami, je voudrais lire ce qu'on dit de la cérémonie d'hier !

Et parmi tant d'autres déceptions inévitables que

traîne après lui le mariage, cette déception, toute factice et bien inutile, se glisse aussi quelquefois :

— Tiens! ils ne nous ont accordé que trois lignes !

On a donné plus de trois lignes à l'aventure de la comédienne et de son ami. Aventure vulgaire, en somme, et fort triste. Il y a là comme un reflet des mœurs du dix-huitième siècle, avec quelque chose des réalités dures de ce temps-ci. L'argent, ce *Deus ex machinâ* de tant de drames modernes, y joue un rôle terriblement actif. Des Grieux, cette fois, a joué Manon sous jambe, et, dans cette petite maison de campagne dont parle l'auteur de la *Dame aux Camélias*, Armand Duval a fait payer cher à Marguerite Gautier l'éternelle réhabilitation par l'amour. C'est l'histoire banale et qui sera toujours nouvelle. Manon, née pour aimer, aime l'amour, et ce n'est pas sa faute si l'amour a des ailes et s'il emporte des obligations de chemins de fer et des titres de 3 0/0 au fond de son carquois. Le *Chevalier à la mode* du temps passé n'en agissait pas autrement, mais il se contentait de boucles de souliers, de nœuds d'épée et de tabatières diamantées. Ses petits neveux sont plus prosaïques ou plus pratiques. Ils mettraient volontiers l'amour en commandite, et l'*infidélité* de ces volages n'est pas celle de Don Juan qui s'esquive, mais d'un caissier qui s'en va.

On s'imagine d'ailleurs l'entrevue de la comédienne deux fois trompée et du père de cet Armand Duval fugitif. La célèbre scène de la *Dame aux camélias* et de la *Traviata*, — que M. Georges Bousquet a retrouvée jusque dans un drame japonais qu'il a vu jouer à Yeddo — ce duo déchirant entre la maîtresse et le père a dû être ici fort dramatique. Marguerite Gautier menaçait peut-être, et le père Duval suppliait sans doute, au contraire du vieillard de la comédie. La vie moderne a de ces renversements de situation et de ces *pastiches* des drames fameux. Ecrivez donc des romans que la vie ne se charge pas de contrefaire avec de terribles variantes !

Ce ne sont pas là les seules *actualités* du moment. Il y a aussi les statues nouvelles. Quoi ! des statues ? Encore ! J'aurais été bien étonné qu'il n'y eût pas de statue *inédite* à inaugurer. Les statues futures sont d'ailleurs non seulement des statues artistiques, mais des statues d'artistes.

La ville de Sens élève une statue à Jean Cousin, le Michel-Ange français, comme son *Jugement dernier* l'a fait surnommer; Jean Cousin, qui fut peintre verrier, sculpteur, peintre à l'huile et même écrivain à ses heures, un de ces génies quasi universels comme en vit plus d'un le seizième siècle, qui ne parquait guère, comme le nôtre, un tempérament d'artiste et d'homme dans une spécialité. Je l'ai sous les yeux, ce terrible *Jugement dernier* de « *Ioanes Cousin, Senonien,* » et le souffle puissant d'un Michel-Ange semble s'y mêler à la vision fantastique de l'Anglais Martinn.

Après Jean Cousin, c'est David d'Angers qu'Angers, la ville noire, célébrera le dernier jour du mois où nous sommes. Ce sera la fête d'un artiste et d'un patriote. Le sculpteur David a écrit, en marbre, une sorte d'épopée nationale. C'est un peu, aurais-je presque envie de dire, le Michelet de la sculpture.

Je sais de lui une histoire touchante et émouvante, qui pour un peu semblerait incroyable : l'histoire de la *Jeune Grecque*, à demi-couchée sur le marbre d'un tombeau et du doigt écrivant le nom héroïque de *Marcos Botzaris*, le mort de Nauplie, le sauveur de Missolonghi. Une telle histoire, tout à fait romanesque et émouvante, a l'intérêt et l'imprévu d'une légende, car l'œuvre et le modèle eurent une destinée tragique.

Cela vaut la peine d'être raconté.

David d'Angers rêvait d'élever un monument à Botzaris. C'était l'heure où les Grecs mourant pour leur liberté enflammaient ici les imaginations, les poésies et les courages. Un jour, David, se promenant dans un cimetière, aperçut une petite fille, presque une enfant, agenouillée sur une tombe et épelant, en suivant les lettres du doigt, l'inscription qui y était gravée. Rien de plus émouvant et de plus simple : la vie déchiffrant en balbutiant le secret de la mort.

— Ma composition est trouvée, se dit le sculpteur.

Il ne lui restait plus qu'à trouver le modèle.

Et il cherchait.

En allant dîner au cabaret de la mère Saguet avec Victor Hugo, David rencontra, rue du Montparnasse, tout près de cette petite maison de curé qu'habita depuis Sainte-Beuve, une fillette de quatorze ans, en haillons, grêle, charmante.

David s'arrête, l'examine, l'interroge. Il prend son nom et son adresse.

— Clémentine . . .

—J'ai mon modèle maintenant! dit-il à Victor Hugo.

Maigre, chétive, tuée de misère, cette enfant était belle pourtant. Elle allait incarner, un moment, la Grèce opprimée. Son grêle corps juvénile allait vivre, pour l'éternité, dans le marbre du statuaire, et orpheline parisienne, fleur ou détritus du pavé, ramassée par une marchande de pommes qui l'envoyait *poser* chez les peintres, elle payait, avec la nudité de son corps offert en modèle, la nourriture et l'eau-de-vie de sa *mère*.

L'enfant vint chez David. La vieille l'accompagnait parfois.

Il y avait dans l'atelier de la rue de Fleurus, sur un fond de velours, entouré d'un cadre, un *christ* en bronze que la *mère* regardait souvent.

Un jour l'enfant dit au sculpteur, en se rhabillant, la séance finie :

— Ah ! ce *christ !* Et son beau cadre ! Ma *mère* m'en parle souvent !... Si vous vouliez vous en défaire, monsieur David ! Un *christ* comme ça, dans notre grenier, ça serait beau ! Et ça me consolerait ! Ça me soutiendrait ! Si vous vouliez, voyez-vous, je vous le payerais, peu à peu, avec des séances. Tant que vous voudrez ! Pour toutes les statues que vous voudrez !

Emu sous sa moustache rude et ses durs sourcils — type de bonté mâle qui revit dans le portrait d'Hébert — David d'Anger alla décrocher le *christ* au fond de son atelier et répondit :

— C'est bon ! Tu le veux ? Eh bien, prends-le, et quand tu seras tentée de mal tourner, alors regarde-le ! Et pense à moi qui te le donne pour rien !

— Pour rien ?

La joie de l'enfant fut profonde, et David acheva, avec une fièvre sainte, le marbre de la *Jeune Grecque* épelant le nom de Botzaris.

Toute sa poésie passait dans ce corps de marbre de fillette souffreteuse, toute son âme de patriote dans cette statue à demi couchée sur le tombeau d'un héros. La *Jeunesse* de Chapu apportant une palme d'or au tombeau d'Henri Regnault est une sœur de la *Jeune Grecque* de David.

L'œuvre achevée, David dut s'en séparer. M. H. Jouin, le remarquable biographe de David, a cité des fragments d'écrits laissés par le sculpteur et que le fils du maître lui avait communiqués. Dans une page fort curieuse, intitulée *Une nuit d'atelier*, où David revit toute son existence en revoyant tous ses marbres, le statuaire s'écriait, parlant comme un autre Pygmalion, — mais en père et non en amant, — à la création de sa pensée et de son ciseau :

« Te voilà terminée, chère enfant ! Tu vas quitter notre France pour ce beau pays de Grèce ! Je t'aimais tant ! Ah ! je t'aimais comme un père tendre aime sa fille, même malgré ses défauts qu'il connaît si bien ! Tu vas quitter le pays des nobles inspirations et des grandes œuvres pour celui qui les fit germer dans le monde. Le soleil de l'Attique, dont nous n'avons ici que les pâles reflets, te réchauffera. Lorsque l'astre montera dans l'azur, comme une pensée du Christ, un de ses rayons se posera sur ton front mélancolique, car tu es bien triste, ô ma pauvre enfant ! »

On a remarqué ce culte du démocrate David pour le Christ. Les républicains de 1848 étaient tous un peu ainsi. Esquiros eût volontiers parlé du *patriote Jésus*, et Lamennais, chargé de rédiger un projet de Constitution républicaine, le commençait ainsi : « Au nom du Père, du Fils et du Saint-Esprit, et par la volonté du peuple français... »

La statue de la *Jeune Grecque* expédiée en Grèce, — l'artiste français envoyait ce marbre au pays des Phidias, — David ne s'occupa plus que des œuvres à venir et oublia peut-être la grêle fillette de la rue du Montparnasse.

Un soir, en sortant d'une réunion chez M. de Gisors, l'architecte, où il avait dessiné, pour passer le temps, le portrait du naturaliste Duméril, David, qui allait de là chez Gérard, fut, rue Childebert, — non loin de ce refuge de la *Bohême galante*, où Gérard de Nerval, Théophile Gautier allaient rimer leurs premiers vers, et Nanteuil et Camille Roqueplan peindre leurs premières toiles, — accosté par un individu, demeuré inconnu, qui le frappa par derrière de deux coups terribles et lui ouvrit le crâne.

David pouvait en mourir. Un ouvrier imprimeur le ramassa tout sanglant. Le sculpteur se traîna jusqu'à sa demeure. Il a toujours soupçonné de cet assassinat, mais sans avoir jamais voulu le nommer, un sculpteur contre lequel il avait voté dans un concours, et qui d'ailleurs était fou.

Quelques années après, — ce guet-apens était dès longtemps oublié. — David d'Angers reçut une lettre qui l'invitait à se rendre, de minuit à une heure, dans une maison du faubourg Saint-Jacques, près du Val-de-Grâce. Un signe convenu entre certains *patriotes* avait été tracé sur la lettre ; David crut à une convocation quelconque de proscrits. On lui disait, dans cette lettre, que, la maison étant sans concierge, il devait se munir d'une lanterne sourde. Au quatrième étage, il verrait sur la porte une croix tracée à la craie. Il n'aurait qu'à frapper. Quelqu'un serait là pour le recevoir.

L'invitation était assez romanesque ; mais David était curieux. Il alla rue Saint-Jacques. Il y alla un peu avant minuit, et bien lui en prit.

Arrivé au quatrième étage, il aperçoit la croix blanche. Il frappe. On n'ouvre pas. Il frappe encore et il allait redescendre, croyant avoir été la dupe de quelque plaisanterie de rapin, lorsque la porte voisine de celle où il avait frappé s'ouvre et une jeune fille apparait, un flambeau à la main.

Elle regarde David, devient très pâle et lui dit, effarée :

— Comment ! c'est vous ! Vous, monsieur David !

David était stupéfait. Il reconnaissait là, dans cette jeune fille belle, tremblante, suppliante, la petite rôdeuse de la rue du Montparnasse, la jeune Grecque du tombeau de Botzaris.

— Allez-vous-en ! dit-elle éperdue. Allez-vous-en ! Si vous restez ici vous êtes mort ! Allez-vous-en ! Et je vous en supplie, ne dites rien, ne nous perdez pas, ma mère et moi ! Ah ! mon Dieu ! je ne savais pas que c'était vous... Partez vite, vite, je vous en prie, monsieur David !

— Soit, répondit le sculpteur, sentant bien, lui sans armes, qu'un danger de mort était là, mais voulant savoir pourtant, piqué au jeu par ce mystère.

Il descendit rapidement l'escalier, gagna la rue et se blottit à quelques pas de là, dans l'enfoncement d'une porte.

Il n'y était pas depuis dix minutes, qu'il vit, un à un, arriver plusieurs hommes qui disparurent, comme s'engouffrant dans la maison du faubourg Saint-Jacques.

— *Je crus*, a-t-il écrit sans nommer personne, *reconnaître mon assassin !*

Bien des années s'écoulèrent encore. Un jour, David, songeant toujours à la jeune fille au *christ*, voulut revoir cette maison où on l'avait attiré ainsi — peut-être pour l'égorger. Il monta au quatrième étage et frappa.

— Mademoiselle Clémentine ? demanda le sculpteur.

Un ouvrier formier, qui travaillait là, ouvrait de grands yeux :

— Mademoiselle Clémentine ? Connais pas !

Dans la maison, personne n'avait jamais entendu parler d'une femme de ce nom ayant demeuré là. Disparue, sans doute, la fillette de 1827 qui avait, un moment, incarné un si beau rêve !

Au mois d'août 1843, suivant, avec des collègues de l'Institut, le convoi de Cortot, le sculpteur Cortot dont il a dit : « Sa sculpture est de glace. C'est un honnête marchand qui met le poids convenu dans la balance, rien de plus, » — David aperçut, quai Malaquais, longeant les maisons, maigre et blême dans un châle râpé, traînant une robe déteinte, son *modèle* d'autrefois, l'enfant devenue femme, femme de trente ans, toujours belle, mais misérable, et portant sous son bras le *christ* de bronze, le *christ* de jadis, celui que le statuaire lui avait donné en disant : « Tu songeras à lui et à moi, pour t'empêcher de mal faire ! »

David eut un moment l'idée de quitter le convoi funèbre pour suivre cette femme errant de boutique en boutique et offrant ce *christ* aux vendeurs d'antiquités.

Il chercha depuis, à toutes les vitrines des brocanteurs, sans pouvoir l'y découvrir, ce *christ* de bronze.

Plus tard, cinq ou six ans après peut-être, David la revit plusieurs fois, l'entrevit plutôt, cette fille, tombée jusqu'au plus bas de l'échelle du vice, traînant dans les cabarets des boulevards extérieurs un visage sculptural encore, mais devenu sinistre, et évitant, avec une expression de honte fauve, de révolte farouche, le regard du statuaire qui avait été comme le poète de sa jeunesse. Il la revit, appuyée au bras d'un de ces drôles qui font métier de leurs muscles, chevaliers d'amour et chevaliers d'industrie, arrosant de l'alcool et du vin bleu de la barrière les idylles boueuses et parfois tachées de sang de leurs amours. Il la suivit, — il suivit ces deux êtres tombés, le gueux devenu courtisan de la courtisane, et la malheureuse en jupe déchirée comme la blouse de son compagnon. Ils entrèrent dans un taudis et, au rez-de-chaussée d'une masure, le sculpteur David d'Angers vit apparaître souillée et flétrie, portant avant quarante ans le stigmate de la décrépitude, cette jolie fille que lui et Hugo avaient rencontrée, jadis, qui avait été un moment la vision de leurs songes d'art, unie à leur rêves de liberté ; — la Grèce, en un mot, la Grèce toujours juvénile et inclinée sur le tombeau d'un héros !

Puis, derrière les nippes et les guenilles suspendues à la fenêtre, ce visage de femme disparut brusquement dans l'antre.

David devait pourtant l'apercevoir encore.

Rue des Boucheries, en juillet 1847, une femme s'approche de lui, timide, humble, hideuse sous des habits de pauvresse :

— Vous ne me reconnaissez pas, monsieur David? lui dit-elle. C'est juste, je suis si changée ! J'étais plus jolie qu'aujourd'hui lorsque vous m'avez rencontrée pour la première fois. Voyez, dit-elle.

Et elle lui montrait brusquement sa figure, autrefois si belle, tailladée et repoussante maintenant :

— C'est un amant à moi qui m'a labouré la joue à coups de couteau ! Il me battait et il me volait. Il m'a coupé le nez ! Soyez donc bonne ! Ah ! je ne pourrais plus aller *poser la Jeune Grecque* dans l'atelier de la rue de Fleurus, à présent !

David frissonna en entendant le rire glacé qui accompagnait ces paroles. Il laissa, dans la main de la misérable, tomber une pièce de monnaie. Un moment après, il la vit conduire, par la police, à la prison de l'Abbaye.

C'était pourtant là la jeune fille au *christ*, celle qui

tint si longtemps et emporta peut-être avec elle le secret de l'assassinat dont David d'Angers avait été la victime.

Inventez donc de plus poignantes histoires!

Ce fut certainement une des déceptions de la vie de David : tant de grâce et de charme aboutissant après tant de misère à une telle honte! Mais, pour le grand sculpteur, la déception devait être double.

Après le modèle, l'œuvre d'art.

David, exilé après le 2 Décembre, et coupable, sans doute, d'avoir tout simplement refusé d'achever le tombeau de la reine Hortense, après la tentative de Boulogne, David, chassé de France, errant, allait en Grèce avec sa fille. Il était vieux. Il eut, là-bas, la tentation de voir, sous le ciel de l'Attique, sa *Jeune Grecque*, le chef-d'œuvre de sa trentième année. Il voulait aller à Missolonghi où se trouvait le tombeau de Marcos Botzaris.

Quelqu'un lui dit :

— N'y allez pas!

— Pourquoi? demanda David.

Il allait savoir pourquoi.

De loin, lorsqu'il arriva à ce coin de terre, où Byron était mort, il aperçut, au pied du bastion où tomba Botzaris, le *tumulus* élevé au héros et à ses braves. De très loin, il vit sa *Jeune Grecque* : « Il me semblait, a-t-il dit, la voir tressaillir à l'approche de son créateur d'il y a trente ans! »

Il s'avance. Il a la sensation que c'est pour lui un songe heureux qui recommence. Et tout à coup il poussa un cri, un cri de rage, de douleur indignée, un cri de furieux désespoir. La main droite de la statue avait été brisée ; le doigt qui épelait était cassé. Cassées aussi, les oreilles. Un pied était en miettes. La chevelure était tailladée comme la joue sinistre du modèle. Des Palikares avaient déchargé leurs fusils sur ce marbre exquis. D'autres, des Anglais, avaient inscrit leurs noms sur le dos de l'enfant.

Quel chapitre d'une vie d'artiste ! Ce petit modèle devenant une fille, et quelle fille ! L'œuvre mutilée ! L'auteur en exil !

On a réparé, depuis, cette *Grecque;* mais David d'Angers, frappé au cœur, écrivait, navré, en s'éloignant de Missolonghi, qu'il avait vu disparaître au loin, lui se tenant debout à l'arrière du navire, et la côte s'effaçant, là-bas, comme un nuage qui passe :

« Je savais que Byron a été enseveli près des fortifications de Missolonghi ; mais toutes mes recherches pour découvrir le lieu de sa sépulture ont échoué. J'ai voulu voir la maison où il est mort ; on l'a détruite. L'ingrat oubli est inné dans notre nature... Ce matin j'ai dit adieu à ma pauvre petite mutilée. Le bâtiment passe devant Céphalonie et Ithaque. J'aperçois à l'horizon le *tumulus*, les remparts de Missolonghi et un petit point blanc : c'est ma *Jeune Grecque.* Mon cœur se brise quand je pense que je la laisse exposée aux injures de l'air et plus encore aux outrages des barbares qui l'ont déjà détruite en partie. »

Et ces *barbares* étaient des Grecs !

Quand je pense pourtant que de tous nos efforts, de

toutes nos tentatives, de toutes nos gloires, de nos poésies, de nos rêves, il ne reste — quand il en reste quelque chose — que ce *petit point blanc* que David voyait disparaître à l'horizon et qui est une statue, une statue que les hommes mutilent presque toujours, et que d'ailleurs le temps détruit quand les barbares l'ont épargnée !

XXVI

Jacques Offenbach. — La légende du petit musicien.
Ce qu'Offenbach pensait de sa musique. — Un roi mort sur le trône.

Paris, 6 octobre.

Il était une fois un petit musicien très pauvre, maigre, chétif, jouant nerveusement d'un violoncelle plus haut que lui, et qui allait devenir cependant, après bien des années de luttes, de labeur, de misère, un des puissants du théâtre de son temps, un homme populaire de par le monde entier, prophète hors de son pays et dans son pays, un *maëstro* ou *maëstrino* dont l'univers saurait le nom, et dont on jouerait la musique jusque dans les bourgades perdues, dans la *puszta* hongroise et le *Far-west* américain, un homme qui, étant jeune, présentait à l'Opéra-Comique des opéras qu'on n'acceptait pas, qui faisait représenter, à la salle Herz, entre deux portants, les petites pièces qu'il mettait en musique — le *Mariage aux lanternes*, par exemple, — tout en conduisant l'orchestre de la Comédie-Française, un homme qui eut un éclair génial le jour où, las de promener chez les autres ses partitions toujours refusées, il inventa un théâtre, un genre, une littérature, un art, et installa la *saynète* — qui allait devenir l'*opérette* — dans la petite salle des Bouffes-Parisiens, sous les arbres des Champs-Elysées, dans ce petit bâtiment de carton qui est depuis devenu les Folies-Marigny.

Ce joueur de violoncelle, c'était Offenbach.

Il est mort hier. La goutte le torturait et le courbait, depuis des années, sans pouvoir l'empêcher de produire, sans lui arracher le papier des mains. Offenbach aura laissé sa marque au théâtre. Depuis les *Deux Aveugles*, où Berthelier et Pradeau se révélèrent, il y a déjà bien des années, jusqu'à *Belle Lurette* et les *Contes d'Hoffmann*, qu'on représentera dans peu de temps, quelle quantité d'œuvres et quelle variété dans ces improvisations entraînantes ! Après être parti du petit théâtre des Champs-Elysées, Offenbach avait voulu — en ces dernières années — revêtir l'opérette, devenue grande fille, de toutes les magnificences de l'opéra, et il s'était fait directeur. On se rappelle son passage à la Gaîté. Il donna à *Geneviève de Brabant* et à *Orphée aux Enfers*, ces pimpants chefs-d'œuvre de brio, représentés comme en famille sur la scène du passage Choiseul, tout le développement des mises en scène luxueuses d'aujourd'hui. Mais il resta artiste et lettré jusqu'en cette direction, et il eut l'honneur de représenter la *Jeanne d'Arc*, de Gounod, et la *Haine*, de Victorien Sardou, un drame hors de pair.

A cette époque, le grand succès de la *Fille de Madame Angot* lui donnait sur les nerfs. Il voulait monter les *Muscadins* et écrire là-dessus une partition militaire.

— Je voudrais leur montrer ce que c'est que la musique du Directoire ! me disait-il. Et comme je mettrais en action le *Chant du Départ !*

Il a réalisé son désir en écrivant la *Fille du Tambour-Major*, où le *Chant de Départ* retentit au dénouement dans l'apothéose d'une entrée à Milan.

Il avait bien d'autres projets, étant directeur. Il recevait le *Duguesclin*, de Coppée; il préparait une représentation du *Songe d'une nuit d'été*, de Shakespeare, avec la musique de Mendelssohn, et il demandait à Detaille et à Vibert des costumes espagnols pour une reprise éclatante du *Don Quichotte*, de Sardou. Tous ces beaux rêves furent renversés par la chute de sa direction. Offenbach sortit pauvre de l'aventure et s'en fut en Amérique, où on lui offrait cent cinquante mille francs pour une promenade artistique. Il en rapporta des dollars et un livre amusant, écrit avec bonne humeur.

Offenbach, malheureusement, ne se contenta pas d'écrire ce livre. Il collabora à des livrets d'opérettes pour les Bouffes, et ces livrets suprêmes ne valaient pas ceux de la *Grande-Duchesse* ou de la *Belle Hélène*. Mais qui se rappelle ces petits déboires, maintenant ? Offenbach meurt en plein succès, au lendemain des *ra* et des *fla* victorieux du tambour-major Monthabor.

Ce fut un créateur en son genre que ce *Jacques*, comme l'appelaient ses intimes, et jamais homme ne *parodia* plus spirituellement, avec plus de verve et d'entrain, ne donna plus de piquant et de montant à un quadrille, plus de poésie — d'une poésie spéciale, où le regret du plaisir tient plus de place que la mélancolie — à une valse parisienne. Ce n'était pas là seulement de la musiquette des bals de l'Opéra; il y avait dans la *Chanson de Furtunio*, dans le *Pont des Soupirs*, — pour ne citer que deux partitions entre toutes — un certain charme tout spécial, et souvent cet éternel railleur en musique s'arrêtait et se laissait prendre à une mélodie qui était bel et bien rêveuse et toute charmante. Le Rhénan réapparaissait parfois sous le boulevardier.

Quand je pense qu'on fêtait, il y a quelques mois, à l'hôtel Continental, la *centième* de sa *centième* pièce ! C'était justement la *Fille du Tambour-Major*. Au dessert, Offenbach se leva, très gai malgré son état de santé, son amaigrissement et ses souffrances, et il porta fort agréablement un toast à ses collaborateurs, à ses interprètes, à la presse qui l'avait fait, disait-il, ce qu'il était, au public ; — puis, quand il s'agit de lui répondre, quelqu'un, avec les meilleures intentions du monde, se leva et, un verre de champagne à la main, s'écria :

— Je bois à la *centième* du centième ouvrage d'Offenbach ! A la prochaine centième, nous ferons une croix !

Ces mots : « *nous ferons une croix* », semblèrent amener une légère petite grimace aux lèvres narquoises d'Offenbach. Cela « jeta un froid », comme dit le Giboyer d'Emile Augier, — un froid macabre, le froid du tombeau. Offenbach, courbé, miné, avait déjà l'air condamné. Le *maëstro* se savait et se sentait malade. Qu'importe ! il travaillait toujours. Tordu par la goutte, il travaillait encore. Souvent il improvisait en une nuit l'ouverture d'une partition.

On l'attendait à la fête que donnait naguère M. Sardou, dont il mettait, en manière de gageure, le *Discours sur les prix de vertu* en musique. Il voulait venir et, malgré ses efforts, il ne put marcher.

— Il est perdu, disait-on déjà de lui il y a un mois C'est miracle qu'il puisse vivre !

Et non seulement il vivait, mais, je le répète, il produisait. Le succès de la *Fille du Tambour-Major* l'avait ragaillardi et comme remis en selle. Il se disposait à entendre applaudir *Belle Lurette*, à la Renaissance. Il se serait fait porter aux répétitions. C'est là qu'il fallait le voir, assis à l'avant-scène, enveloppé l'hiver dans une grande houppelande et tenant une canne à la main ! Il écoutait, la tête baissée, ou, de son stick, battait la mesure. Quand un chœur était fini, il avait une façon prodigieusement narquoise de dire, avec ce léger accent germanique qui affecte parfois des allures gasconnes :

— Eh bien, mes enfants, c'est très bien, c'est parfait !... Recommencez-moi ça ! Ça ne va pas du tout !

Et l'on recommençait. On recommençait souvent cinq fois, dix fois de suite ; l'éternel : *C'est très bien !* finissant toujours par : *Ce n'est pas ça !*

Offenbach était légendaire au théâtre. Il se plaisait, je crois, à étonner les gens par des plaisanteries de pince-sans-rire qu'on prenait parfaitement au sérieux, à tort, je gage. Un jour, pendant les répétitions des *Brigands*, aux Variétés, le chef d'orchestre faisait jouer du Mendelssohn, avant le début de la répétition :

— Qu'est-ce que c'est que ça? s'écrie Offenbach en arrivant. En voilà une idée de jouer ça ! *Heureusement que ce n'est pas de la pièce !*

C'est Offenbach qui répondait à quelqu'un qui lui demandait : N'êtes-vous pas né à Bonn ?

— Non. C'est Beethoven qui est né à Bonn. Moi, je suis né à Cologne.

Mais je ne suis pas bien sûr qu'il fût toujours naïf en faisant de ces réponses-là.

Offenbach, qui, encore un coup, personnifie tout un genre et presque toute une époque, Offenbach, qui a tant amusé les gens, tant fait sauter et sautiller en les émoustillant ses contemporains, Offenbach, qui avait trouvé pour interpréter sa musique une artiste d'élite, Mlle Schneider, Offenbach, qui est peut-être l'homme qu'on a le plus *joué*, dans le monde, depuis vingt ans, passait, parmi les musiciens, pour être un *trouveur*, un *inventeur*, sans doute, mais un ignorant.

Il est vrai que la jeune génération en disait autant d'Auber.

Un des maîtres de ce temps a laissé, en parlant d'Offenbach, tomber ce mot :

— C'est comme un homme de génie — d'un génie spécial — qui ne saurait pas l'orthographe !

Jacques Offenbach n'en a pas moins tenu sa place, et la plus enviée et la plus choyée. Il a diverti, il a charmé, il a mené gaiement et presque frénétiquement, armé de son archet comme un personnage d'Hoffmann, la grande sarabande contemporaine. Je n'ai jamais rencontré Offenbach sans songer au conseiller Krespel. Il me semblait le voir, son pince-nez devant les yeux, ses favoris blonds tombant le long de ses joues maigres, levant ses maigres bras et menant fantastiquement la bacchanale.

Lui, railleur très fin, parisien en diable, improvisant allègrement sa musique, vivait de la vie de ce Paris qu'il animait de sa verve, et il savait bien qu'il était comme une partie intégrante de cette existence moderne où l'art le plus difficile est l'art de séduire, — et, quand on a séduit, de durer. Il charmait. Il plaisait, et il continuait à plaire. Et lorsqu'à Bordeaux, après la paix de 1871, un de ses collaborateurs lui demandait, un peu assombri par les événements :

— Que croyez-vous qui va arriver ?

— Ce qui arrivera ! répondit Offenbach. On représentera toujours des pièces d'Offenbach, on chantera toujours de la musique d'Offenbach, on dansera toujours sur de la musique d'Offenbach ! Voilà !

Et il fallait entendre l'accent d'ironie d'une telle réponse !

Jacques Offenbach avait raison. On a joué et chanté de la musique de Lecocq ; on a fredonné de la musique de Planquette ; mais Offenbach, ce roi de l'opérette, est mort — en somme — sans avoir été détrôné. Rare bonne fortune pour un roi !

XXVII

Les almanachs de l'an nouveau. — Le *Messager boiteux*. — Les *pornographes*. — Le nu et le déshabillé. — Un livre pour Victor-Emmanuel. — Ch. Monselet. — Les peintures de Courbet. — Courbet chez M. Gambetta. — Claude Tillier. — Un pamphlétaire ouvrier. — M. de Cormenin. — Un drame de la vie réelle : l'affaire Jung. — L'*idole* et l'*idolâtrie*. — Sarah Bernhardt. — Exposition de M. Adrien Marie. — Le programme d'une soirée d'Offenbach. — Vieilles images. — La gloire par la caricature. — Rosier. — Les Burgraves du Vaudeville.

Paris, 16 octobre.

Tout pressé de vivre, affolé d'avenir, brûlant l'existence, l'homme moderne a trouvé le moyen de manger tous ses fruits avant qu'ils ne fussent mûrs et d'avancer l'aiguille sur le cadran du temps. Il trouve toujours que l'horloge retarde, et c'est trois mois à l'avance qu'il feuillette les almanachs de l'an prochain pour leur demander ce qu'ils contiennent d'espérances. Une année a trois mois encore à vivre, et déjà les calendriers de l'année qui doit l'enterrer montrent leurs dates et leurs fioritures, leur papier glacé, leurs petites faveurs roses ; c'est à donner envie d'avoir tout de suite un an de plus.

Et les voici, les almanachs, rouges, verts, jaunes, blancs, bleus, multicolores ; les voici avec leurs caricatures, leurs anecdotes, leurs recettes culinaires, leurs prophéties, leurs souvenirs, leurs vieilles images et leurs *anas* plus vieux encore. Ils arrivent « devant que les feuilles d'automne soient tombées », et ils promettent pour l'an futur à ces grands enfants, qui sont les hommes, des éclipses pour les amuser et du beau temps pour les consoler. Tout est charmant dans une année à naître et dans un almanach encore vierge.

C'est par centaines, au surplus, que ces almanachs se publient. Almanachs politiques, almanachs littéraires, almanachs religieux, almanachs comiques, almanachs enfantins, almanachs pittoresques, le vieil *Almanach de la Mère Gigogne*, divertissant les petits, tandis que tant d'autres apprennent bien des choses aux grands. Il ne faut point dédaigner l'almanach : c'est le livre de ceux qui n'ont pas de livres et l'encyclopédie de ceux qui n'ont pas de bibliothèque. Le cabinet de l'amateur a l'elzevier précieux, la chaumière du paysan a l'almanach imprimé avec des têtes de clous ; mais du livre rare ou du cahier de papier mêlé de paille, c'est l'humble almanach qui se lit le plus et qui est peut-être le plus aimé. Il est le compagnon de toujours, le vieil ami des veillées d'hiver ; l'autre est comme un camarade de vie luxueuse avec qui l'on est fier de se montrer, un ami de parure et de parade. On ne saura jamais quelle est l'irrésistible puissance de ces ballots d'almanachs sortis, à travers les campagnes, du ballot de toile du colporteur. Cette littérature populaire, qui est aux lettres ce que l'imagerie d'Epinal est à la peinture, a plus fait, jadis, pour l'empire, que les récits de Marco Saint-Hilaire et les chansons de Béranger. Elle fera plus peut-être pour un gouvernement libre que les harangues des orateurs et les propagandes des députés.

Il nous en manque un, d'ailleurs, de tous ces vieux almanachs de France qui sont la récréation et souvent l'instruction du paysan français. Il nous manque cet humble et centenaire almanach d'Alsace qui nous arrivait jadis, aussi gros que ce *double* ou *triple Almanach Liégeois* dont la couverture bleue porte l'image d'un astrologue en chapeau pointu interrogeant les astres; il nous manque ce *Messager boiteux* qui venait de Strasbourg, clopin-clopant, avec son grand chapeau, sa veste du temps passé et son long bâton de voyage. Guêtré, sanglé, marchant sans cesse, allant partout, à travers les houblonnières ou les chemins de *schlitteurs*, le *Messager* strasbourgeois apprenait aux bonnes gens un tas de choses étonnantes, les fêtes mobiles et les Quatre-Temps, le commencement des saisons, les phénomènes de l'année, l'arrivée de la lune rousse, et combien d'années s'étaient écoulées depuis la création de l'homme selon la chronologie vulgaire, la fondation de Rome, la naissance de Jésus-Christ ou l'hégire de Mahomet! C'était comme un vieil aïeul un peu bavard, un peu rabâcheur, mais dont on écoutait toujours, avec une sorte de respect souriant, les anciennes histoires, un de ces aïeux au menton rasé de frais dont les joues sont bonnes à embrasser. Pauvre vieux *Messager boiteux* de Strasbourg! Il continue toujours, comme un facteur rural, sa tournée annuelle à travers les campagnes d'Alsace. Il frappe de son bâton à la porte des fermes, il s'arrête à la grille des châteaux. On entend, par les chemins, le bruit de sa jambe de bois. Il glisse un peu partout ses feuillets de papier de pacotille qui rappelle les bouquins de la *Bibliothèque bleue* et les livres à peine lisibles jadis imprimés à Troyes. Il est le *Juif-Errant* de la littérature populaire, et, de temps à autre, par habitude, le vieux messager jette un coup-d'œil du côté de la France. Puis, clopin-clopant, il continue sa marche. Laissez passer le *Messager boiteux!*

Ah! que cette humble littérature populaire, accessible à tous, aux esprits simples, console de cette littérature fétide qui s'est mise à infecter Paris — et avec Paris les villes de province — durant tout un été!

Vraiment il se faisait grand temps qu'on prît contre cette autre espèce d'intoxication des mesures d'assainissement. C'était plus qu'une question de morale, c'était une question de voirie. Les débitants de ces prospectus de romans ignobles jetaient, par poignées, dans les voitures qui passaient, le programme du « nouveau feuilleton » — et l'auteur osait ainsi annoncer lui-même son *œuvre* inédite : « Tout le monde voudra lire cette *nouvelle œuvre pornographique* dont l'intérêt ne se dément pas un seul instant. C'est une étude de mœurs naturalistes prise sur le vif et traitée de main de maitre. »

Pornographique devenait une recommandation, un titre, un adjectif glorieux, un programme, une école! Voilà où nous en sommes, où nous en étions, où nous en serions si la critique n'avait protesté et si l'autorité n'avait agi ! Quoi ! le journalisme des Fonfrède et des Carrel, ce journalisme pour l'honneur de qui quelques-uns sont morts, devenait peu à peu cette sentine dont on vivait, spéculant sur les curiosités basses, les luxures ignobles et, comme ils osaient le dire, les *passions honteuses* d'une foule :

Et ce n'était pas tout, cela ne leur semblait pas suffisant à ces étranges gens de plume qui étalaient, comme un titre de gloire, les gros numéros des tirages que leur procurait chaque procès nouveau ! Ils allaient faire mieux. Après avoir déshonoré l'encrier, ils allaient déshonorer la tribune. Ils annonçaient, pour le dimanche 17 octobre, une *Matinée littéraire et musicale* aux Folies-Bergère, une matinée avec concert, tombola, galop final, le tout précédé d'une conférence ! ! Une conférence où se serait étalée, sans doute, la théorie cynique du succès quand même et de l'exploitation de la vilenie humaine par des dessinateurs sans talent et des écrivains sans orthographe !

Le commissaire de police, pareil à un matassin de Molière, est soudain venu calmer par une autre espèce de douches ces accès de priapisme. M. de Sade eut aussi des démêlés semblables avec les alguazils de son temps.

Je sais bien qu'on va crier : Et la liberté ?

— La liberté de penser et d'écrire n'est point la liberté de courir tout nu dans la rue. Encore la nudité serait-elle plus décente que ces ignobles sous-entendus et ce décolletage effronté !

C'est précisément parce que nous réclamons tous l'absolue liberté pour l'homme d'exprimer ses idées, de les proclamer et de les défendre, qu'on ne peut admettre ce libertinage grossier de la plume et du crayon qui fait ressembler notre Paris à un *Musée Secret* étalé à la devanture des boutiques, à la vitrine de tous les kiosques.

— *Nos pères*, diront-ils, *nos pères* étaient moins prudes que vous, et *nos pères* nous valaient bien !

Croyez-vous?

On a tôt fait de prendre Rabelais, et Régnier, et Montaigne, et La Fontaine pour complices, et même Bossuet avec eux, sans doute par ce qu'il a parlé quelque part des *hennissements de la passion*, on a tôt fait de citer les *Contes Rémois* de M. de Chevigné et les *Contes drôlatiques* de Balzac ! Indépendamment de la valeur cérébrale et artistique, qui est tout un en pareil cas, Rabelais, la Fontaine, Balzac, ne s'adressaient pas aux bas appétits du passant. Ils restaient dans la bibliothèque; ils ne s'étalaient pas sur le trottoir. La fameuse édition des *Fermiers généraux* de La Popelinière caressait peut-être le goût égrillard de quelques-uns. Mais elle était encore quelque chose d'artistique, d'aimable et de bien français. Le *fripon* d'un dessin d'Eisen ou d'une vignette de Moreau n'a rien à démêler avec l'ordure d'une photographie colportée, le soir, sous le manteau ou sous la blouse, et surtout avec ces imageries vulgairement bestiales qu'on appendait, encore hier, comme à l'étal, à la porte de quelques librairies.

Les fantaisies érotiques des blasés de la fin du dix-huitième siècle ne sortaient point d'ailleurs d'un certain monde, peu nombreux en somme, et la bourgeoisie lisait l'*Encyclopédie*, tandis que le *high life* d'alors relisait M. de Laclos. Aujourd'hui, le journal étant — à tort ou à raison — le grand agent de diffusion, de lecture, de vie intellectuelle, ne peut avoir certaines crudités qu'on ne tolérerait point chez un passant ivre. Qu'eût répondu un père passant au bras de sa fille et à qui un monsieur quelconque eût crié dans l'oreille un titre obscène?

Ce père eût souffleté le malappris et levé sa canne sur le drôle.

Or, ils étaient cent, ils étaient mille de ces colporteurs de placards de l'école pornographique qui cornaient aux oreilles des gens :

Achetez ou lisez le *Journal des*...

Quoi? Inutile de donner ici le titre de semblables ordures.

Avons-nous, en si peu d'années, fait tant de chemin que la « littérature » pornographique soit devenue une industrie, alors qu'il y a dix-huit ou vingt ans elle envoyait à Bruxelles, comme Poulet-Malassis, les libraires qui s'en occupaient d'un peu trop près, et simplement, ceux-là, à titre d'érudits et de curieux?

A cette époque, un roi fort connu, un roi vert-galant — et pourquoi ne point le nommer, puisque ce que nous racontons ici est de l'histoire? — Victor-Emmanuel faisait demander à un écrivain français un roman un peu vif qui pût le distraire un moment, durant ces longues parties de chasse à l'isard qu'il faisait très hardiment, presque seul, mangeant un peu de fromage sur le pouce, au haut des Alpes.

Etait-ce le roi lui-même ou un libraire ami du roi et voulant faire une bonne spéculation qui avait eu l'idée de commander à quelqu'un un roman léger ? Sur ce point, je ne saurais être absolument affirmatif. Mais il arriva qu'on s'adressa à un esprit très fin, à un gourmet des *libretti* badins du temps passé, M. Charles Monselet.

On lui offrit une somme fort ronde pour écrire, en lui promettant le secret le plus absolu, un roman court-vêtu qu'on ferait illustrer par un peintre aimable, Hamon ou Voillemot. Ni Voillemot ni Hamon n'étaient prévenus. Le livre serait tiré à un nombre infiniment petit d'exemplaires qui iraient dormir dans l'*enfer* de quelques rares bibliothèques. Ou même il serait présenté à Victor-Emmanuel à l'état de manuscrit.

Charles Monselet refusa.

Il eût pu faire ce qu'avait fait Vivant Denon, ce qu'avait fait Jouy, ce que, dit-on, a fait Musset, mais je n'en crois rien.

Il refusa.

Ce fin lettré n'était cependant pas riche, mais il tenait, avant de le toucher, à flairer l'argent, — comme un poisson frais — pour voir s'il avait de l'odeur.

Pour la somme qu'on offrait à Monselet, en lui demandant quelques pages, les gens d'aujourd'hui — ou d'hier — eussent écrit, à tour de bras, toute une bibliothèque.

Gustave Courbet, on s'en souvient, avait mis dans la galerie de Khalil-Bey un ou deux morceaux assez libres et qu'il n'avait pas hésité à signer.

— On peint bien des anges nus, disait-il, et cependant qui a jamais vu des anges, je vous le demande ? Qu'est-ce que j'ai fait après tout ? Du nu. Voilà tout. Le nu n'est jamais indécent.

— Oui, mais c'est le déshabillé qui l'est, répondit un ami, et tu as déshabillé ta peinture !

Le trait eût pu servir d'anecdote à M. Sarcey dans sa vigoureuse conférence de l'autre soir. Ce Courbet est et sera d'ailleurs un puits de semblables menus récits. M. Gambetta, qui a toujours fort goûté la peinture, lui avait acheté jadis un de ses premiers tableaux, une *étude* d'homme, je crois.

Un jour, vers 1869, que Courbet déjeunait chez le futur président, le peintre s'arrêta, comme frappé d'admiration devant cette toile d'autrefois.

— C'est superbe ! lui dit M. Gambetta. Il n'y a pas de jour que je ne regarde cela avec passion !

Courbet eut un hochement de tête extraordinaire :

— Si c'est superbe ! fit-il. Je crois bien ! C'est étonnant !

Et soulignant du geste la fin de sa phrase :

— C'est-à-dire que ni Velasquez, ni Titien, ni Rembrandt — *ni moi-même* — personne ne pourrait refaire cela !

— « Ni moi-même ! » Ils sont heureux ceux qui peuvent passer, à travers la vie, avec cette confiance victorieuse !

Je doute que ce Claude Tillier, dont on vient d'inaugurer le buste, en Nivernais, eût jamais en ses propres forces une telle foi triomphante. Ce que c'est que la gloire! Claude Tillier est un de nos écrivains modernes les plus puissants, un linguiste achevé, un tempérament original, un artiste singulièrement pittoresque ; et hors de son pays, où il est peut-être prophète, nul ne s'est soucié de savoir quel était cet homme qu'on fêtait, là-bas , après trente ans passés sur sa mort.

J'ai même lu dans un journal une dépêche étonnée parlant de la stupéfaction que faisait éprouver à d'aucuns cette cérémonie en l'honneur d'un *illustre inconnu*.

Je sais bien que les écrits de Claude Tillier ne sont pas des plus populaires. Ce Courier artisan, ce Paul-Louis du peuple, qui ne prenait pas la qualification factice de *vigneron*, mais qui, bel et bien, était menuisier de son état, n'est point une gloire classique, et les universitaires qui citent peut-être encore (ce que j'ignore) les pamphlets de Timon ne parlent jamais des pamphlets de Tillier, qui ont cependant une autre sève, un autre suc, une autre force que ceux de M. Cormenin.

Le pamphlet de Cormenin, c'est le vin de dessert, capiteux et pétillant, spirituel, montant au cerveau, piquant et léger. Le pamphlet de Claude Tillier, c'est le vin généreux de France, le bon vin pur de la vigne, aux grappes mûries du soleil, en pleins champs. On devrait donner certaines pages de Tillier comme modèle de style viril, pittoresque et fort. Mais on ignore Tillier. Les quatre volumes qu'il a laissés — trois volumes d'écrits politiques et un volume de roman, *Mon oncle Benjamin*, — ne se trouvent que dans la bibliothèque des curieux, et, entre tous ces journalistes qui ont le rude pamphlétaire nivernais pour ancêtre, un seul s'est occupé de lui, et encore est-ce un délicat que le rôle politique de Tillier devrait toucher moins que d'autres : c'est Monselet, dont je parlais précisément tout à l'heure.

Les gens de Nevers sont moins oublieux. Ils ont dressé l'image de l'ouvrier écrivain sur la place publique de sa ville natale. C'est M. Félix Pyat qui, jadis, lorsqu'on publia les *Œuvres posthumes* de Tillier, écrivit la préface et raconta la vie du pamphlétaire. Le pauvre artisan eût été bien fier si on lui eût dit qu'un des auteurs alors à la mode lui servirait un jour d'introducteur auprès des gens qui lisent. Claude Tillier aujourd'hui accepterait-il le parainage de Félix Pyat ?

J'avoue d'ailleurs que l'inauguration d'un buste dans un coin de notre France est moins faite pour passionner les gens que, par exemple, un procès aussi dramatique et plein de révélations aussi extraordinaires que l'affaire de M. le lieutenant-colonel Jung. Balzac, avant de mourir, avait tracé tout un tableau des romans qu'il avait *à écrire*. Les *Scènes de la vie militaire*, auxquelles il avait jusqu'alors peu touché, faisaient partie de ses livres futurs. Il voulait montrer le soldat en campagne, le soldat à la caserne, la vie de province, la bataille. C'eût été fort puissant, évidemment ; mais je doute que l'auteur de la *Comédie humaine* eût trouvé sujet plus poignant et plus imprévu que l'histoire de cette Mme Marneffe allemande.

Quel drame ! Un officier patriote ayant pour femme une étrangère qui notoirement trahit la patrie, et cette femme ayant pour amant le chef suprême de ce soldat ! Je ne connais pas, ni au théâtre, ni dans le roman, de situation plus émouvante. La vie a de ces inventions qui nous dépassent et nous dépasseront toujours, et le plus grand « collectionneur de documents humains » sera toujours le greffier d'un tribunal.

M. Jung est sorti fièrement d'un procès où le scandale n'a point rejailli sur lui. L'historien avait, je pense, attiré sur l'officier plus d'une inimitié qui s'est tournée en calomnie. Grâce aux débats publics, la vérité est faite, et la conscience de l'armée est délivrée d'un grand poids étouffant : il n'y a point de traître dans ses rangs.

On n'a parlé que de ce drame et il était tout naturel qu'on ne s'entretînt que d'une semblable affaire, si mystérieuse et si irritante. Une exposition de tableaux, fût-elle aussi intéressante, par exemple, que celle de M Adrien Marie, au boulevard des Italiens, passionnera certes moins l'opinion que telle ou telle cause célèbre. Je ne vois guère que Mlle Sarah Bernhardt qui ait surexcité aussi vivement l'attention !

Vous partez? Eh bien ! bon voyage,
La belle enfant, croyez-vous pas
Emporter mon cœur à vos pas,
Attaché comme un coquillage?

Ainsi chante Louis Bouilhet à une infidèle qui s'en

va. Le poète prend lestement parti de cette fugue. La foule ici en fait autant.

Elle est partie, emportant des chapeaux peints à la gouache, ses armoiries, son chiffre et ses camélias exécutés à l'aquarelle sur la jupe de ses robes et les rubans de ses coiffures.

Elle est partie, enfouissant dans ses malles une importante collection de sculptures à vendre au plus injuste prix et un *stock* assez remarquable de petits encriers représentant un sphinx, qui ressemble à Sarah, tenant entre ses griffes une tête de mort, qui ressemble encore à Mlle Bernhardt, et cet encrier portant sa marque de fabrique — *patented inkstand* — va faire évidemment fureur, va faire prime chez les Yankees.

Elle est partie, absorbant encore l'attention des snobs et les réclames des reporters dans le froufrou de sa robe de voyage.

On a fait des reproches à la mer, cette impudente mer, bonne à fouetter comme sous Xerxès, cette mer insolente qui se permet d'être un peu houleuse sous un ciel d'octobre un peu gris, quand elle a l'honneur de porter Sarah, ses encriers, sa toilette et sa fortune ! Elle est partie, bien partie, et ce public qui casse si joliment ses petites et grandes idoles, ne se soucierait pas plus dans huit jours, de *sa* comédienne que si elle n'avait jamais existé — n'était le télégraphe, et le téléphone, et le photophone, et toutes les inventions nouvelles de M. Edison, qui n'ont pas été imaginées pour autre chose que pour transmettre à l'ancien monde les impressions de voyage de Sarah Bernhardt à travers le nouveau. Il y a dans le *Spectateur* d'Addison un chapitre exquis sur les *idoles*. L'idolâtrie de la femme à la mode a toujours existé, au dix-huitième siècle comme au dix-neuvième, à Hyde-Park comme à l'avenue de Villiers. Addison déclare que l'*idole* ne devrait jamais vieillir, car, décrépite, on la dédaigne. J'ajoute quelle ne devrait jamais s'éloigner, car, absente, on l'oublie.

Mais quoi ! oubliera-t-on jamais *Sarah?* Le public, après tout, est moins inquiet qu'on ne veut bien le dire et il me parait parfois même aussi bon enfant que Cadet Roussel. Tant d'intrépidité dans la réclame, de crânerie dans le puffisme, de tapage sur un seul nom, aurait dû l'irriter et le harasser depuis longtemps. A trop tirer sur la corde, elle casse, dit-on. Eh bien, point du tout. La corde n'a pas cassé ! Sarah Bernhardt reviendra bombardée d'excentricités, accablée sous les bizarreries américaines, assourdie par les hurrahs de pacotille, et elle reviendra pour retrouver le public parisien aussi affolé, éperdu, dompté, charmé, amoureux, *toqué*, comme dirait Gavarni, que si la chercheuse d'aventures qui parlait d'aller chasser le tigre aux Indes et qui préfère tout simplement chasser le dollar aux Etats-Unis ne s'était pas moquée de lui le plus superbement et le plus nettement du monde.

M. Adrien Marie est, tout au contraire de *sa* confrère en peinture, un artiste de talent arrivé au succès sans nul tapage, doucement, mais sûrement, comme les timides. Il expose, boulevard des Italiens, une soixantaine de peintures et une trentaine d'aquarelles qui ne sentent pas, au surplus, la timidité. Il y a là des tableaux vénitiens et des coins de Londres, d'une coloration superbe. Les rues de Morlaix, les Bretons de Plougastel, les remparts de Guérande, ont fourni à M. Adrien Marie des sujets aussi pittoresques, aussi chauds de ton et brûlés du soleil que la *Tour penchée* de Pise ou le Capitole de Rome. Et, dans ces aquarelles, quelle joie des yeux que ses *Glaïeuls*, son *Rosier blanc*, son *Enfant endormi !*

Il y a là aussi un bien joli *projet de rideau* pour un théâtre. Puis des portraits d'acteurs : Coquelin, Mounet-Sully et — parbleu ! — Sarah Bernhardt.

Je me disais aussi : Il y a bien longtemps qu'on n'a exposé son portrait et qu'on n'a parlé d'elle !

On parle encore d'Offenbach. On en parlera longtemps. Il fut un *type* en art. Tous ses anciens collaborateurs souscrivent pour payer le marbre de son buste, ce qui ne leur coûtera que quelques maravédis, soit dit entre nous, car ils sont nombreux, Dieu merci, ceux qui survivent aux premières folles et amusantes soirées que donnait jadis Offenbach. Je retrouve parmi de vieilles gravures d'antan le programme amusant d'une représentation théâtrale donnée chez Offenbach, il y a quelque vingt-deux ans. Le crayon de Stop a dessiné là tous les acteurs improvisés de cette inénarrable parodie du *Trovatore* qui s'appelait : *l'Enfant Trouvère ou la prise de Castelnaudary, drame lyrique en cinq actes, traduction libre* (*pas de Pas de Cini mais d'un autre*).

Décors de Cambon, Gustave Doré, Charles Marchal et Nadard. Mise en scène de Royer-Collard et Gustave Wasa. Alphonse Royer! Gustave Vaez! Des oubliés, ceux-là.

Ils sont tous là, jeunes, les uns encore imberbes, les autres avec des cheveux, n'ayant pas trente ans encore, ceux qui sont aujourd'hui barbus ou chauves et qui ont dépassé quarante ans et même atteint la cinquantaine : Edmond About, tout frisé ; Gustave Doré, portant des favoris ; Ludovic Halévy, jeune, élégant, la moustache en croc ; Léo Delibes, la lèvre vierge de duvet, élancé comme un collégien ; les deux Crémieux, Hector et Emile, unis comme les frères siamois ; Adrien Decourcelle et Emile Jonas, chevelus comme des Mérovingiens que viserait déjà la calvitie. Je ne parle point des morts : Léon Battu, dont le pâle visage de phtisique apparaît, attristé sous la drôlerie de la caricature ; Georges Bizet, gros et gras, le sourire fin, sans barbe, jouant du piano ; Paul Blaquière, qui écrivit la musique des chansons de Thérésa ; et Offenbach lui-même, son pince-nez devant les yeux, faisant danser au ronflement du violoncelle, les personnages de l'opéra de Verdi.

C'est tout un moment de la *vie de Parie*, c'est un coin de notre société et comme une génération spéciale qui revivent dans ce carré de papier bristol, si joliment illustré, et qui sera — et qui est déjà — une curiosité aussi recherchée que les *invitations* gravées jadis par les *vignettistes* du siècle dernier.

Dans cette représentation macaronique, l'auteur de *Croquefer*, prenant sur l'affiche le nom de *Jacomo*

Offembacchio, parodiait l'auteur du *Trouvère*, et c'est lui qui jouait *Moricaud* — ou Manrique. Edmond About — *Edmundo Abuti* — jouait le *bourreau; Ludovico Halévy* représentait *un page*. Léo Delibes, Tréfeu, Duprato, figuraient les chœurs. Le régisseur, c'était Mestépès, le machiniste Gustave Doré, le souffleur Charles Narrey.

« Le piano-forte, disait le programme, sera mené par le maestro *Bizetto*. Le grand maître de la claque est M. *Leone Battucci*. L'orchestre, composé de *un* musicien, sera conduit par le maestro *Gevaërte*. Il y aura une exhibition de la Ménagerie par le signor *Carjatto* (Carjat). *Pendant le bal on exécutera la basse-cour.* »

Ah! les gaietés — ironiques aujourd'hui — des années de jeunesse! Elle est finie, la musique entraînante du violoncelle. Tous ces souvenirs joyeux qu'évoquent un feuillet de papier et trois coups de crayon, tournoient comme ces feuilles jaunes d'à présent qu'on voit, dans le jardin, former des rondes bizarres au triste vent d'automne!

Et, chose narquoise, c'est souvent par la seule caricature que l'homme dure. C'est une *charge* qui lui survit. De ce Rosier, qui fit quarante pièces de théâtre, des drames, dont un chef-d'œuvre, le *Manoir de Montlouvier;* des vaudevilles, dont deux exquis, *Croquepoule* et la *Mansarde du crime* — deux triomphes pour Arnal — et des comédies, dont une charmante, *Brutus, lâche César!* — un sourire sous la Terreur — de cet homme de talent qui fut un honnête homme, aucune image ne resterait peut-être si un caricaturiste du temps passé, Benjamin Roubaud, ne l'avait placé dans cette fameuse lithographie, le *Défilé pour la Postérité*, où Victor Hugo vient en tête, porté par l'hippogriffe, et où Rosier, élégant, maigre, boutonné dans sa lévite polonaise, le cou serré dans un col énorme, les cheveux longs sous un chapeau à larges bords, la moustache petite et le profil très fin, marche devant le petit père Duvert et le petit Michel Masson, sautillant et souriant.

Lorsqu'il s'agit, à la Société des auteurs dramatiques, de donner des pensions aux plus âgés, M. Rosier fit valoir ses droits. Son acte de naissance datait de 1805. Soixante-quinze ans, c'est, après tout, un joli chiffre. Puis un oublié de talent, M. Hippolyte Auger, l'auteur de la *Physiologie du théâtre* et de plus d'un drame applaudi, envoya son acte de naissance : 1797. Quatre-vingt-trois ans ! Et M. Hippolyte Auger, retiré dans le Midi, comme Rosier, écrit, là-bas, ses *Mémoires et Souvenirs*. Puis, tout à coup, M. Dupin vint réclamer et nous dire son âge : 1791. Quatre-vingt-neuf ans !

Ces trois hommes se trouvaient être nos trois doyens.

— Est-ce drôle, tout de même, la vie ! dit alors M. Dupin, toujours souriant. Me voilà, moi, pensionné en même temps que mon cadet, Auger, et que *ce jeune homme*, M. Rosier !

Et dans quels rocs ils sont taillés, ces burgraves du vaudeville !

XXVIII

La Comédie-Française : Deux-centième anniversaire de sa fondation. — L'impromptu de Versailles. — Coquelin. — Mlle Croizette. — Mlle Bartet. — Les vers de M. Coppée.

Paris, 21 octobre.

C'est ce soir que commencent les représentations solennelles organisées par M. Émile Perrin, pour célébrer le deuxième centenaire de la fondation de la Comédie-Française. Ce *jubilé* de la maison de Molière a été précédé hier par une *répétition de gala* qui comptera parmi les soirées célèbres de l'histoire du théâtre. Tout Paris, cette fois, et non plus seulement le *tout Paris des premières*, s'est trouvé rassemblé dans cette admirable salle où, comme le dit fort éloquemment M. Coppée, la langue qu'on parle vaut le drapeau qu'on défend ailleurs.

Une marquise, rayée de rose, tendue devant la Comédie-Française, conduit, par une façon d'antichambre improvisée, au péristyle, où, parmi les odeurs et les plantes vertes, les bustes de marbre semblent comme rajeunis. Au haut de l'escalier qui conduit aux balcons et aux loges, on se presse pour voir l'*entrée* de la représentation, comme on le faisait jadis pour voir la *sortie* des Italiens. Ici, presque chaque spectateur a un nom illustre et chaque personne qui défile incarne un talent ou une renommée. On jette un coup d'œil sur la salle avant le silence grave qui précède ici chaque lever de rideau, mais qui, cette fois, est plus profond encore, comme si cette toile rouge allait se lever à la fois sur les siècles désormais historiques et sur les perspectives pleines d'espoir de l'avenir.

Tout le monde est en toilette, les hommes cravatés de blanc, les femmes parées comme pour un bal. Dans les loges, les sommités du talent ou du pouvoir. On a attendu, pour lever le rideau, l'arrivée du président de la République. Il s'installe, avec Mlle Grévy, dans son avant-scène. Victor Hugo occupe, avec sa famille et des amis, une loge de face qui restera ouverte pendant les entr'actes, et chacun saluera ce grand vieillard aux cheveux blancs. M. Alexandre Dumas fils est à gauche dans une loge, ayant à sa gauche M. le général de Galliffet. En face de lui, dans une loge, M. Victorien Sardou. En bas, aux fauteuils, l'Académie, M. Caro causant avec M. John Lemoinne. Dans une baignoire, M. le duc d'Aumale, et tout près de lui, la figure militaire et sympathique de M. Jules Sandeau. Mme Edmond Adam, à côté de M. de Girardin. La loge de M. Camille Doucet à côté de la loge de M. Victor Hugo. Il faudrait citer bien des noms pour donner le tableau de cette fête de notre théâtre national.

M. Henri Lacroix, érudit des plus fins, a publié, un

jour, une précieuse plaquette, la *Première représentation du Misanthrope*, où il parle de la salle et des acteurs, et des spectateurs du 4 juin 1666, comme le pourrait faire le *Monsieur de l'orchestre* d'aujourd'hui. Chapelle, Mignard, La Fontaine, Gilbert, Chappuzeau, Coqueteau, La Clairière, de Villiers, Montfleury, les peintres, les sculpteurs, les poètes et les grands seigneurs, le duc de Roquelaure, le duc de Mercœur, le comte d'Harcourt, M. de Vendôme, M. de Gourville, le maréchal d'Aumont, Mme de Cœuvres, Mme de Caderousse, Mlle de Guénégaud, Mme de Sablé, Mme de Sévigné, Mme de la Fayette, le duc de La Rochefoucauld, — combien d'autres! — sont là, écoutant, applaudissant ou critiquant Alceste. Beaucoup de ceux-là étaient morts, le 18 octobre 1680, jour où, pour la première fois après la jonction faite entre les deux troupes de comédiens, ceux de l'hôtel de Bourgogne et ceux de Molière, la troupe des *Comédiens français*, devenue la *Compagnie*, donna, le dimanche 25 août 1680, une représentation composée de *Phèdre* et des *Carrosses d'Orléans*, pièce encore nouvelle de Champmeslé, et encaissa 1,424 livres 5 sols, qui ne furent point partagés, quelques intérêts restant à régler, et sur lequel total on mit, les frais prélevés, 1,298 livres 16 sols sous séquestre.

La véritable date de la première représentation donnée par la Comédie-Française est donc, je le répète, du 25 août 1680, la lettre de cachet, signée *Louis*, avec le cachet de Louis XIV, et au bas *Colbert*, et réunissant en une seule Compagnie les deux troupes, étant cependant datée de Versailles, vingt et unième jour d'octobre 1680 :

« De par le Roy,

« Sa Majesté ayant estimé à propos de réunir les deux troupes de comédiens établis à l'Hôtel de Bourgogne et dans la rue Guénégaud, à Paris, pour n'en faire à l'avenir qu'une seule, *afin de rendre les représentations des comédies plus parfaictes par le moyen* des acteurs et des actrices auxquels elle a donné place dans ladite troupe, etc. »

Aujourd'hui 21 octobre 1880, il y a donc — officiellement — deux cents ans que la Comédie-Française existe.

Il y a eu hier, jour pour jour, deux cents ans, le dimanche 20 octobre 1680, la Comédie donnait *Soliman*, « pièce nouvelle de M. de la Tuilerie », et faisait 820 livres de recette. Jour par jour, à l'heure où j'écris ces lignes, la Comédie donnait, il y a deux siècles, l'*Avare*, et encaissait 547 livres 5 sols.

Deux siècles! Et, à travers tant de révolutions qui ont renversé tant de trônes, la Comédie-Française est demeurée toujours debout. Cette fondation de Louis XIV, basée d'ailleurs, chose étrange, elle, née d'une volonté monarchique, sur un des principes de la démocratie qui fut longtemps un des *desiderata* du socialisme — le principe de l'association — cette maison de Molière est devenue une de nos gloires nationales. Elle est restée, de toutes ces fameuses institutions que l'Europe nous envie, la seule invaincue, peut-être la seule inimitable, et ses comédiens, tour à tour comédiens du roi, comédiens de la nation, comédiens de l'empereur, ont toujours été les artistes de la France et du grand art théâtral français.

Ce n'est pas la soirée d'hier qui peut leur enlever leur prestige. M. Émile Perrin a fait là œuvre exquise d'artiste et de lettré. Il a dignement célébré le centenaire de la noble maison qu'il a la gloire d'administrer. Un volume de choix, qui paraît aujourd'hui même et qui, publié par Jouaust et Ollendorf, contient, outre une notice de M. P. Régnier, le texte original du *Bourgeois gentilhomme* et de l'*Impromptu de Versailles* et des vers de M. Coppée, un volume qui restera comme chose précieuse, est dédié à M. Émile Perrin. Ce n'est là que justice. On lira avec infiniment d'intérêt et de plaisir les pages que M. Régnier, le comédien savant — dans son art et hors de son art — a mis en tête de ce volume.

La représentation d'hier, qui a fini très tard, a commencé par le *Bourgeois gentilhomme*, dont on a joué le premier, le second et le troisième acte, en *comédie-ballet* avec la musique de Lully. Rien de plus charmant que cette luxueuse restitution archéologique. M. Perrin nous devrait donner le total des sommes qu'a coûté cette reprise. Ce serait à publier en regard du chiffre de la première représentation à Chambord.

Il ne m'appartient point de critiquer les comédiens. Je fais ici ce qu'eussent fait Loret jadis ou Robinet :

Mardi, ballet et comédie
Avec très bonne mélodie...

Très bonne, en effet. Les airs de Lully, fort joliment arrangés par J.-B. Wekerlin, ont ravi l'auditoire. Cela est mélancoliquement vieillot, doucement solennel. Cela évoque tout un siècle majestueux, marchant en cadence sous sa perruque. On se serait cru à Marly, pendant une promenade du grand roi autour des Pavillons. M. Paul Lacroix, qui assistait hier à la représentation — comme tous les *moliéristes* — me disait qu'il y a à la Bibliothèque de l'Arsenal sept gros volumes manuscrits et inédits de musique de Lully, provenant de la bibliothèque du comte d'Artois.

Les costumes du *Bourgeois gentilhomme*, les *bergerades* en musique chantées par Mlle Jacob et deux autres élèves du Conservatoire, les gavottes et les sarabandes exécutées par les danseurs de l'Opéra ont vraiment fait grand plaisir. M. Truffier a été charmant dans le rôle de ce *maître de danse* que jouait si joliment l'acteur Faure dont on a exécuté hier toute une scène, une *addition* qui n'est point de Molière.

Puis est venu l'*Impromptu de Versailles*. Joli décor, somptueux costumes. M. Coquelin jouait Molière, un rôle qui n'a jamais été joué que trois fois, la première fois par Molière lui-même, la seconde fois le 12 mai 1838, par Samson, le jour de la représentation donnée au *bénéfice du monument de Molière* (c'était, ce soir-là, Népomucène Lemercier qui avait été chargé de la *pièce de vers*, comme hier Coppée), — la troisième fois, enfin, hier, dans cette soirée qui comptera parmi les grands succès du comédien.

On s'est amusé à cette *scène de coulisses* du temps du grand roi, mais c'est là une pièce qui aurait besoin d'être jouée *avec des notes*. Ce fut, pour Molière, quelque chose de ce qu'est une brochure pour Dumas fils. Il répondait à Boursault et à d'autres, et il répondait vertement. Le *Peintre* se moquait de son *Portrait*.

Hier, Coquelin donc incarnait Molière, Delaunay La Grange. Lorsque Molière, parlant à ses comédiens et les conseillant, arrive à La Grange et lui dit :

— Pour vous, je n'ai rien à vous dire!

On a fait à Delaunay une ovation flatteuse. Toute la salle a battu des mains.

Mlle Bartet, charmante en robe blanche relevée de bleu, ses juvéniles épaules sortant, élégantes, de son corsage ouvert, jouait Mlle Béjart ; Mlle Samary, Mlle du Croisy; Mlle de Brie, l'Eliante de Molière, dont le grand succès fut Agnès, la jolie Mlle de Brie, la Lucile du *Dépit amoureux* et la Cécile de l'*Étourdi*, c'était Mlle Broisat, en robe blanche et rose, tandis que Mlle du Parc, *la femme des grandes séductions*, comme l'a appelée un critique de nos jours, cette Mlle du Parc que Molière a aimée, que la Fontaine et Racine ont trouvée charmante et qui inspira une passion à Corneille vieilli, Mlle du Parc qu'on appelait *la Marquise*, c'était Mlle Croizette, souriante et fine comme un buste de Pajou et costumée admirablement, pareille à un Velasquez ou plutôt à un Carolus Duran.

Je songeais, en écoutant Coquelin jouer Molière, qu'il n'était pas possible de contester au grand comique son talent de comédien. M. Régnier, qui vient d'écrire dans sa *Notice* ce qu'il nous disait un jour, nous a souvent cité des jugements qui prouvent que Molière acteur était excellent. La preuve, c'est que ses ennemis allaient répétant que ses pièces ne faisaient d'argent que parce qu'il jouait lui-même! « *On verra quand il ne sera plus là!* »

On voit aussi par l'*Impromptu* que Molière excellait

à *imiter* les acteurs de son temps, et que cette plaisanterie, si fort goûtée des Parisiens actuels, était déjà à la mode du temps de Louis XIV. M. Brasseur, l'*imitateur* extraordinaire, savait-il qu'il a, en ce genre, Molière pour prédécesseur ?

A peine le rideau était-il tombé sur l'*Impromptu de Versailles* qu'il s'est relevé sur toute la troupe, sociétaires et pensionnaires, dans la diversité de leurs costumes tragiques ou comiques : Mlle Favart en peplum, Mlle Madeleine Brohan en Elvire, Mlle Dinah Félix en soubrette, Mlle Dudlay en Camille, M. Maubant en Auguste, M. Worms dans son costume de l'*Impromptu*, M. Laroche dans son habit de Dorante.

M. Got, doyen, s'est alors avancé et, d'une voix émue, il a récité la poésie de M. François Coppée, la *Maison de Molière*.

De beaux vers, larges, virils, pleins de pensée et de souffle, d'une langue très simple et très fière. Des vers où l'on a applaudi bien des traits, l'un qui est un souvenir à l'Alsace, l'autre un hommage de notre génération à Victor Hugo :

Tout crépuscule annonce une aurore future,
Et l'on ne doit jamais douter du lendemain.
Comparez l'Océan et le génie humain ;
Tous les deux sont régis par une loi conforme.
Après les petits flots vient une lame énorme ;
Un silence plus long suit son écroulement,
Et l'eau beaucoup plus loin recule en écumant ;
Sur la grève elle s'est, en râlant, retirée ;
Mais rien ne contiendra l'assaut de la marée ;
Et tu le sais, ô siècle éternellement fier
De voir l'œuvre d'Hugo monter comme la mer !

Ce dernier vers a été acclamé et l'on s'est tourné vers la

loge au fond de laquelle se cachait l'auteur d'*Hernani*, dont on chantera aussi, dans l'avenir. les centenaires.

Je reprocherai seulement à M. Coppée d'avoir dit de Musset qu'il fut un « *rossignol trop tôt tombé du nid* ». Le poète de l'*Espoir en Dieu* et des *Nuits* est mieux et plus qu'un rossignol. Quels *documents humains* que ses sanglots ! Rossignol ! Il eût été furieux, le malheureux qui s'entendait, de son vivant, comparer à Mme Waldor, et que Lamartine appelait « *jeune homme au cœur de cire* ».

Lamartine vieilli qui me traite en enfant !

M. Got, qui a dit ces vers et le poète qui les a écrits avec une véritable inspiration ont été salués comme ils le méritaient. On a fait relever le rideau et, encore une fois, comme dans une apothéose, ce groupe coloré de comédiens nous est apparu devant un portique au fronton duquel se détachaient ces deux mots éloquents : *Comédie-Française*, et où, à la lorgnette, j'ai pu lire ces deux glorieuses files de noms bien français et se faisant face les uns aux autres :

Corneille — *Victor Hugo*
Molière — *Alfred de Musset*
Racine — *Alexandre Dumas*
Voltaire — *Casimir Delavigne*
Regnard — *Scribe*
Destouches — *Augier*
Marivaux — *Alexandre Dumas fils*
Beaumarchais — *Sardon*

Puis le lourd rideau est retombé encore une fois,

comme sur un des tableaux les plus émouvants que nous ayons vus au théâtre, et il nous reste aujourd'hui de cette soirée, qui fait tant d'honneur à M. Perrin, comme le sentiment d'un triomphe et le spectacle d'un couronnement.

C'est là comme l'Apothéose de la Comédie-Française.

XXIX

Les tapageuses. — Procès sur procès. — Les portraits de Mme de Kaulla. — Une silhouette d'*étrangère*. — La pièce nouvelle de M. Dumas. — Le discours de M. Labiche. — La Toussaint et le *Jour des Morts*. — Un paysage parisien. — Tombe fleurie. — Le mariage de M. Ernest Hébert. — Journaux honnêtes et journaux juvéniles. — Les *jeunes*. — La promotion nouvelle. — M. Émile Augier, conseiller général de la Drôme. — A propos d'Archives. — Un élève de Louis David. — M. Michel Stapleaux. — Une pétition pour réclamer le retour des cendres de David. — Le peintre et Bonaparte. — La lecture de la *Moabite*. — *Trumeau*, par M. Édouard Pailleron.

Paris, 2 novembre.

Le monde n'est plus aux taciturnes, il est aux tapageurs. Les procès scandaleux se succèdent avec une rapidité incroyable. Après une plaidoirie à sensation, une autre plaidoirie recommence, et les huissiers parisiens me semblent occupés à libeller de stupéfiantes assignations. On a beaucoup conjugué, en ces derniers temps, le verbe *se diffamer*, — en un seul mot :

Tu me diffames,
Il ou elle me diffame,
Nous nous diffamons...
Vous vous diffamez...

Le plus piquant, c'est le cri poussé par Mme la baronne de Kaulla, trouvant étonnant que son mari garde « un silence inexplicable » devant les outrages qu'on adresse à sa femme. Il y aurait décidément une jolie comédie à écrire sous ce titre, un peu bien boulevardier peut-être : *les Combles*. Bien évidemment l'indignation de Mme de Kaulla est un comble.

La baronne bavaroise est d'ailleurs tout à fait à la mode. Les journaux illustrés publient son portrait en première page et l'offriraient volontiers en prime comme ils donneraient le costume que Mme Madeleine Lemaire a dessiné, dans *Belle Lurette*, pour Mlle Jane Hading. On avait exposé, entre la carte-album du roi Pomaré et le profil émacié d'Offenbach mort, la photographie de Mme de Kaulla dans les Salles de Dépêches, et, par un sentiment que je ne m'explique guère chez une tapageuse, la baronne a fait enlever des vitrines ce portrait qui la représentait debout, vêtue d'une sorte de robe de chambre et tenant entre ses mains les longues tresses de ses cheveux noirs, — qu'elle semblait tordre comme Vénus sortant de l'onde.

Joli portrait, d'ailleurs, profil énergique et fin. Un nez droit, des lèvres admirablement dessinées, des prunelles qui sondent. Cette photographie avait été faite pour M. de Pommayrac, le miniaturiste, qui, avant M. Parrot, signa un portrait de Mme Lucy de Kaulla. Il paraît, au surplus, que cette tête expressive et vraiment charmante est ce que la baronne a de plus séduisant. Elle est petite et comme nouée, élégante, avec cette *ligne serpentine* qu'Hogarth trouvait plus belle que la beauté, mais qui n'a rien à voir avec la perfection de la forme. Le profil *hébraïque* — Mme de Kaulla est fille de banquiers juifs — est évidemment la « beauté maitresse » de cette femme qui pourrait dire d'elle-même ce que Mme Dorval répétait assez souvent :

— Je ne suis pas belle, je suis *pire !*

A Paris, Mme Lucy de Kaulla allait souvent, au temps jadis, à la Librairie Nouvelle, ce bureau d'esprit, au ras du boulevard, où l'on entre pour éviter les gouttes de pluie et pour ramasser des bouts de causeries.

Elle feuilletait là les livres tout frais brochés, causait, écoutait et se faisait coquette pour le moindre visiteur entrant par hasard, demander l'ouvrage nouveau. Elle tenait à être remarquée, regardée, et elle en valait la peine. Elle parlait volontiers les langues étrangères, toutes sans le moindre accent. On l'eût tour à tour prise pour une Française, une Allemande, une Anglaise ou une Russe. Quand elle avait spirituellement produit son effet, elle saluait et, *presto*, disparaissait dans sa voiture, laissant après elle une sorte de sillage d'étonnement et faisant dire au plus superficiel spectateur :

— Quelle est cette femme ? Elle est étrange !

Aujourd'hui l'énigmatique personne est expliquée et clairement. Le sphinx est deviné. Il aura beau étaler ses griffes, donner à grossoyer à ses huissiers des papiers timbrés pour faire voir qu'il a bec et ongles, la spirituelle Bavaroise est classée et cataloguée dans la distribution des rôles de la comédie parisienne, et si cette manie de transporter sur la scène des *actualités* toutes vivantes menace de sévir, je ne désespère point de voir un auteur spéculer sur ces récents procès et offrir au théâtre de l'Ambigu un mélodrame où Mlle Lina

Munte jouerait le personnage extraordinaire de la baronne, et M. Lacressonnière celui du vieux général.

Au reste, c'est aux tribunaux qu'il appartient d'apporter en tous ces faits, grossis sans doute et déformés, la lumière définitive. Les journalistes continuent à mettre un peu trop leur montre en *avance* et à arriver « premiers » comme des chevaux de courses.

N'a-t-on pas publié déjà un compte rendu préventif de la pièce nouvelle de M. Alexandre Dumas ? Et qu'il soit exact ou non, qu'importe, pourvu que ce compte rendu romanesque arrive avant tous les autres !

A la vérité, le sujet de la pièce de M. Dumas est, m'a-t-on dit, des plus simples. Une femme du monde est compromise par son mari et sauvée par son enfant. Le drame, comme on voit, tient en une ligne et il remplit trois actes. En pareil cas, c'est la facture qui est tout, et, au dire des bien informés, jamais œuvre n'a été plus solidement construite et plus brillamment ornée.

Voilà, du reste, tout ce qu'on en sait aujourd'hui, et les autres racontages sont de pure fantaisie.

Ce ne sera point là la *première primeur* littéraire de la saison. Le discours de réception de M. Eugène Labiche à l'Académie, discours très fin, où M. de Sacy se trouve fort joliment étudié, et qui étonnera bien des gens, sera l'attraction de la quinzaine qui commence.

Fête des immortels que précède aujourd'hui la fête annuelle des morts.

Car nous voici en novembre et la rentrée des Chambres n'est pas loin. On sent passer à la fois comme des mélancolies et des odeurs de bataille dans l'air.

Une chose fort curieuse et tout à fait caractéristique, c'est que les fêtes de la Toussaint qui étaient jadis, pour les théâtres parisiens, ce qu'on appelle des jours de *grosses recettes*, sont, en général, depuis la guerre, des jours de recettes moyennes. Il y a, semble-t-il, un voile plus funèbre sur ces jours de deuil. La tristesse peut être latente, étouffée sous la reprise des gaietés nerveuses, le sentiment assombri existe pourtant et, depuis les cimetières populaires, *Cayenne* comme on appelle Saint-Ouen où l'on va trinquer à la guinguette au souvenir des morts, jusqu'aux cimetières aristocratiques où l'on descend d'un coupé pour prier — ce défilé de regrets annuels au milieu des allées d'ifs et des rangées de tombes, dans cette cohue de visiteurs examinant curieusement les tombeaux voisins de celui auquel ils ont porté quelques couronnes, — dans cette courtille de la douleur parisienne, il y a cependant un ressouvenir poignant des années disparues, et la plaie fermée fait encore souffrir.

Je m'étonne d'ailleurs qu'un peintre *moderniste* — pour parler l'argot courant, — n'ait pas eu l'idée de peindre ce *Jour des Morts* au Père-Lachaise, par exemple, ou au cimetière Montmartre. Le tableau est tout fait, et ces multiples taches noires des robes de deuil sur les perspectives grises ou couleur d'ocre des allées, sur les masses sombres des verdures d'hiver, ces réveils de *blancs* que font, au loin, les monuments de marbre, ou les croix de pierre, tachetées, çà et là, des notes jaunes des couronnes ou des touches bronzées des feuilles mortes, traînant à terre comme des éclats ou des lamelles de cuivre, — ce fourmillement de visiteurs ou de flâneurs dans ce paysage ensoleillé de novembre, ce coudoiement de grandes dames allant s'enfermer derrière la grille d'une chapelle et de femmes du peuple s'agenouillant au bord de la fosse commune, ces longues théories de femmes et d'enfants, d'hommes gantés de noir et portant des couronnes, — tout cela n'a qu'à passer de la réalité sur la toile ; et le peintre aura fixé une des scènes les plus particulièrement touchantes, à la fois mondaine et populaire, de la vie de Paris.

J'ai vu, une fois, il y a trois ans — au jour même où nous sommes, — dans un de ces cimetières parisiens, un spectacle d'une poésie incomparable. C'était la tombe d'une jeune fille, morte au matin du dernier mois de Mai, à l'heure où s'épanouissent les fleurs, et qu'en ce jour des Morts son fiancé avait transformée en un bouquet immense. Des fleurs partout. Partout des roses, des roses d'une blancheur, d'une candeur exquise. C'était comme une symphonie lactée, comme une explosion de lumière blanche. Il semblait qu'il eût neigé sur cette tombe de vierge. L'hermine a plus de taches que ces pétales immaculées. Une couronne embaumée enveloppait, comme d'un nimbe, le nom de la jeune morte : *Marie*, et portait ces mots, tracés avec des violettes du pôle, sur les roses blanches : *A ma fiancée!*

Par un touchant sentiment, à côté de la date de la mort, le fiancé avait fait graver la date du jour où devait avoir lieu le mariage. Il s'en fallait de quelques heures à peine que la morte fiancée ne devînt la femme, et le blanc bouquet de fleurs d'oranger, commandé déjà et tout prêt était là, sur ce tombeau, mais changé en bouquet funèbre.

Il n'y a point de poésie, de tableau, de musique qui m'ait donné l'impression attendrie de cette tombe de jeune fille disparaissant sous ces amas de fleurs qui souriaient encore, parfums et souvenir, sur le mausolée de la chère « promise ».

De mai à novembre, il y avait six mois passés sur la douleur du fiancé — une demi-année, un demi-siècle — et la morte était pleurée comme au premier jour. C'est déjà long, six mois, pour un veuf. Mais six mois pour un fiancé !...

Je voulais revoir, l'année d'après, la tombe pleurée de la morte. M'égarai-je dans les allées, me fut-il impossible de retrouver la place de cette tombe d'une bien-aimée ? Je voudrais le croire ; mais, non, il me semble bien que je l'ai revue, cette tombe, l'an passé, entourée de roses, et je me rappelle trop bien qu'il n'y avait plus sur sa pierre et autour du nom de la fiancée, ni une fleur, ni une couronne...

Ne le dites pas au fiancé, dans quelque salon, entre deux valses, — ne le dites pas surtout à la pauvre morte, à travers les pierres du tombeau...

Il y a des fiançailles moins tragiques et de moins ironiques dénouements. M. Ernest Hébert, l'ancien directeur de notre Ecole de Rome, épousera, dans quelques jours, une jeune femme tout à fait charmante,

Saxonne, je crois, et qui est blonde et exquise comme le type vivant d'une Ophélie qu'eût rêvée et peinte le peintre-poète de la *Malaria* et des *Cervavolles*. M. Hébert est un charmeur, lui aussi ; il a quelque chose de l'enveloppement de voix, de paroles et de gestes qu'a Gounod. Une femme, — une de ces Romaines qu'il séduisait, en tout bien tout honneur, à la Villa Médicis, — disait de lui que ses silences mêmes étaient aimables. Au fond de son visage d'Italien, un regard noyé semble, en effet, cacher des profondeurs qui tentent comme certaines eaux dormantes. Il a en lui quelque chose du mystère et de l'infini de sa peinture. Henri Regnault a fait jadis, en quatre coups de plume, une *charge* amusante de son Directeur, car Regnault aimait à rire et il y avait du rapin chez ce héros. Je ne sais si M. Hébert connaît cette page d'album.

Ce maître de la pénombre, qui s'est fait bâtir un immense atelier, superbe, éblouissant de lumière, où il se blottit dans un coin ombreux pas plus large que sa palette, a tout le charme des choses entrevues, des images confuses, des fantômes et du rêve.

Je ne sais pas d'artiste plus soucieux de son art et voyant de plus haut. Les visions qui hantent cet œil songeur ne sont point les imaginations — ou les images — de tout le monde.

Il y a donc parfois des dénouements heureux, même pour les poètes, et cette fois Ophélie, qui ne meurt point, épouse un maître qui a vraiment quelque chose d'hamlétique.

Qui a dit sur Ernest Hébert ce mot très juste ?

— C'est le peintre des âmes.

En vérité, ce n'est pas aux âmes que s'adressent la peinture et la littérature actuelles. Il y a pourtant des exceptions.

Je disais naguère combien cette litérature nauséabonde qui se prétend gauloise avait fini par irriter et écœurer les gens. Il me paraît qu'une réaction s'opère dans ces publications populaires, et je vois, à la devanture des libraires en plein vent, des titres de journaux consolants, le *Foyer illustré*, qui se lit beaucoup, la *Vie littéraire*, la *Famille*, le *XXe Siècle*.

Le *XXe Siècle!* « Quoi! *déjà?* » comme disait l'Henri III d'une opérette de M. Hervé à qui l'on annonçait la visite de Molière. Le *XXe Siècle* est un vaillant petit journal littéraire qui ne doute de rien et qui prétend durer jusqu'au siècle futur. Vingt ans encore, c'est beaucoup. La *Vie littéraire*, elle, entend servir la cause des *jeunes* et fonde une œuvre nouvelle : l'*Editorat mutuel.* C'est l'association des auteurs inédits. Chacun d'eux verse une cotisation et dépose une œuvre de littérature au bureau de l'*Editorat* (encore un barbarisme)! A frais communs, on imprime l'œuvre déclarée supérieure par le jury ou le comité de l'*Editorat* et tout est dit. Quel Comité? Je n'en sais rien.

Mais tous ces efforts disséminés, toutes ces manifestations diverses prouvent cependant qu'il y a peut-être un *renouveau* dans notre littérature. Oh! les chers et alertes petits journaux de nos vingt ans! La *Rive gauche*, la *Jeunesse*, la *Revue fantaisiste!* Les voilà donc qui renaissent, et les conscrits confiants nous marchent sur les talons. Tant mieux! Ils ne fondent pas la *Revue fantaisiste* — *fonder!* c'est le mot éternel, — mais la *Revue naturaliste*, la *Revue littéraire*, et la *Jeune France*, ils font des vers comme M. Goudeau, le président des *Hydropathes*, des études remarquables comme M. Harry Alis, des causeries alertes comme M. Ed. Deschaume, ils écrivent de véritables pages comme M. Albert Allenet, ils assurent de vrais journalistes à l'avenir comme M. Champsaur. Voilà les nouveaux. Retenez ces noms. La *lettre* moulée vous les répétera souvent.

Et la province même se mèle de ce réveil ! Il y a des journaux littéraires partout. Il y a la *Sève* à Marseille ; il y a l'*Hérault* à Montpellier ; il y a le *Feu Follet* de M. Maratuech à Tulle, le *Pierre Corneille*, à Rouen, le *Courrier littéraire de l'Ouest* de M. Paul de Sivray, à Pons, dans la Charente ; il y a des revues artistiques et littéraires à Bordeaux, à Lyon, à Limoges à Montélimar, et, sans aller plus loin, je trouve dans une de ces jeunes revues — où les vétérans de l'avenir font leurs premières armes, recrues qui ont peut-être en poche un bâton de maréchal ; — je lis dans l'*Alouette dauphinoise*, dirigée par M. Viel, un article des plus curieux, signé Zénon Fière sur *M. Emile Augier, conseiller général de la Drôme*. Car, on l'ignore peut-être et l'*Alouette dauphinoise* nous le rappelle, Emile Augier a exercé le mandat de conseiller général à Valence. Et, chose piquante, parait-il, c'est surtout comme conseiller général que M. Augier est célèbre parmi les Valentinois, ses compatriotes. On n'est prophète en son pays que si l'on y obtient un mandat quelconque.

Ce petit chapitre de la vie administrative de M. Augier méritait bien d'être recueilli.

Il y a vingt-six ans de cela, en 1854, M. Emile Augier donc était conseiller général de la Drôme. Jusqu'alors la ville de Valence n'avait pas eu de monument spécialement affecté à la conservation de ses archives, et M. Fière, avocat à Valence, nous assure que les chartes, diplômes et autres papiers précieux pour l'histoire locale « étaient enfouis dans les caves ou dans les greniers de la préfecture, au grand désespoir des paléographes, des archéologues et du préfet lui-même courant volontiers après les dossiers ». On résolut donc de bâtir un édifice destiné à ces archives départementales, et, comme il y avait dans la question un côté d'une couleur littéraire, on chargea de la rédaction du rapport M. Emile Augier, le plus lettré des conseillers.

Ce fut un événement là-bas. Songez donc ! Un rapport de M. Augier ! Une « primeur » de l'auteur de *Gabrielle* et de *Philiberte !* Valence allait avoir, avant Paris, de l'Augier inédit ! Quelle bonne fortune ! On en parlait à l'avance dans tous les salons du chef-lieu !

Les *Muses* du département, attendant leur Balzac, s'en émurent.

— Quelle belle occasion pour M. Augier, disaient les savants de l'endroit — les membres de l'*Institut d'Espeluche* ou de l'*Académie de Malissard* — quelle occasion magnifique de prouver qu'il connaît l'histoire ! Il paraît que l'auteur de la *Ciguë* s'occupera des Bénédictins et intitulera son travail : *De l'utilité des Archives pour la conservation des monuments historiques graphiques et de la nécessité de la création d'un Musée de chartes départementales.*

C'était un peu bien long pour M. Augier. Les gens de Valence ne connaissent point l'humeur de leur compatriote — le plus simple et le plus net des hommes, n'aimant ni les solennités, ni les banalités, ni les phrases. Au reste, il le leur fit bien voir — doucement et spirituellement.

Tout Valence attendait, dans les couloirs, hors de la salle du conseil, quand le préfet, ouvrant la séance du conseil général, dit avec une lenteur grave :

— La parole est à M. Emile Augier.

— Ah ! M. Augier va parler ! M. Augier va parler ! Silence ! Chut ! Ecoutons M. Augier ! *De l'utilité*, etc.

Emile Augier s'était levé et, de l'air le plus naturel du monde, avec cette voix chaude et bien timbrée qu'on écoute avec respect à l'Académie et ailleurs :

— Messieurs, dit-il, les Archives de la Drôme sont enfouies, comme vous le savez, dans les combles de la préfecture ; cet état de choses ne pouvant durer, je vous propose de voter un crédit pour la construction d'un monument destiné à les recevoir.

Pas un mot de plus. A quoi bon? Tout était dit en quatre paroles. Il n'y avait plus qu'à voter, et l'on vota en effet.

Le conseil décida que les Archives de Valence seraient transportées dans un local spécial et, transporté de reconnaissance pour lui-même, que les noms des conseillers qui auraient rendu ce vote unanime seraient gravés sur une plaque de marbre noir scellée dans la muraille de la grande salle de ses Archives. Les *puissants de quatre jours* ont de ces soifs d'éternité. De telle sorte que, grâce à cette bienheureuse plaque, le nom d'Émile Augier passerait à la postérité, quand même celui qui le porte ne serait pas l'honneur de notre théâtre contemporain.

Mais l'imprévu de l'historiette, c'est que le public de Valence ne pardonna guère à M. Augier son spirituel laconisme. On attendait un discours, on voulait un discours ; on n'avait pas de discours, on cria à la mystification.

— Il s'est moqué de nous!

— Il nous a traités en provinciaux!

— Croyait-il donc être à la comédie?

Il y en eut parmi les Valentinois qui osèrent risquer cette appréciation avec des hochements de tête très profonds :

— Heu! heu! Emile Augier! On dit que les Parisiens lui trouvent beaucoup de talent et l'appellent un maître! Moi, je lui ai entendu faire son fameux rapport sur les Archives. Il n'a même pas su parler deux minutes!

Car c'est à la longueur et comme à la durée que le vulgaire mesure l'éloquence, comme il juge les livres au poids. C'est cependant Addison qui, comparant les orateurs de son temps à des chevaux de courses, prétend que leur langue va d'autant plus longtemps et plus vite qu'elle est moins chargée d'idées.

Mais tout le monde n'est point Addison, et la renommée de M. Augier subit un échec à cause de ce diable de laconisme volontaire.

Il paraît d'ailleurs que M. Augier se rattrapa plus tard, ou se perdit tout à fait, je n'en sais rien, dans l'estime des gens solennels en faisant un rapport sur les *chemins vicinaux*, qu'il entrecoupa d'alexandrins et agrémenta d'hémistiches. Je ne vois pas beaucoup l'auteur du *Gendre de M. Poirier* parlant des « chemins vicinaux ». Non pas que ce soit chose difficile, mais M. Augier avait peut-être un autre moyen d'utiliser son encre et une tout autre œuvre à faire.

Voici cependant ce que nous apprennent ces « petites revues » de province !

C'est de la province aussi, de Gien, dans le Loiret, que m'arrive, à propos des dernières fêtes de David d'Angers, une lettre d'un élève du grand David, M. Michel Stapleaux, peintre belge, qui a plus de quatre-vingts ans aujourd'hui, qui a vécu avec David à Bruxelles, qui l'a vu mourir, et à qui David a légué son mannequin, sa palette et ses pinceaux. M. Stapleaux s'est retiré à Gien, et, là, il a bien voulu évoquer pour nous quelques-uns des souvenirs que ce nom de *David* évoque pour lui et approuver un projet qui, exécuté, serait le couronnement des fêtes artistiques de ces derniers temps.

Ce serait de demander au gouvernement de faire revenir du cimetière de Bruxelles, où ils reposent, les ossements de Jean-Pierre David, mort en exil.

Ce projet ne date pas d'hier. Dès 1824, Chateaubriand voulait faire revenir en France le maître encore vivant. Mme Récamier et le peintre Gros s'entremirent. On se heurta contre une volonté impénétrable, et le peintre régicide du *Serment du Jeu de paume*, de la *Mort de Socrate* et de la *Distribution des Aigles*, mourut proscrit, toute la ville de Bruxelles suivant ses funérailles et le vieux M. Stapleaux, qui nous écrit, portant derrière le cercueil l'épée de membre de l'Institut de David.

M. Jules David, le petit-fils du grand peintre, vient de

publier plus d'un de ces détails dans un travail définitif sur son aïeul, où il interprète remarquablement, comme graveur, les œuvres dont il a parlé en historien.

David mort, ce ne fut qu'en 1840 que les anciens élèves de David eurent l'idée de demander au gouvernement la rentrée des cendres de David. On ramenait l'empereur, on pouvait bien ramener le conventionnel dont on mettait le portrait à Versailles. Ces deux hommes s'étaient connus. Un jour que Bonaparte encore premier consul faisait à David, dans son atelier, des observations sur la longueur, qu'il trouvait exagérée, d'un bras, David se mit aussitôt à critiquer certains mouvements militaires de Bonaparte à Marengo.

Le premier consul lui jeta un regard sévère que soutint David, et le futur peintre du *Sacre*, regardant le gé- en chef, lui dit :

— C'est que moi aussi *j'ai été le gouvernement !*

Les élèves de David s'assemblèrent donc et il fut décidé entre eux que David (d'Angers) rédigerait, au nom d'une *commission* élue, une pétition qui, signée par tous les survivants, serait remise au ministre de l'intérieur. N'était-ce pas M. Thiers ?

Voici cette pétition, qui a quarante ans de date et qui est toujours d'actualité :

« Monsieur le Ministre,

« Les élèves de Louis David viennent vous prier d'accéder à leur vœu le plus cher et le plus légitime. 1830 rouvrit aux proscrits l'entrée de la patrie ; seules les dépouilles mortelles du célèbre peintre restent encore exilées, et pourtant, depuis cette époque, un tombeau les attend sur le sol natal.

« Certes, jamais artiste ne sentit mieux, ne remplit plus dignement sa noble mission, car il employa toujours son art à montrer à ses compatriotes de grandes leçons de patriotisme et de moralisation. David est le peintre national. La France doit être juste et reconnaissante envers lui. Tous apprendront avec un profond intérêt que l'illustre banni repose enfin dans la terre de la patrie.

« Les élèves de David, ceux de ses amis initiés à ses pensées les plus intimes, savent que jusqu'au dernier soupir il espéra que l'arrêt de proscription qui l'avait frappé se briserait devant la mort. C'était à ses élèves d'accomplir le désir de leur maître; c'est ce religieux devoir qui leur a inspiré la démarche qu'ils tentent auprès de vous, monsieur le Ministre; votre constante sollicitude pour les gloires nationales leur laisse espérer que vous accueillerez favorablement une si juste requète.

« Nous sommes, monsieur le Ministre, etc...

« Signé : INGRES, DROLLING, A. COUDER, VICTOR SCHNETZ, DAVID D'ANGERS, etc. »

Les pétitionnaires n'obtinrent aucun résultat et David est resté endormi dans la terre de l'étranger. Je parlais tout à l'heure des morts. Jamais, lorsque le hasard des voyages m'amenait dans une ville inconnue, je n'ai manqué d'aller saluer dans leur tombe les grands hommes endormis, que ce fût, à Nuremberg, le vieux Durer couché sous sa pierre gothique, ou, à Bâle, Charras, tombé au loin, comme un soldat. Ce sont de fiers conseillers que les tombeaux. Peut-être, en ce Jour des Morts de l'année 1880, il n'y a personne là-bas, vers Sainte-Gudule, pour porter une fleur d'immortelle à ce peintre, à qui les élèves allaient, de son vivant, porter à Bruxelles des couronnes d'or. Mais le vieil élève de l'atelier, M. Michel Stapleaux, songe dans sa retraite de Gien. Il écrit, comme jadis Étienne Delécluze, des souvenirs sur son maître, absolument comme M. Jules David a écrit un livre sur son aïeul, et il se joint à nous pour réclamer qu'on fasse droit aujourd'hui à la pétition autrefois signée par Ingres, et qui est comme la réclamation d'outre-tombe faite par cet autre David à qui l'on a élevé une statue.

C'est à Paris qu'appartiennent les cendres de Louis David.

La vie de Paris, littéraire, théâtrale — et parlementaire bientôt — recommence, et, après le spectacle dans la salle, nous avons eu, hier, chez Mme Edmond Adam, le drame lu dans un salon. Cette grande maison du boulevard Poissonnière, que j'ai vue lézardée, trouée des coups de fusil de Décembre, — c'est l'ancienne maison Sallandrouze — fêtait la poésie, et M. de Girardin, M. Gounod, M. Ambroise Thomas, le général Cialdini, M. Spuller, bien d'autres, étaient venus là pour entendre M. Paul Déroulède lire la *Moabite*. On discutait, dans la salle à manger, transformée en *causoir*, la préface publiée le matin même, et, dans le salon à fond blanc, plein de gravures, on écoutait le poète debout, devant les rideaux gris, et d'une voix chaude, bien timbrée, le geste sobre et énergique, lisant sur *épreuves* la *Moabite*. C'est un vif succès, succès personnel de sympathie et succès de poète que cette soirée où M. Deroulède a fait sonner comme des clairons ses vers énergiques.

On est sorti tout à fait impressionné et, sauf M. Emile de Girardin, m'a-t-on dit — car je ne l'ai pas entendu — qui trouvait qu'après tout une telle œuvre était dangereuse à produire sur le théâtre, tout le monde se demandait pourquoi la *Moabite* n'était point jouée.

La Comédie-Française vient de célébrer solennellement le 200e anniversaire de sa fondation. Elle a magnifiquement costumé l'*Impromptu de Versailles*, Elle a donné au *Bourgeois Gentilhomme*, qui est une opérette, l'apparence et le ton d'un *opéra*. Elle a pontifié avec Molière. C'est fort bien. Mais les vivants? Et c'est un vivant que Déroulède!

Il était piquant de suivre, sur la physionomie des auditeurs de la *Moabite*, les impressions causées par la voix et les vers du *lecturer*. M. Gounod écoutait d'un air inspiré, comme entendant par-dessus ces alexandrins une musique religieuse; M. Ambroise Thomas fronçait les sourcils; M. de Girardin guettait, en politicien, les hémistiches *à polémique;* M. Jean-Paul Laurens composait un tableau avec toutes ces scènes; M. Coppée scandait les vers en poète, et Mme Adam, souriante, charmante, heureuse de l'hospitalité donnée, applaudissait comme si l'on n'avait jamais comparé la *Moabite* à *Daniel Rochat*.

Dans un coin, quelqu'un disait en parlant du héros athée de la pièce :

— Si Mizaël fondait un journal, il choisirait volontiers pour titre celui d'Auguste Blanqui, que je vois affiché ce matin sur les murailles : *Ni Dieu ni Maître !*

Et, au dénouement, lorsque Sammgar *reparaît sur le seuil du temple, tête nue, les cheveux épars et l'œil étincelant, et annonce en ces termes que son fils est mort :*

« Priez ! il a vu Dieu ! »

Quelqu'un a ajouté : « C'est le *Brutus de la religion.* »

Voilà une belle soirée parisienne, très littéraire, et qui comptera pour M. Deroulède. Nous en sommes d'ailleurs à l'heure du théâtre hors du théâtre, du *théâtre en liberté*, comme Victor Hugo veut appeler le recueil de ses drames inédits. Au moment même où M. Deroulède lisait sa *Moabite*, M. Edouard Pailleron corrigeait les épreuves d'une comédie en vers, *Trumeau*, qu'il ne lira point, mais qu'on lira dans la *Revue des Deux-Mondes*. C'est une rentrée alerte et qui sera fort applaudie. *Trumeau* est un galant duo entre deux femmes, Isabelle et Marton, sa soubrette, une sorte de curiosité archéologique, nous dit l'auteur, un fragment retrouvé de la Comédie Italienne où Regnard, Marivaux, Lesage ont puisé. « Ce qui la caractérise et ce que je me suis efforcé d'imiter, dit M. Pailleron, c'est un style à la fois fin jusqu'à la préciosité et franc jusqu'à la crudité, au service d'une gaieté absolument sincère ! »

« Le rire, ajoute-t-il, assainit le mot. D'ailleurs, ce n'est pas le mot que nos pères disaient qui est à craindre, c'est celui que nous savons si bien ne pas dire, et je doute que notre pudeur vaille leur honnêteté. »

Cela est net et, au surplus, il n'y a pas de gros

mots, avec M. Pailleron, même dans *Trumeau*, il n'y a que des mots très fins et des vers exquis. Isabelle ne veut point se marier. Elle n'aime pas, elle n'aimera jamais. Sa soubrette Marton entend lui montrer que toute femme est faite pour être aimée. Elle en sait quelque chose; elle donnera à Isabelle une leçon d'amour :

> Eh bien! moi, je prétends
> Que fille, en bon français, ne voulant pas dire arbre,
> Vous êtes comme moi, — qui ne suis pas de marbre,
> Et ne faites pas fi, plus que moi, d'un amant;
> Qu'on vous épousera, comme moi, — congrûment;
> Que vous le désirez comme je le désire,
> Et plus que moi peut-être, — et ce n'est pas peu dire!

Une leçon d'amour! Marton y est donc experte? Eh! parbleu!

— J'ai servi, dit-elle...

> J'ai servi deux abbés, n'ayez donc pas de crainte.
> J'en ai de tous les tons : du tendre, du galant,
> Du plaintif et du gai... même de l'insolent...
> Vous verrez si je sais jouer mon personnage.
> Tenez-vous bien d'abord, car je vais faire rage!

Et la voilà qui soupire à l'oreille rose d'Isabelle les doux madrigaux du *Chevalier !* Elle est le *Chevalier* de pied en cap, le feutre sur la perruque et l'épée au mollet, et elle chante si gentiment à la jeune fille l'amoureuse chanson du printemps qu'Isabelle consent avec bien des *hélas !* à recevoir le vrai *Chevalier*.

> Ah! vilaine Marton, ce sera bien ta faute!

On jouera ce *Trumeau*, cet hiver, dans tous les salons,

et M. Pailleron, comme jadis Musset et Feuillet, y publiant leurs *Proverbes*, a logé Watteau à la *Revue des Deux-Mondes*. La jolie leçon que cette vive comédie gauloise pour ces gens qui, depuis six mois, déshonorent la gaieté et prétendent qu'on ne peut être spirituel sans être lourdement grivois !

XXX

Les spectacles de Paris. — Le mariage de Mlle Samary et l'arrivée de Louise Michel. — Une correspondance de Th. Ferré. — Les *Mémoires* sur le temps présent. — Un journaliste : Xavier Aubryet. — Six ans de martyre. — Les vieux et les petits. — Les aïeux et les enfants. — Béranger. — Les *Matinées enfantines*. — Une kermesse à l'Hippodrome. — Bob à l'écurie. — Une matinée à l'*Arbre de Noël*. — Les Parisiennes de l'avenir. — Une soirée japonaise chez Mme Adam.

Paris, 17 novembre.

Ah! l'amusante ville que Paris! C'est un théâtre, absolument. Il y a toujours là quelque chose à voir. Les gazettes qui publient la liste des curiosités de la journée, comme elles imprimeraient le menu d'un repas, ont bien raison ; mais elles ne peuvent donner le plus piquant du programme, qui est l'imprévu, comme, par exemple, l'aventure de M. Baudry-d'Asson.

La vie de Paris est un drame-vaudeville en trois cent soixante-cinq actes, sans entractes, car la pièce éperdue, interminable, continue toujours — même la nuit. On a reproché à Victor Hugo d'abuser de l'antithèse : rien n'est plus antithétique que la vie parisienne et que la vie humaine, pour être exact. Du jour au lendemain, ce Paris, affolé de spectacle, et qui aura toujours une foule prête à courir partout où il y a à voir quelque chose, n'importe quoi, un héros ou un mannequin; — d'un jour à l'autre, Paris a assisté à l'arrivée d'une femme hâve et hagarde, revenant de la Nouvelle-Calédonie, et au mariage d'une soubrette aimable, toute souriante sous la transparence de son voile blanc. C'était dans le même quartier. Il y avait la même affluence. On se bousculait tout autant. On voulait voir : voir Louise Michel ou Jeanne Samary, l'une ou l'autre, l'une et l'autre. Un Parisien doit avoir tout vu.

Les deux scènes étaient cependant fort différentes. Le mariage de Mlle Samary est ce qu'on appelle un fait purement *parisien*. Je ne chercherai pas du tout à expliquer l'adjectif qui est inexplicable. Un volume de commentaires n'y suffirait point. Il y a dans ce terme-là — « *parisien* » — un mélange de grâce, d'ironie, d'esprit, de gentillesse spéciale et de vice qui se sent et ne s'explique pas. Nestor Roquelan a inventé la *parisine*, mais je défie les chimistes d'analyser une telle essence. Bref, c'était, ce mariage de Mlle Samary, une scène toute parisienne. Cet envahissement joyeux de l'église par toutes les fillettes du Conservatoire, les unes en waterproofs crottés et *en cheveux*, comme on dit, les autres déjà couvertes du manteau garni de loutre qui est comme une première épaulette ou un premier chevron dans ce grand régiment de la galanterie au recrutement tout volontaire; — cette cohue jeune, charmante, cette poussée pleine de rires dans la plus mondaine des églises donnait à la cérémonie un caractère de *première* à sensation ou de répétition générale qui était fort amusant à déterminer.

Il est évident que le recueillement faisait défaut. On était là pour se distraire. La mariée, jolie à croquer dans sa robe blanche, était plus émue, l'éternelle rieuse, que tout ce monde d'amies, de camarades, de peintres, de comédiens, de journalistes qui se bousculaient pour l'apercevoir, grimpaient sur les chaises, montaient et descendaient l'escalier de la sacristie comme on descend celui de l'Opéra et soulignaient de leurs *allegros* le ronflement solennel de l'orgue et le *solo* du violoncelle paternel.

J'ai vu le moment où, sous le porche envahi, la voiture des mariés allait écraser tout ce monde de petites ouvrières accourues, curieuses, avides, rêvant aussi de succès et d'éclats de rire dans la maison de Molière et de mariages à la Trinité — à la Trinité ou à Pâques — et il s'en est fallu de peu, vraiment, qu'on ne dételât les chevaux de la calèche et qu'on ne portât les mariés en triomphe. Les deux suisses aux chapeaux dorés — car il y a deux sortes de suisses à Paris, les suisses en or et les suisses en argent, le galon d'or coûtant plus cher aux époux — les deux superbes hallebardiers ont dû trouver qu'à ce sacrement il manquait un peu de solennité. Mais, bah ! quand un mariage aurait un petit air de kermesse, l'idylle en a-t-elle moins de charme ? On s'est donc amusé ; c'était alerte, vif et jeune, et c'est bien ainsi qu'on peut imaginer le mariage de Dorine.

L'arrivée de Louise Michel n'a pas manqué d'émotion non plus, mais d'un autre genre. On ne peut se défendre de pitié pour cette femme qui a eu, du moins, devant le conseil de guerre, l'énergie convaincue et menaçante que tant d'hommes, assis à cette même place, n'ont pas su montrer. L'aumônier qui visita Ferré dans sa prison avait gardé devers lui une correspondance intime, que Ferré lui donna, je crois, et le prêtre avait consenti à l'offrir à un journal d'actualités qui hésita à publier de telles lettres et ne les publia définitivement pas. — Pourquoi ? C'est qu'il y avait dans les correspondances de Louise Michel un débordement d'enthousiasme en quelque sorte extatique, un tel mysticisme amoureux, comparable à celui d'une Thérèse en prières, un tel appétit affolé de sacrifice, que ç'eût été pour le journal non républicain quelque chose comme l'apothéose de la condamnée.

Evidemment cette correspondance verra le jour plus tard. On demanderait volontiers à vivre longtemps — ou à revivre — *par curiosité*, comme l'Angély, simplement pour savoir ce qu'on révélera de nous, de l'intimité de notre vie, à nos petits neveux, et ce que peuvent bien raconter, à l'heure qu'il est, sur les personnages actuellement en scène, les Dangeau inconnus et les Saint-Simon ignorés (s'il en est) qui écrivent des *Mémoires secrets* sur le temps présent.

-

Mais a-t-on besoin, pour tout savoir, d'auteurs de *Mémoires*, quand on a les journalistes ? Il suffira plus tard de feuilleter l'amas de ces conversations quotidiennes faites au bout de la plume pour connaître la vérité vraie — ou à peu près vraie comme toute vérité, — sur nos caractères et nos mœurs. Il « suffira » est d'ailleurs un terme assez narquois. Ce sera, tout au contraire, un travail gigantesque, mais quelqu'un le fera, soyez-en sûr, et ce quelqu'un-là n'aura que l'embarras du choix entre tant de gens de talent dont les écrits lui fourniront des matériaux.

Et ce peintre à venir, historien ou romancier de notre société actuelle, devra prendre soin de ne pas oublier Xavier Aubryet, qui fut vraiment un Parisien de pure race, Parisien par l'esprit, par la nervosité paradoxale, la bonté de cœur et la douleur vaillamment, spirituellement, je dirai saintement supportée. Quel martyre que la fin de l'existence de ce charmant garçon que je revois alerte, sautillant, scintillant, toujours en éveil, dans les couloirs des premières représentations, et dont l'image, regardée hier, la maigreur épouvantable, ne me sort point de la pensée. C'est bien là aussi une antithèse !

Les journaux ont, cette semaine, annoncé la mort de cet humoriste du boulevard — une mort qui sera une délivrance. On s'est tant apitoyé d'avance sur cette fin que je ne sais si la pitié des confrères trouvera des accents nouveaux lorsque tout sera achevé. « On vous a déjà donné, brave homme ! » Arrêtons-nous donc au chevet de ce souffrant et parlons de lui, d'autant plus qu'il ne peut ni nous lire, ni nous entendre !

Mais quelle résistance matérielle et morale y a-t-il donc dans l'homme, cette machine frêle, qu'un corps épuisé, miné, rongé, résiste à tant de souffrances, et que, pendant des mois, l'esprit survive à la matière, comme le feu follet vole au-dessus des tombeaux?

Il y avait six ans que Xavier Aubryet souffrait de l'horrible maladie qui fut la maladie d'Henri Heine et qui le clouait sur sa chaise longue, étendu là comme en un tombeau anticipé ! L'ataxie locomotrice avait fait de cet homme que nous avions connu jeune, brillant au possible, une sorte de cadavre décharné, au corps déchiqueté, aux tibias tirebouchonnés et qui gardait cependant encore une singulière alacrité cérébrale, le goût de la vie et l'amour des lettres. Jusqu'à la fin, ce malheureux, miné jusque dans les moelles, les jambes tordues, le corps disséqué vivant par la maladie, se sera intéressé aux luttes de la littérature et du théâtre. Jusqu'au dernier jour il aura gardé, sur sa lèvre affreusement tirée, le mot spirituel du railleur, l'ironie juste du narquois à qui rien ne fait illusion, la grâce et la séduction du causeur qui a tout lu, qui sait tout juger et tout dire.

Mais, chose étrange, de toute l'existence de ce Parisien parisianissime, de tout son passé heureux ou douloureux, de ses aventures, de ses pièces de théâtre, de ses amours et de ses amourettes, ce qui survivait encore hier dans les songes maladifs de ce souffrant, ce qui lui revenait en des visions constantes, pendant les lentes nuits d'insomnie, c'étaient les souvenirs d'enfance, la mémoire des claires journées de la vie de famille, les bouffées d'air pur du pays champenois, le parfum des fleurs du jardin de cet oncle dont le portrait est là, accroché dans son salon, et qui l'avait adopté !

Le reste était une fumée envolée. Tout ce qu'avait en lui de patriarcal Xavier Aubryet refleurissait dans cette souffrance. Car voilà ce qui prouve encore combien, au fond de l'être, cet homme était bon : on a vu des gens que le succès même aigrit et qui étalent leurs colères et leurs rancunes jusque dans le triomphe le plus inattendu. Lui, cet Aubryet irritable, acéré, violent dans la causerie improvisée, partant comme un pois fulminant, saisissant le moindre mot pour en faire le texte d'une thèse militante, était, dans cette maladie atroce qui lui a inspiré un chef-d'œuvre, la *Maladie à Paris*, ces pages d'une inoubliable éloquence, devenu — et est resté encore — calme, tendre, résigné comme un enfant chétif et souffreteux qui remercie ceux qui le soignent de vouloir bien être bons pour lui.

Je l'avais vu, il y a déjà plus de trois ans, étendu sur une chaise longue, empaqueté de couvertures, dans une petite chambre, la fenêtre ouverte, ses yeux déjà à demi aveugles essayant d'arrêter au passage la lumière qui lui venait, d'une étroite cour, à travers les brindilles de pieds de capucines. Maigre, blême, la barbe entière, il m'avait déjà fait, ce grabataire, l'effet du Job biblique.

Mais la voix était encore puissante, mais il avait, pour décrire sa maladie, des mots frappants, d'un pittoresque terrible et qui dénotaient une effrayante acuité de l'esprit :

— Je deviens aveugle, disait-il, par exemple. De jour en jour je descends dans l'ombre. J'ai vu, tour à tour, disparaître les barreaux de ma fenêtre, puis la vitre même, et maintenant je n'aperçois plus qu'une tache de lumière lorsqu'elle m'arrive à *bout portant!*

— Il me semble que je suis enfermé dans un pantalon trop étroit et qu'on me tire des pieds à la tète pour m'y faire entrer !

« Vous connaissez, a-t-il écrit dans la préface de son livre *Chez nos Voisins et chez Nous*, le *res angusta Domi*. Ma maladie est le *res angusta corporis*. Les douleurs les plus fugaces deviennent des points d'orgue, les coups de couteau qui d'abord dépassaient à peine l'épiderme, creusent profondément la chair. *Le squelette entier prend la sensibilité d'une dent malade.* »

Quel écrivain spécial eût jamais décrit, avec une plus affreuse netteté, l'horrible mal que la science ne peut vaincre ? Aubryet prenait plaisir à conter — et avec quelle précision ! — toutes ses angoisses devant le moindre mouvement à faire, le transport de sa chaise à son lit, le plus petit choc prenant tout le suraigu douloureux d'une opération chirurgicale, — et ses terreurs, chaque soir, devant la nuit qui venait, et le besoin impérieux, apeuré, qu'il avait de ce tic-tac d'une pendule. Ce grand silence nocturne de la rue Taitbout lui était un supplice. Il bénissait le grincement des roues d'une voiture de maraîcher. Au moins, cela, c'était la vie !

Et cela pendant six ans. Six ans ! Ah ! le pauvre homme ! Ni mort, ni vivant, et le cerveau lucide, le mot juste, éloquent, suivant de loin, de sa cellule de patient, le mouvement de Paris, se faisant tout lire, apprenant par cœur, retenant un vers, une phrase, et citant cela, le discutant, disant du réalisme littéral et naturaliste :

— Je n'aime point ces livres ! Ils ne consolent pas !

Puis écrivant lui-même, d'une écriture horriblement tremblée, ou dictant et payant par une crise atroce le moindre effort de travail, mais travaillant en dépit de cette menace d'une torture et éprouvant alors, après ces indestructibles maux physiques, cette complication d'une douleur morale que les artistes seuls se peuvent imaginer : attendant ses épreuves avec des anxiétés morbides, et lorsqu'elles arrivaient, ne se souvenant pas de ce qu'il avait dicté et ne pouvant pas se relire!...

Il avait, jadis, de cette petite écriture quasi féminine qui est devenue, sous l'ongle de la maladie, un griffonnage illisible, écrit tout un travail sur Théophile de Viau. C'était là le rêve de sa jeunesse. Il voulait, même après les *Grotesques*, de Gautier, réhabiliter solennellement Théophile.

— C'eût été — et c'est l'œuvre de ma vie! nous disait-il.

Il se décide enfin à publier ce manuscrit. Il le prend, il le tâte, il le sent, il l'a entre ses mains osseuses. Il le donne à lire à un secrétaire, à des amis. Quel écroulement!

Personne, nul d'entre eux ne peut parvenir à le déchiffrer. L'écriture est trop fine. Xavier Aubryet seul pouvait le lire, et Aubryet est aveugle. Son œuvre chérie, qui lui a coûté tant de recherches, qui lui apportait tant d'espoirs, ce livre qu'il regardait comme un titre de gloire — il est là, inutile, illisible, perdu!... C'est du papier, rien que du papier. Personne ne le lira. Il ne paraîtra jamais.

Voilà, ou je me trompe, un supplice que la destinée pouvait du moins épargner à ce pauvre homme à qui la science ne donnait plus, depuis trois ans, que quelques jours à vivre et qui était encore là, hier, poussant des cris d'enfant malade, des appels d'agneau égorgé par la maladie, cette bouchère !

Non, rien, elle ne lui a rien épargné. Si notre vie littéraire a des martyrs, c'est bien celui-là.

Et comme il souffrait de se savoir isolé, quoiqu'il ait rencontré bien des dévouements et de sûres sympathies!... Mais on se sentait comme écrasé devant ce mal qui désarmait tout effort et faisait venir aux lèvres des meilleurs les banalités des consolations qui irritent un malheureux plus qu'elles ne lui font du bien :

— Ah! ne regrettez pas de ne point sortir! il fait un temps épouvantable!

Ou :

— Vous devenez aveugle. Que voulez-vous, cher ami? C'est l'âge. Moi aussi, je mets déjà des lunettes. Mais vous savez, la vraie lumière est celle de l'intelligence, et, Dieu merci, elle vous reste!

Avec quelle colère alors ce pauvre maigre corps se secouait et de quel accent d'autrefois, irrité et violent, la voix, toujours forte, disait :

— Ah! oui, elle est amusante la lumière de l'intelligence!

Aubryet devait parfois mieux aimer les battements d'ailes et les cris de ses oiseaux, qui, du moins, dans leur cage, n'essayaient pas de le consoler.

J'ai l'ai revu samedi, dans un jour qui semblait devoir être le dernier de cette lente et implacable agonie de six années. Il ne semblait pas que la maigreur du malade des mois précédents pût augmenter. Eh bien, si! Et jamais peintre macabre, Valdes Léal ou Jean-Paul Laurens, imaginant un mort couché dans son cercueil, n'eût inventé rien de plus saisissant que ce visage jauni, sculpté par le jeûne, ce front où des cheveux gris, secs et drus encore, se plantent dans la peau ridée et parcheminée du crâne, ce nez mince, effilé, ces yeux clos, comme vidés, enfoncés dans deux trous brunâtres, cette bouche quasi violette aperçue dans une barbe encore brune, aux touffes blanches, — visage plus émacié que celui de ce cadavre de Godefroy Cavaignac, que Rude a couché sur la tombe du cimetière Montmartre, admirable visage de martyr que Desboutin devait fixer à la pointe sèche sur sa planche de cuivre, et que n'oublieront jamais ceux qui en ont eu la funèbre vision.

Et je me souvenais, en le contemplant, en entendant des gémissements de nouveau-né sortir de ce corps mourant, des exclamations lassées : — *Ah ! l'horreur ! ah ! c'est trop!* — je me souvenais de nos causeries du temps jadis, des sorties de théâtres, des boulevards arpentés ensemble, des jugements échangés, des traits d'esprit, de l'humour de ce compagnon d'autrefois, des feux d'artifices éteints et brulés aux moineaux.

La dernière fois qu'il était sorti de chez lui, ce Parisien, c'était pour aller au Palais-Royal, voir jouer la *Boule*. Il s'était fait descendre de son troisième étage dans une espèce de panier, comme Cléopâtre. Une *pre-*

mière de Meilhac et Halévy, c'était un régal pour ce raffiné !...

Et son dernier plaisir aura été de sentir, sous ses doigts crispés, une feuille de carton qu'on étendait sur sa couverture de laine et sur laquelle il battait instinctivement une marche qui n'existe pas ! Peut-être éprouvait-il, ce lettré de la vraie race des lettrés, une jouissance physique à sentir sous sa peau qui brûle de fièvre la fraîcheur satinée de ce cher papier sur lequel il avait écrit un vrai livre, les *Jugements nouveaux,* des vers exquis et des essais qu'on relira tant qu'il y aura des délicats en ce monde.

C'est bien la mort d'un homme de lettres. Mais jamais soldat n'aura plus héroïquement et plus lentement vu venir — sans trembler — plus horrible mort.

« Et ne te hâte pas de me plaindre, lecteur, ajoutait ce grand railleur d'Henri Heine. Qui sait comment tu finiras, toi ? »

Aubryet, qui avait le culte des vieux parents — il a vécu entouré des portraits d'autrefois, vieilles dames en robes à manches à gigot, aïeules toujours jeunes, poudrées à la mode du siècle dernier — a écrit, un jour, un article contre les enfants pour se plaindre qu'on leur sacrifie trop les grands parents, ces autres « enfants sur la tête desquels il a neigé. »

Peut-être était-il né pour avoir des enfants et un foyer, ce contempteur de l'enfance rose qu'un cousin et une cousine assistaient fraternellement à ses derniers moments. Mais il avait raison : les mœurs changent, et au respect des vieux on a substitué l'adoration des petits :

> Ah! que les vieux
> Sont ennuyeux!
> Ne rien faire est ce qu'ils font mieux.

disait Béranger septuagénaire. On l'a pris au mot. Tout pour les enfants! C'est aujourd'hui la devise, et dans la rapide transformation des mœurs il y a un trait nouveau à noter, c'est la multiplication des matinées enfantines.

L'avidité de plaisir qui caractérise l'époque où nous sommes s'étend décidément jusqu'aux enfants. On s'amuse à présent de très bonne heure. Il faut bien courir avec son temps. Ce n'est pas du tout un paradoxe de déclarer que les enfants marchent et parlent maintenant plus tôt qu'autrefois. La vie est fouettée et surexcitée dès les premières heures de la vie. Ce qui est certain, c'est que les enfants s'amusent beaucoup plus tôt qu'autrefois.

Ils n'ont pas seulement des théâtres spéciaux, bâtis pour eux-mêmes et achalandés par leur clientèle; ils vont tout droit au théâtre, à ce qu'ils appellent *un vrai théâtre*, et ils ne croient plus aux bonnes fées que si elles chantent comme Mlle Zulma Bouffar ou portent des cheveux frisés comme Mme Théo. Ces petits deviennent difficiles. Ils sont sceptiques. Les ombres chinoises de Séraphin leur sembleraient ridicules ; ils ont laissé tomber le théâtre de marionnettes du passage Jouffroy ; Robert Houdin même leur paraît naïf. Ils les « connaissent, » tous ces tours-là ! Non, il leur faut la réalité même du théâtre et de la vie de Paris, le fauteuil et l'avant-scène, la lorgnette, le programme et les éventails des grandes personnes.

L'Hippodrome a donné, dimanche, pour la première fois, une matinée enfantine, une kermesse. De la musique sur une estrade, des jeux de hasard sur la piste, un escamoteur sur un théâtre improvisé, et, dans un coin, le Guignol classique rossant le commissaire et rossé par le diable. C'était coquet, aimable, élégant, cette promenade des parents tenant par la main des bébés vêtus de velours, parés de dentelles, ornés de panaches. Ces trottinements de petits êtres ont la gaieté vive d'un pépiement de poussins courant de tous côtés. Mais j'ai constaté un fait significatif. Signe des temps, comme dirait un élève de Jérémie. Les enfants abandonnaient volontiers la baraque où s'agitait le Guignol de bois pour courir aux écuries où, dans leurs boxes, hennissaient les chevaux de l'Hippodrome sous leur couverture de laine à carreaux.

Oui, vraiment, les enfants laissaient se morfondre Polichinelle, Polichinelle, dont le timbre narquois, la *pratique* nasillarde, faisaient autrefois courir la foule des petits comme la musique de régiment fit courir les grands — autres enfants ! Ils plantaient là l'éternel Polichinelle pour aller épeler, sur les cartouches, les noms des juments de l'écurie, *Aïda* ou *Étincelle*, et parler de leur *performance !*

Et quel plaisant petit épisode que cette visite aux boxes, le père et la mère guidant l'enfant à travers ce monde de curieux, ces palefreniers à la livrée grise, à qui de jeunes femmes, vêtues de toilettes bizarres, petites, avec des plumets de tambours-majors sur de trop grands chapeaux Rembrandt, parlaient anglais en passant, ou tiraient amicalement les oreilles en disant : *Good morning, Dick!* Des écuyères, des creveuses de cerceaux venues, en visite, aux Matinées de leur Hippodrome et allant tout droit, avec la nostalgie du cheval, vers l'écurie où leurs mains nerveuses tapotent la croupe de leur *coursier* de l'été dernier, la bonne bête qui les reconnaît, tourne à demi vers elles un œil bon, très doux, et les regarde...

Cette promiscuité singulière de femmes du monde et d'écuyères, dans une même écurie, l'enfant entraînant les parents vers les stalles, étincelantes comme des bijoux, a même, l'autre jour, donné lieu à des rencontres inattendues. Plus d'un mondain semblait mal à l'aise en se heurtant à ces écuyères et plus d'une d'entre celles-ci paraissait irritée de la façon un peu hautaine ou embarrassée dont on les avait évitées.

Bob, le petit Bob précoce et inquiétant de la *Vie parisienne*, l'enfant terrible de Gavarni devenu l'enfant gâté de Marcelin, n'aurait point manqué de dire à son père :

— Elle sait donc ton nom cette dame qui a touché ton coude et qui a dit comme ça quand tu as passé : « Il la fait à la pose, Alfred, à cause de sa progéniture, papa ! » Tu as donc une progéniture, papa?

J'imagine la grimace de la mère si ce diable de Bob s'exprime ainsi devant sa maman.

Eh bien, c'est cet enfant parisien, effrayant dans ses questions, pénétrant et trop tôt aiguisé, qu'il est curieux de suivre au théâtre, dans ces Matinées de féeries que donne, par exemple, la Porte-Saint-Martin. Quel joli tableau, ce grand théâtre doré, aux tons chauds de velours rouge, changé soudain en amusante *nursery !* Des blondines appuyées, toutes roses, sur le rebord grenat des avant-scènes ! Des blondins aux fauteuils d'orchestre roulant, dans leurs petites mains, la jumelle paternelle. Des têtes rondes, aux cheveux ras, que la lumière du lustre fait reluire comme une boule de soie, ou de grandes chevelures d'or ! Des cascades de cheveux noirs, tombant le long de petits visages troués de grands yeux curieux, piqués de lèvres d'une rougeur de cerise. Et les coquetteries des costumes ! les grands cols de guipure vieille ! les manchettes de point de Venise ! les satins bleus ! les rubans roses ! le frou-frou de la soie, plus séduisant encore sur le petit corps grêle de la fillette qu'autour du corsage de la femme ! Et tout ce petit monde regarde, écarquillant les yeux, la prunelle enfiévrée attachée sur ce grand rideau pourpre qui se lève si tard et se baisse si tôt ! Parfois, à travers la porte ouverte d'une loge, un grand rayon de soleil venu du dehors traverse brusquement, comme d'une raie de lumière électrique, la grande salle bondée d'enfants où les petites filles, fraîches comme des pommes d'api, ont remplacé des filles pâles dans les avant-scènes étonnées. C'est la gaieté d'une belle journée d'hiver entrant hardiment dans cette vaste boîte dorée : le théâtre. Il ferait si bon, avec un temps pareil, courir, là-bas, sous les arbres défeuillés des Tuileries ! Ah ! bien oui ! Les enfants regrettent bien le grand jardin et le grand air ! Ils sont au théâtre. Ils ont devant eux non des poupées, mais des actrices, non des pantins, mais des comédiens. Ils se sentent comme grandis, émancipés. Ils sont des hommes! Et, chose curieuse, ce ne sont pas les séductions enfantines qui les séduisent dans cette féerie de l'*Arbre de Noël*, ce ne sont ni les jouets, ni les Arlequins, ni les moutons frisés, ni les jolis soldats de bois inventés par Grévin, ni les lapins battant du tambour, ni les joujoux frétillant autour du sapin vert; ce sont les jouets vivants des grandes personnes. Ce qui amuse les petits, c'est la féerie elle-même, les drôleries et les chansons. Le ballet de joujoux imaginé pour les charmer leur semble une longueur. Les feux d'artifice, les chansons et les sourires des actrices, voilà ce qui leur plaît!

— Pourquoi, disent-ils, ces soldats ont-ils des ailes au dos? les soldats n'ont pas d'ailes!

Les critiques les plus incontestablement logiques et ceux qui savent le mieux voir toutes choses, ce sont les enfants. Rien ne leur échappe, et quels feuilletons parlés ils font au foyer pendant les entr'actes, attablés autour des petites tables rondes, ou donnant l'assaut au buffet et faisant le siège des sucres d'orge et des berlingots! Il serait à peindre, ce foyer tout peuplé de gamins et de gamines endimanchés, trempant leurs petites bouches dans l'opale d'un orgeat ou l'améthyste d'un sirop de groseille. La lumière du dehors salue gaiement, par les grandes baies vitrées, ces groupes de consommateurs aux joues fraîches, et le soleil d'hiver vient caresser ce velouté de fruits vivants, ces fronts blancs, ces yeux clairs comme claire fontaine, et, en attendant les soupers futurs des sorties de théâtre à venir, ces Parisiens de demain arrosent de sirop de gomme un baba ou un biscuit, et ces élégantes de 1895 se barbouillent du chocolat de leur éclair, tandis que, du dehors, monte le brouhaha des chars, le sourd murmure des promeneurs, le tapage des chevaux, des cochers et des fiacres...

On irait revoir vraiment l'*Arbre de Noël* pour voir le spectacle de ce petit monde en gaieté.

Les Matinées sont pour les petits enfants et les soirées pour les grands, dont je parlais tout à l'heure. En attendant les bals costumés, qui seront très nombreux, parait-il, cette année, car on tient à se distraire, nous avons eu hier, chez Mme Edmond Adam, une soirée japonaise. Après les Hébreux de M. Deroulède, les Japonais de MM. Bérardi et Régamey. Il s'agissait d'une conférence, d'un voyage conté à la fois par la plume et le fusain. M. Bérardi parlait, M. Régamey dessinait, et rien n'était plus attirant que ce voyage à travers le Japon avec arrêt spécial devant cette curiosité : *le Théâtre au Japon.*

J'ignore s'il y avait dans le salon de Mme Adam beaucoup de Japonais. Parmi tous ces habits noirs masculins et ces toilettes féminines, un seul costume — et c'était celui d'un Chinois. Mais tous les *japonistes* et *japonisants*, tous les amoureux des écrans fantastiques, tous les adorateurs des dieux pansus et hydrocéphales, tous les fanatiques des petits *netzkés* d'ivoire et des gardes de sabre, des porcelaines crémeuses de Satsuma et des vieux bronzes niellés d'argent, étaient accourus avec ferveur, car c'est une religion que le *japonisme*. Paris a ses bouddhistes artistiques, agenouillés devant les bibelots de Yokohama.

M. Gaston Bérardi, qui aurait dû depuis longtemps écrire son Voyage autour du Monde et qui n'en a donné, ça et là, que des fragments, entre autres le récit d'une exécution de vingt-six Chinois, conté avec la netteté acérée d'un Mérimée, a parlé, hier, avec beaucoup de charme, dans le brouhaha joyeux d'une réception nombreuse. C'est un *Japoniste*, lui aussi, mais le Japon, qu'il aime beaucoup, n'est qu'un coin dans ses souvenirs. Il nous montrait naguère le sabre, encore taché de sang et orné de cheveux, qui a servi à couper sous ses yeux vingt-six têtes.

— Et qu'avaient fait, lui demandions-nous, ces vingt-six Chinois?

— Je n'en sais rien. Peu de chose peut-être. Seulement, il fallait faire de la place dans la prison!

Quand on a assisté à de pareilles scènes et qu'on a le talent de les raconter, on est certain de signer livre qui dure. Le Japon n'a pas la sauvagerie de cette Chine, et il a tout le charme d'une Attique d'Asie. Nous les avons, hier, vu naître sous les doigts de M. Régamey, ces petites *mousmées* japonaises, douces, la peau laiteuse, et qui, semble-t-il, passent leur vie lentement accroupies, chantant ou versant le thé.

Il y a chez Régamey une précision graphique, une originalité toute spéciale, qui font de cet ouvrage un document venu tout droit du pays et exécuté dans la manière même des *japonistes* du Japon.

On s'est fort amusé, hier, à voir le peintre profiler ces têtes d'un charme enfantin des blanches fillettes de

Tokio, et l'on s'est fort instruit — toujours en s'amusant — à écouter la causerie élégante, sans apprêt et très délicatement parisienne dans l'intimité de sa science asiatique, de M. Gaston Bérardi.

Le Japon au faubourg Poissonnière! Ce n'était plus, comme disait Musset, le *spectacle*, mais c'était le *voyage dans un fauteuil*.

XXXI

Les derniers procès. — La ligue des femmes. — Une allégorie à peindre. — La réception de M. Labiche à l'Académie. — M. Eugène Labiche *inconnu*. — Un drame d'autrefois et un roman de 1839. — L'*Avocat Loubet*. — La *Clef des champs*. — Toujours des statues. — La statue de Pierre Dupont. — Un poète rural. — La bonté et les bons enfants. — Deux lettres de Ponsard. — *Charlotte Corday* jugée par son auteur. — La *Korrigane*. — Les *Bretonnants* de Paris. — La légende des Korils. — Les Korigans de l'Opéra.

Paris, 2 décembre.

Nous ne parlerons, si vous le voulez bien, ni de Mme de Kaulla, ni du procès de Cissey, ni de ces sujets de conversation qui commencent à avoir été terriblement tournés et retournés dans tous les sens depuis quelque temps. On a tout dit, on a trop dit, et l'on n'a rien appris. J'avoue mon faible pour l'inédit et pour le nouveau. Les sentiers battus sont fort commodes, mais on ne saurait guère y trouver de fleurette : trop de gens en effet y ont déjà passé.

J'aurais sans doute — c'est là du nouveau aussi — à annoncer qu'il vient de se fonder une sorte d'association, comme un vaste syndicat féminin, dans un but tout spécial de protestation politique. Oui, un grand nombre de nos mondaines ont résolu de ne point se commander de robes nouvelles cet hiver, de ne donner ni bals ni fêtes, et de consacrer le prix du velours, du surah, du punch à la romaine et des sorbets, à l'œuvre des pauvres expulsés. Il y a là de l'héroïsme. M. Jacquet, dont l'allégorie *la France légitimiste* doit figurer au Salon prochain, pourrait prendre pour sujet d'une nouvelle peinture : *la Coquetterie s'immolant elle-même à la Religion.* Prud'hon n'y aurait point manqué et le sujet ne serait point sans grâce, la Coquetterie mettant à nu son sein pour se mieux frapper.

Donc, pas de robes nouvelles et pas de valse, ni de quadrille ! Pas même de thé ou de gâteaux secs. Tout pour les oblats. C'est un mot d'ordre. La mode a toujours ressenti les contre-coups de la politique, et les sentiments se sont toujours affirmés en France par les coiffures, qu'on défait très facilement, et par les ceintures, qu'on dénoue souvent sans trop de peine.

La politique, du moins, ne s'est nullement glissée dans ce duel académique, très courtois et très litéraire, entre M. John Lemoinne et M. Labiche. On a pu respirer toutes ces douces fleurs de rhétorique sans y chercher le petit serpent de l'allusion. Et aussi bien, que cela a paru aimable et reposant !

Quelle surprise, au milieu de ces polémiques quotidiennes : deux confrères se parlant l'un à l'autre sans s'injurier !

On n'y est vraiment plus habitué, et cela semble d'un autre âge!

Tout a été dit sur le vif succès obtenu par M. Eugène Labiche à la séance de jeudi dernier. Ce narquois a montré qu'on peut fort bien être à la fois un observateur profond et fin et un *essayiste* habile. On ne s'imaginait point le portrait de M. de Sacy signé, comme il l'eût été par Ingres : *Labiche pingebat*. Et voilà que ce portrait est achevé et admirablement, avec une exquise délicatesse de touche. « Je n'ai pas fait de discours depuis ma rhétorique », a dit M. Labiche. Mais il s'est révélé, dans ce genre difficile et banal de l'oraison funèbre, comme le plus charmant des orateurs. Ce n'était pas un Labiche inconnu pour ceux qui l'ont fréquenté et qui l'ont écouté, qui savent quelle finesse railleuse se cache sous cette bonhomie au malicieux sourire ; mais les spectateurs habituels de ses gaies comédies ne se doutaient guère peut-être qu'il pût si galamment porter l'épée et l'habit vert et parler la langue de l'Académie.

Il y a bien encore un Labiche ignoré qui mériterait certes qu'on s'occupât de lui et qui montra un rare talent dans un genre où il n'a point persisté. Il y a un Labiche *romancier* que seuls connaissent les bibliophiles acharnés et les curieux. Il y a même un Labiche imprévu, un Labiche *auteur de drame*, qui commença par faire pleurer ses contemporains avant de les faire rire.

Labiche dramaturge ! Labiche romancier ! Qui le sait vraiment? Qui l'eût cru?

C'est cependant là un point intéressant de notre histoire littéraire.

Le 28 août 1838 — il y a tout juste quarante-deux ans et trois mois — le théâtre du Panthéon donnait la première représentation d'un drame intitulé *l'Avocat Loubet*, dont les auteurs (ils étaient trois), jeunes gens destinés à devenir célèbres dans le genre comique, s'appelaient *Eugène Labiche*, *Auguste Lefranc* et *Marc Michel*. S'imagine-t-on un mélodrame signé de ces trois compagnons ? Et un mélodrame poignant, émouvant, remarquable, notez bien, et qui ferait de l'argent — puisque c'est la grosse question — si on le reprenait sur un théâtre de Paris. Un drame quasi-romantique où l'avocat Loubet, du Parlement d'Aix, en Provence, s'écriait, devant ses paperasses, en songeant à la marquise de Pontarlier, fille du président d'Entragues :

— Oh ! l'amour est un *don de l'enfer !* C'est le poison du bien, le piège du devoir ! — Que cette marquise est belle !

Le sujet de ce drame, d'ailleurs historique, espèce de cause célèbre qui se déroule au commencement du dix-septième siècle, est celui-ci : L'avocat Loubet, amoureux de la veuve du marquis de Pontarlier, a deux nièces dont il est le tuteur. L'une d'elles, Catherine Loubet, est tuée. Elle a été assassinée, dans un moment de rage aveugle, par la marquise de Pontarlier, sa rivale. Catherine et la marquise ont, l'une et l'autre, pour amant un certain capitaine de Brissac. De là jalousie, haine et meurtre. Or, une méprise tragique, — un voile de dentelle trouvé sur le lieu du crime, — fait accuser de l'assassinat de Catherine non pas Mme de Pontarlier, mais Louise Loubet, la fiancée de l'avocat, la propre sœur de la victime. Toute la ville d'Aix est soulevée contre

Louise, que d'accablantes preuves viennent écraser. On va arrêter la jeune fille. L'avocat Loubet, pris entre son amour et son devoir, forcé de livrer la marquise qu'il adore ou Louise qu'il sait innocente, n'hésite pas :

— Louise Loubet est innnocente du crime dont on l'accuse, dit-il hautement devant tous. Oui, innocente, car l'assassin de Catherine, je vous l'amène, et l'assassin de Catherine Loubet, c'est moi !

Voilà une situation qui ne ressemble guère à celles de *Célimare le Bien-Aimé* ou du *Voyage de M. Perrichon*.

Le sacrifice de Loubet est d'ailleurs inutile. Tout prouve que l'avocat est innocent. M. de Brissac viendrait bien déclarer la vérité, toute la vérité, mais l'avocat a tué en duel le grand seigneur, l'homme de la bazoche a eu raison de l'homme d'épée. La marquise de Pontarlier se livrerait volontiers pour sauver l'innocente ; elle donnerait bien sa vie, mais elle hésite à donner son honneur. Eh ! bien, puisque l'avocat Loubet est éloquent, il plaidera pour Louise, et de tout son talent et de toute son âme — et il la sauvera. Si Louise est acquittée, tout sera pour le mieux et Mme de Pontarlier pourra tout à son aise garder le silence.

Louise Loubet est condamnée à mort.

Une vieille femme, profondément dévouée à Louise et inspirée par l'avocat Loubet, n'hésite pas alors. Elle empoisonne Mme de Pontarlier ou plutôt elle lui donne je ne sais quelle liqueur somnifère, et, se sentant près de mourir, la marquise avoue publiquement son crime, d'ailleurs involontaire :

— Louise Loubet est innocente !... C'est moi ! c'est moi ! Mon Dieu, pardon !

— Morte, s'écrie alors son père, le président d'Entragues. Ma fille, morte !

Et Loubet, tout bas, au président :

— Morte pour tous ! vivante encore pour vous ! Elle n'est qu'endormie d'un sommeil qui ressemble à la mort ! Elle se réveillera !

— *Elle se réveillera*, répond le président à demi-voix, *dans un cloître, asile de la pénitence et du repentir !*

M. Labiche se plaît parfois à redire aujourd'hui, avec son fin sourire et le clignement d'yeux qui lui est habituel, cette phrase *à effet* qui terminait son drame d'autrefois. Il n'y avait rien épargné des *truisms* obligés, et l'avocat Loubet rentrait en scène à un moment donné, en s'écriant, selon les règles : *Sauvée ! merci, mon Dieu !* Mais, en vérité, il y avait dans cette pièce, que nul ne connaît à présent, et que jouaient Dubourjal, Clarisse Miroy et Williams, le futur compère des féeries, des scènes d'une puissance vraie et un instinct dramatique singulier chez un homme qui devait, plus tard, écrire la *Grammaire* et qui aura été l'éclat de rire de la comédie française contemporaine.

— Il eut du succès, l'*Avocat Loubet*, ajoute l'auteur, lorsqu'il parle de ce péché de jeunesse — comme il parlerait d'une amourette de ses vingt ans. — On écrivit même son titre dans un cartouche entouré de lauriers, au plafond du théâtre et sur la muraille du café voisin ! Qui sait ? J'aurais pu devenir un auteur de drame !

Labiche romancier ressemble du moins beaucoup plus à Labiche auteur comique. Un an après l'*Avocat Lou-*

bet, il publiait chez l'éditeur Gabriel Roux un volume in-8°, la *Clef des champs*, où je retrouverais facilement l'observateur ironique et entraînant, et le railleur bon enfant du *Misanthrope et l'Auvergnat*. C'est un roman de belle humeur, où l'analyse tient une place aussi considérable que la peinture des mœurs de la rue Pavée-au-Marais. C'est du Paul de Kock avec un certain *humour* que n'a pas toujours Paul de Kock. L'auteur y conte les souffrances d'un malheureux jeune homme qui étouffe dans l'étroit intérieur de la famille, entre deux ou trois femmes ridicules : sa mère, Mme Bèche ; une vieille fille de cinquante ans, Mlle Eléonore ; une voisine insupportable, Mme de Saint-Clément, et un prêtre ami du loto et de la dinde aux marrons, l'abbé Plaisant. Les interminables parties de loto, les amours de la cuisinière Joséphine avec Antoine, — le cocher du premier, l'odeur de renfermé et le parfum de cuisine de cette maison de Paris, plus morne et plus encroûtée qu'une ferme de province, font involontairement songer au réalisme futur de M. Champfleury, et je trouverais facilement, dans la *Clef des Champs* de M. Labiche, un naturalisme de bon aloi, sans fracas et sans dogmatisme.

Tout le roman, qui a bien aussi sa petite *note* romantique — (car le héros veut se suicider, s'il vous plaît, il a lu *Werther* et il a vu jouer *Antony*), — tout ce livre est étudié de fort près, comme certains petits tableaux flamands. M. Labiche a dû saisir sur le vrai cet appartement de Mme Bèche où le seul excès permis dans la maison est la partie de loto le jeudi. « On se réunit à six heures et à dix arrivent immuablement une volaille et un plat de crème *de la façon* de Mme Bèche. C'est un adieu forcé à la viande sur le seuil du vendredi. L'exactitude de cette petite débauche hebdomadaire est invariable. Jamais, durant la semaine, Mme Bèche ne traite hors du jour consacré. Elle passe le reste de la semaine, comme beaucoup de vieilles, à remuer du linge dans les armoires, à faire des confitures, des fruits secs ; à ranger, déranger, tatillonner, tourner sur elle-même. Elle s'est créé nombre de petites occupations infinies, incalculables. Ainsi, personne autre n'a le privilège de casser le sucre : la manutention du café lui est exclusivement réservée ; sa chaufferette est inviolable et ce serait un beau tapage si quelqu'un se mêlait de la retourner. »

Et, cette fois, nous avons déjà là du Labiche et je défie qu'en lisant la page où Mme de Saint-Clément appelle, dans le grand silence seulement interrompu par la chatte du logis ronflant sur une bergère et par le mouvement du balancier de la pendule, les numéros du loto : « *9, et la pendule répondait tic ! 15, et la pendule répondait tic ! 72, et la pendule répondait tic !* » on ne songe pas à cette étonnante et étourdissante partie du premier acte de la *Cagnotte* que Labiche aura empruntée au premier livre de sa jeunesse.

M. Eugène Labiche était, au surplus, — dès cette *Clef des champs*, que prend bien vite, on le devine, le fils de Mme Bèche, — auteur dramatique, homme de théâtre, et tout à coup, au milieu de son récit, il s'interrompt pour faire dialoguer ses personnages. Il y a même là une leçon d'*Épitome* donnée par l'abbé Plaisant qui est une bien jolie scène de vaudeville.

Sur le faux titre de son premier volume, en 1839,

Eugène Labiche annonçait comme étant *sous presse* de *Nouvelles Études de mœurs :*

Si jeunesse savait, 2 vol. in-8°.

Le Curé de Ponponne, 2 vol. in-8°.

Aventures d'Alcibiade, premier Cabotin de France, 2 vol. in-8°.

Rien de tout cela n'a paru ! Alcibiade le cabotin est demeuré et demeurera dans les limbes. Mais nous avons eu *Perrichon*, *Célimare*, les *Petits Oiseaux*, la *Poudre aux yeux*, tant d'autres œuvres achevées qui nous consolent de ces romans projetés, romans à ne point dédaigner, je vous jure, s'ils eussent eu la verve et la finesse de satire de ce piquant roman bourgeois, la *Clef des Champs* que j'aurai révélé peut-être à bien des admirateurs du nouvel académicien.

Il n'y a, en dehors de ces procès et de cette réception académique, rien de nouveau à Paris. Les répétitions de la *Korrigane*, les projets de statues nouvelles, statue à Lakanal, qu'on pourra inaugurer à Foix, l'an prochain, le 14 juillet, jour anniversaire de la naissance du conventionnel; statue bien méritée à Alexandre Dumas père, qu'on dressera place Malesherbes; statue à Pierre Dupont, dans le parc de la Tête-d'Or, à Lyon. Ce sera vraiment l'*Année aux Statues*. Alfred de Musset, d'ailleurs, mort il y a déjà ving-trois ans, et Balzac, disparu depuis trente années, n'ont point leur statue, pas plus que Béranger, qui attend la sienne. Je ne sais trop si Sainte-Beuve a un buste dressé sur quelque socle, dans la bibliothèque de Boulogne-sur-Mer, sa ville natale.

Et Pierre Dupont aura sa statue ! Une statue à Pierre Dupont, c'est un peu beaucoup, j'imagine, et, malgré sa rude puissance campagnarde, sa sève rurale et populaire, ce vaillant fils d'artisans n'est pas de ceux qui méritent, — à mon avis, du moins — l'éternité du marbre ou du bronze.

Il a eu des qualités solides et de profondes vertus littéraires, il a été de son temps et de sa race. Il y a du soleil dans ses chansons et ses vers agrestes rendent les foins et la terre retournée. On retrouvera comme un reflet de la lumière argentée de Virgile dans tels vers de ses *Bœufs*, qui durent faire rêver Troyon :

> Lorsque je fais halte pour boire,
> Un brouillard sort de leurs naseaux,
> Et je vois sur leur corne noire
> Se poser les petits oiseaux.

Il a fraternellement chanté les petits et les humbles, les artisans, les moissonneurs, le blé qui nourrit, la vigne qui réchauffe, le marteau frappant sur l'enclume, le ruisseau qui filtre et jase à travers les rocs. C'est le poète des ouvriers et des campagnards. Il a parlé au peuple la langue fière des âges classiques; il n'a jamais sacrifié ni à l'argent ni à la haine, même dans son *Chant des Étudiants*, même dans son *Chant du Pain*, même dans son *Chant des Transportés*. Il rêvait et réclamait surtout la fraternité et l'universelle embrassade, ce baiser Lamourette éternel.

C'est lui qui s'écriait, dans la préface de ses *Chansons :* « Artistes, savants, ouvriers, paysans, un homme de ce temps-ci vient d'en faire l'aveu, la politique n'a pas de cœur. Il faut rompre avec ses traditions menteuses, et inaugurer dans le monde, par le travail, la science et l'amour, le règne de la vérité. » Brave homme, ce Pierre Dupont, artisan plutôt qu'orfèvre de poésie, maniant bien son outil un peu lourd, tempérament robuste plutôt qu'affiné, chansonnier de veine bien française, digne d'admiration, soit, mais digne d'une statue? C'est autre chose! Et pourquoi n'en élèverait-on pas une, en ce cas, au bon et pauvre Lachambaudie, qui est bien une sorte de La Fontaine bourgeois, comme Pierre Dupont est un Virgile d'atelier?

la vérité, ni lui ni Lachambaudie ne méritent une statue, mais il n'est point mauvais qu'on leur en pétrisse une. J'en sais de moins méritées.

— Et puis quoi? me dira-t-on, il était si bon garçon, le chansonnier!

N'insistons point. La réponse, en pareil cas, ne se ferait pas longtemps attendre: « Cadet-Roussel était aussi un bon garçon, et pourtant on ne songe pas à lui élever une statue. » On aurait bien plutôt, s'il en avait une, l'idée de la démolir, et cela précisément parce qu'il fut bon garçon. On ne respecte, en ce monde, que les hargneux et les carnassiers. Que fait-on avec les moutons?... Des côtelettes.

C'est ce que me disait fort joliment, l'autre jour, un homme de beaucoup d'esprit:

— Si les chats faisaient toujours patte de velours, qui diable s'imaginerait jamais que le chat est un animal qui a des griffes?

La bonté, au temps où nous vivons, et dans tous les temps, la bonté, dans cet atroce *combat pour la vie* que devient, de jour en jour, une nécessité plus formelle de l'existence, finira par être regardée comme une pire faiblesse ou, ce qui est pis, comme une bêtise. Le certain, c'est qu'elle est une duperie. Et cependant, bah! quand on examine à distance la vie d'un homme, lorsque le temps a passé sur son nom et que l'herbe a poussé sur sa fosse, on en vient à se dire, après tout, que ceux-là ont eu le beau lot qui ont eu la bonté, et qu'il vaut mieux encore avoir été dupe, que d'avoir été égoïste ou mauvais.

Mais sait-on quelle a été la discussion de la quinzaine? Une discussion d'orthographe. La question de la *Korrigane : — Corigane* ou *Korrigane?*

— Faut-il un C ou K?

— Faut-il un r ou deux r?

Et les moins bretonnants des écrivains parisiens ont, tout aussitôt, pris parti pour ou contre. Brizeux écrit *Corrigan*, par un *C* et avec deux *r*. Souvestre écrit *Korigan*, avec un *K* et un seul *r*. Et qu'importe! Ce qu'il nous faut, c'est, dans ce ballet, la poésie même de ces vieux récits du pays de Léon, de Tréguier, de Vannes ou de Cornouailles, poésie simple comme un noël du vieux temps et toute parfumée de l'odeur salée de la mer mêlée à l'odeur saine des galettes de blé noir. Comme elles ont charmé nos heures d'enfance, ces histoires fantastiques des lavandières de nuit tordant leur linge au clair de la lune et des petits korils, des poulpikans et des korriganeds dansant autour des dolmens et des chênes, en chantant leurs chansons bizarres!

Je ne sais si M. Coppée s'est inspiré de la légende

du bossu Bénéad Guilcher, forcé de danser et de tourner avec les Korrigans jusqu'au premier chant du coq. Mais les Korigans et les Korriganes de l'Opéra ne ressembleront point du reste à ceux de Brizeux, de Luzel ou de Souvestre.

Je les vois d'ici, au foyer de la danse, faisant ployer leurs souliers roses sur la barre d'appui et regardant, au fond de l'immense glace, si les costumes de lutins leur vont bien. Plus dangereux cent fois que les poulpikans de Bretagne, au surplus, ces Korrigans-là, et capables de ronger jusqu'à la bosse les errants de nuit qui leur tomberaient sous la dent. Roses, pomponnés, empoudrerizés, de grands yeux, des pieds petits, ah ! ceux-là, toutes les chansons du monde ne les attendriraient guère !

Les Korrigans d'Armorique gardent, sous l'humus, — comme des truffes, — les trésors des fées. Les Korrigans de l'Opéra déterreraient, grapilleraient et gaspilleraient gaiement tous les porte-monnaies de Paris. Avant peu, il n'est même pas impossible qu'on dise : *C'est une Korrigane !* de celles dont on disait jadis, après les *Travailleurs de la Mer* de Victor Hugo :

— C'est une pieuvre !

Et mieux valent encore les Korriganes *de forêt* que les Korriganes *de foyer !*

XXXII

La quinzaine des babys. — Jouets anciens et nouveaux. Eternité de Polichinelle. — Les inventeurs des petits joujoux. — Les grands magasins et les boutiques. — A toute vapeur! — Une revue d'il y a quarante ans. — Les prédictions pour 1941. — Un duel récent. — Où en sont les partis? — Polémiques et passes d'armes. — Mort de Mme Thiers. — Une veuve.

Paris, 5 décembre.

Voici venir le mois des enfants!

Les joujoux, — les premiers joujoux, — ont fait aux devantures des magasins leur apparition annuelle.

Ce sont toujours les mêmes joujoux qu'autrefois. Il y a là une tradition que le progrès n'entame pas. La mécanique et les inventions nouvelles ont beau produire des jouets inédits, ours mélomanes ou vaches laitières, l'immortel Polichinelle est toujours roi, en dépit de la République, et nulle innovation n'est parvenue encore à le détrôner. Ce n'est cependant point par ses vertus qu'il séduit l'enfance; je croirais plutôt que c'est par ses vices. Les enfants sont de petits hommes et la drôlerie de ce bi-bossu leur plaît sans doute instinctivement et tout simplement par ce je ne sais quoi de débraillé, qui fait, dans la vie, le succès ou la force des cyniques. Aussi bien c'est en vain qu'on s'épuise en des combinaisons et en des rêves de joujoux inédits. Les plus antiques sont les meilleurs, et Polichinelle est une institution indestructible, la seule peut-être que le temps n'entamera jamais.

Si l'on savait pourtant combien la poursuite de ce merle blanc, combien la chasse à ce chastre fantastique — un jouet nouveau — fait bouillir de cervelles parisiennes ! Colomb s'est peut-être moins enfiévré à découvrir le Nouveau-Monde que ces inventeurs de joujoux du nouvel an à combiner une drôlerie inattendue ! C'est dans la fourmilière laborieuse des étroites rues qui avoisinent le Temple, la rue des Gravilliers, la rue Phélippeaux, la rue Aumaire, que les petits chambrelans logés sous les toits combinent, en suivant l'*actualité* à la piste, comme des reporters, ces *questions*, ces amusements, ces bibelots de deux sous, que les vendeurs crieront demain sur les boulevards. Il jaillit d'ordinaire du cerveau d'un *camelot* comme il sortirait du pavé, tout à coup, le joujou inconnu qui devient la drôlerie de l'année ! L'ingéniosité la plus exquise s'y mêle parfois à une sorte de gouaillerie populaire qui fait souvent de ce jouet une plaisanterie insultante comme un pamphlet.

Le jouet du *camelot*, c'est l'*argot du jovjou*, quelquefois pittoresque et drôle comme une chanson de la rue, quelquefois gras et écœurant comme une *huaille* de harengère. — Mais, du moins, ce joujou a son existence spéciale ; c'est une fleur du ruisseau, un champignon parisien, un jouet indépendant de tout ce colossal et écrasant mouvement commercial qui, au bout d'un an, maintenant, centralise tous les achats dans les seuls magasins énormes où l'on trouve tout à la fois, depuis le linge de cuisine jusqu'au volume de luxe à tranches dorées.

On n'y prend point garde, mais c'est le pur envahissement de l'américanisme dans notre vie parisienne que l'irrésistible vogue de ces Docks. Léviathans du commerce, qui sont à la boutique de la rue ce que les steamers sont à la barque de pêche du marinier. L'absorption de tous les capitaux disponibles, de la monnaie courante de Paris, par ces gigantesques entonnoirs, finira par tarir complètement les minces ruisselets qui alimentaient les petits magasins. Le monde marche vers le colossal et vers l'utile. Les horribles tramways — ces ornières des villes — étendent partout leurs rails incommodes. Faut-il s'en plaindre ? Ils nous mènent, du moins, plus vite quand il ne nous écrasent pas.

Ces magasins gigantesques, ces bazars étonnants, très pittoresques d'ailleurs, avec leur grouillement d'êtres humains dans leurs décors quasi-asiatiques, leurs tapisseries, leurs tentures, leurs turqueries et leurs japonaiseries, — leurs Parisiennes de Nittis dans un caravansérail de Decamps, — ces halles centrales du travail humain, de l'industrie et de la bimbeloterie arriveront à clore les volets de toutes les boutiques comme un orateur éloquent clôt la bouche de ses interrupteurs.

M. de Bismarck disait qu'une guerre entre la Russie et l'Angleterre serait le duel de la baleine et de l'éléphant. Cette fois, c'est — et chez nous-mêmes — le duel de la baleine et des ablettes.

Nous touchons certainement à une transformation radicale des mœurs et de l'aspect même de Paris. Sauf les industries spéciales, les industries d'art, les magasins cotés et notés, — les spécialités de confiserie, de gaînerie, de bijouterie, par exemple — et, comme dirait Rabelais, de *harnois de gueule*, les boutiques ne sont plus fréquentées, les gros syndicats absorbent tout. Je prévois le temps où le boutiquier parisien, celui de Balzac et de la *Maison du Chat qui pelotte*, disparaîtra comme le carlin et comme le portier, puisqu'au train dont on va, chacun ayant, quelque jour, son hôtel particulier, petit ou grand, le concierge ne sera plus qu'une variété du cocher ou du domestique.

Et c'est qu'en vérité le train va vite! La machine humaine et la machine sociale sont chauffées au degré du train express. On se moque un peu de ceux qui, prudemment, conseillent de regarder de temps à autre le manomètre, et l'on va toujours. *Hip! Go ahead! Hurrah!* Je vous dis que c'est la vitesse formidable de l'Amérique.

Il y aura tantôt quarante ans, des gens d'esprit, qui s'appelaient les frères Cogniard et Théodore Muret, firent, sur la scène de la Porte-Saint-Martin, représenter une de ces pièces comme tous les petits théâtres vont en donner et que les Parisiens aiment infiniment, une *Revue*, autre espèce d'*article de Paris*. Celle-là, qui est restée célèbre, s'appelait *1841 et 1941*, ou *Aujourd'hui et dans Cent Ans*. C'était, en somme, la mise en action du rêve ou du livre de Sébastien Mercier, l'*An deux mille*.

L'amusante revue n'a que quarante ans de date et la réalité a cependant dépassé, sur certains points, les prophéties paradoxales de ce vaudeville. En *l'an 1941* des Cogniard on voyait — ou l'on verra — un professeur cirant les trottoirs faits en acajou, tandis qu'on parlait — ou qu'on parlera — de revêtir toute la chaussée de mosaïques.

On voit passer une femme en robe d'avocat, feuilletant un dossier et gesticulant.

— Les femmes avocates ! Dieu ! comme les plaidoyers doivent être longs !

Une femme, en ce temps-là, dit de son mari :

— C'est un homme d'ordre ! un véritable homme de ménage ! Il coud et blanchit dans la perfection. Je l'avais séduit. C'était un *griset*. J'ai été obligée de l'épouser — de lui donner mon nom, mais je ne m'en repens pas.

Et les loyers ? Le portier des maisons à louer — des palais — répond, tout en égratignant un sorbet du bout de sa cuiller de vermeil, au futur locataire ébahi :

— Le premier est de 80,000 francs ! Il s'est déjà loué 100,000, mais on se déciderait à faire une diminution !

— Et vous n'avez rien au-dessous ?

— Au-dessus plutôt. Sous les combles. Une petite chambre fort propre, mais mansardée, 6,000 francs de loyer. 1,200 francs pour l'éclairage et soixante bûches au concierge !

Toutes ces bouffonneries de vaudevillistes semblent parfaitement improbables en 1841. Et maintenant, pour un peu, le paradoxe approcherait de la vérité.

Il y a loin, en effet, du Paris du dernier siècle, du vieux Paris boueux, éclairé par des réverbères allumés tant bien que mal, à des heures différentes, à ce Paris de l'avenue de l'Opéra, flamboyant, flambant neuf, luxueux, éclatant, plein de bruit, de dorures, de fracas, n'ayant plus de rues, mais des avenues, remplaçant les masures par les maisons à six étages ; — du Paris de 90 qui spéculait modestement sur la loterie royale, les lots des hôpitaux, la demi-caisse d'escompte ou les actions des Indes, tombées d'ailleurs de 2,500 livres à 1,890 87 1/2 à ce Paris qui brasse des millions, bâtit partout des palais où loger des Sociétés Financières, avec escaliers de pierre et colonnes de marbre, comme pour prouver au souscripteur la solidité des emprunts émis.

Un jour, au moment où Lafayette réclamait, avec un Noailles et un Montmorency, l'abolition des titres de noblesse, le comte Faucigny de Lucinge, député de Bourg-en-Bresse (le même qui interrompait le marquis d'Estourmel, son collègue, proposant un amendement, — par ces mots : « *Un gentilhomme ne propose pas d'amendement !*), ce député donc s'écriait :

— Vous voulez détruire les distinctions des nobles, et il y aura toujours celle des banquiers et des usuriers qui auront des 200,000 écus de rente !

L'argent ! voilà ce qui a pris le pas, en ce monde, depuis les quatre-vingt-dix ans dont tout à l'heure j'évoquais le fantôme. Une féodalité semble s'être substituée à l'autre. C'est la Force succédant à l'Idée.

Je suis frappé, en toutes choses, de l'extension du darwinisme, de l'écrasement du faible, de ces énormes magasins de nouveautés, immenses puissances anonymes, se substituant, par exemple, dans notre Paris nouveau, aux petites boutiques artistiques d'autrefois comme un hippopotame qui, sous son pied, étoufferait une portée d'écureuils. Il y a là, je le répète, un fait significatif : l'absorption d'une infinité d'efforts par un effort unique, la centralisation de toute la consommation d'une ville. Un temps viendra, n'en doutons pas, où les petites boutiques seront fermées, n'ayant plus de raison d'être. Il existe déjà, dans Paris, des quartiers entiers sans boutique. A peine une pharmacie, çà et là, pour les remèdes. Quant aux provisions, on va aux Halles.

Le quartier de Monceau, par exemple, est extraordinaire en ce sens. C'est une ville dans une ville, et une ville qui vient de sortir de terre, et une ville uniquement composée d'hôtels, petits et grands. Avant qu'il soit longtemps, tout homme qui n'aura point son hôtel semblera un pleutre. Des rues entières, des rues immenses, émergent tout à coup dans ce quartier neuf, avec des châteaux grands comme Chenonceaux ou Amboise. Lorsque le peintre Jadin, le faiseur de *chiens*, acheta cette plaine en jachère, il y a quarante ans, le terrain y valait trente sous le mètre. En 1870, on en trouvait encore pour 45 francs. Maintenant le mètre vaut 200, 300, 400 francs. C'est une folie ! On paiera bientôt la terre, le sable, plus cher que l'or.

Mais quoi ! tout homme un peu connu, tout peintre un peu coté, toute femme à la mode, toute femme du monde qui se plaît à suivre le *mouvement*, le *courant*, le *chic* — l'inévitable mot de l'heure actuelle — tient à avoir un hôtel, *son* hôtel. C'est une rage. C'est mieux que cela encore : c'est un signe caractéristique. Nous assistons, si je puis dire, à l'aristocratisation d'une société démocratique.

Jamais on n'a jeté tant d'argent aux superfluités, aux curiosités, aux tapissiers, aux peintres-verriers, aux tentures. Nos grand'mères avaient l'amour-propre de montrer leurs armoires à linge, bourrées et sentant bon. C'était la vertu de la France, cet amour du linge, de la vieille toile de famille. Machiavel, voyageant chez nous, en fut très frappé et en fait quelque part la remarque. Aujourd'hui, la vanité des femmes est dans le bibelot. On prétend que l'amour exagéré des bizarreries, des curiosités, marque un affaissement quelconque chez les peuples. Les nations, lorsqu'elles s'amusent à certains joujoux, retombent en enfance. Voyez les Chinois.

Mais nous n'en sommes pas à deblatérer sur les mœurs. On en est aux passes d'armes entre les personnes. Les journaux se montrent les dents — tous les journaux, toutes les opinions.

Presse légitimiste : passe d'armes — et duel possible — entre M. Arthur Meyer et M. le baron Harden-Hickey.

Presse bonapartiste : passe d'armes et polémique entre M. Robert Mitchell et M. Paul de Cassagnac.

Presse républicaine : polémique et provocation entre M. Henri Rochefort et M. Joseph Reinach.

Le *Voltaire* contre l'*Intransigeant!* Le *Gaulois* contre le *Triboulet !* Le *Pays* contre un ancien ami du *Pays !* C'est un des spectacles les plus curieusement troublés que l'on puisse voir et qui donne bien le sentiment de l'état actuel des esprits. Névrose, exacerbation, fièvre, irritabilité, le docteur Charcot est exactement venu à son temps et à son heure. *Le monde est hors de ses gonds!* s'écriait Hamlet, ce grand-père du romantisme. Plus précis, il dirait aujourd'hui, avec plus de vérité : *Le monde a ses nerfs.*

Au milieu de ces discussions et de ce brouhaha, la mort de Mme Thiers fait moins de bruit qu'on ne pouvait s'y attendre. Hier soir, autour de la maison de la morte, le silence et le vide. A peine quelque vague lumière filtrant à travers les volets fermés. Ce matin, un petit nombre de visiteurs, de curieux, autour de l'hôtel où tout un peuple défila, un jour de septembre, devant la chapelle ardente où reposait M. Thiers.

De ces deux femmes en deuil qu'on retrouvait partout, à toutes les cérémonies où la reconnaissance de la nation, dominant les colères des partis, élevait un souvenir à l'homme de la libération du territoire et au premier président de la République, de ces deux suivantes de la gloire de l'homme d'État, il ne reste plus que Mlle Dosne, et, la dernière fois que Mme Thiers aura paru en public, jaune et malade, sous ses voiles noirs, c'est à Saint-Germain, devant le bronze de Mercié.

Elle s'était, en ces dernières années, comme attelée à la mémoire de son mari, apparaissant et prenant la plume chaque fois que la renommée de celui dont elle portait le nom était en jeu. Jusque-là, cette femme, silencieuse et froide, qui sommeillait assez souvent aux soirées officielles, s'endormait dans un fauteuil place Saint-Georges ou à l'Élysée, tandis que son mari contait quelque anecdote, de sa petite voix clairette comme du muscat — avait passé, dans la vie, effacée et sans rôle. Un jour, du vivant de M. Thiers, quelqu'un qui avait entrepris une collection d'autographes fit demander, à prix d'or, un autographe de Mme Thiers et de Mlle Dosne. Tous les experts, chercheurs et fureteurs du monde n'en purent trouver qu'un — un billet de Mlle Dosne à son boulanger :

« Monsieur, je vous prie de tenir dorénavant le pain que vous nous fournissez un peu plus cuit. »

Rien de plus. Mme Thiers eût pu le contresigner. Elle n'était alors que ménagère. Elle s'occupait de sa maison et veillait à ce que M. Mignet n'apportât pas à son ami M. Thiers de cette bouillabaisse que le petit Marseillais aimait si fort et qui pouvait lui causer une indigestion. Sa tâche se bornait à cela. M. Thiers disparu, la mission devint plus haute. Toute l'énergie suprême de cette femme fut employée à la gloire de celui qui n'était plus. Elle publia ses discours, elle mit en ordre ses manuscrits, elle classa toutes ses lettres. La correspondance de M. Thiers ! S'imagine-t-on ce microcosme?

Non seulement il y a, dans ce monumental amas de documents écrits, les lettres mêmes de M. Thiers, mais les lettres que M. Thiers a reçues, les sollicitations, les prières, les offres, — les demandes. — Que d'instruments de polémique et de réponses toutes faites à tant d'accusateurs de M. Thiers — si cette femme avait voulu!...

Elle ne voulait pas. Elle voulait conserver — son culte pour son mort au-dessus des *disputations* éphémères de la politique et de la polémique courantes. Elle dégageait son mari de ces actualités qui passent. Elle le voyait tel que le verra l'avenir, lorsque la gangue de nos opinions quotidiennes sera tombée, comme tombe une chrysalide, autour des figures comtemporaines.

Seulement, cette femme qui avait rêvé de voir — comme Mme Hoche — la statue de son mari, debout devant sa maison, en ouvrant sa fenêtre au vent du matin, aura assez vécu pour entendre — ô ironie! — réclamer par M. Pyat la démolition nouvelle de l'hôtel Thiers — *bis repetita placent* — et la construction, en ce même lieu, du monument élevé aux combattants de la Commune.

XXXIII

Le cercueil de l'année. — Baraques et réveillon. — Les messes de minuit. — Les *Noëls*. — Paris qui mange. — Les dîners mensuels. — Les bonbons et les fleurs. — Les porte-veine. — Les *Revues de fin d'année* au boulevard et au faubourg. — La réception académique. — L'assaut de M. de San Malato et une partie de billard. — *Bouvard et Pécuchet*. — Une lettre inédite de Gustave Flaubert. — *Eugène Fromentin* et M. Louis Gonse. — *Raphaël* et M. E. Muntz. — La fin de l'an. — Les livres. — La crémation. — Un coin de Paris. — La *Nouvelle Athènes*. — M. Cabaner et M. Desboutin. — Un projet de M. Amigues. — La conversion de M. Paul Verlaine. — *L'Année pornographique*.

Paris, 28 décembre.

Les petites baraques de bois qui viennent d'apparaître sur les boulevards sont comme les cercueils où, tous les ans, on enferme les années mortes. Toute année défunte est enterrée dans une boîte à joujoux. Le temps l'emporte sous son bras, pareil à un commissionnaire enlevant une poupée et *Adieu va!* — le cri éternel retentit, qu'il s'agisse d'une renommée pâlissante ou d'une année qui agonise : *A une autre!*

Les années près de disparaître râlent d'ailleurs assez gaiement. Elles ne demandent pas à mourir, comme

Clarence, dans un tonneau de Malvoisie, mais elles tiennent à finir dans la mousse du champagne et les écailles d'huîtres du *réveillon*. Le réveillon est une institution persistante. Paris ne s'endort pas et ne veut point s'endormir durant la nuit de Noël. Il flamboie de tous ses cafés grands ouverts, de ses restaurants illuminés, de ses boutiques de victuailles aux étalages alléchants. Tout ce qui débite quoi que ce soit qui tienne à l'*art de manger*, depuis la marchande d'oranges accroupie auprès de son éventaire ou le *fabricant* de crêpes en plein vent debout à côté de son fourneau, jusqu'au propriétaire du *Café anglais* et de la *Maison d'Or*, est sur pied, comme un soldat au moment de l'assaut et prêt à ce *coup de feu* du réveillon qui change Paris en une énorme cité gargantuesque. Le peuple, chez le marchand de vin, mange des escargots bourrés d'ail; le petit bourgeois, dans les restaurants de second ordre, des huîtres portugaises aux coquilles étrangement contournées; les élégants, des huîtres d'Ostende ou d'Amérique dans les cabarets à la mode; mais partout on mange. Qu'on arrose d'un vin de *pays*, aigrelet et *traître* comme une blanquette, les marrons de l'oie légendaire ou qu'on verse dans les verres de Bohême le tokay couleur de l'or, en bas, en haut, on boit, et Paris s'amuse.

Paris aussi va, par désœuvrement, ou par habitude, ou par pitié, — bien des éléments divers composent un public, — entendre, à l'église voisine, quelque cantique de la messe de minuit. Je sais des gens qui avaient rêvé, l'autre soir, d'aller écouter des *noëls* d'autrefois sous les voûtes de Notre-Dame. Les portes de la cathédrale étaient fermées. L'immense silhouette noire du monument se détachait, morne, sur le ciel pluvieux. Un sergent de ville, qui se promenait devant le parvis, avertissait charitablement les *arrivants* qu'il n'y avait point de *cérémonie*. Saint-Eustache, en revanche, était comble. On faisait littéralement *queue* devant ses portes closes. A travers les verrières, rougies par les lumières intérieures, la foule écoutait, croyant ouïr les chants de la maîtrise. Assurément, cette foule qui était là, piétinant sur le trottoir en attendant qu'on entr'ouvrît une porte et qu'on laissât entrer les gens dans l'église à mesure qu'il en sortirait, n'avait rien de fort recueilli. Elle riait, sifflait, gouaillait : « Une place au paradis, s'il vous plaît! — Auguste, demande donc une entrée au chef de claque! » C'était une *queue* de titis attendant l'ouverture des bureaux d'un théâtre de mélodrame. Mais, — chose curieuse, — elle persistait, elle patientait, elle restait là, en plein vent, sous la bruine, dans l'espoir d'entrer, et je ne sais rien au monde de plus entêté qu'un Parisien curieux qui *veut voir* un spectacle. Il finit toujours par l'entrevoir.

L'*incessant* besoin d'émotions artistiques se retrouve dans cette ténacité. Le *noël* d'Adam, tombant du haut d'un buffet d'orgue, cause à ces blasés une sensation toute particulière. J'entendais naguère un romancier du plus rare talent, qui a pris pour spécialité l'étude des mœurs cléricales, Ferdinand Fabre, chanter avec émotion les vieux chants d'église et y retrouver des ressouvenirs charmés d'enfance et de jeunesse. La messe de minuit est un peu, pour le Parisien sceptique, ce qu'était ce plain-chant évoqué pour le romancier philosophe : une sorte de voyage dans le passé, quelque chose comme un soulier mis dans la cheminée, avec l'espoir d'y retrouver, non pas un pantin, mais une impression d'autrefois. Un joujou que le souvenir !

Le *noël* chanté sous les voûtes gothiques des vieilles églises ou les dorures nouvelles des églises mondaines est d'ailleurs moins *parisien* que le *noël* entonné au souper. Qu'on a dû l'écorcher de fois, l'autre nuit, ce malheureux *noël* d'Adam ! Mais c'est l'usage. Paris est décidément gourmand, plus gourmand que gourmet, et le *réveillon* est l'une de ses folies. Il s'en donne à plein appétit. Les écaillères, fourbues, se demandent, le lendemain, où peuvent passer tant de bourriches et de tombereaux de bourriches. C'est Paris qui a soupé ! On bâtirait des fortifications avec les écailles entassées au coin des rues, une nuit de *réveillon*.

Paris, dont le tempérament change d'ailleurs visiblement, a substitué, depuis quelques années, l'art de manger dont je parlais tout à l'heure à l'art de causer. Sauf dans quelques maisons choisies et rares où l'on cause encore, tout se borne, dans un dîner *prié*, à l'attaque d'une timbale Bontoux et à l'audition de quelque morceau de musique. Le cigare s'allie au piano pour étrangler la causerie, et tout est dit. Les femmes prennent *un jour* pour causer, les hommes se réunissent en des dîners masculins pour librement dévider et débrider leurs propos, et, cette mode des dîners d'artistes, de gens de lettres, d'amateurs, s'acclimatant tout à fait, il en résulte qu'un Parisien, un peu répandu, fait partie d'une dizaine, au moins, de ces *dîners* qui sont comme des *clubs* mensuels ou bi-mensuels où l'on se réunit, entre désœuvrés pour bavarder, entre camarades pour se revoir, et, entre confrères, pour grignoter un peu les absents.

Il est beaucoup déjà de ces *dîners* littéraires, politiques ou artistiques. Leur histoire et leur monographie constitueraient un tableau tout à fait piquant d'un coin de la « vie à Paris ». Il y a des dîners de corporations, des dîners de journal, où se réunissent les rédacteurs d'une même feuille ; des dîners d'atelier, où se retrouvent les élèves d'un même maître. C'est un moyen de se voir dans le tourbillon parisien. Une poignée de mains par mois ou par quinzaine, ce n'est pas trop, et cela suffit. Le *dîner* qui réunit ainsi des amis de hasard et de rencontre convient tout juste à la banalité des relations modernes, et il ne fait naître que des affections d'épiderme, des relations qui s'envolent avec la vapeur du potage ou la fumée d'un londrès.

C'est peut-être là sa force. On se plaît, on se retrouve. On cause et l'on s'oublie. Il y avait jadis des amitiés éternelles, au temps des pataches et des berlines. C'est beaucoup, en ce temps de téléphones et de tramways, qu'il y ait des amitiés de quinzaine et des effusions à date fixe, une fois par mois, dans quelque restaurant de Paris.

Je ne sais si, comme on l'a déjà répété bien des fois, la causerie est décidément défunte. Il appartiendrait à quelques femmes d'élite de la remettre à la mode décidément. Ce qui est certain, c'est que la confiserie, — qui a parfois plus d'un rapport avec l'esprit et *vice versâ*, — a reçu un échec. Le bonbon semble devoir, d'année en année, être détrôné par les fleurs naturelles. C'est une folie de fleurs qui s'empare de nos élégantes. Et qu'elles ont raison! La boîte à bonbons la plus luxueuse n'aura jamais la séduction d'un bouquet de lilas blanc embaumant un coin de salon, dans une verrerie de Venise. Le bonbon, c'est le madrigal du jour de l'an, le bouquet en est le sonnet. Le madrigal est plus sacré, mais le sonnet fleuri, venu tout droit de Menton ou de Nice, vaut, à coup sûr, tout un poème.

Ce luxe actuel de fleurs, à toutes les cérémonies, aux enterrements surtout, est une des notes caractéristiques de l'heure actuelle. C'est comme une fringale de poésie. Elle couvre de ses couronnes et de ses coussins de fleurs la tristesse de la mort. Elle fait croire, dans le salon ou la serre, à l'éternité du printemps. Cette poésie-là coûte cher d'ailleurs, voilà son défaut, et c'est la poésie du millionnaire, quoique, à vrai dire, il y ait autant de charme et de parfum dans le bouquet de violettes de deux sous acheté au coin du boulevard à quelque fillettes phtisique que dans les inventions féeriques, les corbeilles dorées et les compositions de bouquets des fleuristes de *high life*.

Ce qui est moins poétique, et ce qui est éperdument à l'ordre du jour, c'est le cochon, le petit cochon qui partout apparaît aux devantures des bijoutiers, aux vitrines des gaîniers en renom, le petit cochon qu'on n'a pas présenté encore sous forme de roses blanches ou de violettes de Parme, mais qu'on offre très galamment — et très couramment — sous forme de boîte à bonbons fondants. Un petit cochon de satin rose, ou bleu, ou jaune, un cochon farci de chocolat ou de marrons glacés! Un cochonnet aux pralines! C'est une des bizarreries et des facéties plus ou moins spirituelles du moment.

Le petit cochon est partout, inévitable, amusant ou irritant, spirituel ou absurde, dans ces revues de fin de l'an, qui sont le testament des douze derniers mois récité sur des airs de flons-flons. Il y a même une de ces revues, représentée je ne sais où, qui s'appelle hardiment le *Cochon porte-veine*. C'est une de ces *aristophanades* qui se jouent, non pas sur un théâtre, mais sur des scènes de cafés-concerts et qui donnent, à dire vrai, de piquants renseignements sur l'état d'esprit des spectateurs. On devrait, pour « tâter le pouls à l'opinion publique », comme disait jadis M. Beulé, dépenser quelques soirées à l'audition de ces satires populaires. Les revues des Variétés, ou des Nouveautés, *Rataplan* ou les *Parfums de Paris* nous font connaître la note boulevardière et élégante. Ce sont des journalistes qui les ont écrites. Mais ces revues faubouriennes, qui s'écrient, par exemple, sur l'affiche, *Ouvrons l'œil!* absolument comme le dirait le défiant M. Blanqui, marquent des sentiments plus naïfs et moins familiers à notre attention.

Il y a des *revues de quartiers* comme il y a des *médecins de quartiers*, avec des plaisanteries locales et des gloires particulières. Mais presque toutes ces petites revues spéciales abordent plus hardiment que leurs grandes sœurs — et cela à cause de leur public — la question politique. Je vois sur le programme de l'une d'elles figurer une *Mlle Hubertine Eau-Trouble*, qui ne peut être que cette Lysistrata de 1880, Mlle Hubertine Auclert. Rue de Rambuteau, sur la scène, les auteurs ont montré sinon l'inauguration de la statue, au moins le couronnement du buste de Béranger, par la « bonne vieille » qui fut Lisette :

Enfants, c'est moi qui suis Lisette,
La Lisette du chansonnier!

Faubourg Saint-Martin, le morceau à sensation, le *clou* de la soirée est un tableau vivant représentant Victor Hugo (et Édouard Plouvier qui l'accompagnait) regardant l'aïeule aux doigts tremblants ensevelir le petit mort de la nuit du 4 :

L'enfant avait reçu deux balles dans la tête...

Presque partout, en ces revues populaires, le tableau de la distribution des drapeaux nouveaux est salué par les acclamations de la salle. Remarquez bien que, dans toutes les boîtes de jouets d'enfants qu'on donne aux gamins, cette année, il y a, parmi les chevaux de bois et les crécelles, un petit drapeau tricolore pareil à ceux que les enfants d'Alsace voyaient sourire, l'autre jour, à l'Hippodrome, dans les branches vertes du grand sapin des Vosges.

Ainsi, tout appartient aux joujoux, la politique va chômer, la littérature pure — ou impure — cède le pas aux livres d'étrennes, et nous en sommes, comme tous les ans, à ce qu'on a depuis longtemps appelé la trêve des confiseurs et des volumes gaufrés. On parle pourtant encore — surtout dans le monde littéraire féminin — de la réception de M. Maxime Du Camp à l'Académie et du vif succès de M. Caro. On s'égaie encore, çà et là, de l'aventure du baron de San Malato si lestement boutonné par Mérignac, et les paris pour ou contre les carambolages de M. Vignaux et de M. Slosson doivent avoir, à cette heure, repris de plus belle. *Per di San Malato !* Voici, je gage, des passes d'armes et de billard qui compteront dans notre histoire. Où est le temps où l'on appelait une victoire de *Gladiateur* la « revanche de Waterloo » ? Je pense que la *prudhommie* est éternelle, en ce pays de France.

C'était une étude de *Prudhommes* que Gustave Flaubert entreprenait lorsqu'il se mettait à écrire ce roman de *Bouvard et Pécuchet* qui commence à paraître dans la *Nouvelle Revue*. Flaubert n'aura pas eu la joie de le relire. Quant à le corriger, il ne l'eût point fait — et n'eût pas eu besoin de le faire — son manuscrit étant achevé devait paraître tel qu'il l'avait écrit, et j'ai là une lettre à un confrère où Flaubert, inflexible sur le chapitre des *modifications*, corrections et concessions, se montre tout entier.

Il avait recommandé à un écrivain ami, pour un journal très sympathique à l'auteur de *Madame Bovary*, un roman de Daniel Darc (Mme Régnier) intitulé, je crois : *Une Vengeance d'outre-tombe*. L'ami répondait par quelques observations sur ce récit, remarquable, mais pouvant, avec un peu de travail, être mieux *serti* et mieux servi.

Tout aussitôt, voici ce que répliquait Flaubert, et je trouve sa lettre tout à fait caractéristique, quoique les conseils, les observations et les cris de *casse-cou* ne soient pas à dédaigner, même par les plus grands :

« Mardi.

» Je regrette que vous ne puissiez faire avec moi ce petit voyage à Villeneuve. Je m'embête tellement en chemin de fer qu'au bout de cinq minutes j'y hurle d'ennui. On croit dans les autres wagons que c'est un chien oublié. Pas du tout ! c'est M. Flaubert qui soupire. Voilà pourquoi je désirais votre compagnie, mon cher vieux.

» Cela dit, passons (style Hugo).

» J'enverrai votre lettre à Mme Régnier et je ne doute pas que, dans son envie d'être imprimée, elle ne cède à vos exhortations. Mais si elle me demande là-dessus mon avis, je lui conseillerai de vous envoyer promener correctement (en admettant même que vous ayez raison). Oui, mon bon ! — Et cela par système, entièrement et uniquement pour *soutenir les principes !*

» Ah ! que j'ai raison de ne pas écrire dans les journaux, et quels funestes établissements !

» La manie qu'ils ont de *corriger* les manuscrits qu'on leur apporte finit par donner à toutes les œuvres, quelles qu'elles soient, la même absence d'originalité. S'il se publie cinq romans par an dans un journal, ces cinq romans sont corrigés par un seul homme ou par un comité ayant le même esprit ; il en résulte cinq livres pareils.

» Tourgueneff m'a dit dernièrement que Buloz lui avait retranché quelque chose dans sa dernière nouvelle. Par cela seul, Tourguenef a déchu dans mon estime... Mme Sand aussi se laisse conseiller et rogner ; j'ai vu Chilly lui ouvrir des horizons esthétiques et elle s'y précipitait. N... de D !.. Il en était de même pour Théo au *Moniteur*, du temps de Turgan ! Eh bien, de la part de pareils génies, je trouve que cette condescendance touche à l'improbité. Car du moment que vous offrez une œuvre, si vous n'êtes pas un coquin, c'est que vous la trouvez bonne. Vous avez dû faire tous vos efforts, y mettre toute votre âme. Une individualité ne se substitue pas à une autre. Il est certain que Chateaubriand aurait gâté un manuscrit de Voltaire et que Mérimée n'aurait pu corriger Balzac. Un livre est un organisme. Or, toute amputation, tout changement pratiqué par un tiers le dénature. Il pourra être moins mauvais. N'importe, ce ne sera pas lui.

» L'élucubration de Mme Régnier n'est pas en cause. Mais je vous assure, mon bon, que vous êtes *sur une pente* et que vous autres, journaux, vous contribuez, par là encore, à l'abaissement des caractères et à la dégradation chaque jour plus grande des choses intellectuelles.

» Je vous montrerai le *manuscrit* de la *Bovary* orné des corrections de la *Revue de Paris*. On m'objectait pour me calmer l'exemple d'Arnould Frémy et d'Ed. Delessert, lesquels avaient été plus doux, plus raisonnables. Bref, nous nous sommes si bien fâchés que mon procès en est sorti. Ces messieurs avaient tort, et pourtant quels malins : Laurent Pichat, ce bon Du Camp, Fovard, notaire, et le père Kauffman, de Lyon, fort en soieries!

» Là-dessus, mon vieux, je vous bécotte.

» GUSTAVE FLAUBERT. »

Diderot a écrit le *Paradoxe du Comédien*. C'est là, très éloquent et très fier, le *Paradoxe du Romancier*.

Flaubert, fils de chirurgien, nie tout simplement l'orthopédie et la nécessité du bistouri. Pourquoi Chilly, qui « trouvait » sur les planches, en allant, en venant, en cherchant, n'eût-il pas ouvert des *horizons* à George Sand?

— Voilà, dans la situation donnée, comment je comprends la scène! disait-il. Je ne serais certes point capable de l'écrire, mais votre héros doit ou devrait dire cela et cela.

Et il jouait la scène. Et Mme Sand, écoutant, en tirait profit.

Mais si les conseils et les avis sont inutiles, à quoi bon lire ce qu'on écrit à ses amis? Hélas! on ne « lit » pas assez aujourd'hui.

Il n'y a plus de censeurs familiers, comme au dix-huitième siècle.

Je ne sais ce que M. Buloz retrancha dans la nouvelle de M. Tourguéneff. Mais M. Cherbuliez doit à Buloz et à ses conseils son premier grand succès, le *Comte Kostia*.

Je viens de parcourir un livre hors de pair, *Eugène Fromentin peintre écrivain*, par M. Louis Gonse, livre superbe, non seulement par les gravures qu'il contient, les reproductions de dessins du maître, mais par le talent qu'a déployé le directeur de la *Gazette des Beaux-Arts* dans ce *portrait* d'un artiste éminent. Eh bien ! Fromentin, lorsqu'il écrivait — et sans doute aussi lorsqu'il peignait — avait des tremblements et des doutes. Certes, lui aussi, comme Flaubert, mettait là *toute son âme*, mais, avec les anxiétés de certains pères adorant leurs enfants, il conduisait volontiers les fils de son cerveau chez le docteur et le priait de les ausculter. Ce n'était pas manque de conscience, c'était manque de certitude. Le doute est aussi une probité.

« Charles Edmond me demande, un peu de votre part peut-être, si je suis contente du *Sahel*, lui écrit un jour George Sand. Je n'en suis pas contente, j'en suis enthousiaste. »

Et Fromentin répond :

« Je n'avais rien dit à Charles Edmond, mais il a deviné sans doute, grâce à l'amitié qui le rend clairvoyant, le désir extrême que j'avais de vous *soumettre* mon *Sahel* et de connaître votre opinion. »

Quand il envoie *Dominique* à Mme Sand, et que l'auteur du *Champi* lui répond que « c'est un bain qui repose », Fromentin est comme effrayé du compliment. « Ce n'est qu'un embryon » que son livre. « Je le remanierai profondément s'il le faut... Suivant ce que vous en déciderez, j'agirai. »

Est-ce une *improbité* que cette modestie ?

Je sais bien des romanciers, Malot, Daudet, Gustave

Droz, l'auteur de *Babolein*, ce chef-d'œuvre ému, qui sont modestes!

Ah! le bon et beau livre que celui de M. Gonse et comme il fait bien connaître et profondément aimer ce maître écrivain qui fut un des peintres originaux de ce temps-ci. Il y a là des morceaux inédits de Fromentin, et, si je puis dire, l'esquisse d'un *Voyage en Egypte*, d'un intérêt absolument capital.

Je mets ce volume, *Eugène Fromentin*, sur ma table, à côté de l'étude définitive que vient de consacrer à un des « dieux de la peinture », comme disait Gautier, à *Raphaël*, M. Eugène Muntz. J'ai vu mon ami J.-J. Henner méditer cet ouvrage de son compatriote comme il irait, au Louvre, étudier les anciens. Il y a, dans les pages de M. Muntz, une telle quantité de faits, de jugements, une telle science, un tel sentiment de l'art, avec tant de fac-simile et de gravures, que ce livre sur *Raphaël, sa vie, son œuvre et son temps* pourra désormais être copié, consulté, mais non dépassé ni réfuté.

Ainsi, tandis que l'année finit, nous feuilletons des livres, livres d'Hetzel, l'ami des enfants, le grand éducateur des générations qui montent, qui a fait œuvre de moraliste artistique sous son nom et œuvre d'artiste émérite sous le nom de Stahl, — livres de bibliophiles de Lemerre et de Jouaust, *Contes de Perrault* de l'un, *Roman comique* et *Diable boiteux* de l'autre, ici, pour les *Contes*, chefs-d'œuvre de Pille, là, pour Scarron et pour Lesage, eaux-fortes de Flameng ; — nous regardons et nous rêvons tandis que l'enfant, couché sur le tapis, lit et relit le *Nid de Pinsons* de M. Raoul de Najac, le plus aimable des faiseurs de contes, et les *Pourquoi de*

Mlle Suzanne, une série de réponses à toutes les questions enfantines que vient de donner, avec infiniment de goût, M. Emile Desbeaux.

Et, peu à peu, fermant ces livres, lentement, comme emporté vers les mois écoulés que ces dernières heures de l'année nous font revivre, voilà que nous songeons à tout ce que laisse derrière elle cette année qui va disparaître brusquement, comme par une trappe, dans le troisième desssous où s'en vont les *années d'antan*, leur rôle une fois terminé et le fard tombé de leurs joues !

La crémation n'existe pas encore pour les années défuntes et c'est dans je ne sais quelle brume et quelle ombre indistincte qu'elles s'enfoncent à jamais. La crémation ! *je ne la crains pas*, comme disait ce personnage d'Henri Monnier en parlant de la soupe aux choux. Je trouve même parfaitement hygiénique qu'on brûle, au lieu de les laisser pourrir, les cadavres qui peuvent empoisonner les vivants. La Société pour la propagation de la crémation, que préside M. Kœchlin-Schwartz, a donc toutes mes sympathies — qui resteront, j'espère, platoniques le plus longtemps possible ; — mais qu'entre un paquet de cartes de visite et des lettres d'amis on vous remette un prospectus où se trouvent poétiquement énumérés les bienfaits de l'enfournement : — cuisson rapide, réduction en cendre impalpable, poudre gris de perle, os et muscles également comburés, célérité et discrétion, — c'est ce que je ne puis m'empêcher de trouver légèrement macabre : « Vous, monsieur, qui ne voulez pas que votre corps soit décomposé dans la froide terre !

mais *promptement* consumé ! » *Promptement!* Ces prospectus ont des mots !...

Je parlais tout à l'heure des coussins et des couronnes de fleurs des enterrements à la mode. Ce diable de prospectus de la Société de crémation n'a que des fleurs de rhétorique, et il vient là, comme un trappiste inattendu, nous murmurer doucement :

— Frère, il faut brûler! Ou pourrir !

Eh ! oui, il faut mourir, et c'en est fait de 1880. Elle disparaît. Elle en aura, au surplus, pas mal à conter, et vraiment elle a vu défiler bien des personnages, et se nouer et se dénouer bien des drames. Quel roman que le roman d'une année ! Je revois, dans le tohu-bohu de ces derniers jours de décembre — comme dans une fantasmagorie ou dans une *cérémonie* moliéresque où reparaîtraient à la fois tous les personnages, morts ou vivants, de la pièce, avant la chute du rideau — ce pauvre Gustave Bertrand cherchant à retrouver le *grand art* dans les poudreuses coulisses du théâtre des Nations, et miss Neilsson, blonde et souriante, jolie à ravir, quittant Londres pour aller dormir, le ventre ouvert, sur les dalles de la Morgue. Je revois, à Saint-Germain-en-Laye, sous la pluie, devant les petites fillettes de l'orphelinat alsacien de M. le comte d'Haussonville, Albert Joly, jeune, ardent, boutonné dans sa redingote noire, s'épuisant, tout le jour, à discourir, et Mme Thiers, froide, pensive, le teint jaune comme un vieil ivoire sous des voiles de veuve. Disparus ! oubliés !

Je revois M. de Tillancourt passant, souriant, à travers

les salles des Pas-Perdus, laissant tomber de sa barbe grise un calembour qui eût rendu jaloux M. Sauzet, Tillancourt, ce marquis de Bièvre de notre temps, et qui disait gaiement un jour :

— Pour faire un ministère comme pour faire un civet, il faut un lièvre — et l'on a ainsi le ministère idéal, le *ministère du râble !*

Disparu, lui aussi ! emporté dans cette danse macabre où la mort vient d'effleurer, en passant, ce vieux Michel Masson qui, le premier, fit du roman populaire avec ses *Contes de l'Atelier*.

Je regarde et j'écoute, les scandales succèdent aux scandales. On crie niaisement *à l'espionne !* comme on crie *au loup !* On va bientôt faire ouvrir les salons où les lustres s'allument comme on faisait ouvrir les mansardes où brûlait une bougie, au temps du siège !

Ces derniers jours d'une année ont d'ailleurs toujours quelque chose d'acerbe, de spécialement éperonné, et l'on a hâte d'en finir, comme d'une pièce qui traîne en longueur. La banalité de ces étalages de jouets et de ces inévitables volumes dorés et gaufrés qu'on voit partout, change chaque rue en une sorte de kermesse. Peut-être bien — qui sait? — est-ce à l'énervement causé par ce *post-scriptum* de l'année qu'il faut attribuer le redoublement de tapage et de verdeur dans la polémique.

Il y a même eu duel, ces jours derniers, entre deux jeunes gens, un journaliste nouveau venu, M. Champsaur, publiciste doublé d'un poète, et un peintre impressionniste, M. Forain, dont les *messieurs en habit noir*, coquetant autour des robes à traîne, font songer parfois aux aquarelles bien modernes de Degas. Une revue littéraire, qui justement en était à son dernier numéro, — un numéro funèbre, au *De profundis* de son directeur, M. Alis, — la *Revue moderne* avait publié sur le petit clan artistique réuni d'habitude au *Café de la Nouvelle Athènes*, un article piquant de M. Champsaur, et le peintre s'était irrité des gouttelettes d'encre de l'écrivain. Il n'y avait cependant point là, certes, de quoi faire le voyage de Belgique, en hiver.

J'imagine que l'article a eu un *post-scriptum* plus acerbe. Bref, on a passé la frontière.

Une des conditions de la rencontre était celle-ci, que M. du Hallay eût trouvée fantaisiste : « Sous aucun prétexte, le combat ne pourra durer plus d'un quart d'heure. »

Les témoins étaient, sans nul doute, des impatients.

C'est que tout ce petit coin de Paris compris entre la *Nouvelle Athènes* et la *Grand'Pinte*, ces environs de la place Pigalle, avaient pris feu, paraît-il, depuis l'article de la *Revue moderne*. Il y a là, dans ces régions spéciales, des personnalités que le boulevard ne connaît point et qui comptent. Elles sont, au moins, originales. Les *modernistes* en peinture et en littérature font de cette colline de Montmartre une sorte de Mont-Aventin où l'on proteste couramment contre l'Institut. Ils ont choisi pour lieu de réunion le café peint en blanc de la *Nouvelle Athènes*, titre poncif, bientôt modifié et devenu le *Rat mort*. Un peintre a pris son pinceau, orné le plafond de ce rat décédé, et le rat de Léon Goupil est aussi célèbre à Montmartre que pouvait l'être jadis au café du

Palais-Royal la fameuse *hirondelle* dont nos grands parents de province nous disaient :

— Surtout, n'oublie pas, à Paris, d'aller voir l'*Hirondelle* de Vernet !

Manet, Degas, les indépendants, et aussi les intransigeants du pinceau, Pissaro, Claude Monet, se rencontrent là et causent. On a plus d'une fois dévoré, en déjeunant, tout l'atelier de Bouguereau en guise de radis. L'atelier de Bonnat est pour le dessert.

Mais deux personnages entre tous se détachent de ce milieu un peu confus, singulier et amusant. L'un est un excentrique, l'autre un tempérament remarquable. L'excentrique s'appelle Cabaner. C'est un être doux, pensif et bon, un musicien. Très pauvre, il joue, m'a-t-on dit, d'un instrument quelconque dans un café-concert du boulevard extérieur. Entre temps, il compose. On a publié de ses romances (le mot le blesserait peut-être). Il a du talent. Sa vie se passe comme un rêve.

C'est lui qui, durant le bombardement de Paris, demandait doucement, l'œil perdu :

— Sont-ce toujours les Prussiens qui nous assiègent ?

— Et qui voulez-vous que ce soit ?

Cabaner répondit :

— Ce pourrait être d'*autres peuples !*

C'est encore lui qui a inventé cette phrase, répétée là-bas, par d'autres, avec une certaine admiration :

— Mon père était un imbécile... comme Napoléon Ier... mais plus fort !

Nous ne sommes pas habitués à ces plaisanteries, mais on doit tout connaître.

Il est un *sonnet* de Cabaner qui laisse bien loin derrière lui telles poésies funèbres de Baudelaire, c'est le *sonnet* où le musicien fait à sa bien-aimée une tendre proposition de suicide :

Dans notre chambre, un jour, les fenêtres bien closes,
Si tu veux, tous les deux seuls, nous allumerons
Deux longs cierges de cire et nous reposerons
Sur la pourpre d'un riche oreiller, nos deux fronts...

Hélas ! voilà le songe : cette *pourpre* idéale, que peintres ou poètes réalistes entrevoient sur leur toile ou dans leurs vers et dont ils se consolent en se contentant de tout et de rien, et en fredonnant à leur belle :

Nous nous endormirons, et nous resterons morts...

Et nous resterons morts, ayant de chastes poses,
Afin qu'on puisse, dans les plus pudiques temps,
Raconter cette mort, même aux petits enfants ;

Et nous représenter, en nos apothéoses,
Couchés l'un près de l'autre, et sans être enlacés,
Comme une épouse et son doux seigneur trépassés !

C'est Cabaner qui a mis en musique le *Hareng-saur* que récite quelquefois Coquelin Cadet.

L'antithèse de Cabaner s'appelle Desboutin, ce Desboutin dont les artistes viennent de se disputer, à l'hôtel Drouot, les *études* et les *pointes sèches*.

M. Marcelin Desboutin, que Manet a peint debout fumant sa pipe dans l'attitude d'un modèle de Velasquez, est l'auteur de ce tryptique du dernier Salon, la *Famille du Père Hyacinthe* et du *Florentin à l'Epée*, qu'a acheté, dit-on, M. Meissonier. Je l'avais connu à Florence, dans un palais, tout simplement — un des plus beaux *palazzi* florentins — l'Ombrellino, qui domine toute la ville et que Galilée habita. Desboutin passait là sa vie à faire, sous le ciel bleu, de la peinture et des vers. Il ne s'occupait pas encore de ces *portraits à la pointe sèche* où il est passé maître. Un jour, notre ami M. Georges Lafenestre nous conduisit chez lui, au haut du coteau florentin. M. Jules Amigues se trouvait là.

M. Amigues collaborait avec Desboutin. Ils donnèrent ensemble, à la veille de la guerre, un drame militaire en cinq actes et en vers, *Maurice de Saxe*, où ce pauvre Seveste, qui allait tomber quelques jours après à Buzenval, joua, à côté de Got, son dernier rôle, un rôle de prêtre.

Desboutin avait, en même temps que ce *Maurice de Saxe*, écrit une comédie, le *Cardinal Dubois*, dont les brutalités gauloises ont dû stupéfier M. Emile Perrin, qui les a lues, et un drame romantique *Ali, pacha de Janina*, qu'il devait terminer avec M. Amigues et que M. Amigues eut un moment l'étonnante fantaisie de jouer lui-même.

Oui, M. Amigues voulait interpréter cet Ali-Pacha en personne. Où cela? Partout. En province, en *tournée*, comme on dit aujourd'hui. M. Jules Amigues avait même une idée plus hardie : il voulait jouer le rôle avec un lion dompté sur lequel il eût apparu, étendu, superbe, passant ses mains dans la crinière fauve, à un lever de rideau. Le projet faillit très sérieusement être mis à exécution.

M. Amigues demandait à Mlle Favart si elle voulait tenter, avec lui, cette excursion en province. Elle eût interprété le rôle d'une jeune fille souliote, fiancée à Marcos Botzaris, le héros de l'indépendance grecque.

Je crois bien que Mlle Favart hésita un moment, mais elle refusa, en fin de compte, et cette idée originale n'aboutit pas. *Ali-Pacha* est demeuré inédit.

Qu'est-il devenu? Je me rappelle plusieurs passages de cette pièce à *outrance*, des querelles d'Arnautes et de soldats turcs dans les rues de Janina, un cuisinier épique donnant *ex cathedrâ* des leçons d'art dramatique, en sa qualité de professeur de *sauces et d'assaisonnements*. Ces Grecs de Desboutin parlaient comme des Gaulois de Mathurin Régnier, et son Marcos Botzaris avait dû fréquenter Jean des Entommeures. A qui ce drame épicé fut-il présenté? Par quel directeur, habitué au pot-au-feu ordinaire, fut-il refusé? Je n'en sais rien.

Toujours est-il que Desboutin renonça au théâtre et resta peintre. Il dépensa en causeries, en paradoxes, en mots vibrants, lestes comme des guêpes mais sans aiguillon et sans venin, toute sa verve littéraire, et fit des portraits. Il achève aujourd'hui le portrait en pied de M. de Charette qui, pour poser devant lui, a réendossé son uniforme gris-bleu de zouave pontifical qu'il n'avait pas mis depuis Patay. Tout en posant, M. de Charette peut apercevoir en face de lui, sur la muraille, la pointe sèche qu'a faite à Genève, d'après M. Henri Rochefort, Marcelin Desboutin, qui est légitimiste. Le peintre et son modèle causent politique. M. de Charette admire Gambetta, parce qu'il est patriote.

Et, son *Charette* achevé, dans quelques jours, le peintre, après avoir vendu les études qui emplissent son atelier, partira pour Nice, où il se fixera pour toujours. C'est un exode, un renoncement à Paris.

La *Nouvelle Athènes* perd un de ses causeurs, le *Rat mort* (qu'eût dit de ce nom M. de Sacy?) voit s'enfuir un de ses caractères.

Peut-être verra-t-il, en revanche, apparaître et rôder bientôt de son côté un revenant des plus singuliers, un *parnassien* qui connaît bien ce quartier, un rimeur à demi oublié que nous avons connu jadis exaspéré et paroxyste et qui revient — Paul Féval du Parnasse — couvert d'un cilice, converti, repentant « des haïssables mœurs qu'il a pratiquées », dit-il, et se donnant dans un volume de vers nouveaux, comme « le dernier en mérite des fils de l'Eglise. » C'est M. Paul Verlaine.

On peut dire que celui-là fut une effroyable victime du paradoxe. A la veille de l'entrée des Allemands dans Paris, cet affolé de Richard Wagner disait, d'un ton flegmatique et convaincu :

— Enfin! nous allons donc entendre de la bonne musique!

Il avait, sur *Marat*, commencé un poème qui débutait par ce vers, récité volontiers par son auteur, d'un ton souriant :

Jean-Paul Marat, l'*Ami du peuple*, était très doux...

Un beau jour, M. Verlaine disparut. Que devint-il? Il rentre à présent en scène avec un volume édité par le libraire des Bollandistes et intitulé *Sagesse*. Des effusions de charité après ces *Poèmes saturniens*, où l'on raillait M. Joseph Prudhomme ! Des cantiques après ces parodies ! Jean-Paul Marat et l'Agneau Pascal ! Voilà un des *cas* littéraires les plus étonnants que j'aie rencontrés jamais, dans ce Musée pathologique des gens de lettres, où, parmi nos cérébraux, les *cas* extraordinaires ne manquent pas — malheureusement.

Ce dernier livre pieux de M. Verlaine est ce qu'on peut appeler une excentricité. Mais nous n'en sommes plus à compter les bizarreries. Ces derniers jours de l'an, encore un coup, sont comme secoués par un souffle d'orage tout naturel avec cette vie surmenée, surchauffée, haletante, emportée par un train d'enfer.

Et quelle est donc cette mêlée suprême ? Ce sont les *candidatures mortes* qu'on acclame ! Qui donc avait dit (n'est-ce point Barère, le *pendu* de Macaulay ?) qu'il n'y avait que les morts qui ne reviennent pas ! Ces morts reviennent inattendus ! On propose de faire de Raoul Rigault un conseiller municipal et de Louis XVI un député ! Louise Michel apparaît, hagarde, et Mlle Julie Rouzade, agitant ses brochures.

Hubertine Auclert est déjà dépassée. Qui dépassera Louise Michel ? Hurrah ! les vivants vont vite !

Je ne sais si c'est la fièvre de ces fins de décembre qui me vient à mon tour, mais il me semble que jamais, jamais en vérité, défilé ne fut plus rapide, plus curieux, plus bigarré et plus contrasté. L'année a vu pourtant de grandes choses. La science a marché plus vite encore que le scandale. Toute la littérature ne s'est pas résumée dans les gazettes ordurières. Le bourbier n'a pas tout absorbé. L'esprit humain a travaillé aussi en cherchant son idéal sur les sommets.

Pour être franc, cependant, cette poussée de feuilles de honte, cette éruption de psoriasis moral, pourrait bien être la caractéristique de l'année qui s'en va. Il y a des baptêmes de *promotions*, à Saint-Cyr, lorsqu'on jette aux orties le schako de l'École et qu'on revêt enfin l'uniforme du régiment. On pourrait aussi baptiser, à l'heure de leur mort, les années qui s'effondrent et dont les faits et gestes nous font dire, étonnés :

— Quoi donc? Ce sera là de l'histoire?

Et si l'on cherche pour ces douze mois une étiquette louangeuse, je demande qu'on lui cloue, du moins, cet écriteau sur la boîte à joujoux qui lui servira de bière :

Ci-gît 1880 — l'Année Pornographique.

TABLE DES NOMS CITÉS

DANS

LA VIE A PARIS

A

B

C

D

E

F

G

H

I

J

K

L

M

N

O

P

Q

R

S

T

V

W

Y

TABLE DES MATIÈRES

I — LITTÉRATURE

LES GENS DE LETTRES — JOURNALISTES, CRITIQUES ET CHRONIQUEURS
CURIOSITÉS LITTÉRAIRES ET ARTISTIQUES

II — LES ARTS

PEINTRES — SCULPTEURS ET DESSINATEURS COLLECTIONNEURS

III — LE THÉATRE

AUTEURS ET COMÉDIENS — DANSE ET MUSIQUE

III — LE THÉATRE

AUTEURS ET COMÉDIENS — DANSE ET MUSIQUE

IV — LE MONDE

CHOSES DU JOUR. — PROCÈS ET SCANDALES
FÊTES ET CÉRÉMONIES

www.ingramcontent.com/pod-product-compliance
Lightning Source LLC
LaVergne TN
LVHW011253110826
845149LV00001B/117

* 9 7 8 2 0 1 3 7 6 3 7 4 5 *